L'ENCHANTERESSE DE FLORENCE

DU MÊME AUTEUR

Aux Éditions Plon

Le Dernier Soupir du Maure, 1996 (Pocket, 1997 et 10/18, 1998).
Est, Ouest, 1997.
La Honte, 1997 (première édition, Stock, 1984).
Les Enfants de minuit, 1997 (première édition, Stock, 1983 et Le livre de poche, 1989).
Le Sourire du jaguar, 1997 (première édition, Stock, 1987).
Les Versets sataniques, 1999 (première édition, Bourgois, 1989 et Pocket, 2000).
La Terre sous ses pieds, 1999 (Pocket, 2000 et 10/18, 2002).
Furie, 2001 (Pocket, 2003).
Franchissez la ligne, 2002 (10/18, 2005).
Haroun et la mer des histoires, 2004 (première édition, Bourgois, 1991)
Shalimar le clown, 2005 (Pocket, 2007).

Aux Éditions Lattès

Grimus, 1977.

Aux Éditions Christian Bourgois

Patries imaginaires, 1993 (10/18, 1995)

Aux Éditions Nouveau Monde

Le Magicien d'Oz, 2002.

SALMAN RUSHDIE

L'ENCHANTERESSE DE FLORENCE

Traduit de l'anglais
par Gérard Meudal

FEUX CROISÉS
PLON

Titre original
The Enchantress of Florence

Collection Feux Croisés

Ce livre est publié
sous la direction éditoriale
d'Ivan Nabokov

ISBN Plon : 978-2-259-19345-0
ISBN édition originale : Jonathan Cape, Londres, 978-0-224-061636

www.plon.fr

À Bill Buford

Sa démarche n'était point celle d'une mortelle
Mais d'une créature angélique, et ses paroles
Résonnaient autrement que la voix humaine.

Un esprit du ciel, un vivant soleil
Voilà ce qui m'apparut.

PÉTRARQUE
Traduction Ferdinand L. de Gramont
(Poésie – Gallimard)

S'il y a ici un expert en langues étrangères,
qu'on le fasse venir
Il y a en ville un étranger
Qui a beaucoup de choses à dire.

Mirza GHALIB

I

1

Aux dernières lueurs du jour finissant, le lac miroitant

Aux dernières lueurs du jour finissant, le lac miroitant qui s'étendait près du palais semblait se transformer en une mer d'or liquide. Un voyageur qui serait passé par là au coucher du soleil – et celui précisément qui arrivait en ce moment même sur le chemin longeant le lac – aurait pu croire qu'il s'approchait du trône d'un monarque si fabuleusement riche qu'il pouvait se permettre de déverser dans un immense cratère une partie de ses trésors afin de plonger ses hôtes dans la stupeur et l'émerveillement. Et ce lac, pourtant très étendu, n'était sans doute qu'une goutte provenant d'une mer de richesses bien plus vaste, si vaste que le voyageur était à mille lieues de pouvoir imaginer l'étendue de l'océan originel. Et aucun soldat ne montait la garde sur les rives de ces eaux dorées : le roi était-il donc si généreux qu'il autorisait tous ses sujets et peut-être même étrangers et visiteurs comme le voyageur ici présent à puiser librement dans les fabuleuses ressources du lac ? Ce devait être un prince considérable, un véritable Prêtre Jean dont le royaume perdu, paradis enchanté et légendaire, renfermait d'incroyables merveilles. Peut-être, se disait le voyageur, la fontaine de jouvence se trouvait-elle derrière ces murs, et la légendaire entrée du paradis était-elle toute proche ? Mais le soleil plongea sous la ligne d'horizon, l'or disparut de la surface de l'eau et sombra dans les profondeurs. Sirènes et serpents veilleraient sur lui jusqu'au retour de l'aube. D'ici là le seul trésor disponible n'était plus que l'eau elle-même, et ce cadeau, le voyageur assoiffé l'accepta avec reconnaissance.

L'étranger voyageait sur un char à bœufs et au lieu de rester assis sur les coussins rudimentaires, il se tenait debout comme un dieu, une main posée d'un geste négligent sur le rebord en bois tressé de la charrette. Se déplacer en char à bœufs n'était pas de tout repos, le véhicule à deux roues cahotait et brinquebalait au rythme des sabots des animaux, sans parler des aspérités du chemin. Debout, un homme risquait de tomber et de se rompre le cou. Pourtant le voyageur se tenait droit, l'air insouciant et satisfait. Le cocher avait renoncé depuis longtemps à lui crier de s'asseoir, il l'avait au début pris pour un fou, s'il avait envie de se tuer en route c'était son affaire, personne ici n'irait le regretter ! Pourtant le mépris du cocher avait assez rapidement cédé la place malgré lui à une sorte d'admiration. Cet homme-là avait l'air d'un fou certes, on pouvait même aller jusqu'à dire qu'il en avait bien la jolie tête et qu'il était vêtu comme un fou, un manteau fait de losanges de cuir colorés par une telle chaleur ! Mais il avait un sens de l'équilibre impeccable, étonnant même. Les bœufs tiraient laborieusement la charrette dont les roues ne cessaient de rencontrer des creux et des bosses, pourtant l'homme debout bougeait à peine et trouvait le moyen de conserver une sorte de grâce. Un fou gracieux, voilà ce que pensa le cocher, ou peut-être ce type n'était-il pas fou du tout. C'était peut-être quelqu'un d'important. S'il avait un défaut, c'était son attitude ostentatoire, cette façon non seulement d'être lui-même mais en plus de jouer son propre rôle ; au fond, se disait le cocher, c'est bien ce que fait tout un chacun ici et donc cet homme ne nous est pas tellement étranger. Quand le voyageur déclara qu'il avait soif, le cocher alla sans y songer au bord du lac lui chercher à boire dans une calebasse vernie qu'il lui tendit comme s'il se fût agi d'un aristocrate digne d'être servi.

« Tu restes là comme un grand personnage et je m'empresse d'obéir à tes ordres, dit le cocher l'air renfrogné. Je me demande bien pourquoi je te traite avec tant d'égards. Qui t'a donné le droit de me commander ? Qui es-tu au fond ? Pas un gentilhomme en tout cas, tu ne voyagerais pas dans ce char à bœufs. Et pourtant tu prends de grands airs. Tu dois être une espèce de fripon. » L'autre s'appliquait à boire à la calebasse. Des filets d'eau lui coulaient des coins de la bouche et formaient des gouttes sur son menton rasé comme une barbe liquide. Quand il eut fini, il rendit la calebasse vide, poussa un soupir de satisfaction et essuya cette barbe. « Que suis-je ? dit-il comme s'il parlait tout seul mais dans la langue du cocher. Je suis un homme qui détient un secret, voilà, un secret destiné seulement aux oreilles de l'empereur. » Le cocher en fut rassuré. Cet homme était bien fou. Il n'y avait aucune raison de le traiter avec respect. « Garde-le, ton secret, dit-il, les secrets sont bons pour les enfants et les espions. » L'étranger descendit de la charrette devant le caravansérail, là où commencent et s'achèvent tous les voyages. Il était étonnamment grand et portait un sac de toile. « Et pour les sorciers, dit-il à l'adresse du cocher, les amoureux aussi. Et pour les rois. »

Tout le caravansérail s'affairait bruyamment. Des gens prenaient soin des animaux, chevaux, chameaux, bœufs, ânes, chèvres, tandis que d'autres bêtes indomptables s'égaillaient en liberté : des singes hurlants, des chiens errants. Des perroquets criards fusaient dans les airs comme des traînées vertes de feux d'artifice. Des forgerons s'activaient, des menuisiers aussi et, dans les échoppes, sur les quatre côtés de l'immense place, des hommes organisaient leurs voyages, empilant des vivres, des chandelles, de l'huile, du savon et des cordes. Des coolies enturbannés vêtus de chemises rouges et de dhotis couraient dans tous les sens, portant sur la tête des fardeaux d'une taille et d'un poids invraisemblables. L'essentiel de l'activité consistait à charger et décharger des marchandises. On pouvait trouver là un lit pour la nuit pour presque rien, c'étaient des lits de corde dans un cadre de bois recouvert d'un matelas rugueux bourré de crin de cheval, alignés comme dans un dortoir de soldats sur les toits des bâtiments à un étage qui encadraient la vaste cour du caravansérail. Dans un tel lit on pouvait contempler le ciel et se prendre pour un dieu.

Plus loin à l'ouest on distinguait la rumeur des campements des régiments de l'empereur, récemment revenus de guerre. L'armée n'avait pas le droit d'entrer dans la zone du palais, elle devait bivouaquer au pied de la colline royale. Une armée désœuvrée, de retour d'une campagne récente, devait être traitée avec prudence. L'étranger eut une pensée pour la Rome antique. Un empereur se méfiait de tous ses soldats à l'exception de sa garde prétorienne. La confiance, l'étranger le savait bien, était la question qu'il allait devoir affronter, en se montrant convaincant. Sinon, il mourrait sur-le-champ.

Non loin du caravansérail, une tour hérissée de défenses d'éléphants indiquait le chemin conduisant aux portes du palais. Tous les éléphants appartenaient à l'empereur qui, en décorant une tour de leurs défenses, faisait étalage de sa puissance. Prenez garde ! disait cette tour, vous pénétrez dans le royaume du Roi des Éléphants, un souverain qui possède tant de pachydermes qu'il peut gaspiller l'ivoire d'un millier de ses animaux dans le seul but de me décorer. Le voyageur reconnaissait dans la puissance de la tour cette même flamboyance qui brûlait sur son propre front comme une flamme ou comme un signe du démon ; mais le bâtisseur de la tour avait transformé en force cette même qualité qui chez lui était souvent perçue comme une faiblesse. Le pouvoir est-il la seule justification d'une personnalité extravertie ? se demandait le voyageur sans parvenir à trancher cette question, mais il se surprit à penser que la beauté pouvait elle aussi constituer une justification, car il en était incontestablement pourvu, et il savait que cette beauté ne manquait pas d'exercer son charme.

Près de la tour aux défenses d'éléphants, il y avait un grand puits surmonté d'une machinerie hydraulique d'une incroyable complexité destinée à alimenter le palais aux multiples coupoles. *Sans eau nous ne sommes rien*, pensa le voyageur. *Privé d'eau, même un empereur ne tarderait pas à redevenir poussière. Le véritable monarque, c'est l'eau et nous en sommes tous les esclaves.* Un jour, dans sa patrie, à Florence, il avait rencontré un homme capable de faire disparaître l'eau. Le magicien emplissait une cruche à ras bord, murmurait quelques formules magiques puis retournait la cruche et, au lieu de liquide, il s'en écoulait du tissu, des flots d'écharpes de soie colorées. Ce n'était qu'un tour, bien sûr, et avant la fin du jour le voyageur avait réussi à force de flatterie à en extorquer le secret qu'il avait ajouté à ses propres connaissances occultes. Il détenait beaucoup de secrets mais un seul d'entre eux était destiné à un roi.

Le chemin qui menait aux murailles de la ville montait en pente raide sur le flanc de la colline et en prenant de la hauteur le voyageur découvrit l'étendue de la cité qu'il venait d'atteindre. C'était tout simplement l'une des grandes villes du monde, plus vaste, semblait-il, que Florence, Venise ou Rome, la plus grande ville qu'il ait jamais vue. Il avait eu une fois l'occasion d'aller à Londres, même cette métropole était moins vaste que celle-ci. Tandis que la lumière du jour faiblissait, les proportions de la ville semblaient s'étendre encore davantage. Des quartiers très peuplés étaient massés à l'extérieur des murailles, des muezzins lançaient leur appel du haut des minarets, et il apercevait au loin les lumières de vastes domaines. Des feux s'allumèrent dans le crépuscule, comme des signaux. De la voûte sombre du ciel parvint en réponse la lueur des étoiles. *On dirait que la terre et les cieux sont des armées qui se préparent au combat,* pensa-t-il. *Et que leurs campements sont plongés dans le calme nocturne et attendent le jour pour déclencher les hostilités.* Et ici dans tout ce fouillis de ruelles et plus loin dans la plaine, dans les demeures des puissants, aucun homme n'avait jamais entendu son nom, pas un seul n'était disposé à croire l'histoire qu'il s'apprêtait à raconter. Il fallait bien pourtant qu'il la raconte. C'est pour cela qu'il avait traversé le monde et il n'avait pas l'intention de renoncer.

Il marchait à grands pas et attirait de nombreux regards intrigués par ses cheveux blonds et par sa grande taille, ces cheveux, il faut le dire, passablement sales qui se déversaient autour du visage comme les eaux dorées du lac. Après la tour aux défenses d'éléphants, le chemin grimpait vers une porte de pierre ornée de bas-reliefs représentant deux éléphants se faisant face. De ce portail grand ouvert parvenaient les rumeurs de gens occupés à jouer, à boire, manger et faire la fête. Des soldats montaient la garde à cette porte Hatyapul mais d'un air décontracté. La véritable entrée se trouvait plus loin. Ce n'était ici qu'une place publique, un lieu destiné aux rencontres, au commerce et aux plaisirs. Des hommes le dépassaient en hâte, courant satisfaire leur soif ou leur faim. Entre les deux portes de chaque côté de la rue pavée s'entassaient auberges, estaminets, étals de victuailles et colporteurs en tout genre. Acheter et être acheté, c'était ici le règne de cette activité éternelle : habits, ustensiles, babioles, armes, rhum. Le grand marché se trouvait plus loin au-delà de la porte Sud, plus modeste. C'est là-bas que les habitants se fournissaient, ils évitaient cet endroit qui n'était destiné qu'aux étrangers ignorant le véritable prix des denrées. C'était ici le marché des filous, le bazar des voleurs, tapageur, excessivement cher, détestable. Mais les voyageurs fatigués, qui ne connaissaient pas le plan de la ville et qui, de toute façon, n'avaient aucune envie de contourner les murailles par l'extérieur pour gagner le vrai grand bazar, n'avaient guère le choix, il fallait bien qu'ils s'adressent aux marchands de la porte des éléphants. D'ailleurs leurs besoins étaient urgents et sommaires.

Des poulets vivants, les pattes entravées, pendus la tête en bas, s'agitaient en caquetant, terrorisés, en attendant de passer à la marmite. D'autres préparations plus silencieuses attendaient les végétariens ; les légumes, eux, ne crient pas. Et étaient-ce des voix de femmes que le voyageur entendait, portées par le vent, hululant, s'adressant à des hommes invisibles pour les agacer, les séduire, se moquer d'eux ? Était-ce le parfum de ces femmes qu'il respirait dans la brise nocturne ? Ce soir il était trop tard pour tenter de rencontrer l'empereur. Le voyageur avait de l'argent en poche et venait de faire un long voyage circulaire. C'était sa façon à lui : gagner indirectement son but au prix de longs détours et d'errements. Depuis qu'il avait débarqué à Surat, il était passé par Burhanpur, Handia, Sironj,

Narwar, Gwalior et Dolphur pour se rendre à Agra, et ensuite jusqu'ici, à la nouvelle capitale. À présent, ce qu'il lui fallait c'était un lit, le plus confortable possible, et une femme, de préférence sans moustache, il avait surtout grand besoin d'oublier, d'échapper à lui-même, besoin de cet oubli que l'on ne trouve pas entre les bras d'une femme mais dans l'abrutissement de l'alcool.

Plus tard, ses désirs satisfaits, il s'endormit dans un lupanar malodorant, ronflant vigoureusement aux côtés d'une putain insomniaque. Il était capable de rêver en sept langues : l'italien, l'espagnol, l'arabe, le persan, le russe, l'anglais et le portugais. Il attrapait les langues comme les marins attrapent les maladies ; les langues étrangères lui tenaient lieu de gonorrhée, de syphilis, de scorbut, de paludisme, de peste. Dès qu'il sombrait dans le sommeil, la moitié de l'humanité se mettait à bavarder dans son esprit, lui racontant de merveilleux récits de voyage. Dans ce monde à moitié inconnu, chaque jour lui apportait de nouveaux enchantements. La magie poétique, visionnaire et prophétique du quotidien ne s'était pas encore fracassée contre la réalité prosaïque. Lui-même, le conteur, il avait été arraché à son foyer par des histoires fantastiques, et par l'une d'elles en particulier, une histoire qui allait assurer sa fortune ou bien lui coûter la vie.

2

À bord du vaisseau pirate du lord écossais

À bord du vaisseau pirate du lord écossais, baptisé la *Scàthach*, du nom d'une déesse guerrière de l'île de Skye et dont l'équipage s'était joyeusement livré pendant de longues années au pillage et à la flibuste dans la mer des Caraïbes, lequel navire faisait route à présent vers l'Inde, chargé d'une mission officielle, le passager clandestin, ce Florentin langoureux, avait évité d'être brutalement précipité par-dessus bord au large du cap de Bonne-Espérance en faisant sortir une anguille de l'oreille du bosco, à sa grande stupéfaction, et en la jetant à la mer. On l'avait découvert sous une couchette dans le château avant, sept jours après que le bateau eut doublé le cap Agulhas à l'extrémité du continent africain. Il portait un pourpoint et des chausses couleur moutarde, était enveloppé dans un long manteau d'arlequin constitué de losanges de cuir brillant et serrait contre lui un petit sac en tapisserie. Il dormait à poings fermés en poussant des ronflements sonores sans faire le moindre effort pour se cacher. Il paraissait tout à fait prêt à ce qu'on le découvre et étonnamment confiant dans ses pouvoirs de charme, de persuasion et d'enchantement. Ceux-ci ne lui avaient-ils pas permis après tout de parcourir déjà un bon bout de chemin ? De fait il se révéla un véritable prestidigitateur. Il changea des pièces d'or en fumée et retransforma en or cette fumée jaune. Il renversa un pichet d'eau claire et un flot d'écharpes de soie s'en écoula. Il multiplia des poissons et des pains en quelques tours de passe-passe de son élégante main, c'était là naturellement un blasphème mais les matelots affamés le lui pardonnèrent bien volontiers. Ils se signèrent à la hâte pour se prémunir contre une éventuelle colère de Jésus-Christ qui aurait pu prendre ombrage de voir sa place usurpée par ce thaumaturge tardif, et ils engloutirent cette manne d'une prodigalité inattendue à défaut d'être théologiquement correcte.

Le lord écossais lui-même, George Louis Hauksbank, lord Hauksbank du domaine de Hauksbank, c'est-à-dire, selon l'usage écossais, Hauksbank de Hauksbank, un noble personnage qu'il ne faut pas confondre avec d'autres Hauksbank plus insignifiants, plus vils et de basse extraction, tomba promptement sous le charme de cet intrus en costume d'Arlequin lorsqu'il fut amené dans sa cabine pour être jugé. À ce moment-là le jeune coquin se faisait appeler « Uccello ».

« Uccello di Firenze, enchanteur et savant, à votre service », déclara-t-il dans un anglais parfait en s'inclinant bien bas dans une révérence à l'élégance presque aristocratique. Lord Hauksbank sourit et huma son mouchoir parfumé. « J'aurais pu te croire, magicien, répondit-il, si je ne connaissais l'existence du peintre Paolo, portant le même nom et originaire du même lieu et qui a réalisé dans le Duomo de votre ville une fresque en trompe l'œil en l'honneur de mon propre ancêtre sir John Hauksbank, connu sous le nom de Giovanni Milano, mercenaire, ancien général de Florence, vainqueur de la bataille de Polpetto, et si ce peintre, malheureusement, n'était point mort depuis de nombreuses années. » D'un petit claquement de langue impertinent le jeune fripon marqua son désaccord. « Je ne suis manifestement pas l'artiste décédé, affirma-t-il en prenant la pose. J'ai choisi ce *pseudonimo di viaggio* parce que dans ma langue c'est le mot par lequel nous désignons l'oiseau et les oiseaux sont les plus grands voyageurs qui soient. »

À ces mots, il fit jaillir de son pourpoint un faucon encapuchonné, et de l'air un gantelet de fauconnier et les tendit l'un et l'autre au seigneur abasourdi. « Un milan pour lord

Milano », fit-il avec la plus exquise des politesses, puis, lorsque lord Hauksbank eut le gant sur sa main et l'oiseau posé sur le gant, lui, Uccello, claqua des doigts comme une femme qui vous retire son amour. À l'instant même le lord écossais eut la terrible déception de les voir l'un et l'autre disparaître, l'oiseau ganté et le gant oiselé. « C'est aussi, reprit le magicien, revenant à la raison du choix de son nom, parce que dans ma ville, ce mot à double entente, cet oiseau caché, est un délicat euphémisme pour désigner le membre viril et que je m'enorgueillis de celui que je possède mais n'aurais point la mauvaise grâce d'en faire étalage.

— Ha, ha ! s'écria lord Hauksbank de Hauksbank, retrouvant son aplomb avec une admirable rapidité, nous avons donc quelque chose en commun. »

Il avait beaucoup voyagé, ce lord Hauksbank de Hauksbank, et était plus âgé qu'il n'en avait l'air. Il avait le regard brillant et le teint clair mais il avait dépassé son quarantième anniversaire depuis sept ans ou davantage. Son habileté à l'épée était légendaire et il était fort comme un taureau blanc. Il était remonté en radeau jusqu'à la source du Fleuve Jaune au lac Kar Qu où il avait mangé dans un plat en or du pénis de tigre braisé, il avait chassé le rhinocéros blanc sur le Cratère Ngorongoro et escaladé chacun des deux cent quatre-vingt-quatre sommets de la chaîne des Munros en Écosse, depuis le Ben Nevis jusqu'à l'Inaccessible Pinacle du Sgurr Dearg sur l'île de Skye, patrie de Scàthach la Redoutable. Il y a bien longtemps, au château de Hauksbank, il s'était querellé avec son épouse, une petite femme acariâtre aux cheveux roux frisés et à la mâchoire en forme de casse-noix hollandais. Il l'avait quittée, la laissant dans les Highlands élever des moutons noirs et il était parti chercher fortune comme son ancêtre avant lui. Il avait pris le commandement d'un navire au service de Drake pour aller pirater dans la mer des Caraïbes l'or que les Espagnols rapportaient des Amériques. En récompense, la reine reconnaissante lui avait confié cette ambassade pour laquelle il faisait route actuellement. Il devait se rendre en *Hindoustan* où il aurait toute liberté d'amasser pour son profit personnel toutes les richesses qu'il pourrait trouver, en pierres précieuses, en opium ou en or, du moment qu'il remettait au roi une lettre personnelle de Gloriana et lui rapportait la réponse du *Moghol.*

« En Italie nous disons *Mogor*, lui fit remarquer le jeune prestidigitateur.

— Dans les langues imprononçables de ce pays, qui sait combien un mot peut être déformé, tordu ou altéré », répliqua lord Hauksbank.

Ce fut un livre qui scella leur amitié : le *Canzoniere* de Pétrarque dont un exemplaire était posé comme toujours à portée de main du lord écossais sur une petite console recouverte de *pietra dura.*

« Ah, le génial Pétrarque, s'écria Uccello, en voilà un véritable magicien. » Et prenant la pose d'un sénateur romain prononçant un discours, il se mit à déclamer :

Benedetto sia 'l giorno, e 'l mese, e l'anno
E la stagione, e 'l il tempo, e l'ora, e 'l punto,
E 'l bel paese, e 'l loco ov'io fui giunto
Da' duo begli occhi che legato m'ànno…

Aussitôt lord Hauksbank enchaîna en anglais la suite du sonnet :

Et bienheureuse est ma peine ordonnée
Par le désir d'une joye mal sûre,
Bienheureux soit l'arc, les traits, la blessure,
Et bienheureuse en soit ma destinée[1].

« Un homme qui aime ce poème autant que moi doit être mon maître, dit Uccello en s'inclinant.

— Et un homme qui éprouve les mêmes sentiments que moi en écoutant ces vers doit trinquer avec moi, répondit l'Écossais. Vous avez trouvé la clef qui donne accès à mon

1. Traduction de Vasquin Philieul, 1548. (*NdT*).

cœur et je vais vous confier un secret que vous ne devrez divulguer à personne. Suivez-moi. »

Dans un petit coffret en bois dissimulé derrière un panneau coulissant de sa cabine, lord Hauksbank de Hauksbank conservait un ensemble d'« objets de vertu » qu'il chérissait, de magnifiques babioles sans lesquelles un homme amené à toujours voyager risquerait de perdre le cap, car l'excès de voyage, lord Hauksbank le savait bien, l'excès d'étrangeté et de nouveauté peuvent relâcher les amarres de l'âme. « Ces objets ne m'appartiennent pas, dit-il à son nouvel ami florentin et pourtant ils me rappellent qui je suis. Je suis provisoirement leur gardien et le moment venu je les abandonne. » Il sortit du coffret des bijoux d'une taille et d'une pureté impressionnantes qu'il mit de côté en haussant les épaules d'un air dédaigneux, puis un lingot d'or espagnol qui aurait permis à quiconque le trouverait de vivre prospère jusqu'à la fin de ses jours. « Ce n'est rien, rien du tout », marmonna-t-il, et c'est alors seulement qu'il parvint à ses véritables trésors. Chacun d'entre eux était soigneusement enveloppé dans un linge et calé dans un nid de papier froissé et de morceaux de tissu : le mouchoir de soie qu'une déesse païenne de l'antique Soghdia avait offert en gage de son amour à un héros oublié, un morceau d'os de baleine sur lequel on avait gravé avec un art exquis une scène de chasse au cerf, un médaillon renfermant un portrait de Sa Majesté la reine, un petit volume hexagonal relié de cuir en provenance de la Terre sainte et dont les pages minuscules renfermaient le texte intégral du Coran en lettres miniatures illustrées d'exquises enluminures, une tête de pierre au nez cassé venant de Macédoine qui était réputée représenter Alexandre le Grand, l'un des sceaux mystérieux de la civilisation de la vallée de l'Indus, découvert en Égypte, représentant un taureau accompagné de hiéroglyphes qui n'ont jamais été déchiffrés, un objet dont personne ne connaît l'usage, une pierre chinoise plate et polissée portant en rouge l'hexagramme du Yi King et des traces noires naturelles ayant l'aspect d'une chaîne de montagnes au crépuscule, un œuf de porcelaine peint, une tête réduite par les habitants de la forêt tropicale d'Amazonie, et un dictionnaire du langage perdu de l'isthme de Panama dont tous les locuteurs avaient disparu à l'exception d'une vieille femme qui n'était plus capable de prononcer correctement les mots parce qu'elle avait perdu ses dents.

Lord Hauksbank de Hauksbank ouvrit une crédence contenant des verres précieux qui avaient miraculeusement survécu à la traversée de nombreux océans, y prit deux ballons assortis en verre de Murano opalescent et y versa une bonne rasade d'eau-de-vie. Le passager clandestin s'approcha et leva son verre. Lord Hauksbank prit une profonde respiration avant de boire. « Vous venez de Florence, dit-il, par conséquent vous n'ignorez rien de la majesté du plus puissant des souverains – l'individu – ni des désirs qu'il s'efforce de satisfaire, de ses aspirations à la beauté, au courage, et à l'amour. » L'homme qui se faisait appeler Uccello s'apprêta à répondre mais Hauksbank leva la main : « Laissez-moi continuer, car il me faut aborder certaines questions auxquelles vos éminents philosophes n'entendent rien. L'individu peut bien être royal, il n'en est pas moins aussi affamé qu'un misérable. Il peut bien se satisfaire un instant en contemplant les merveilles qu'il garde précieusement comme celles-ci, il reste un pauvre hère souffrant de la faim et de la soif. Et c'est un roi en grand danger, un souverain toujours à la merci de nombreux ennemis, la peur par exemple, l'angoisse, la solitude, la perplexité, ou d'une fierté étrange et indicible et d'une honte terrible et secrète. L'individu est assiégé par les secrets, les secrets le dévorent en permanence, les secrets réduiront en pièces son royaume et laisseront son sceptre brisé dans la poussière.

« Je vois bien que je vous intrigue, soupira-t-il. Je vais donc m'expliquer sans détour. Le secret que vous ne devrez jamais divulguer à qui que ce soit n'est pas dissimulé dans un coffret. Il se cache, ou plutôt il ne se cache pas mais proclame la vérité, ici même. »

Le Florentin, qui avait depuis un moment déjà deviné la nature véritable des désirs secrets de lord Hauksbank, exprima gravement le respect que ne pouvaient manquer d'inspirer la taille imposante et la circonférence du membre marbré que le lord avait exhibé devant lui sur la table, un membre qui dégageait une légère odeur de fenouil comme une *finocchiona,* une saucisse prête à être débitée en rondelles. « Si vous renonciez aux aventures maritimes pour venir vivre dans mon pays, dit-il, vous n'auriez très vite plus aucun souci car auprès des jeunes gentilshommes de San Lorenzo vous trouveriez sans peine les plaisirs virils auxquels vous aspirez. En ce qui me concerne, je regrette infiniment mais…

— Buvez ! ordonna le lord écossais en virant à l'écarlate et en s'écartant. Plus un mot à ce sujet. » Il y avait dans le regard une lueur que son compagnon aurait préféré ne pas y voir. Et sa main était plus proche du pommeau de son épée que son compagnon ne l'aurait souhaité. Son sourire ressemblait au rictus d'une bête sauvage.

Un long silence pesant s'installa et le clandestin comprit qu'à l'instant même son sort était en suspens. Puis Hauksbank vida son verre d'eau-de-vie et poussa un rire contraint et horrible. « Eh bien, monsieur, s'écria-t-il, vous connaissez mon secret ! À vous à présent de me raconter les vôtres, car vous dissimulez certainement en vous un mystère et, au lieu de l'apprendre, je vous ai sottement dévoilé le mien, je veux le connaître maintenant. »

L'homme qui se faisait appeler Uccello di Firenze essaya de détourner la conversation. « Me ferez-vous l'honneur, milord, de me raconter la prise du galion *Cacafuego* et de son trésor ? Et étiez-vous, ce fut sûrement le cas, en compagnie de Drake à Valparaiso et à Nombre de Dios où il fut blessé… ? » Hauksbank lança son verre contre le mur et dégaina son épée. « Coquin, réponds-moi franchement ou bien meurs. »

Le passager clandestin choisit ses mots avec soin. « Milord, je suis ici, je le vois bien à présent, prêt à vous offrir mes services en tant que factotum, toutefois, s'empressa-t-il d'ajouter en sentant la pointe de l'épée toucher sa gorge, il est vrai que je poursuis aussi un autre but plus éloigné. Je suis ce que vous pourriez appeler un homme embarqué dans une quête, une quête secrète qui plus est, mais je dois vous avertir que mon secret est lié à une malédiction, un sort jeté par la plus puissante des enchanteresses de notre temps. Un seul homme peut entendre mon secret et continuer à vivre et je ne voudrais pas endosser la responsabilité de votre mort. »

Lord Hauksbank se mit à rire de nouveau ; cette fois ce n'était plus un rire horrible mais un rire qui dissipe les nuages et ramène le soleil. « Tu m'amuses, petit oiseau, tu t'imagines peut-être que les malédictions de tes sorcières à la face verdâtre me font peur ? J'ai dansé avec le baron Samedi le Jour des Morts et j'ai survécu à ses hurlements vaudous. Je le prendrai très mal si tu ne dis pas immédiatement toute la vérité.

— Soit, commença le clandestin. Il était une fois un aventurier, le prince Argalia, qu'on appelait aussi Arcalia, un vaillant guerrier qui possédait des armes enchantées et dont la suite était formée de quatre géants terrifiants. Il était aussi accompagné de sa femme Angelica…

— Arrête, dit lord Hauksbank de Hauksbank portant la main à son front. Tu me donnes la migraine. » Puis au bout d'un moment : « Continue…

— Donc Angelica, princesse de sang royal, de la lignée de Gengis Khan et de Tamerlan…

— Arrête, non, continue…

— La plus belle…

— Tais-toi. »

Sur ce, lord Hauksbank s'écroula, inconscient.

*

Le voyageur, presque gêné par la facilité avec laquelle il avait versé du laudanum dans le verre de son hôte, replaça soigneusement dans sa cachette le coffret de bois rempli de trésors, s'enveloppa dans son manteau multicolore et courut sur le pont appeler de l'aide. Ce manteau, il l'avait gagné en jouant aux cartes, dans une partie de *scarabocion* contre un diamantaire de Venise qui n'en revint pas de découvrir qu'un simple Florentin pouvait débarquer au Rialto et battre des Vénitiens à leur propre jeu. Le marchand de diamants, un Juif du nom de Shalakh Cormorano, qui portait la barbe et des mèches spiralées, avait fait faire spécialement ce manteau par le plus fameux tailleur de Venise, connu sous le nom de *Il Moro invidioso*, à cause du portrait d'un Arabe aux yeux verts sur l'enseigne accrochée au linteau de sa boutique. Et ce manteau était une véritable merveille d'occultisme, sa doublure recélait des catacombes de poches secrètes et de replis cachés dans lesquels un diamantaire pouvait dissimuler ses marchandises de prix et un aventurier comme Uccello di Firenze ses mille et un tours de passe-passe. « Faites vite, mes amis, faites vite, s'écria le voyageur en manifestant des transports d'inquiétude parfaitement convaincants, Sa Seigneurie a besoin de vous. »

Il y avait certes dans ce vaillant équipage de corsaires convertis à la diplomatie de nombreux cyniques à l'œil perçant que les circonstances du soudain malaise de leur capitaine rendirent soupçonneux et qui se mirent à considérer le nouveau venu d'un air qui ne présageait rien de bon pour sa santé, mais ils furent en partie rassurés en voyant qu'Uccello di Firenze se faisait manifestement beaucoup de souci pour l'état de lord Hauksbank. Il aida à porter l'homme évanoui sur son lit, le déshabilla, prit la peine de lui enfiler son pyjama, lui appliqua sur le front des compresses chaudes et froides et refusa de dormir ou de manger tant que la santé du milord écossais ne se serait pas améliorée. Le médecin du bord affirma que le clandestin lui avait apporté une aide inestimable et à ces mots les hommes d'équipage regagnèrent leur poste en marmonnant et en haussant les épaules.

Quand ils se retrouvèrent seuls auprès du lord inconscient, le médecin avoua à Uccello qu'il était stupéfait de constater que l'aristocrate refusait de s'éveiller de son coma soudain. « Je ne lui trouve aucun symptôme, Dieu soit loué, si ce n'est qu'il ne veut pas se réveiller, mais dans ce monde tellement dépourvu d'amour, peut-être est-il plus sage de rêver que de vivre éveillé. »

Le médecin était un brave type endurci au combat qui répondait au nom de Dieudonné Hawkins, un chirurgien de marine plus accoutumé à extraire des balles espagnoles du corps de ses compagnons et à recoudre des estafilades provoquées par des corps-à-corps avec les Espagnols qu'à soigner une maladie du sommeil provenant d'une cause aussi mystérieuse que les agissements d'un passager clandestin ou un jugement de Dieu. Hawkins avait perdu un œil à Valparaiso et la moitié d'une jambe à Nombre de Dios, et tous les soirs il chantait de mélancoliques *fados* portugais en l'honneur d'une belle sur son balcon de Ribeira, un faubourg de Porto, en s'accompagnant d'une sorte de violon tsigane. En chantant, Dieudonné pleurait à chaudes larmes et Uccello comprit que le brave docteur ne cessait de penser à son amour perdu, tentant de conjurer sa disgrâce en se torturant lui-même par l'évocation de scènes où sa bien-aimée buveuse de porto se livrait à des hommes qui disposaient encore d'un corps parfait, des pêcheurs puant la morue, des moines franciscains lubriques, les fantômes des navigateurs d'autrefois et des mâles bien vivants de toutes les sortes possibles, métèques et Anglais, Chinois et Juifs. « Un homme qui est sous la coupe de l'amour, pensa le clandestin, est facile à tromper et à manipuler. »

La *Scàthach* doubla la Corne de l'Afrique et l'île de Socotra, se ravitailla à Masquat, puis laissa la côte perse à bâbord pour mettre le cap, poussée par la mousson, au sud-est vers le port portugais de Diu sur la côte méridionale de cette terre que le Dr Hawkins appelait Gujerat, et pendant tout ce temps lord Hauksbank resta plongé dans un profond sommeil, « un sommeil si paisible, par Dieu donné, selon l'infortuné Hawkins, que c'est la preuve qu'il a la conscience tranquille et que son âme au moins est en paix, prête à tout moment à retrouver son créateur.

— Que Dieu me pardonne, dit le clandestin. Que Dieu qui nous l'a donné ne nous le reprenne pas déjà », ce à quoi l'autre s'empressa d'acquiescer.

Pendant leurs longues veilles au chevet du malade, Uccello demanda souvent au docteur de parler de la dame portugaise de son cœur. Hawkins n'avait guère besoin qu'on le pousse beaucoup pour aborder ce sujet. Le clandestin écouta patiemment des odes énamourées en l'honneur des yeux de la dame, de ses lèvres, de ses seins, de ses hanches, de son ventre, de sa croupe, de ses pieds. Il apprit les mots tendres secrets qu'elle employait pendant l'acte d'amour, termes qui n'étaient plus si secrets désormais, ses promesses de fidélité et le serment qu'elle murmurait d'être toujours à lui. « Ah, mais elle m'a menti, elle m'a trompé », se lamentait le docteur. « En avez-vous la preuve ? » lui demandait le voyageur. Le pauvre Dieudonné éploré secouait la tête. « Il s'est passé tant de temps et je ne suis plus que la moitié d'un homme, je dois envisager le pire. » Alors Uccello entreprenait de le consoler pour lui rendre sa gaieté. « Louons Dieu, Dieudonné, car vous vous lamentez sans raison ! Elle est fidèle, j'en suis certain, et elle vous attend. Je n'en doute pas un seul instant et s'il vous manque une jambe, elle n'en aura pour vous que plus d'affection. L'amour qu'elle portait à cette jambe se reportera sur d'autres parties, et s'il vous manque un œil, celui qui vous reste se réjouira deux fois plus à contempler celle qui vous est restée fidèle et vous aime autant que vous l'aimez. Cela suffit ! Dieu soit loué ! Chantez donc joyeusement et cessez de pleurer. »

De cette manière il congédiait chaque soir Dieudonné Hawkins en lui affirmant que l'équipage serait désolé de ne plus l'entendre chanter et ainsi, chaque nuit, il restait seul auprès du lord inconscient et, après avoir attendu un certain temps, il entreprenait de passer au peigne fin la cabine du capitaine à la recherche de tous ses secrets. Un homme qui fait aménager une cache dans sa cabine en a certainement fait installer au moins deux ou trois, se dit-il, et quand le port de Diu fut en vue il avait plumé lord Hauksbank comme un poulet, il avait découvert les sept compartiments secrets dissimulés dans les boiseries et tous les bijoux que renfermaient les coffrets de bois se trouvaient désormais bien à l'abri dans leur nouvelle demeure : le manteau de Shalakh Cormorano, et même les sept lingots d'or. Pourtant le manteau était toujours aussi léger qu'une plume. Le Maure de Venise aux yeux verts avait le pouvoir secret d'abolir le poids de tous les objets que l'on cachait dans le vêtement magique. Quant aux autres « objets de vertu », ils n'intéressaient pas le voleur. Il les abandonna dans leur nid en attendant leur improbable éclosion. Pourtant, même au terme de son grand pillage, Uccello n'était pas satisfait, car le plus précieux de tous les trésors avait échappé à ses recherches. Il dissimulait avec peine son agitation. Le destin avait placé à sa portée une occasion extraordinaire et il ne devait pas la laisser passer. Mais où l'objet pouvait-il se trouver ? Il avait inspecté le moindre pouce des quartiers du capitaine et la chose restait introuvable. Damnation ! Le trésor était-il protégé par un charme ? Avait-il été rendu invisible pour lui échapper ?

Après une brève escale à Diu, la *Scàthach* se hâta de faire voile vers Surat (la ville avait été récemment l'objet d'une expédition punitive menée par l'empereur Akbar en personne). C'est de là que lord Hauksbank avait prévu d'entreprendre son voyage terrestre jusqu'à la cour du Moghol. La nuit où ils atteignirent Surat (dont les ruines fumaient encore du courroux de l'empereur), tandis que Dieudonné Hawkins chantait ses peines de cœur et que l'équipage, ivre de rhum, fêtait le terme d'une longue traversée, le chercheur de l'entrepont avait fini par découvrir l'objet de sa quête : le huitième compartiment secret, un de plus que le chiffre magique de sept, un de plus que ce qu'aurait pu espérer n'importe quel voleur. Derrière cet ultime panneau se trouvait la chose qu'il cherchait. Après ce dernier forfait il alla rejoindre les fêtards sur le pont où il chanta et but avec plus d'entrain que tous les autres. Car il avait le don de rester éveillé lorsque aucun autre ne pouvait plus garder les yeux ouverts. Aussi vint le moment, aux petites heures du matin, où il réussit à débarquer à bord d'une des chaloupes et à s'évanouir comme un fantôme, en route pour l'Inde. Bien avant que Dieudonné Hawkins ait pu donner l'alerte après avoir découvert lord Hauksbank de Hauksbank, les lèvres bleues sur sa couchette funèbre, délivré à jamais des tourments de son exigeante *finocchiona,* Uccello di Firenze avait disparu, ne laissant derrière lui que ce nom comme une mue abandonnée par un serpent. Contre le cœur du voyageur sans nom, reposait désormais le trésor des trésors, la lettre écrite de la main même d'Élisabeth Tudor et revêtue de son sceau personnel, la missive que la reine d'Angleterre adressait à l'empereur des Indes, et qui allait être son sésame, la clef qui lui donnerait accès à la cour du Moghol. Il était à présent ambassadeur d'Angleterre.

3

À l'aube, les palais aux imposantes murailles de grès

À l'aube, les palais aux imposantes murailles de grès de la nouvelle « cité de la Victoire » édifiée par Akbar le Grand avaient l'air de rideaux de fumée rouge. La plupart des villes donnent d'emblée l'impression d'être éternelles dès l'instant qu'elles sortent de terre ; Sikri, pourtant, aurait toujours l'air d'un mirage. Le soleil montait vers son zénith et la chaleur du jour s'abattait sur le pavé comme un énorme gourdin, rendant l'oreille humaine incapable de percevoir le moindre son, faisant trembler l'air comme une antilope effrayée et effaçant presque la frontière entre raison et folie, entre l'imaginaire et le réel.

Même l'empereur succombait aux fantasmagories. Les reines flottaient comme des fantômes dans ses palais, les sultanes rajput et turques jouaient au chat et à la souris. L'une d'entre elles n'existait pas réellement. C'était une épouse imaginaire, rêvée par Akbar à la manière dont les enfants solitaires s'inventent des amis fictifs, et malgré la présence de toutes ces épouses, évanescentes certes mais tout de même vivantes, l'empereur estimait que les reines véritables étaient des fantômes et que c'était la bien-aimée fantasmée qui était réelle. Il lui avait même donné un nom, Jodha, et personne n'osait le contredire. Dans l'intimité du harem, dans les corridors tendus de soie du palais qu'elle habitait, son influence et son pouvoir ne cessaient de croître. Tansen composa des chants en son honneur et dans le scriptorium on célébrait sa beauté par des peintures et des poèmes. Maître Abdus Samad, en personne, le Persan, fit son portrait d'après le souvenir d'un rêve sans avoir jamais vu son visage et quand l'empereur découvrit le résultat, il applaudit devant cette beauté qui irradiait de la toile. « Vous l'avez saisie sur le vif », s'écria-t-il, et Abdus Samad se sentit soulagé et se défit de l'impression que sa tête risquait de se détacher de son cou. Après qu'on eut exposé cette œuvre exécutée par le maître des ateliers de l'empereur, la cour tout entière sut que Jodha était bien réelle et les premiers des courtisans, les *Navratna,* ou les Neuf Étoiles, reconnurent tous non seulement son existence mais sa beauté, sa sagesse, la grâce de ses mouvements et la douceur de sa voix. Akbar et Jodhabai ! C'était l'idylle du moment.

La ville fut enfin achevée à temps pour le quarantième anniversaire de l'empereur. Il avait fallu douze longues années pénibles pour la construction et pourtant, pendant longtemps, la cité avait donné l'impression de surgir de terre, d'une année sur l'autre, sans aucun effort, comme par magie. Le ministre chargé des travaux avait interdit qu'aucun chantier ne fonctionne pendant que l'empereur séjournait dans sa nouvelle capitale. Quand il y transportait sa résidence, les outils des maçons se taisaient, les menuisiers ne plantaient plus un clou, les artisans qui travaillaient aux marqueteries, ceux qui disposaient les tentures ou sculptaient les paravents disparaissaient tous. Tout n'était alors, disait-on, que calme et volupté. Seuls les bruits délicieux étaient autorisés. On entendait le doux tintement des clochettes aux chevilles des danseuses, le bruissement des fontaines et les douces mélodies du génial Tansen portées par la brise. On murmurait des vers à l'oreille de l'empereur et, tous les mardis, dans la cour de l'échiquier, on se livrait à des parties langoureuses avec en guise de pièces de charmantes esclaves que l'on déplaçait sur le sol en damier. L'après-midi, dans la pénombre à l'abri des stores coulissants, on s'adonnait en toute quiétude à l'amour. Le voluptueux silence de la ville était le résultat de la toute-puissance du monarque autant que de la chaleur du jour.

Mais aucune ville ne peut être faite seulement de palais. La cité véritable, bâtie de bois, de boue, de bouse et de briques plus encore que de pierres, était blottie sous les murailles de l'imposant socle de roche rouge sur lequel s'élevait le palais de l'empereur. Elle était divisée en quartiers répartis tant en fonction de la race que de l'activité commerciale. Ici se trouvait la rue des forgerons, là les armureries sonores et surchauffées, plus loin dans une troisième venelle, le domaine des bijoux et des vêtements. À l'est s'étendait la colonie hindoue et plus loin, entourant les murs de la ville, le quartier persan, puis la zone des Turanis et plus loin encore, à proximité de la porte monumentale de la Mosquée du Vendredi, les maisons de ces musulmans qui n'étaient pas nés Indiens. Éparpillés dans la campagne on trouvait les demeures des nobles, l'atelier d'art et le scriptorium dont la réputation avait déjà gagné tout le pays, ainsi qu'un pavillon de musique et un autre réservé à la danse. Dans la plupart de ces quartiers populaires de Sikri, on n'avait guère le temps de flâner et quand l'empereur revenait de ses campagnes, l'ordre de faire silence était ressenti dans la ville de terre comme un véritable étouffement. Il fallait bâillonner les volailles au moment de les égorger pour ne pas troubler le repos du roi des rois. Qu'une roue se mette à grincer, cela pouvait valoir le fouet au charretier et pis encore s'il se mettait à hurler sous les coups. Les femmes accouchaient en retenant leurs cris et la pantomime muette du marché avait l'air d'une véritable folie. « Quand le roi est parmi nous, disaient les gens, nous sommes tous fous », s'empressant d'ajouter, car traîtres et espions grouillaient partout, « de joie ! » La cité de boue aimait son empereur et tenait à bien le faire savoir, sans recourir aux mots toutefois car les mots étaient faits de ce matériau interdit : le bruit. Lorsque l'empereur repartait en campagne, mener ces guerres incessantes (mais toujours couronnées de victoires) contre les armées de Gujerat et du Rajasthan, de Kaboul et du Cachemire, la prison du silence s'ouvrait, les trompettes claironnaient, les acclamations de joie retentissaient et les gens pouvaient enfin se dire toutes ces choses qu'ils avaient dû taire pendant des mois : *Je t'aime. Ma mère est morte. Ta soupe est bonne. Si tu ne me rends pas l'argent que tu me dois, je vais te briser les coudes. Mon amour, moi aussi je t'aime.* Tout.

Fort heureusement pour la ville de terre, les campagnes militaires retenaient souvent Akbar au loin, en fait il était absent la plupart du temps. Et quand il n'était pas là le tumulte des masses misérables et le vacarme des ouvriers déployés offensaient chaque jour les reines impuissantes. Elles restaient couchées toutes ensemble à se plaindre et ce qu'elles faisaient pour se distraire mutuellement, les jeux auxquels elles se livraient entre elles dans leurs appartements secrets, nous n'en parlerons pas ici. Seule la reine imaginaire demeurait pure. Et ce fut elle qui révéla à Akbar les souffrances que certains dignitaires trop zélés imposaient à son peuple pour rendre plus agréables ses séjours au palais. Dès qu'il fut mis au courant, l'empereur annula ces ordres, remplaça le ministre des travaux par un personnage moins sévère et tint même à chevaucher par les rues au milieu de ses sujets opprimés en criant : « Faites autant de bruit que vous voulez, braves gens ! Le bruit c'est la vie et un excès de bruit prouve qu'elle est belle. Nous aurons bien assez de temps pour rester calmes lorsque nous serons morts. » La ville entière laissa éclater une clameur de joie. Ce jour-là il devint évident qu'un nouveau roi des rois était monté sur le trône et que rien ne serait plus jamais comme avant.

*

Le pays connaissait enfin la paix mais les pensées du roi n'étaient jamais en repos. Il venait tout juste de rentrer de sa dernière campagne, il avait écrasé une révolte à Surat, mais pendant les longues journées de marche et de combat son esprit s'était livré à des énigmes philosophiques et linguistiques autant que militaires. L'empereur Abul-Fath Jalaluddin Muhammad, Roi des Rois, connu depuis l'enfance sous le nom d'Akbar, ce qui signifie « le grand », et depuis peu désigné malgré la tautologie par le titre de Akbar le Grand, le très grand des grands, grand dans sa grandeur même, doublement grand, si grand que cette répétition à l'intérieur de son titre n'était pas seulement pertinente mais absolument indispensable pour exprimer tout l'éclat glorieux de sa gloire, lui l'empereur absolu couvert de poussière, fatigué par les combats, vainqueur, pensif, marqué par un début d'embonpoint, désenchanté, moustachu, poète, doté d'une puissance sexuelle extraordinaire, lui qui semblait à la fois trop magnifique et trop universel, en un mot *trop* pour n'être qu'un individu singulier, ce souverain capable d'engloutir des océans, cet avaleur de mondes, ce monstre à plusieurs têtes qui ne parlait de lui qu'à la première personne du pluriel, avait entrepris de méditer, au cours du long et ennuyeux voyage de retour, rapportant avec lui les têtes de ses ennemis vaincus ballottant dans des jarres à condiments scellées, à méditer donc sur les troublantes qualités de la première personne du singulier, le « Je ».

Ces interminables journées au pas lent des chevaux provoquaient de languissantes divagations chez un homme au tempérament rêveur et l'empereur, en chevauchant, s'interrogeait sur des sujets tels que la mutabilité de l'univers, la taille des étoiles, la poitrine de ses épouses et la nature de Dieu. Et même aujourd'hui sur cette question grammaticale de l'individu et de ses Trois Personnes, la première, la deuxième et la troisième, les singuliers et les pluriels de l'âme. Pour parler de lui, Akbar n'avait jamais employé le « Je », pas même en privé, pas même sous l'effet de la colère ou en rêve. Il était – qu'aurait-il pu être d'autre ? – « nous ». Il était la définition, l'incarnation même du Nous. Il était né au sein de la pluralité. En disant « nous », il se présentait naturellement et sincèrement comme l'incarnation de tous ses sujets, de toutes ses villes, des terres, des fleuves, des montagnes et des lacs, mais aussi des animaux, des plantes, des arbres de son pays tout entier et même des oiseaux qui volaient dans les airs et des redoutables moustiques du crépuscule ou des monstres sans nom tapis dans leurs antres souterrains et rongeant lentement la racine des choses ; il se voyait comme la somme de toutes ses victoires, comme le réceptacle du caractère, des capacités, des histoires, peut-être même de l'âme de ses ennemis, qu'il les ait décapités ou simplement soumis ; enfin il se considérait comme l'apogée du présent et du passé de son peuple et comme le moteur de son avenir.

Par ce « nous », il exprimait son rang royal mais, par souci d'honnêteté et pour entretenir le débat, il en vint à envisager le fait que les gens du commun devaient sans doute à l'occasion se considérer eux aussi comme une identité plurielle.

Avaient-ils tort ? Ou alors, et cette pensée était à elle seule un crime de lèse-majesté, était-ce lui qui était dans l'erreur ? Cette conception du moi comme identité plurielle n'était-elle pas le propre de l'être, de n'importe quel être, chaque être n'étant inévitablement, après tout, qu'un être parmi tant d'autres, une parcelle de l'essence de toutes choses. La pluralité n'était peut-être pas l'apanage exclusif du roi, peut-être finalement n'était-ce pas son droit divin. Puisque ces réflexions royales devaient sans aucun doute trouver un écho sous une forme certes affaiblie et moins raffinée dans les méditations de ses sujets, les hommes et les femmes sur lesquels il régnait devaient certainement se concevoir eux aussi comme des « nous ». Peut-être avaient-ils le sentiment d'être des entités plurielles constituées de leur moi auquel s'ajoutaient leurs enfants, leur mère, leurs tantes, leur patron, leurs coreligionnaires, leurs camarades de travail, leur clan et leurs amis. Ils concevaient eux aussi leur moi comme une réalité multiple, une des facettes était le père de leurs enfants, une autre le fils de leurs parents, ils avaient bien conscience d'être différents selon qu'ils s'adressaient à leur patron ou se trouvaient à la maison avec leur épouse. En un mot ils n'étaient qu'un sac bourré de personnalités différentes qui débordait de toutes parts, tout comme lui-même. N'y avait-il donc aucune différence essentielle entre celui qui exerçait le pouvoir et ceux qui lui obéissaient ? Dès lors sa question initiale prenait une tournure nouvelle et surprenante. Si ses sujets aux personnalités multiples parvenaient à se concevoir au singulier plutôt qu'au pluriel, ne pouvait-il pas lui aussi employer le « je » ?

Existait-il donc un « je » qui soit tout simplement lui ? Un tel « je », nu, solitaire, pouvait-il donc se cacher sous le « nous » universel et surpeuplé ?

C'était là une question qui le remplissait d'effroi tandis qu'il regagnait son palais, monté sur son cheval blanc, lui l'intrépide, le combattant invaincu et qui, il faut bien le reconnaître, commençait à prendre de l'embonpoint et quand il y pensait à l'improviste, la nuit, il en perdait le sommeil. Qu'allait-il pouvoir dire quand il reverrait sa Jodha ? Allait-il simplement déclarer « me voilà » ou bien « c'est moi » et elle, en retour, serait-elle capable de le désigner par cette seconde personne du singulier, ce « tu » réservé aux enfants, aux amants et aux dieux ? Et dans ce cas, que voudrait-elle dire ? Qu'elle le considérait comme son enfant ou comme un dieu ou simplement comme l'amant dont elle aussi avait rêvé jusqu'à le rendre réel avec autant de ferveur qu'il mettait à rêver d'elle ? Ce petit mot, ce « tu » n'allait-il pas se révéler le mot le plus exaltant de la langue ? « Je », s'entraînait-il à répéter à voix basse. *Me voici. Je t'aime. Viens à moi.*

Sur le chemin du retour, une dernière expédition militaire lui fit perdre le fil de ses spéculations. Encore un de ces roitelets parvenus qu'il fallut remettre à sa place. Il dut faire un détour par la péninsule de Kathiawar pour mater cet obstiné rajah de Cooch Nahin, un jeune homme qui avait une grande bouche et une moustache encore plus remarquable. L'empereur était fier de sa propre moustache et n'aimait pas beaucoup qu'on rivalise avec lui sur ce point, un seigneur local qui prenait un plaisir absurde à parler sans cesse de liberté. La liberté pour qui, et de quoi se libérer, maugréait intérieurement l'empereur. La liberté n'était qu'une fadaise bonne pour les enfants, un jeu pour les femmes. Aucun homme jamais n'était libre. Son armée se glissa entre les arbres blancs de la forêt de Git comme un fléau avançant en silence et la ridicule petite garnison de Cooch Nahin, lisant sa mort prochaine dans le frémissement du feuillage, démolit ses propres fortifications, hissa un drapeau blanc et se mit abjectement à implorer grâce. Il arrivait souvent que l'empereur, au lieu d'exécuter son adversaire après l'avoir écrasé, épouse une de ses filles et confie un emploi à son beau-père vaincu. Cette fois-ci pourtant il avait arraché avec colère la moustache de l'insolent rajah et avait coupé en vulgaires morceaux ce gringalet rêveur, il l'avait fait lui-même, de sa propre épée, comme l'aurait fait son grand-père, puis il s'était retiré tout tremblant sous sa tente pour s'adonner à la tristesse.

L'empereur avait de grands yeux bridés qui contemplaient l'infini comme le ferait une jeune femme rêveuse ou un marin guettant la terre ferme. Il avait des lèvres charnues qui dessinaient une moue féminine. Mais en dépit de ces attributs peu virils, c'était un mâle robuste, grand et fort. Quand il était petit il avait tué une tigresse à mains nues puis, bouleversé par cet exploit, il avait pour toujours renoncé à manger de la viande et était devenu végétarien. Un musulman végétarien, un guerrier qui n'aspirait qu'à la paix, un roi-philosophe, une vivante contradiction. Tel était le plus grand souverain que cette terre ait jamais connu.

Au cours de ces heures de mélancolie qui suivaient la bataille, tandis que le soir tombait sur le vide et la mort, que la forteresse démantelée achevait de s'écrouler dans des flots de sang, à portée de la douce musique que faisait une petite chute d'eau, semblable au chant d'un rossignol, *bul-bul, bul-bul*, l'empereur, sous sa tente de brocart, buvait du vin coupé d'eau et se lamentait sur sa généalogie sanguinaire. Il ne voulait pas ressembler à ses ancêtres assoiffés de sang, fussent-ils les plus grands héros de l'histoire. Il se sentait accablé par tous ces noms que lui rapportait un trouble passé, les noms dont le sien descendait en cascades de sang : Babur, son grand-père, le seigneur de guerre de Ferghana qui avait conquis sans jamais l'aimer ce nouveau royaume, l'Inde, à la fois trop prospère et encombré de dieux trop nombreux, Babur, la machine de guerre, doué d'un sens inattendu pour la pertinence du langage, et avant Babur, les princes meurtriers de Transoxiane et de Mongolie. Et surtout le puissant Temüjin, Genghis, Changez, Jenghis ou Chinggis Qan grâce auquel Akbar se devait de porter le titre de Moghol, devait être le *Mongol* qu'il n'était pas, que du moins il n'avait pas le sentiment d'être. Lui se sentait… *hindoustan*. Sa horde à lui n'était ni Dorée, ni Bleue ni Blanche. Le simple mot de horde heurtait ses oreilles sensibles comme une expression laide, répugnante, grossière. Il ne voulait pas de hordes. Il ne voulait pas verser d'argent en fusion dans les yeux de ses vassaux vaincus ni les écraser sous l'estrade sur laquelle il dînait. Il était las de la guerre. Il se rappelait le précepteur de ses jeunes années, un Mir persan qui lui enseignait que pour être en paix avec lui-même un homme devait être en paix avec les autres. *Sulh-i-kul*, la paix absolue. C'était une idée qu'aucun Khan ne pouvait comprendre. Il ne voulait pas d'un khanat. Il voulait un pays.

Il n'y avait pas que Temüjin. Il descendait aussi en ligne directe des reins de l'homme dont le nom était synonyme de fer. Dans la langue de ses ancêtres, le mot qui désignait le fer était *timur*. Timur-e-Lang, le boiteux de fer. Tamerlan qui détruisit Damas et Bagdad, qui laissa Delhi en ruine, hantée par cinquante mille fantômes. Akbar aurait préféré ne pas compter Tamerlan parmi ses ancêtres. Il avait cessé de parler la langue de Tamerlan, le chaghatai, ainsi nommée d'après un des fils de Gengis Khan, pour adopter à la place, d'abord le persan, avant d'y ajouter plus tard ce mélange bâtard de langues pratiqué par les armées en campagne, l'*ourdou*, parler de garnison dans lequel une demi-douzaine de dialectes à moitié compréhensibles, bafouillants et sifflants, se mêlaient et finirent par produire, à la surprise générale, un son nouveau et magnifique, un langage poétique né de la bouche des soldats.

Le rajah de Cooch Nahin, jeune, mince et brun, s'était agenouillé aux pieds d'Akbar, son visage sans moustache saignait, il attendait le coup qui allait le frapper.

« L'histoire se répète, dit-il, votre grand-père a tué le mien il y a soixante-dix ans.

— Notre grand-père », répondit l'empereur, employant selon la coutume le pluriel de majesté, car le moment n'était pas venu d'expérimenter le singulier, pas devant ce misérable qui n'était pas digne d'être le témoin d'une telle expérience, « notre grand-père était un barbare qui parlait comme un poète. Nous, en revanche, nous sommes un poète héritier d'une histoire barbare et qui accomplit à la guerre des prouesses barbares, ce que nous détestons. Ainsi est-il démontré que l'histoire ne se répète pas mais va de l'avant et que l'Homme est capable de changer.

— Curieuse remarque de la part d'un bourreau, dit doucement le jeune rajah, mais il est vain de discuter avec la Mort.

— Ton heure est venue, confirma l'empereur, aussi dis-nous sincèrement avant de partir quelle sorte de paradis tu t'attends à trouver quand tu auras franchi le voile ? »

Le rajah leva son visage tuméfié et regarda l'empereur droit dans les yeux.

« Au Paradis, les mots adorer et discuter ont la même signification. Le Tout-Puissant n'est pas un tyran. Dans la Maison de Dieu toutes les voix ont le droit de s'exprimer librement et c'est ainsi qu'elles disent leur dévotion. »

C'était une sorte de jeune prétentieux insupportable, cela ne faisait aucun doute, pourtant, malgré son agacement, Akbar fut touché.

« Nous te promettons, déclara l'empereur, que nous construirons ici sur terre cette maison de l'adoration. » Alors, s'écriant *Allahu Akbar*, Dieu est grand, ou peut-être tout simplement, Akbar est Dieu, il trancha la tête devenue soudain superflue de ce petit crétin pompeux et raisonneur.

Dans les heures qui suivirent la mort du rajah, l'empereur fut hanté par un démon qui lui était familier, celui de la solitude. Chaque fois qu'un homme s'adressait à lui comme à un égal, il en devenait fou. C'était là une faute, il le comprenait, la colère d'un roi est toujours pendable, un roi irrité est comme un dieu qui commet des erreurs. C'était une autre de ses contradictions. Il était non seulement un philosophe barbare et un tueur pleurnicheur, mais aussi un égotiste vivant d'obséquiosité et de flagornerie et cependant il ne cessait d'aspirer à un monde différent, un monde où il pourrait rencontrer l'homme qui serait son égal parfait, qu'il pourrait retrouver comme un frère avec qui il s'entretiendrait librement dans des échanges fructueux aussi instructifs et plaisants pour l'un que pour l'autre, un monde où il pourrait renoncer aux plaisirs jubilatoires de la conquête pour les joies plus douces et cependant encore plus épuisantes de la conversation. Mais un tel monde existait-il ? Par quel chemin pouvait-on l'atteindre ? Un tel homme existait-il quelque part dans le monde ; ne venait-il pas justement de l'exécuter ? Et si le rajah moustachu avait été cet homme-là ? Ne venait-il pas de tuer le seul homme sur terre qu'il aurait pu aimer ?

Les pensées de l'empereur embrumées d'alcool se firent sentimentales et ses yeux se brouillèrent de larmes d'ivrogne.

Comment pouvait-il devenir l'homme qu'il aspirait à être ? Le *Akbar*, le grand ? Comment ?

Il n'avait personne à qui parler. Il avait renvoyé de sa tente Bhakti Ram Jain, son serviteur personnel, sourd comme un pot, afin de pouvoir boire en paix. Un serviteur incapable d'entendre les divagations de son maître était une véritable bénédiction mais Bhakti Ram Jain savait maintenant lire sur ses lèvres, ce qui lui faisait perdre beaucoup de sa valeur et le rendait capable d'indiscrétion comme n'importe qui. *Le roi est fou.* C'est ce qu'on disait ; tout le monde le disait. Ses soldats, son peuple, ses épouses. On ne le lui signifiait pas en face car c'était un colosse et un redoutable guerrier digne des héros des récits antiques, et puis il était tout de même le roi des rois, alors s'il voulait se comporter de manière un peu originale, qui donc étaient-ils pour y trouver à redire ? D'ailleurs le roi n'était pas fou. Le roi n'était pas satisfait de son être. Il aspirait à un autre devenir.

Très bien. Il allait tenir la promesse faite au défunt roitelet de Kathiawar. Au cœur de sa cité de la victoire, il construirait une maison de l'adoration, un lieu de débats où chacun pourrait dire n'importe quoi à n'importe qui et sur tous les sujets, et même nier l'existence de Dieu ou réclamer l'abolition de la monarchie. Dans cette maison, il s'infligerait une leçon d'humilité. Non, il était injuste envers lui-même. Il ne s'agirait pas d'une leçon. Mais plutôt d'un simple rappel qui lui permettrait de retrouver l'humilité profondément enfouie dans son âme. L'humble Akbar qui constituait peut-être la meilleure part de son moi avait été façonné par les circonstances de son enfance passée en exil, même s'il se camouflait aujourd'hui sous la grandeur de l'adulte il n'en était pas moins présent ; sa personnalité avait été forgée non dans la victoire, mais dans la défaite. Aujourd'hui il volait de victoire en victoire mais l'empereur n'ignorait rien de la défaite. La défaite c'était son père. Il s'appelait Humâyûn.

Il n'aimait pas penser à son père. Celui-ci avait abusé de l'opium, perdu son empire, et ne l'avait reconquis qu'après avoir feint de se faire chiite (et abandonné le diamant Koh-i-noor) afin que le roi de Perse lui offre une armée pour aller au combat, ensuite il s'était tué en tombant dans l'escalier d'une bibliothèque peu après avoir récupéré son trône. Akbar, qui n'avait pas connu son père, était né à Sind après la défaite d'Humâyûn à la bataille de Chansa. Lorsque Sher Shah Suri devint roi à la place d'Humâyûn qui aurait dû l'être mais en fut incapable, le souverain déchu s'enfuit en Perse en abandonnant son fils. *Son fils âgé de quatorze mois.* Lequel fut retrouvé et élevé par le frère de son père qui était aussi son ennemi, l'oncle Askari de Kandahar, un homme redoutable, cet oncle Askari, qui aurait volontiers tué Akbar de ses propres mains s'il avait pu s'approcher de lui mais qui n'y arriva jamais parce qu'il trouvait toujours sa femme sur son chemin.

Akbar n'eut la vie sauve que par la volonté de sa tante.

On lui enseigna, à Kandahar, l'art de survivre, de se battre, de tuer, de chasser, mais il apprit aussi bien d'autres choses qu'on ne lui enseigna pas, comme l'art d'être sur ses gardes, de tenir sa langue et d'éviter de dire ce qu'il ne fallait pas, le mot qui pouvait le condamner à mort. Il apprit la dignité de la perte et il apprit à perdre et il découvrit à quel point cela libérait l'âme d'accepter la défaite et il apprit à abandonner en évitant le piège qui consiste à se cramponner à ce que l'on désire, il apprit l'abandon en général et en particulier le fait d'être privé d'un père, l'absence des pères, la vacuité du statut d'orphelin et les meilleures armes des plus faibles contre les plus forts : l'introspection, la prévoyance, la ruse, l'humilité et une conscience aiguë du milieu qui vous entoure. Les nombreux enseignements que l'on peut tirer de la privation. Le dépouillement sur lequel on peut s'épanouir.

Il y eut pourtant certaines choses que personne ne songea à lui enseigner et qu'il n'apprendrait jamais.

« Nous sommes l'empereur de l'Inde, Bhakti Ram Jain, et nous ne savons même pas écrire notre propre nom, criait-il le matin à son serviteur tandis que le vieil homme l'aidait à faire ses ablutions.

— Oui, ô entité mille fois sacrée, père de nombreux fils, époux de nombreuses femmes, souverain du monde, maître de l'univers », répondait Bhakti Ram Jain en lui tendant une serviette. Ce moment de la journée, le lever du roi, était l'heure dévolue aux flatteries. Bhakti Ram Jain tenait fièrement son rang de Flatteur Impérial de Première Classe, il était maître de ce style ancien et très surchargé connu sous le nom d'adulation redondante. Seul un homme doté d'une excellente mémoire, capable de retenir les formules alambiquées des panégyriques poussés à l'extrême, pouvait pratiquer l'adulation redondante car il fallait savoir répéter les formules en respectant soigneusement l'ordre requis. Bhakti Ram Jain possédait une mémoire sans faille. Il pouvait flatter pendant des heures.

Surprenant le reflet de son regard courroucé dans l'eau tiède de la cuvette, l'empereur y vit un mauvais présage.

« Nous sommes le roi des rois, Bhakti Ram Jain, et nous ne pouvons même pas lire nos propres lois. Que dis-tu de cela ?

— Oui, ô le plus équitable des juges, père de nombreux fils, époux de nombreuses femmes, souverain du monde, maître de l'univers, gouverneur de tout ce qui existe, rassembleur de tous les êtres, dit Bhakti Ram Jain qui commençait à prendre du cœur à l'ouvrage.

— Nous sommes la Sublime Radiance, l'Étoile de l'Inde et le Soleil de la Gloire, dit l'empereur qui n'était pas non plus tout à fait ignorant en matière de flatteries. Et pourtant nous grandissons dans cette ville de merde où les hommes baisent les femmes pour faire des enfants mais baisent ensuite les jeunes garçons pour en faire des hommes. Habitué à être sans cesse sur nos gardes, redoutant l'assaillant qui peut nous agresser par-derrière autant que l'ennemi qui peut attaquer de face.

— Oui, ô lumière éblouissante, père de nombreux fils, époux de nombreuses femmes, souverain du monde, maître de l'univers, gouverneur de tout ce qui existe, rassembleur de tous les êtres, Sublime Radiance, Étoile de l'Inde et Soleil de la Gloire, répondit Bhakti Ram Jain, qui, pour être sourd, n'en comprenait pas moins à demi-mot.

— Est-ce là l'éducation d'un roi, Bhakti Ram Jain ? gronda l'empereur renversant la cuvette dans sa colère. Illettré, gardien d'ânes, sauvage, est-ce ainsi que doit être un prince ?

— Oui, ô plus sage que la Sagesse, père de nombreux fils, époux de nombreuses femmes, souverain du monde, maître de l'univers, gouverneur de tout ce qui existe, rassembleur de tous les êtres, Sublime Radiance, Étoile de l'Inde, Soleil de la Gloire, commandeur des âmes humaines, maître du destin de votre peuple.

— Tu fais semblant d'être incapable de lire sur nos lèvres, hurla l'empereur.

— Oui, ô plus clairvoyant que les prophètes, père de nombreux…

— Tu n'es qu'une chèvre dont il faudrait trancher la gorge pour que nous en mangions la viande à déjeuner.

— Oui, ô plus clément que les dieux, père…

— Ta mère a baisé avec un porc pour te donner naissance.

— Oui, ô plus éloquent que tous les orateurs, p…

— Cela suffit. Nous nous sentons mieux à présent. Disparais. Tu as la vie sauve. »

4

Et revoici, ornée de pièces de soie brillantes flottant

Et revoici, ornée de pièces de soie brillantes flottant comme des drapeaux aux fenêtres du palais rouge, Sikri, tremblant dans la chaleur comme une vision due à l'opium. Ici enfin, au milieu de ses paons orgueilleux et de ses danseuses, il se sentait chez lui. Si le monde ravagé par la guerre était une cruelle réalité, Sikri était un admirable mensonge. L'empereur rentrait chez lui comme un fumeur revient à sa pipe. C'était lui l'Enchanteur. Il allait ici faire apparaître un monde nouveau, un monde qui n'appartiendrait ni à une religion, ni à une région, ni à un rang, ni à une tribu. Les plus belles femmes du monde se trouvaient ici et elles étaient toutes ses épouses. Les talents les plus brillants du pays étaient réunis ici et parmi eux les Neuf Étoiles, les neuf plus brillants parmi les plus brillants, avec leur aide il n'y avait rien qu'il ne pût accomplir. Avec leur aide son génie allait transformer comme par magie le pays tout entier et l'avenir et toute l'éternité. Un empereur était un enchanteur du réel et, secondé par de tels complices, ses sortilèges ne pouvaient échouer. La musique de Tansen était capable de briser les scellés de l'univers pour permettre au divin de pénétrer la réalité quotidienne. Les poèmes de Faizi ouvraient dans le cœur et l'esprit des fenêtres qui laissaient entrevoir aussi bien la lumière que les ténèbres. Les talents politiques de Rajah Man Singh et l'habileté financière de Rajah Todar Mal prouvaient que les affaires de l'empire étaient entre les mains les plus qualifiées. Et puis il y avait Birbal, le meilleur des neuf qui étaient eux-mêmes les meilleurs des meilleurs. Son premier ministre et son ami le plus proche.

Ce premier ministre qui était le plus grand esprit de sa génération vint l'accueillir à Hiran Minar, la tour aux défenses d'éléphants. L'empereur se sentait d'humeur espiègle.

« Birbal, dit Akbar en descendant de cheval, veux-tu répondre à une question. Il y a longtemps que nous voulons te la poser. »

Le premier ministre, dont l'esprit et la sagesse étaient légendaires, s'inclina humblement.

« Comme il vous plaira, *Jahanpanah*, Protecteur de l'Univers.

— Eh bien, qu'est-ce qui est apparu en premier, l'œuf ou la poule ?

— La poule », répondit immédiatement Birbal.

Interloqué, Akbar lui demanda :

« Comment peux-tu en être aussi sûr ?

— *Huzoor,* répondit Birbal. Je n'ai promis de répondre qu'à une seule question. »

Le premier ministre et l'empereur étaient montés sur les remparts de la ville et regardaient le vol concentrique des corbeaux.

« Birbal, demanda Akbar par jeu, combien de corbeaux y a-t-il à ton avis dans notre royaume ?

— *Jahanpanah,* il y en a exactement neuf cent quatre-vingt-dix-neuf mille neuf cent quatre-vingt-dix-neuf.

Akbar resta interloqué.

« Imagine qu'on les fasse compter et qu'on en trouve davantage ?

— Cela voudrait dire que leurs amis des royaumes voisins sont venus leur rendre visite.

— Et si on en trouve moins ?

— Alors c'est que quelques-uns d'entre eux sont partis à l'étranger découvrir le vaste monde. »

Un éminent linguiste attendait à la cour d'Akbar, un jésuite venu d'un lointain pays occidental, capable de soutenir une discussion dans les dizaines de langues qu'il parlait couramment. Il mit l'empereur au défi de découvrir quelle était sa langue maternelle. Tandis que l'empereur cherchait à résoudre l'énigme, le premier ministre se mit à tourner autour du prêtre et lui flanqua brusquement un violent coup de pied au derrière. Le jésuite lança une bordée de jurons, non pas en portugais mais en italien.

« Vous remarquerez, *Jahanpanah*, qu'au moment de proférer des insultes, un homme revient toujours à sa langue maternelle.

— Si tu étais athée, Birbal, demanda l'empereur pour pousser son premier ministre dans ses retranchements, que dirais-tu aux vrais croyants de toutes les grandes religions du monde ? »

Birbal était un brahmane très dévot de la région de Trivikrampur, il répondit pourtant sans hésiter :

« Je leur dirais qu'à mon avis ils sont tous aussi athées que moi. Je crois seulement à un dieu de moins que chacun d'entre eux.

— Comment cela ? demanda l'empereur.

— Tous les vrais croyants refusent pour de bonnes raisons l'existence de tous les dieux, à l'exception du leur. Et ce sont donc eux-mêmes, dans leur ensemble, qui m'incitent à ne croire en aucun. »

Le premier ministre et l'empereur se tenaient sur la Khwabgah, la Place des Rêves, et contemplaient la surface calme de l'Anup Talao, la pièce d'eau personnelle du souverain, un bassin d'apparat, le Bassin sans Pareil, le plus remarquable de tous les bassins et dont on disait que l'eau se troublait en guise d'avertissement lorsque le royaume était en danger.

« Birbal, dit Akbar, tu sais que notre reine préférée a le malheur de ne pas exister. Nous l'aimons plus que toutes, nous l'admirons plus que les autres, nous l'estimons même bien plus que le Koh-i-noor que nous avons perdu, et pourtant elle demeure inconsolable. “La plus horrible de vos mégères avec son mauvais caractère est faite de chair et de sang, dit-elle, en fin de compte je ne pourrai jamais rivaliser avec elle.” »

Le premier ministre déclara à l'empereur :

« *Jahanpanah,* il faut lui expliquer que c'est justement *en fin de compte* que sa victoire éclatera aux yeux de tous car au final aucune des reines n'existera plus qu'elle, tandis qu'elle aura été aimée par vous pendant toute une vie et sa gloire traversera les âges. Aussi, en vérité, même s'il est vrai qu'elle n'existe pas, il est également vrai d'affirmer qu'elle est la seule qui soit vivante. Si ce n'était pas le cas, alors là-bas, derrière cette haute fenêtre, personne n'attendrait votre retour. »

*

Les sœurs de Jodha, les autres épouses, étaient jalouses d'elle. Comment le puissant empereur pouvait-il préférer la compagnie d'une femme qui n'existait pas ? Quand il s'absentait, elle aurait dû en faire autant. Elle n'avait aucune raison de rester traîner parmi les vivants. Elle aurait dû s'évanouir comme le mirage qu'elle était, se glisser dans un miroir ou une ombre et disparaître. Mais elle ne le faisait pas, et les reines voyaient là le genre de bévue typique d'un être imaginaire. Comment aurait-elle pu apprendre les bonnes manières puisqu'elle n'avait reçu aucune éducation ? Elle n'était qu'un fantasme à l'état pur et méritait d'être ignorée.

L'empereur l'avait créée, faisaient-elles remarquer avec rage, en leur volant à chacune certains de leurs traits. Il prétendait qu'elle était la fille du prince de Jodhpur. C'était faux ! Il s'agissait d'une autre reine qui d'ailleurs n'était pas la fille du maharadjah mais sa sœur. L'empereur croyait aussi que sa bien-aimée imaginaire était la mère de son fils premier-né, ce premier fils qu'il avait dû attendre si longtemps et qui fut conçu grâce à la bénédiction d'un saint, celui précisément qui vivait dans une cahute au sommet d'une colline près de l'endroit où l'on avait construit la cité de la victoire. Elle ne pouvait pas être la mère du prince Salim, c'est ce que la mère véritable du prince, Rajkumari Hira Kunwari, connue sous le nom de Mariam-uz-Zamani, fille du Rajah Bihar Mal d'Amer, du clan de Kachhwaha, ne cessait de raconter avec force lamentations à qui voulait l'entendre. En somme, la beauté incomparable de la reine imaginaire lui venait d'une épouse, sa religion hindoue d'une deuxième et son immense fortune d'une troisième. Son caractère en tous les cas était bien l'œuvre d'Akbar. Aucune femme réelle ne pouvait lui ressembler, être aussi attentionnée, aussi peu exigeante, disponible à tout moment. Elle était impossible, la perfection rêvée. Elles la redoutaient, sachant qu'étant impossible elle était irrésistible, c'est pour cela que le roi en avait fait sa favorite. Elles la détestaient parce qu'elle leur avait volé leur histoire. Si elles avaient pu l'assassiner elles l'auraient fait volontiers, mais à moins que l'empereur ne se lasse d'elle ou qu'il ne vienne à mourir, elle était immortelle. L'idée de la mort de l'empereur était concevable, mais jusqu'à présent les reines n'allaient pas jusqu'à l'envisager. Elles supportaient leur chagrin en silence. « L'empereur est fou », grommelaient-elles intérieurement, mais elles étaient assez raisonnables pour éviter de le dire à haute voix. Et tandis qu'il galopait à la ronde, pourfendant ses ennemis, elles abandonnaient l'épouse imaginaire à son sort. Elles ne prononçaient jamais son nom. *Jodha, Jodhabai.* Ces mots ne franchissaient jamais leurs lèvres. Elle errait seule dans le palais. Elle passait comme une ombre solitaire que l'on apercevait derrière les claustras de pierre. Elle était un vêtement agité par la brise. La nuit elle montait sous la petite coupole au dernier étage du Panch Mahal et restait là à scruter l'horizon, guettant le retour du roi à qui elle devait son existence. Le roi qui s'en revenait de guerre.

*

Bien avant les bouleversements provoqués par l'arrivée à Fatehpur Sikri du menteur blond venu de contrées lointaines avec ses histoires d'enchantement et de sortilège, Jodha savait que son illustre époux devait avoir la sorcellerie dans le sang. Le goût de Gengis Khan pour la nécromancie était de notoriété publique ainsi que son habitude de pratiquer des sacrifices animaux, sa connaissance des secrets des plantes et comment il avait réussi avec l'aide de la magie noire à engendrer huit cent mille descendants. Tout le monde connaissait l'histoire de Timour le Boiteux brûlant le Coran et, après avoir conquis la terre, essayant de monter jusqu'aux étoiles pour conquérir aussi les cieux. Et celle de l'empereur Babur sauvant la vie d'Humâyûn en tournant autour du lit où il était en train de mourir, parvenant à détourner la mort du fils vers le père, se sacrifiant pour que son enfant ait la vie sauve. Ces pactes obscurs avec la mort et le Démon faisaient partie de l'héritage de son époux et sa propre existence prouvait bien qu'il disposait de pouvoirs magiques très puissants.

Créer une vie réelle à partir d'un rêve était un acte surhumain qui usurpait les prérogatives des dieux. À cette époque-là, Sikri regorgeait de poètes et d'artistes. Des prétentieux imbus d'eux-mêmes qui affirmaient posséder le pouvoir des mots et des images pour créer des chefs-d'œuvre à partir du vide, sans qu'aucun de ces poètes, peintres, musiciens ou sculpteurs ait jamais approché l'exploit que l'empereur, l'Homme Parfait, avait réalisé. La cour grouillait aussi d'étrangers, des individus exotiques et pommadés, des marchands burinés par les intempéries, des prêtres au visage étroit venus de l'Ouest qui glorifiaient tous en d'horribles langues insupportables la majesté de leurs pays, de leurs dieux et de leurs rois. À travers un claustra de pierre qui masquait une haute fenêtre au dernier étage de ses appartements, elle plongeait son regard sur la grande cour entourée de murs où se tenait le Siège des Audiences Publiques et voyait cette multitude d'étrangers se pavaner et se rengorger. Lorsque l'empereur lui montrait les images qu'ils avaient apportées de leurs montagnes et de leurs vallées, elle pensait à l'Himalaya et au Cachemire et se gaussait de ces piètres approximations de la beauté naturelle, tous ces *vaals* et ces *aalps*, des demi-mots pour désigner des demi-réalités. Leurs souverains étaient barbares et ils avaient cloué leur dieu à un arbre. Pourquoi s'embarrasser de gens aussi ridicules ?

Leurs récits non plus ne l'impressionnaient pas. L'empereur lui avait rapporté une histoire qu'il tenait d'un marchand, celle d'un antique sculpteur grec qui avait façonné une femme vivante et s'était épris d'elle. L'histoire finissait mal et, de toute façon, ce n'était qu'un conte pour les enfants. On ne pouvait pas la comparer avec sa propre existence bien réelle. Car elle, après tout, existait. Elle était, tout simplement. Un seul homme sur terre avait jamais réalisé un tel exploit créateur par la seule force de sa volonté.

Les voyageurs étrangers ne l'intéressaient pas, même si elle savait qu'ils fascinaient l'empereur. Ils venaient ici en quête de… de quoi exactement ? Rien de bien utile. S'ils avaient eu une once de sagesse, la vanité de leur voyage leur serait apparue à l'évidence. Il ne servait à rien de voyager. Cela revenait à quitter un endroit où vous aviez votre place et auquel vous donniez du sens en lui consacrant votre vie, pour être transporté dans un pays enchanté où vous aviez l'air franchement absurde et où, de fait, vous l'étiez.

Oui, cet endroit, Sikri, était bien à leurs yeux un pays enchanté tout comme leur Angleterre, leur Portugal, leur Hollande et leur France dépassaient ses capacités de compréhension. Le monde n'était pas fait d'une seule pièce. « Nous sommes leur rêve, avait-elle dit à l'empereur, et ils sont les nôtres. » Elle l'aimait parce qu'il ne dédaignait jamais ses opinions, ne les chassait pas d'un geste ample de la main. « Imagine un peu, Jodha, lui dit-il un soir tandis qu'ils abattaient leurs cartes sur la table dans une partie de *ganjifa*, si l'on pouvait s'éveiller dans le rêve des autres et le modifier, ou si nous avions le courage de les inviter à venir dans les nôtres. Qu'arriverait-il si le monde entier devenait un simple rêve éveillé ? » Elle ne pouvait guère le traiter de fantaisiste quand il parlait de rêve éveillé : n'était-ce pas ce qu'elle était ?

Elle n'avait jamais quitté le palais où elle était née une dizaine d'années auparavant, née déjà adulte auprès de l'homme qui était à la fois son créateur et son amant. C'était la vérité : elle était en même temps sa femme et son enfant. Si elle s'éloignait du palais, du moins c'est ce qu'elle avait toujours cru, le charme serait rompu et elle n'existerait plus. Peut-être pourrait-elle s'y risquer à condition que l'empereur soit à ses côtés pour la soutenir de toute la force de sa conviction, mais seule, elle n'aurait aucune chance. Par bonheur, elle n'avait nulle envie de sortir du palais. Le labyrinthe des couloirs faits de cloisons ou de tentures qui reliaient les différentes parties du vaste palais suffisait à satisfaire son goût des voyages. C'était son petit univers à elle. Elle n'éprouvait pas le moindre désir de conquérir l'ailleurs. Elle laissait volontiers aux autres tout le reste du monde. Le sien, c'était cette enceinte de murs fortifiés.

C'était une femme sans passé, coupée de l'histoire ou, plutôt, qui ne possédait pour toute histoire que celle qu'il avait bien voulu lui accorder et que les autres reines lui contestaient amèrement. Le problème de son existence indépendante et même la question de savoir si elle en avait réellement une étaient sans cesse remis en cause, qu'elle le veuille ou non. Si Dieu se détournait de sa création, l'Homme, celui-ci cesserait-il d'exister ? Telle était l'approche universelle de la question, mais c'était la version égoïste, à son échelle personnelle qui la préoccupait. Possédait-elle une volonté indépendante de l'homme qui avait permis son existence ? Devait-elle son existence au fait qu'il était le seul à refuser de croire que son existence était impossible ? S'il venait à mourir, pourrait-elle continuer à vivre ?

Elle sentit son pouls s'accélérer. Il allait se produire quelque chose Elle se sentit plus forte, plus solide. Ses doutes s'envolèrent. Il était de retour.

L'empereur avait pénétré dans l'enceinte du palais et elle sentait déjà s'approcher le besoin qu'il avait d'elle. Oui, il allait se produire quelque chose. Elle percevait le bruit de ses pas dans son propre sang, et voyait son image grandir en elle à mesure qu'il se rapprochait. Elle était son miroir car c'est ainsi qu'il l'avait créée mais elle était aussi elle-même. Oui, à présent l'acte créateur était achevé et elle était libre d'être la personne qu'il avait créée, libre comme tout le monde d'exister et d'agir dans les limites que la nature lui imposait. Comme elle se sentait pleine de force tout à coup, de sang et de colère. Il était loin d'avoir sur elle un pouvoir absolu. Elle avait une personnalité cohérente. Elle ne l'avait jamais senti à ce point. Sa vraie nature la submergea comme une vague. Elle n'était pas servile. Il n'aimait pas les femmes serviles.

Elle allait commencer par lui faire des reproches. Comment pouvait-il partir si longtemps ?

Pendant son absence elle avait dû déjouer de nombreux complots. Elle ne pouvait ici faire confiance à personne. Les murs eux-mêmes ne cessaient de murmurer. Elle se battait seule contre tous et assurait la sécurité du palais jusqu'à son retour, elle faisait échouer les petites mesquineries égoïstes des serviteurs, elle confondait les lézards qui espionnaient en courant sur les murs, elle interrompait les débandades de souris occupées à comploter. Et tout cela pendant qu'elle-même s'affaiblissait, alors que la simple lutte pour survivre mobilisait presque toute l'énergie de sa volonté. Les autres reines… non, elle ne parlerait pas des autres reines. Les autres reines n'existaient pas. Elle seule existait. Elle était une sorcière. La sorcière d'elle-même. Il n'y avait qu'un seul homme qu'elle ait besoin d'ensorceler et il arrivait. Ce n'étaient pas les autres reines qu'il allait voir. Il allait vers ce qu'il aimait le plus. Elle était remplie de sa présence, du désir qu'il avait d'elle, de ce quelque chose qui allait se produire. Elle était l'experte de son désir. Elle savait tout de lui.

La porte s'ouvrit. Elle exista. Elle était immortelle parce que c'est l'amour qui l'avait créée.

Il portait un turban doré orné d'une cocarde et un manteau de brocart d'or. Il arborait la poussière des terres qu'il avait conquises comme une décoration militaire. Il souriait d'un air penaud. « J'aurais voulu rentrer plus tôt mais j'ai été retardé… » Il y avait quelque chose de maladroit et d'inhabituel dans sa façon de parler. Que lui arrivait-il donc ? Elle feignit d'ignorer ce comportement hésitant si singulier de sa part et se comporta comme elle avait prévu de le faire.

« Oh, vous "auriez voulu" dit-elle en se redressant, vêtue de ses habits ordinaires, et recouvrant le bas de son visage de son voile de soie. Un homme ne sait pas ce qu'il veut. Un homme ne veut pas ce qu'il prétend vouloir. Un homme ne désire que ce dont il a besoin. »

Il fut très étonné qu'elle ne daigne pas remarquer qu'il avait condescendu à utiliser la première personne, c'était une marque d'honneur qui aurait dû la faire se pâmer de joie, c'était sa toute récente découverte et aussi une déclaration d'amour. Il en fut très étonné et quelque peu décontenancé.

« Combien d'hommes as-tu donc connus pour te montrer si experte, dit-il en s'approchant l'air mécontent. As-tu imaginé d'autres hommes à ton usage pendant *mon* absence, en as-tu rencontré pour te satisfaire, des hommes qui n'étaient pas des rêves ? Y a-t-il des hommes que *je* doive tuer ? »

Cette fois elle ne pouvait manquer de remarquer la nouveauté révolutionnaire et très érotique du pronom employé. Elle allait certainement comprendre ce qu'il essayait de lui dire.

Elle ne saisit pas. Elle croyait savoir ce qui l'émouvait et se concentrait sur les mots qu'elle devait prononcer pour qu'il lui appartienne.

« Les femmes pensent en général moins aux hommes que la plupart d'entre eux se l'imaginent. Les femmes pensent à leur homme moins souvent que celui-ci se plaît à le croire. L'ensemble des femmes a moins besoin des hommes que les hommes ont besoin des femmes. C'est pour cela qu'il est si important d'imposer sa loi à une bonne épouse. Si on ne le fait pas, elle s'en ira sûrement. »

Elle ne s'était pas parée pour le recevoir. « Si ce sont des poupées que vous cherchez, allez donc à la maison des poupées où elles vous attendent à se pomponner en criaillant et en se tirant les cheveux. » Elle venait de commettre une erreur. Elle avait évoqué les autres reines. L'empereur se rembrunit et son regard s'assombrit. Elle avait mal joué. Le charme était sur le point de se rompre.

Elle darda toute la force de son regard sur le sien et il revint vers elle. Le charme opéra. Elle reprit en élevant la voix :

« Vous avez l'air d'un vieillard, fit-elle sans chercher à le flatter. Vos fils vous prendront bientôt pour leur grand-père. » Elle ne le félicita pas non plus pour ses victoires. « Si l'histoire avait suivi une voie différente, les anciens dieux régneraient encore, ces dieux que vous avez battus, ces dieux pourvus de membres et de têtes multiples, ces dieux pleins de récits et d'exploits au lieu de sanctions et de lois, ces dieux de l'être accompagnés des déesses de l'action, ces dieux de la danse, ces dieux du rire, ces dieux d'éclairs et de flûtes, ces dieux si nombreux, et le monde s'en porterait peut-être mieux. » Elle savait qu'elle était belle, et laissant glisser le fin voile de soie, elle dévoila alors la beauté qu'elle lui avait cachée et il fut possédé. « Quand un jeune homme rêve d'une femme, il la voit dotée d'une opulente poitrine et d'un esprit minuscule, murmura-t-elle. Quand un roi imagine une épouse, c'est de moi qu'il rêve. »

Elle maîtrisait à la perfection les sept méthodes de la palpongulation qui est l'art d'utiliser les ongles pour pimenter la relation amoureuse. Avant qu'il ne parte pour son long voyage, elle l'avait marqué des Trois Marques Profondes, une figure qui consistait à pratiquer des égratignures à l'aide des trois premiers doigts de la main droite dans son dos, sur sa poitrine et sur ses testicules, une façon de se rappeler à son souvenir. Maintenant qu'il était de retour, elle pouvait le faire frissonner, lui hérisser les poils rien qu'en posant les ongles sur ses joues, sa lèvre inférieure ou sa poitrine sans laisser la moindre marque. Mais elle pouvait aussi lui infliger une trace en forme de demi-lune dans le cou. Elle pouvait lui enfoncer lentement les ongles dans le visage pendant très longtemps. Elle pouvait lui faire de longues marques sur la tête, les cuisses, et encore sur sa poitrine toujours sensible. Elle savait exécuter le Bond du Lièvre qui consiste à marquer les aréoles qui entourent les tétons sans toucher la moindre autre partie de son corps.

Mais aucune femme au monde ne l'égalait pour la Marche du Paon, une figure particulièrement délicate : elle posait un pouce sur son téton gauche et de ses quatre autres doigts elle lui « piétinait » la poitrine, creusant de la pointe de ses longs ongles, recourbés et semblables à des griffes, ses ongles qu'elle avait laissés pousser et aiguisés en prévision de ce moment précis, elle les enfonçait dans la peau de l'empereur jusqu'à ce qu'ils laissent des traces semblables à celles d'un paon quand il marche dans la boue. Elle savait bien ce qu'il allait dire tandis qu'elle exercerait ses talents. Il lui dirait que dans la solitude de sa tente de guerrier, il fermait les yeux et imitait ses gestes, promenait ses ongles sur son corps comme si c'était elle qui le faisait et en était excité.

Elle attendait qu'il le dise mais il ne le fit pas. Quelque chose avait changé. Il y avait en lui une impatience, une irritation, un agacement qu'elle ne comprenait pas. On aurait dit que les mille raffinements de l'art amoureux avaient pour lui perdu leurs charmes, qu'il avait envie de la posséder et que c'en soit fini. Elle comprit qu'il n'était plus le même. Et que désormais plus rien ne serait jamais comme avant.

*

Quant à l'empereur il ne se risqua plus jamais à parler de lui au singulier devant témoin. Il était pluriel au regard du monde et même aux yeux de la femme qui l'aimait et il en serait toujours ainsi. Il avait bien retenu la leçon.

5

Ses fils galopaient à bride abattue

Ses fils galopaient à bride abattue, pointaient des javelots sur des piquets de tente plantés dans le sol ; ses fils toujours en selle qui excellaient dans les parties de *chaugan*, balançant de longs bâtons au bout incurvé sur une balle qu'ils expédiaient dans des buts garnis de filets ; ses fils qui jouaient la nuit au polo avec une balle lumineuse ; ses fils à la chasse, se faisant initier par le grand veneur aux mystères de la traque au léopard ; ses fils qui jouaient au « jeu de l'amour », *le ishqbazi*, une sorte de course de pigeons... Comme ils étaient beaux, ses fils ! Avec quelle ardeur ils jouaient ! Ainsi le prince héritier, Salim, à quatorze ans, était si doué au tir à l'arc qu'il avait fallu réécrire les règles de ce sport pour les adapter à son cas.

Ah, Mourad, Daniyal, mes chers cavaliers, se disait l'empereur. Comme il les aimait, et pourtant quels vauriens ! Regardez leurs yeux, ils étaient déjà ivres. Ils n'avaient que onze et dix ans et ils étaient déjà ivres, alors même qu'ils s'occupaient des chevaux, les insensés ! Il avait donné aux serviteurs des instructions très sévères, mais ces enfants étaient princes de sang et aucun serviteur n'osait les dénoncer.

Naturellement, il les faisait espionner, et n'ignorait donc rien du penchant de Salim pour l'opium ni des orgies auxquelles il se livrait la nuit. On pouvait à la rigueur comprendre qu'un jeune homme dans le premier jaillissement de sa puissance prenne goût à sodomiser les femmes mais il allait bientôt falloir le rappeler à l'ordre car les danseuses, ces petites putains, se plaignaient, disant qu'elles avaient du mal à exécuter leur art avec leur postérieur endolori et le bouton de grenade dévasté.

Ah, hélas, hélas pour ses fils débauchés, chair de sa chair, ils avaient hérité de tous ses défauts et d'aucune de ses qualités ! Ainsi l'épilepsie du prince Mourad avait jusqu'alors pu être cachée à la grande masse de la population, mais jusqu'à quand ? Quant à Daniyal, il ne semblait bon à rien et ne paraissait pas avoir la moindre personnalité, il avait seulement hérité de la beauté physique de la famille et même s'il n'y avait là rien de quoi s'enorgueillir, dans sa stupide vanité il le faisait tout de même. Était-ce trop sévère de juger ainsi un enfant de dix ans ? Bien sûr, mais il ne s'agissait pas d'enfants. Ils étaient de jeunes dieux, les despotes de l'avenir : nés, malheureusement, pour régner. Il les aimait. Ils allaient le trahir. Ils étaient la lumière de sa vie. Une nuit ils viendraient l'agresser dans son sommeil, ces petits salopards. Il attendait qu'ils se découvrent.

Le roi, aujourd'hui, comme chaque jour, désirait pouvoir faire confiance à ses enfants. Il avait confiance en Birbal et Jodha, en Abul Fazl et Todar Mal, mais il continuait à exercer une étroite surveillance sur ses enfants. Il aurait tellement aimé pouvoir se reposer sur eux et qu'ils deviennent les fermes soutiens de son vieil âge. Il rêvait de se fier à leurs six beaux yeux lorsque les siens s'affaibliraient, et à leurs six bras puissants quand les siens auraient perdu leur force, et ils auraient tous agi ensemble à son commandement de sorte qu'il serait véritablement devenu l'égal d'un dieu, avec ses nombreuses têtes et ses nombreux bras. Il voulait leur faire confiance car il pensait que la confiance était une vertu digne d'être cultivée, mais il connaissait trop bien l'histoire de sa race et savait que la loyauté ne faisait pas partie des habitudes de son peuple. Ses fils allaient grandir, devenir de flamboyants héros aux superbes moustaches et se retourner contre lui, il le lisait déjà dans leurs yeux. Dans leur clan, chez les Chaghatai de Ferghana, il était d'usage que les enfants complotent contre leurs parents souverains, essaient de les détrôner, et les emprisonnent dans leurs propres forteresses ou sur des îles au milieu de lacs, ou alors qu'ils les exécutent avec leurs propres armes.

Salim, qu'il soit béni, le vaurien sanguinaire, rêvait déjà de méthodes ingénieuses pour tuer les gens. *Si quelqu'un me trahit, papa, je tuerai un âne et je ferai coudre le traître à l'intérieur de la peau de l'animal fraîchement dépouillé. Ensuite je le placerai à l'envers sur un autre âne et je le promènerai dans les rues en plein midi pour laisser le soleil faire son œuvre.*

Le cruel soleil dessécherait la carcasse qui se rétracterait lentement et l'ennemi, à l'intérieur, mourrait à petit feu, étranglé et étouffé. Où as-tu donc trouvé une idée aussi méchante ? *Je l'ai inventée*, mentit le garçon. *Et qui êtes-vous pour me parler de cruauté, papa. Je vous ai vu de mes propres yeux tirer votre épée pour trancher le pied d'un homme qui avait volé une paire de souliers.* L'empereur dut se rendre à l'évidence. S'il y avait de la noirceur chez le prince Salim, c'est qu'il l'avait héritée du roi des rois en personne.

Salim était son fils préféré et serait probablement son assassin. Quand il serait mort, les trois frères se disputeraient son pouvoir en se battant comme des chiens dans la rue autour d'un os à viande. Quand il fermait les yeux et qu'il écoutait galoper ses enfants occupés à jouer, il imaginait Salim prenant la tête d'une rébellion contre lui et naturellement échouant comme le pauvre avorton qu'il était. *Nous lui pardonnerons, bien sûr, nous laisserons la vie sauve à notre fils, un cavalier si élégant, si brillant et doté d'un rire tellement royal.* L'empereur soupira. Il n'avait aucune confiance en ses fils.

De telles considérations rendaient encore plus mystérieuse la question de l'amour. Le roi aimait ces trois garçons qu'il voyait sous ses yeux galoper dans la cour. S'il devait mourir de leur main, il aimerait l'arme qui lui porterait le coup fatal. Pourtant il n'avait nullement l'intention de laisser les jeunes vauriens l'éliminer, certainement pas, tant qu'il aurait encore un souffle de vie. Il était l'empereur Akbar. Personne ne devait lui manquer de respect.

Il avait fait confiance à Chishti, le mystique dont la tombe se trouvait dans la cour de la Mosquée du Vendredi, mais

Chishti était mort. Il faisait confiance aux chiens, à la musique, à la poésie, à un courtisan plein d'esprit et à une femme qu'il avait créée à partir de rien. Il croyait à la beauté, à la peinture et à la sagesse des anciens. D'autres choses en revanche ne lui inspiraient plus aucune confiance, la foi religieuse par exemple. Il savait bien qu'on ne pouvait pas faire confiance à la vie et que le monde non plus n'était pas fiable. Sur le portail de sa grande mosquée il avait fait graver sa devise, qui n'était pas vraiment la sienne, mais venait, du moins d'après ce qu'on lui avait dit, de Jésus de Nazareth : *La vie est un pont. Franchis-le mais n'y construis pas ta maison.* Il se moqua de lui, se disant intérieurement qu'il ne croyait même pas à sa propre devise car lui ne s'était pas contenté de bâtir une maison mais une ville entière. *Celui qui désire une heure désire l'éternité. Le monde n'est qu'une heure. On ignore tout de ce qui suit.* C'est vrai, reconnut-il en silence. J'ai trop d'espérance. Je désire l'éternité. Une heure ne me suffit pas. J'aspire à la grandeur qui est un but trop élevé pour les hommes. (L'emploi du « je » lui semblait bon quand il conversait avec lui-même, il se sentait plus à son aise, mais c'était là une question privée qu'il avait déjà résolue.) J'aspire à une longue vie, pensa-t-il, et à la paix, à l'intelligence et à un bon repas dans l'après-midi. Mais, plus que tout cela, j'aimerais rencontrer un jeune homme à qui je puisse faire confiance. Un jeune homme qui ne serait pas mon fils mais dont je pourrais faire plus qu'un fils. Je ferais de lui mon marteau et mon enclume, je ferais de lui ma beauté et ma vérité. Debout sur ma main, il rayonnerait jusque dans le ciel.

Ce fut précisément ce jour-là que lui fut présenté un jeune homme blond, vêtu d'un long manteau ridicule fait de losanges de cuir multicolores et qui tenait à la main une lettre de la reine d'Angleterre.

*

De bon matin, Mohini, la putain insomniaque du bordel de Hatyapul, avait éveillé son hôte étranger. Il s'était réveillé en un clin d'œil et l'avait brutalement serrée dans ses bras en faisant apparaître de nulle part un couteau qu'il pointa sur sa gorge. « Ne sois pas stupide, dit-elle, j'aurais pu te tuer une centaine de fois au cours de la nuit et ne va pas croire que je n'y ai pas pensé en t'entendant ronfler assez fort pour réveiller l'empereur dans son palais. » Elle lui avait proposé deux tarifs, l'un pour une simple relation, l'autre, à peine plus cher, pour la nuit entière.

« Lequel est le plus intéressant ? lui avait-il demandé.

— Les gens disent toujours que c'est le tarif pour la nuit entière, répondit-elle gravement, mais la plupart de mes clients sont si vieux, si ivres, si abrutis par l'opium ou si peu doués que faire l'amour même une seule fois dépasse souvent leurs capacités, donc le tarif simple devrait presque certainement te faire économiser ton argent.

— Je te paie le double du tarif pour la nuit entière si tu me promets de passer toute la nuit avec moi. Il y a bien longtemps que je n'ai passé une nuit entière auprès d'une femme et la présence d'un corps féminin étendu à mes côtés me fait faire de doux rêves.

— Libre à toi de gaspiller ton argent, je ne vais pas t'en empêcher, dit-elle froidement, mais il y a bien des années que je n'ai plus aucune douceur en moi. »

Elle était si maigre que les autres putains l'avaient surnommée le Squelette et les clients qui pouvaient se le permettre louaient souvent ses services en même temps que ceux de son opposée, la putain obèse surnommée Matelas, de façon à jouir des deux plaisirs extrêmes que pouvait offrir le corps féminin : d'abord la résistance d'une ossature bien ferme puis la chair qui engloutit. Le Squelette dévorait comme un loup, vite et goulûment, et plus elle mangeait plus le Matelas grossissait, au point qu'on en vint à soupçonner que les deux putains avaient passé un pacte avec le Diable, et qu'en Enfer, le Squelette jouirait de toute éternité d'un embonpoint extravagant tandis que le Matelas secouerait sa carcasse décharnée, ses seins pendant sur sa poitrine flasque comme de petits morceaux de bois.

Dans le bordel d'Hatyapul, c'était une prostituée de la catégorie des *doli-arthi* : selon les termes de son engagement elle était littéralement mariée à son emploi et elle ne le quitterait que sur son *arthi,* son lit de mort. Elle avait dû se prêter à une parodie de mariage. Elle était arrivée, pour la plus grande joie de la populace locale, dans une carriole tirée par un âne, au lieu d'emprunter le *doli* traditionnel, ou palanquin. « Profite bien de ton mariage, Squelette, lui avait crié un bon à rien, c'est le seul que tu connaîtras jamais. » Mais les autres prostituées lui avaient vidé sur la tête, du haut d'un balcon, un pot de chambre plein d'urine tiède, ce qui lui avait cloué le bec. Le « marié » n'était autre que le bordel lui-même représenté par sa patronne, Rangili Bibi, une putain édentée et qui louchait, si vieille qu'elle y avait gagné une forme de respect et si farouche qu'elle effrayait tout le monde, même les policiers qui avaient théoriquement pour tâche de fermer son commerce mais qui n'osaient rien tenter contre elle, de peur qu'elle les condamne à une vie entière de malchance en leur jetant le mauvais œil. Il y avait bien une autre explication plus rationnelle à la survie du bordel, c'est qu'il appartenait à un noble courtisan très influent – ou alors, selon ce qu'affirmaient en ville les racontars, pas à un noble mais à un prêtre, peut-être même un de ces mystiques qui passaient tout leur temps en prières devant la tombe de Chishti. Mais les nobles peuvent tomber en disgrâce, les prêtres aussi. La malchance, par contre, c'est pour la vie, aussi la peur qu'inspirait le regard torve de Rangili Bibi était-elle au moins aussi efficace qu'un protecteur de haut rang ou un saint homme inconnu.

L'amertume de Mohini ne résultait pas de son métier de prostituée, qui était après tout un métier comme un autre et qui lui fournissait le gîte, le couvert et des habits sans lesquels elle ne vaudrait guère mieux, disait-elle, qu'un animal errant et finirait vraisemblablement par mourir comme un chien dans un fossé. Elle n'en voulait qu'à une seule personne, sa précédente maîtresse, Dame Man Bay d'Amer, une jeune friponne de quatorze ans qui résidait à Sikri, et recevait déjà en secret les faveurs enflammées de son cousin le prince héritier Salim. Dame Man Bay disposait d'une centaine d'esclaves et Mohini, le Squelette, était une de ses préférées. Quand le prince arrivait, couvert de transpiration après s'être livré à la rude tâche de galoper aux alentours en tuant des animaux dans la chaleur du jour, Mohini se trouvait à la tête d'une petite troupe chargée de lui retirer ses habits et de masser sa peau pâle à l'aide d'huiles parfumées et rafraîchissantes. C'était Mohini qui choisissait le parfum, bois de santal ou musc, patchouli ou rose, et c'est à elle que revenait le privilège de préparer le prince pour sa maîtresse en lui massant les attributs virils. Certaines esclaves l'éventaient, d'autres lui frottaient les mains ou les pieds, mais seule le Squelette pouvait toucher le sexe royal. C'est parce qu'elle connaissait à la perfection l'art de préparer des onguents qui permettent d'accroître le plaisir et de prolonger les rapports sexuels. Elle composait des pommades de tamarin et de cinabre, ou de gingembre séché et de poivre qui, additionnées du miel d'une grande abeille, procuraient à la femme un plaisir intense sans exiger beaucoup d'efforts de la part de l'homme, et permettaient à celui-ci d'éprouver des sensations de chaleur et une sorte d'étreinte palpitante qui étaient le comble du plaisir. Tantôt elle appliquait ses préparations dans le vagin de sa maîtresse, tantôt sur le membre du prince, généralement sur les deux. Les partenaires trouvaient l'un et l'autre les résultats excellents.

Ce fut sa maîtrise des aphrodisiaques connus pour « transformer l'homme en étalon » qui causa sa perte. Un jour, elle ordonna de castrer un bouc et fit cuire ses testicules dans du lait, elle sala et poivra, les fit revenir dans du beurre clarifié et pour finir les émința pour en faire un hachis particulièrement succulent. Il devait être mangé et non pas frotté sur le corps et elle le fit déguster au prince à l'aide d'une cuiller en argent en lui expliquant que le mélange lui permettrait de faire l'amour comme un étalon, cinq, dix ou même vingt fois sans rien perdre de ses forces. Dans le cas de jeunes hommes particulièrement virils, on pouvait même envisager cent éjaculations à la suite. « Délicieux », fit le prince et il mangea de bon cœur. Le lendemain matin, il émergea du boudoir de sa maîtresse, la laissant au bord de l'agonie. « Ha ! Ha ! cria-t-il à Mohini en s'éloignant, je me suis bien amusé. »

Il fallut quarante-sept jours et autant de nuits avant que Dame Man Bay pût seulement envisager d'avoir à nouveau des rapports sexuels, et pendant tout ce temps, le prince, quand il venait la voir, reconnaissait volontiers le tort qu'il avait causé, et se montrait à la fois plein de regrets et de sollicitude, mais il se consolait en faisant l'amour avec des esclaves et réclamait la plupart du temps les faveurs de cette créature maigrichonne qui l'avait doté de pouvoirs sexuels surhumains. Dame Man Bay ne pouvait pas le lui refuser, mais intérieurement elle était dévorée de jalousie. Après la fameuse nuit aux cent et une copulations, il devint évident que Mohini le Squelette possédait une capacité sexuelle inépuisable et que le prince ne pouvait la briser comme il avait brisé sa maîtresse ; le sort de l'esclave fut alors scellé.

La jalousie de Dame Man Bay devint implacable et Mohini fut chassée de la domesticité, dépouillée de tout sauf de la science qu'elle détenait des drogues qui rendent les hommes fous de désir. Sa chute fut spectaculaire, du palais au bordel, mais ses pouvoirs magiques lui furent très utiles et firent d'elle la résidente la plus populaire de la maison de passe de Hatyapul. Elle ne désespérait pourtant pas de se venger. « Si le destin met un jour cette petite salope en mon pouvoir, je la badigeonnerai d'une pommade si puissante que même les chacals viendront la baiser. Elle se fera saillir par les corbeaux, les serpents, les lépreux et les karbaux, à la fin il ne restera d'elle que quelques mèches de cheveux détrempées que je brûlerai et ce sera sa fin. En fait elle s'apprête à épouser le prince Salim, alors ne faites pas attention à ce que je dis. Pour une femme comme moi, la vengeance est un luxe inaccessible, c'est comme manger des perdreaux ou avoir des enfants. »

Curieusement elle parlait à l'étranger aux cheveux blonds comme elle n'avait jamais parlé à aucun de ses clients, peut-être à cause de son apparence exotique, de ses cheveux blonds ou de sa radicale étrangeté. « Tu as dû me jeter un sort, dit-elle d'une voix inquiète, car je n'ai jamais laissé aucun de mes visiteurs me voir à la lumière du jour, et je leur ai encore moins raconté l'histoire de ma vie. » À onze ans, elle s'était fait ravir sa virginité par un frère de son père et l'enfant dont elle avait accouché était un monstre que sa mère avait emporté et noyé sans même le lui montrer de peur qu'à sa vue elle ne se mît à haïr l'avenir. « Il n'y avait pas de danger, ajouta Mohini, puisqu'il s'est trouvé que je suis née douée d'autant de dispositions que de goût pour l'acte sexuel et que ce n'était pas ce minable petit violeur à la bite ridicule qui allait y changer quelque chose. Mais il faut dire que je n'ai jamais été très chaleureuse et depuis l'injustice que m'a infligée Dame Man Bay ma froideur n'a fait qu'augmenter. En été, les hommes apprécient l'effet rafraîchissant de ma présence, mais en hiver je n'ai pas tellement de travail.

— Prépare-moi, lui dit le blond. Je dois me rendre aujourd'hui à la cour pour une affaire importante, je dois y paraître sous mon meilleur jour au risque de ma vie.

— Si tu en as les moyens, je peux te parfumer et te rendre aussi désirable qu'un roi. »

Elle entreprit de transformer son corps en une véritable symphonie pour l'odorat, précisant qu'il lui en coûterait un mohur d'or.

« Évidemment, je te fais payer le prix fort, prévint-elle, mais il se contenta de donner un coup sec du poignet gauche et elle en eut le souffle coupé en voyant les trois pièces d'or qu'il tenait entre ses quatre doigts.

— Fais du bon travail, dit-il en lui donnant les trois pièces.

— Pour trois mohurs d'or, les gens te prendront pour un ange du Paradis si c'est ce que tu veux leur faire croire, et quand tu en auras fini là-haut avec ton affaire quelle qu'elle soit, tu peux m'avoir moi et le Matelas ensemble pour satisfaire tes rêves les plus fous pendant toute une semaine sans qu'il t'en coûte davantage. »

Elle fit chercher un baquet de métal et le remplit en mélangeant l'eau chaude et l'eau froide à raison d'un seau pour trois. Ensuite elle le savonna sur tout le corps avec un savon fait d'aloès, de santal et de camphre.

« C'est pour que ta peau soit fraîche et les pores bien ouverts avant que je ne te parfume comme un roi. » Elle sortit de sous le lit son coffret magique de senteurs soigneusement enveloppé dans un linge.

« Avant que tu n'arrives en présence de l'empereur, il y aura bien d'autres hommes que tu devras impressionner, le parfum destiné à l'empereur doit donc au début rester dissimulé sous d'autres odeurs qui séduiront les personnages de moindre importance pour se dissiper au moment où tu atteindras la présence impériale. »

Elle se mit alors au travail, l'oignant de civette et de violette, de magnolia et de lis, de narcisse et de bois de calembic, ajoutant à tout cela quelques gouttes de liquides secrets dont il répugnait à demander le nom, des fluides extraits de la sève d'arbres de Turquie, de Chypre, de Chine, et même de la cire provenant de l'intestin d'une baleine. Quand elle eut terminé, il se dit qu'il dégageait des odeurs de bordel bon marché, ce qui correspondait bien après tout à l'endroit où il se trouvait, et il regretta d'avoir demandé son aide au Squelette. Mais par courtoisie, il s'abstint d'exprimer ses regrets. Il sortit de son petit sac de tapisserie des vêtements d'une élégante parure qui laissèrent le Squelette bouche bée. « Est-ce que tu as tué quelqu'un pour lui voler ces atours, ou est-ce qu'en fin de compte tu es vraiment quelqu'un d'important ? » demanda-t-elle.

Il ne répondit pas.

Avoir l'air d'une personne de conséquence quand on voyage ne sert qu'à attirer l'attention des brigands mais avoir l'air d'un vagabond quand on se rend à la cour est une autre forme d'idiotie.

« Je dois y aller.

— Reviens me voir. N'oublie pas ma proposition. »

Il enfila son inévitable manteau en dépit de la chaleur du matin qui commençait à monter et se rendit à ses affaires. Les parfums du Squelette le précédaient et aplanissaient miraculeusement sa route. Au lieu de le renvoyer en lui disant d'aller faire la queue à l'autre bout de la ville devant la porte qui menait à la Cour des Audiences publiques, les gardes vinrent à sa rencontre pour l'aider, et ils humaient l'air comme s'il était porteur de bonnes nouvelles et affichaient de grands sourires de bienvenue vraiment inattendus. Le capitaine de la garde dépêcha une estafette pour aller chercher l'adjudant royal, qui arriva fort en colère d'avoir été dérangé. Tandis qu'il s'approchait du visiteur, une brise s'éleva et l'air s'emplit d'un parfum tout à fait nouveau, un parfum trop subtil et trop délicat pour l'odorat grossier des gardes, mais qui tout à coup rappela à l'adjudant la première jeune fille qu'il avait aimée. Il se proposa d'aller en personne trouver Birbal pour arranger l'audience et revint bientôt, annonçant que toutes les autorisations nécessaires étaient accordées et qu'il invitait dès à présent le visiteur à pénétrer dans le palais. Quand on lui demanda, comme de juste, son nom, celui-ci répondit sans hésitation.

« Appelez-moi Mogor, dit-il dans un persan impeccable, Mogor dell'Amore, pour vous servir. Gentilhomme de Florence, actuellement en mission pour la reine d'Angleterre. »

Il portait un chapeau de velours orné d'une plume blanche que maintenait en place un bijou couleur moutarde, et retirant ce chapeau il s'inclina dans une lente révérence qui montrait aux yeux de tous (car il avait attiré une foule importante dont les yeux rêveurs et les visages souriants prouvaient une fois de plus l'extraordinaire efficacité des potions du Squelette) qu'il maîtrisait l'art d'un courtisan, sa politesse et sa grâce.

« Monsieur l'Ambassadeur, dit l'adjudant s'inclinant à son tour, par ici, s'il vous plaît. »

À présent, un troisième parfum commençait à se diffuser au moment où les précédents se dissipaient, un parfum qui emplit l'air de désirs capiteux. Tandis qu'il traversait le monde rouge du palais, l'homme qui se faisait désormais appeler Mogor dell'Amore perçut quelques mouvements ondulant derrière les fenêtres masquées par des tentures et les treillages. Dans l'obscurité de ces fenêtres, il lui semblait distinguer des yeux en amande brillant de désir. À un moment, il vit même une main couverte de bijoux faire un signe ambigu qui ressemblait bien à une invitation. Il avait sous-estimé le Squelette. En un sens elle était une artiste digne de rivaliser avec les meilleurs peintres, poètes et musiciens de cette cité fabuleuse.

« Voyons ce qu'elle a réservé à l'empereur, se dit-il. Si ce parfum est aussi efficace que les précédents, je suis tiré d'affaire. » Il resserra sa prise sur le manuscrit de la reine et allongea le pas, sa confiance retrouvée.

Au centre de la pièce principale de la demeure des Audiences Privées se dressait un arbre de grès rouge duquel pendait ce qui parut au regard peu averti du visiteur un grand régime de bananes en pierre stylisé. De larges branches de pierre rouge partaient du sommet du tronc pour rejoindre les quatre coins de la pièce. Et, entre ces branches, pendaient des voiles de soie, brodés d'or et d'argent : sous les voiles et les bananes, le dos appuyé au gros tronc de pierre, se tenait l'être le plus effrayant du monde (à une exception près) : un petit homme mielleux doté d'un embonpoint et d'une intelligence énormes, aimé par l'empereur, haï par ses rivaux envieux, un flatteur, un flagorneur, capable d'avaler trente livres de nourriture par jour ou d'ordonner aux cuisiniers de préparer mille plats différents pour le dîner, un homme pour qui l'omniscience n'était pas un rêve mais le minimum vital.

C'était Abul Fazl, l'homme qui savait tout (sauf les langues étrangères et tous ces parlers grossiers de l'Inde dont il ne comprenait pas un traître mot, ce qui faisait de lui un personnage singulier qui tranchait dans cette cour de Babel polyglotte). Historien, maître espion, la plus brillante des Neuf Étoiles et second confident de l'homme le plus effrayant du monde (sans aucune exception), Abul Fazl connaissait la véritable histoire de la création du monde, qui lui avait été confiée, selon lui, par les anges eux-mêmes, il savait aussi la quantité quotidienne de fourrage à laquelle les chevaux des écuries impériales avaient droit, il connaissait la recette officielle des biryani et savait pourquoi les esclaves avaient été rebaptisés disciples, et l'histoire des Juifs, et la disposition des sphères célestes, et les Sept Péchés Capitaux, les Neuf Écoles, les Seize Commandements, les Dix-huit Sciences, et les Quarante-Deux Choses Impures. Il était aussi tenu au courant, dans le moindre détail, par le réseau de ses informateurs, de tout ce qui se disait dans n'importe quelle langue dans l'enceinte des murailles de Fatehpur Sikri, tous les secrets chuchotés, toutes les intrigues, les faveurs, les liaisons, de sorte que tous ceux qui vivaient là étaient à sa merci ou à la merci de sa plume, une plume dont le roi Abdullah de Bokhara disait qu'elle était encore plus redoutable que l'épée d'Akbar ; elle n'épargnait qu'une seule personne : l'homme le plus effrayant du monde (sans aucune exception) qui n'avait peur de personne et qui était, bien sûr, l'empereur, son maître.

Abul Fazl se tenait de profil comme un roi sans daigner tourner son regard vers le nouveau venu. Il garda si longtemps le silence qu'il devint évident que son attitude se voulait insultante. L'ambassadeur de la reine Élisabeth comprit que c'était la première épreuve qu'il devrait surmonter. Il garda lui aussi le silence et dans ce terrible affrontement muet chacun en apprit long sur le compte de l'autre. « Tu crois que tu ne dis rien, pensait le voyageur, mais je vois bien à ta magnificence et à ton impolitesse, à ta corpulence et à ton visage sévère, que tu es le digne représentant d'un monde où l'hédonisme coexiste avec la suspicion et où la violence – car ce silence est bien une attaque des plus violentes – va de pair avec la contemplation de la beauté, et que le point faible de cet univers vindicatif et dissolu est la vanité. La vanité est le sortilège dont vous êtes les captifs et c'est parce que je connais bien cette vanité que je parviendrai à mes fins. »

L'homme le plus effrayant du monde (à une exception près) se décida enfin à prendre la parole, comme pour répondre aux pensées du visiteur.

« Excellence, fit-il d'un ton ironique, je constate que vous vous êtes aspergé du parfum destiné à séduire les rois, et j'en déduis que vous n'êtes pas innocent au point d'ignorer nos coutumes, que de fait vous n'êtes nullement innocent. Vous ne m'avez pas inspiré confiance quand je vous ai entendu pour la première fois, il y a quelques instants, et à présent que je vous ai senti je me méfie encore davantage. » Le blond Mogor dell'Amore se douta qu'Abul Fazl devait être l'auteur du livre magique des parfums dont Mohini le Squelette appliquait si volontiers les formules, aussi les sortilèges olfactifs n'avaient-ils aucun effet sur lui, et du même coup perdaient toute efficacité sur les autres. Les gardes au sourire béat qui se tenaient aux quatre coins de la Salle des Audiences Privées recouvrèrent brusquement leurs esprits. Les esclaves voilées qui s'apprêtaient à servir l'auguste compagnie perdirent leur air de sensualité rêveuse et le visiteur eut le sentiment d'être un homme dépouillé de tous ses vêtements sous le regard inquisiteur des favorites du roi, il comprit que seule la vérité ou quelque chose d'aussi convaincant pouvait désormais le sauver.

« Quand l'ambassadeur du roi Philippe d'Espagne nous a rendu visite, remarqua Abul Fazl, il était accompagné de toute une suite, d'éléphants chargés de présents et apportait en cadeau vingt et un chevaux arabes de la meilleure origine et des bijoux. Il n'était pas du genre à se présenter à bord d'un char à bœufs et n'avait pas passé la nuit dans un bordel en compagnie d'une femme si maigre qu'on peut se demander si c'est bien une femme.

— Mon maître, lord Hauksbank de Hauksbank, a malheureusement rejoint Dieu et ses anges au moment où nous avons débarqué à Surat, répondit le visiteur, et sur son lit de mort il m'a ordonné d'accomplir la mission dont Sa Majesté l'avait chargé. Hélas, l'équipage était un ramassis de vauriens et avant que son cadavre n'ait eu le temps de refroidir, ils ont entrepris de mettre à sac les quartiers de mon bon maître à la recherche de tous les objets de valeur qu'il aurait pu posséder. Je dois avouer que j'ai dû à un heureux hasard le fait de sauver ma propre vie et par la même occasion la lettre de la reine, car connaissant mon dévouement pour mon maître, ils m'auraient certainement tranché la gorge si j'avais tenté de m'interposer pour défendre les biens de lord Hauksbank. J'ai bien peur, à présent, que sa dépouille ne reçoive jamais de sépulture chrétienne, mais je suis fier d'être parvenu jusqu'à votre grande cité et de pouvoir me décharger de la responsabilité que j'ai endossée.

— La reine d'Angleterre, fit observer Abul Fazl, n'a jamais été, je pense, une alliée de notre ami l'illustre roi d'Espagne.

— L'Espagne n'est qu'un repaire de philistins, improvisa aussitôt le visiteur, tandis que l'Angleterre est le royaume de l'art, de la beauté et de Gloriana en personne. Ne vous laissez pas abuser par les cajoleries de Philippe le Rustre. Il convient de rester entre égaux et c'est Élisabeth d'Angleterre qui est le véritable pendant de la grandeur et de l'élégance de l'empereur. » Emporté par son discours, il se mit à expliquer que la reine rousse et lointaine n'était rien de moins que le reflet occidental de l'empereur en personne, qu'elle était la forme féminine d'Akbar et que lui, le Shahanshah, le roi des rois, pouvait être considéré comme la version orientale d'Élisabeth, doté de moustaches et sans rien de virginal, mais quant à l'essence de la grandeur ils se valaient.

Abul Fazl se raidit : « Vous avez l'audace de placer mon maître au même niveau qu'une femme, fit-il d'une voix douce. Vous avez de la chance de détenir ce manuscrit qui porte, je le vois bien, le sceau authentique de la reine d'Angleterre et qui nous oblige, de ce fait, à garantir votre sécurité. Sinon, je serais tenté de vous faire payer une telle insolence en vous livrant à l'éléphant solitaire que nous gardons attaché dans un pré voisin pour nous débarrasser des crapules arrogantes.

— L'empereur est célèbre dans le monde entier pour l'amour généreux qu'il voue aux femmes, répondit Mogor dell'Amore, et je suis certain qu'il ne se sentirait nullement insulté, lui le joyau de l'Orient, d'être comparé à un autre splendide bijou, quel qu'en soit le sexe.

— Les sages nazaréens qui nous arrivent à la cour envoyés par les Portugais de Goa ne pensent pas grand bien de votre joyau, rétorqua Abul Fazl d'un air méprisant. Ils affirment qu'elle est hostile à Dieu, qu'elle n'a que de très médiocres talents pour gouverner et qu'elle ne tardera pas à être renversée. Ils disent aussi que son pays est un repaire de voleurs et que vous-même n'êtes probablement qu'un espion.

— Les Portugais sont des pirates, dit Mogor dell'Amore, des boucaniers et des vauriens. Aucun homme avisé ne saurait se fier à ce qu'ils racontent.

— Le père Acquaviva de la Société de Jésus est italien comme vous et le père Monserrate, son compagnon, vient d'Espagne.

— S'ils se rangent sous la bannière de ces ignobles Portugais, c'est qu'ils sont eux-mêmes devenus des chiens de pirates portugais. »

Un éclat de rire sonore retentit au-dessus d'eux, comme si Dieu en personne voulait se moquer d'eux.

« Montrez-vous clément, grand *munshi*, tonna une grosse voix. Laissez vivre ce jeune homme, du moins jusqu'à ce que nous ayons pris connaissance du message qu'il apporte. » Les voiles de soie se retirèrent jusqu'aux coins de la pièce et au-dessus d'eux, trônant sur des coussins au sommet de l'arbre de grès dans la Position de l'Aisance Royale, secoué d'irrépressibles éclats de rire, apparut Abul-Fath Jalaluddin Muhammad Akbar, le Grand Moghol en personne, révélé à leur vue, tel un perroquet géant sur un perchoir démesuré.

*

Il s'était éveillé d'humeur inquiète et même les attentions expertes de sa bien-aimée n'étaient pas parvenues à l'apaiser. Au milieu de la nuit, un corbeau égaré avait réussi on ne sait comment à pénétrer dans la chambre de la reine Jodha et le couple royal avait été tiré du sommeil par ses croassements effrayés ; l'empereur embrumé de sommeil y avait vu l'annonce de la fin du monde. Dans un moment de terreur, il sentit une aile noire lui balayer la joue. Bien après que les serviteurs eurent réussi à chasser le corbeau, l'empereur en avait encore les nerfs ébranlés. Ses rêves furent peuplés de présages. À un moment donné, il eut l'impression que le bec jaune de ce corbeau d'apocalypse s'enfonçait dans sa poitrine et en sortait son cœur pour le dévorer, tout comme Hind de La Mecque avait mangé sur le champ de bataille d'Uhud le cœur du vaincu Hamza, l'oncle du prophète. Si un héros aussi vaillant pouvait succomber victime d'un misérable javelot, alors lui aussi pouvait à tout moment s'écrouler frappé par une flèche jaillissant des ténèbres, volant comme le corbeau, horrible, mortelle, jaune et noir. Puisqu'un corbeau était capable de triompher de tous ses postes de garde pour venir lui frotter le visage de ses ailes, pourquoi un meurtrier ne pourrait-il en faire autant ?

Et c'est ainsi que, rongé par de funestes pressentiments, il fut sans défense contre la surprise de l'amour.

*

L'arrivée de ce coquin qui se présentait comme l'ambassadeur d'Angleterre l'avait intrigué et après qu'il eut ordonné à Abul Fazl d'éprouver un peu le jeune homme, il se sentit de meilleure humeur. Abul Fazl, qui était en réalité le plus sociable des hommes, savait manier la férocité mieux que quiconque à Sikri et tandis que l'empereur, caché au-dessus des deux hommes, suivait la joute amusante qui se déroulait à ses pieds entre le questionneur et le questionné, il sentit enfin se dissiper les nuages de la nuit et oublia ses soucis. « Ce charlatan s'en est plutôt bien sorti », pensa-t-il. Quand il tira sur les cordons ornés de glands qui firent coulisser les tentures de soie et dévoila sa présence aux hommes d'en bas, il se trouvait déjà dans une disposition d'esprit franchement accueillante, mais il ne s'attendait absolument pas à l'émotion qui s'empara de lui quand son regard se posa sur le visiteur aux cheveux blonds.

Ce fut de l'amour ou cela y ressemblait fort. L'empereur sentit son pouls s'accélérer comme celui d'une jeune fille en pâmoison, il respira plus profondément et le rouge lui monta aux joues. Comme ce jeune homme était charmant et tellement sûr de lui, tellement fier. Il possédait même quelque chose que l'on ne voyait pas : un secret qui le rendait plus intéressant qu'une centaine de courtisans. Quel âge avait-il ? L'empereur ne savait pas très bien déchiffrer le visage des *farangi*. Il devait avoir dans les vingt-cinq ans, trente peut-être, « plus vieux que nos fils et trop âgé pour être l'un d'eux », pensa l'empereur. Et aussitôt, il s'étonna qu'une telle idée lui soit venue à l'esprit. L'étranger était-il une sorte de sorcier ? se demanda l'empereur qui se crut tombé sous l'emprise d'un sortilège. Eh bien, il en aurait le cœur net, il n'y avait aucun mal à cela, il était trop malin pour se laisser frapper par surprise par un poignard dissimulé ou pour absorber une boisson empoisonnée. Il allait se laisser guider par ses sentiments pour tenter d'en comprendre la cause. L'absence de surprise est la rançon inévitable de l'exercice du pouvoir. L'empereur avait mis au point des défenses et des stratégies élaborées pour ne jamais se laisser surprendre par quoi que ce soit et voilà que ce Mogor dell'Amore l'avait saisi à l'improviste, par hasard ou à dessein. Et c'est uniquement pour cette raison qu'il méritait qu'on apprenne à bien le connaître.

« Donnez-nous lecture de la lettre de la reine », ordonna Akbar. L'« ambassadeur » fit une révérence en se courbant exagérément jusqu'à terre, agrémentée de quelques ondulations théâtrales du poignet, et quand il se releva, il tenait à la main la lettre déroulée sans que ni Akbar ni Abul Fazl aient pu voir le moment où il en avait brisé le sceau. « Un véritable tour de passe-passe, se dit l'empereur, nous aimons cela. »

Le charlatan lut la lettre en anglais, puis la traduisit sans difficulté en persan.

« Ô le plus puissant et le plus invincible des princes, écrivait la reine Élisabeth, lord Zelabdim Echebar, roi de Cambaya, salutations. » Abul Fazl éclata d'un rire chevalin.

« Zelabdim ? fit-il d'un air moqueur. Et qui peut bien être cet Echebar ? »

L'empereur se donna joyeusement une tape sur la cuisse.

« C'est nous, dit-il dans un gloussement de joie. Nous sommes le *padishah* Echebar, souverain du royaume enchanté de Cambaya. Ô pauvre Angleterre plongée dans les ténèbres. Nous avons pitié de ton peuple car ta reine est une ignorante. »

Le lecteur attendit que les rires s'apaisent.

« Continue, continue, lui intima l'empereur d'un geste. C'est le roi Zelabdim qui te l'ordonne. » Il éclata de rire à nouveau et sortit un mouchoir pour essuyer ses larmes.

L'« ambassadeur » fit une nouvelle révérence, encore plus élaborée que la première, et reprit sa lecture. Quand il eut fini, un nouveau charme avait opéré.

« En matière de commerce et dans d'autres domaines où nos intérêts convergent, nous souhaitons faire alliance. Il est parvenu à notre connaissance que Votre Majesté déclare être Infaillible et nous vous assurons que nous ne doutons pas de l'*auctoritas* de cette Affirmation souveraine. Cependant un Autre revendique l'Infaillibilité pour Son Propre Compte et il ne fait aucun doute que nous tenons cet Autre pour un Imposteur. Nous voulons parler, puissant Monarque, de ce Prêtre indigne, l'Évêque de Rome, Grégoire le treizième de cette infâme lignée et qui a sur l'Orient des visées que dans votre grande Sagesse vous ne devriez pas sous-estimer. S'il envoie des prêtres à Cambaya, en Chine et au Japon, ce n'est pas seulement à des fins religieuses, nous pouvons vous l'affirmer. Ce même Évêque se prépare en ce moment à nous déclarer la guerre, et les serviteurs catholiques qu'il envoie à votre cour sont des traîtres car ils sont là pour préparer ses futures conquêtes.

« Prenez garde aux laquais de votre Rival. Concluez une alliance avec nous, et nous triompherons de tous ces ennemis. Car s'il est vrai que j'ai le corps d'une pauvre et faible femme, j'ai cependant le cœur et l'estomac d'un Roi et je n'ai que du mépris à l'idée qu'un Pape à Rome puisse oser me déshonorer ou s'attaquer à mes alliés. Car je ne détiens pas seulement l'*auctoritas* mais aussi la *potestas*, et cette puissance me fera triompher de ces combats. Et lorsque tous mes ennemis seront détruits et dispersés aux quatre vents, vous serez heureux d'avoir fait cause commune avec l'Angleterre. »

Lorsque l'« ambassadeur » eut achevé sa lecture, l'empereur comprit qu'il venait de tomber amoureux pour la deuxième fois en quelques minutes, car à présent il était saisi d'un ardent désir pour l'auteur de cette lettre, la reine d'Angleterre.

« Abul Fazl, s'écria-t-il, ne devrions-nous pas épouser cette grande dame sans plus tarder ? Cette reine vierge, Rani Zelabat Giloriana Pehlavi ? Nous pensons qu'il nous la faut immédiatement.

— Excellente idée, répondit l'"ambassadeur" Mogor dell'Amore. Et j'ai ici dans ce coffret son portrait qu'elle vous adresse en témoignage de son affection, elle vous enchantera par sa beauté qui surpasse même celle de son langage. »

D'un geste élégant du poignet il sortit de ses manchettes de dentelle le fabuleux portrait dont Abul Fazl se saisit avec la plus grande méfiance. Il avait tout à coup la conviction qu'ils s'engageaient dans des eaux dangereuses et que la présence à la cour de ce Mogor allait avoir des conséquences considérables et pas nécessairement bénéfiques, mais lorsqu'il voulut conseiller à son maître de ne pas s'engager plus avant dans cette affaire, l'homme le plus effrayant du monde (sans aucune exception) balaya d'un geste ses objections.

« Cette lettre est charmante, tout comme son messager, dit Akbar. Amenez-le demain à nos appartements pour que nous puissions poursuivre cet entretien. » L'audience était terminée.

*

La soudaine passion de l'empereur Zelabdin Echebar pour son équivalent féminin, la reine Zelabat Giloriana la Première, se traduisit par un flot de lettres d'amour qui furent portées en Angleterre par des messagers royaux dûment accrédités, mais qui n'obtinrent jamais de réponses. Ces missives dithyrambiques portant le sceau personnel de l'empereur étaient pleines d'effusions sentimentales intenses et d'allusions sexuelles explicites, ce qui n'était pas l'usage en Europe (ni en Asie) à cette époque. La plupart d'entre elles n'atteignirent jamais leur destinataire car les messagers furent attaqués en cours de route et de Kaboul à Calais, ces épanchements interceptés fournirent de riches motifs de réjouissance aux nobles et aux princes enchantés par les folles déclarations d'amour indéfectible que l'empereur adressait à une femme qu'il n'avait jamais rencontrée et par les rêveries mégalomanes de celui qui envisageait de fonder un empire unique réunissant les hémisphères de l'Est et de l'Ouest. Les quelques lettres qui parvinrent au palais de Whitehall furent considérées comme des faux ou comme l'œuvre d'un excentrique anonyme, leurs porteurs furent fort mal reçus, certains furent même emprisonnés, ce qui est une bien triste récompense après un voyage long et périlleux. Au bout d'un certain temps, on refusa tout simplement de les recevoir et ceux qui réussirent à revenir péniblement à Fatehpur Sikri n'avaient que des propos amers à la bouche. « Cette reine est vierge parce que aucun homme ne voudrait coucher avec un poisson aussi froid », racontaient-ils, et au bout d'un an et un jour, l'amour d'Akbar s'évanouit aussi brusquement et mystérieusement qu'il était survenu, peut-être à cause de la révolte des reines qui, pour une fois, firent front commun derrière sa bien-aimée inexistante et menacèrent de lui refuser leurs faveurs jusqu'à ce qu'il cesse d'expédier des lettres extravagantes à cette Anglaise dont le silence, alors que c'est elle qui avait au départ éveillé le désir de l'empereur par ses cajoleries, démontrait bien la fausseté et prouvait que c'était folie de tenter de comprendre un personnage aussi étrange et peu séduisant, surtout quand on avait auprès de soi tant de beautés aimantes et désirables.

Vers la fin de son long règne, bien des années après l'épisode de Mogor dell'Amore, ce charlatan, l'empereur vieillissant se souvint avec nostalgie de l'affaire de la lettre de la reine d'Angleterre et demanda à la relire. On la lui apporta et on la fit traduire par un nouvel interprète, il se trouva alors qu'une grande partie du texte original avait disparu. Le document, ou ce qu'il en restait, ne faisait plus aucune allusion à son infaillibilité pas plus qu'à celle du pape ; il ne sollicitait pas non plus d'alliance contre des ennemis communs. Ce n'était qu'une simple demande visant à obtenir de bonnes conditions commerciales pour les négociants anglais, accompagnée de quelques formules de politesse classiques. En découvrant la vérité, l'empereur prit conscience à nouveau de toute l'audace du sorcier qu'il avait rencontré en ce matin d'autrefois après le rêve du corbeau. Mais cela ne lui servait plus à rien si ce n'est à lui rappeler ce qu'il n'aurait jamais dû oublier, que la sorcellerie n'a pas besoin de recourir aux potions, aux esprits frappeurs ou aux baguettes magiques. Les mots prononcés par une langue d'argent peuvent eux aussi ensorceler.

6

Quand la langue est dardée comme une dague

Quand la langue est dardée comme une dague, se dit l'empereur, *elle peut infliger des blessures plus cruelles que la plus acérée des lames*. S'il en fallait la preuve, on la trouvait dans le combat des philosophes qui avait lieu chaque jour dans un endroit bien précis, un lieu surchargé de broderies et de miroirs : la Tente du Culte Nouveau. Il y régnait un brouhaha permanent, le tapage des plus éminents esprits du royaume qui s'y pourfendaient horriblement à coups de mots. Akbar, fidèle au serment qu'il avait fait le jour où il avait décapité l'insolent rajah de Cooch Nahin, avait créé une chambre de débats où l'adoration de la divinité prenait la forme nouvelle d'une joute intellectuelle lors de laquelle on pouvait aborder tous les sujets. Il avait invité Mogor dell'Amore à l'accompagner à cette Tente d'abord pour lui montrer sa nouvelle invention et souligner auprès du nouveau venu toute l'extraordinaire originalité et la modernité de la cour moghole, mais aussi, intentionnellement, pour faire savoir aux jésuites envoyés par le Portugal qu'ils n'étaient pas les seuls Européens à avoir l'oreille de l'empereur.

Sous la Tente, les participants étaient allongés sur des tapis, calés par des traversins et regroupés en deux camps : les Buveurs d'Eau et les Amoureux du Vin qui se faisaient face autour d'une nef vide où il y avait seulement des sièges réservés à l'empereur et à ses hôtes. Ceux du parti *manqul*, les penseurs religieux et les mystiques, ne buvaient que de l'eau, tandis que leurs adversaires, du parti *ma'qul*, célébraient la philosophie pure et les sciences et passaient leurs journées à s'humecter la gorge de vin. Abul Fazl et Raja Birbal étaient présents ce jour-là, tous les deux installés comme d'habitude du côté des amateurs de vin. Le prince Salim également était venu, adolescent revêche qui se tenait auprès du chef Badauni, strict buveur d'eau puritain, un homme mince comme un fil, un de ces jeunes gens qui semblent vieux dès la naissance et qui détestait Abul Fazl son aîné, lequel, avec son embonpoint respectable, le lui rendait bien. La dispute entre eux faisait rage, en termes si violents (« Gros sycophante ! », « Ermite fâcheux ! ») que l'empereur en vint à se demander si de telles joutes pourraient jamais déboucher sur l'harmonie qu'il recherchait ; si la liberté pouvait mener à l'unité ou si elle ne pouvait engendrer inévitablement que le chaos.

Akbar avait décidé que son temple révolutionnaire ne serait pas une construction permanente. C'était le débat intellectuel, et non pas une divinité, quelle que soit sa puissance ou le nombre de ses bras, qui devait être ici l'unique dieu. Mais la raison était une divinité mortelle, un dieu voué à la mort, et même s'il devait renaître plus tard, il finirait inévitablement par mourir à nouveau. Les idées, telles les vagues de la mer ou les phases de la lune, naissaient, croissaient et s'amplifiaient quand leur temps venait, puis faiblissaient, s'obscurcissaient et disparaissaient quand la grande roue avait tourné. Elles n'étaient que des demeures provisoires, comme des tentes, et c'est une tente qui convenait le mieux pour les abriter. Les fabricants de tentes mogholes étaient des génies à leur manière, ils inventaient des demeures démontables d'une beauté et d'une complexité remarquables. Quand l'armée partait en campagne, elle était accompagnée d'une deuxième armée comptant deux mille cinq cents hommes (sans parler des éléphants et des chameaux), qui dressaient et repliaient la petite ville de toile où résidaient le roi et ses hommes. Ces pagodes, pavillons et palais portables avaient même inspiré les maçons de Sikri – mais une tente reste une tente, un assemblage de toile, de tissu et de bois, image fidèle de l'impermanence des choses de l'esprit. Un jour, dans cent ans, lorsque le grand empire aurait disparu – oui, dans ce lieu il allait jusqu'à envisager la destruction de sa propre création ! – ses descendants verraient sa tente repliée et toute sa gloire évanouie. « Ce n'est qu'après avoir accepté les vérités de la mort, déclara l'empereur, que nous pouvons commencer à assimiler les vérités qui permettent de vivre.

— Le paradoxe, Sire, répondit Mogor dell'Amore, avec impertinence, est un nœud qui permet à un homme de se donner l'air intelligent alors qu'il lui ligote l'esprit aussi étroitement qu'un poulet qui va passer à la casserole. "C'est dans la mort que se trouve la signification de la vie !" "Un homme riche ne peut avoir qu'une âme misérable." Et ainsi de suite : la violence peut se muer en douceur, la laideur en beauté et toute chose sacrée peut devenir son contraire. Ce n'est là qu'un miroir aux alouettes, un ramassis de tromperies et de contradictions. L'homme peut s'engluer dans le marécage du paradoxe jusqu'à sa mort sans jamais avoir conçu une seule idée digne de ce nom. »

L'empereur éprouva en lui un sursaut de cette fureur aveugle qui l'avait amené à arracher la moustache provocante de ce rajah de Cooch Nahin. Avait-il mal entendu ? De quel droit ce vaurien étranger ?... Comment osait-il ?... L'empereur sentit que son visage s'était empourpré et que la colère le faisait cracher et bafouiller. L'assemblée se figea dans un silence terrorisé, car dans sa fureur Akbar était capable de tout, il pouvait déchirer le ciel à mains nues ou arracher la langue de tous les témoins pour être sûr qu'ils ne répéteraient jamais ce qu'ils avaient entendu ou vous sucer l'âme avant de la noyer dans un bol de votre propre sang bouillonnant.

Ce fut le prince Salim, encouragé par Badauni, qui rompit ce silence outragé.

« Avez-vous conscience, dit-il à l'étranger vêtu de son manteau bizarre et trop chaud, que vous pourriez mourir à cause de ce que vous venez de dire au roi ?»

Mogor dell'Amore ne se laissa pas démonter, même si dans son for intérieur il n'était peut-être pas aussi sûr de lui.

« Si dans cette ville je peux mourir pour cette raison, c'est une ville dans laquelle il ne vaut pas la peine de vivre. De plus, j'ai cru comprendre que sous cette tente c'était la raison et non pas le roi qui imposait sa règle. »

Le silence se figea comme du lait caillé. Le visage d'Akbar s'assombrit. Puis, brusquement, la tempête s'éloigna et l'empereur se mit à rire. Il donna une tape dans le dos de Mogor dell'Amore et opina d'un air résolu.

« Gentilshommes, un étranger vient de nous donner une précieuse leçon : il faut se tenir à l'extérieur d'un cercle pour s'apercevoir qu'il est rond. »

C'était maintenant au tour du prince héritier de sentir la fureur du public se retourner contre lui, mais il se rassit sans ajouter un seul mot. L'air qu'affichait Badauni, son rival, plut tellement à Abul Fazl qu'il se mit à éprouver une certaine sympathie pour cet étranger blond qui avait réussi de manière si inattendue à charmer le roi. Quant à l'étranger, il voyait bien que son coup d'audace avait réussi mais que, par cet exploit, il venait de se faire un ennemi redoutable et d'autant plus dangereux que c'était un adolescent immature et manifestement susceptible. *La dame du prince déteste le Squelette et à présent c'est le prince qui me déteste*, pensa-t-il. *Voilà une affaire dont je pourrais bien ne pas sortir vainqueur.* Toutefois il ne laissa pas paraître son inquiétude et accepta, avec la révérence la plus flamboyante et la plus élaborée dont il fût capable, le verre de bon vin rouge que lui tendit Raja Birbal.

L'empereur lui aussi pensait à son fils. Quelle joie quand il était né ! Mais peut-être n'était-ce pas une très bonne idée de l'avoir confié aux soins des mystiques, les disciples et successeurs de Sheikh Salim Chishti dont on lui avait donné le prénom. En grandissant, le garçon était devenu un véritable tissu de contradictions, amoureux de l'art délicat du jardinage mais aussi de l'indolence de l'opium, sensuel parmi les puritains, s'adonnant à la luxure mais citant les penseurs les plus conservateurs et se moquant des favorites d'Akbar en disant : *Ne demandez pas au regard des aveugles de trouver la lumière.* La sentence n'était pas de lui, bien sûr. Le garçon n'était qu'un perroquet, un mainate, une marionnette que n'importe qui capable d'en tirer les ficelles pourrait dresser contre l'empereur.

De l'autre côté, en revanche, il y avait cet étranger si épris de raison qu'il osait lancer à la tête de l'empereur stupéfait un sarcasme rationaliste, et de le faire en public, ce qui était bien pis. Voilà peut-être un homme avec lequel le roi pourrait aborder des sujets que son propre fils de chair et de sang ne comprendrait pas ou trouverait ennuyeux. Après avoir tué le rajah de Cooch Nahin, il s'était demandé s'il ne venait pas de supprimer le seul homme qui aurait été susceptible de le comprendre et qu'il aurait pu aimer. À présent le destin, comme pour apaiser son chagrin, venait sans doute de lui offrir une deuxième chance, un confident égal au premier, supérieur probablement car ce n'était pas seulement un raisonneur, mais aussi un aventurier. Un homme de raison, capable de prendre au nom de la raison des risques déraisonnables. Un homme de paradoxe qui dénigrait les paradoxes. Ce vaurien n'était pas moins criblé de contradictions que le prince Salim – pas moins que n'importe quel être humain peut-être – mais ses contradictions étaient de nature à plaire à l'empereur. Pouvait-il ouvrir son cœur à ce Mogor et lui confier des pensées qu'il n'avait jamais avouées à personne, pas même à Bhakti Ram Jain, le flagorneur sourd, à Birbal le sage ou à Abul Fazl, le savant ? Avait-il enfin trouvé son confesseur ?

Il y avait en effet de nombreux sujets dont il voulait parler, des questions que même Abul Fazl ou Birbal n'étaient pas capables de comprendre véritablement, des choses qu'il ne se sentait pas prêt à exposer dans les débats publics de la Tente du Culte Nouveau. Il voulait par exemple essayer de comprendre pourquoi on devrait se cramponner à une croyance religieuse non parce qu'elle était vraie, mais parce que c'était la foi de ses parents. La foi n'était-elle rien de plus qu'une habitude familiale ? Peut-être n'existait-il aucune religion véritable mais simplement une affaire de transmission familiale. L'erreur pouvait se transmettre aussi facilement que la vertu. Et si la foi n'était rien d'autre qu'une erreur commise par nos ancêtres ?

Peut-être n'existait-il aucune religion authentique. Oui, il était allé jusqu'à penser cela. Il aurait voulu pouvoir confier à quelqu'un son soupçon : les hommes avaient créé les dieux et non l'inverse. Il aurait bien aimé pouvoir affirmer que c'est l'homme qui est au centre de l'univers et non Dieu. C'est l'homme qui est au cœur, à la base, au sommet, à l'avant, à l'arrière et sur les côtés, l'homme qui est à la fois l'ange et le démon, le miracle et le péché, l'homme, toujours l'homme, c'est pourquoi on ne devrait ériger des temples que dédiés à l'humanité. C'était là son ambition la plus indicible : fonder la religion de l'homme. Sous la Tente du Culte Nouveau, les Amoureux du vin et les Buveurs d'eau se traitaient mutuellement d'hérétiques et d'idiots. L'empereur aurait voulu pouvoir confesser son secret ; il était déçu par tous les mystiques et les philosophes. Il voulait balayer toutes ces discussions, faire table rase de toutes les idées héritées des siècles passés, et laisser l'homme se dresser nu comme un nouveau-né devant le trône des cieux. (Si l'homme avait créé Dieu, pouvait-il aussi le détruire ? Ou bien une créature pouvait-elle échapper au pouvoir de son créateur ? Un dieu, une fois créé, devenait-il indestructible ? De telles fictions pouvaient-elles acquérir une volonté indépendante qui les rendait immortelles ? L'empereur ignorait les réponses, mais ces questions étaient déjà en quelque sorte des réponses.) Les étrangers étaient-ils capables de saisir ce que ses compatriotes ne comprenaient pas ? Si lui, Akbar, sortait du cercle, pourrait-il vivre privé de sa circularité rassurante, dans la terrifiante étrangeté d'une pensée nouvelle ?

« Allons-nous-en, dit-il à son hôte. Nous avons entendu assez de grandes idées pour aujourd'hui. »

*

Une sinistre impression de calme régnait sur le palais impérial qui vibrait sous la chaleur du soleil : il semblait donc nécessaire pour comprendre la véritable nature des temps de recourir aux signes et aux présages. Quand la livraison quotidienne de glace était retardée, c'était un signe d'agitation dans les provinces. Quand une mousse verdâtre assombrissait les eaux claires de l'Anup Talao, le Plus Beau de tous les Bassins Imaginables, cela signifiait qu'une trahison se fomentait à la cour. Et lorsque le roi quittait son palais pour se rendre en palanquin jusqu'au lac de Sikri, c'est qu'il était d'humeur inquiète. C'étaient là des présages liés à l'eau. Il y avait aussi des augures dans l'air, le feu et la terre, mais les signes aquatiques étaient les plus sûrs. L'eau tenait l'empereur informé, ses ondes étaient porteuses de vérité, elle le calmait également. Elle coulait dans d'étroites rigoles ou dans de larges canaux qui traversaient et entouraient de toutes parts les cours du palais et elle rafraîchissait par en dessous les bâtiments de pierre. Il est vrai que c'était le symbole de ces puritains abstinents du parti *manqul* de Badauni, mais la relation que l'empereur entretenait avec le liquide vital était bien plus étroite que celle de n'importe quel bigot.

Bhakti Ram Jain apportait tous les matins au roi un récipient d'eau fumant pour ses ablutions et Akbar en scrutait intensément la vapeur pour y lire la meilleure conduite à tenir au cours de la journée. Quand il se baignait au hammam royal, il penchait la tête en arrière et se laissait flotter un moment comme un poisson. L'eau du bassin envahissait ses oreilles et y chuchotait les secrets les plus intimes de tous ceux qui avaient pris un bain, où que ce soit dans un rayon de trois milles. Le pouvoir d'information des eaux dormantes était relativement limité ; pour apprendre des nouvelles venues de loin, il fallait s'immerger dans un fleuve. Toutefois il ne fallait pas sous-estimer la magie du hammam. Ainsi c'est le hammam par exemple qui lui avait appris l'existence du journal secret de cet imbécile de Badauni, un ouvrage qui critiquait si violemment les idées et les actes de l'empereur que, si Akbar avait admis en connaître l'existence, il aurait été obligé d'exécuter Badauni sur-le-champ. Au lieu de cela il gardait le secret de son adversaire au fond de son cœur auprès de ses propres secrets, et chaque nuit, lorsque Badauni dormait, il dépêchait le plus fidèle de ses espions, Umar le Ayyar, jusqu'à l'écritoire de l'auteur aigri pour y apprendre par cœur les dernières pages de son histoire secrète du règne de l'empereur.

Umar le Ayyar était aussi précieux pour Akbar que l'eau, si important même que personne ne connaissait son existence sauf l'empereur. Ni Birbal ni Abul Fazl, le chef des espions, n'étaient au courant. C'était un jeune eunuque si mince et qui avait le corps et le visage si glabres qu'il pouvait aisément passer pour une femme : aussi, conformément aux ordres d'Akbar, vivait-il anonymement dans le harem où il se faisait passer pour un humble serviteur des concubines auxquelles il ressemblait tellement. Ce matin-là, avant qu'Akbar n'ait emmené Mogor dell'Amore à la Tente du Culte Nouveau, Umar s'était glissé dans les appartements d'Akbar par la porte secrète dont même Bhakti Ram Jain ignorait l'existence et avait informé son maître d'un murmure qui traînait dans l'air, une rumeur diffuse émanant du bordel d'Hatyapul, selon laquelle l'étranger aux cheveux blonds aurait un secret à révéler, un secret si étonnant que la dynastie elle-même pourrait bien en être ébranlée. Malheureusement, Umar n'avait pas réussi à découvrir la teneur de ce secret, et il en était déprimé comme une fillette et tellement honteux que l'empereur dut passer plusieurs minutes à le consoler pour s'éviter le désagrément de le voir tout à coup éclater en sanglots.

Akbar était au plus haut point intéressé par ce secret non dévoilé, aussi feignit-il de n'y attacher aucune importance et multiplia-t-il les manœuvres pour en retarder la divulgation. Il garda l'étranger à ses côtés tout en veillant à ce qu'ils ne se trouvent jamais seuls. Il l'emmena se promener jusqu'au pigeonnier voir les messagers royaux et l'autorisa à marcher auprès du palanquin impérial, juste à côté du porteur de parasol impérial, pour se rendre jusqu'à la rive du lac lumineux. En réalité, il était inquiet. Non seulement à cause de ce secret bien gardé qui avait franchi les mers pour parvenir jusqu'à lui, mais aussi parce que la nuit précédente, en faisant l'amour avec sa bien-aimée Jodha, il avait éprouvé un désir moins vif pour une femme qui jusqu'à présent ne l'avait encore jamais déçu, au point de se demander si la compagnie d'une de ses concubines plus jolies ne lui procurerait pas une agréable diversion. Et puis il y avait le souci de sa désillusion grandissante à l'égard de Dieu. C'en était plus qu'assez. Il était temps de s'offrir une petite croisière.

Poussé par la nostalgie, il avait restauré quatre des bateaux préférés de son grand-père Babur et les faisait naviguer sur le lac. La glace du Cachemire était ainsi acheminée sur les eaux à bord du plus grand des bateaux, le navire de transport à pont plat appelé la Capacité, *Gunjayish,* franchissait la dernière étape de son voyage quotidien depuis l'Himalaya jusqu'aux verres de la cour à bord de ce vaisseau que son homonyme le sultan Jalaluddin avait autrefois offert au premier roi moghol, un homme cruel qui aimait la nature. Akbar, quant à lui, préférait naviguer à bord du Confort, ou *Asayish,* escorté par le *Farmayish* ou Commandement, un petit brick toujours prêt à faire la navette avec le rivage pour transmettre les ordres et embarquer ou débarquer des passagers. Le quatrième bateau, le très bigarré *Arayish* ou Décoration, était réservé aux plaisirs romantiques et ne naviguait que de nuit. Akbar conduisit Mogor dell'Amore à la cabine principale de l'*Asayish* et laissa échapper un petit soupir de satisfaction comme il faisait toujours lorsque les mouvements subtils de l'eau remplaçaient sous ses pieds la banalité de la terre ferme.

L'étranger semblait lourdement lesté du secret qu'il s'apprêtait à révéler comme une femme enceinte sur le point d'accoucher et, comme elle, il redoutait les dangers d'un tel acte. Akbar prolongea encore un moment les tourments de son hôte en demandant à l'équipage d'exécuter autour d'eux un certain nombre de gestes dictés par l'étiquette de la cour, des dispositions concernant les coussins, le vin et les livres. Chaque boisson devait être goûtée trois fois à la recherche de poison avant d'atteindre les lèvres de l'empereur ; celui-ci n'aimait pas beaucoup cette pratique sans pour autant l'avoir interdite. En matière de livres en revanche, Akbar avait modifié les règles du protocole. Selon la coutume, chaque ouvrage qui arrivait entre les mains de l'empereur devait avoir été lu par trois commentateurs différents garantissant qu'il ne contenait ni propos séditieux, ni obscénités, ni mensonges. « En d'autres termes, avait déclaré le jeune roi en montant sur le trône, nous ne pourrons lire que les livres les plus ennuyeux jamais écrits. Cela ne nous convient pas. » À présent des livres de toutes sortes étaient autorisés mais les commentaires des trois critiques étaient transmis à l'empereur avant qu'il ne les ouvre en raison de cette règle suprême et absolue du protocole selon laquelle le roi ne devait jamais être surpris. Quant aux coussins, chacun devait être essayé au cas où quelqu'un de malintentionné y aurait dissimulé une lame. L'empereur supporta donc toutes ces vérifications. Enfin il consentit à rester seul, en compagnie de l'étranger, à l'abri des oreilles indiscrètes.

« Sire, fit Mogor dell'Amore, et sa voix semblait trembler légèrement, il est un secret que je souhaiterais vous révéler, à vous et à vous seul. »

Akbar partit d'un grand éclat de rire. « Si nous t'avions fait patienter encore un peu, nous pensons que tu en serais sans doute mort, s'esclaffa-t-il. Depuis plus d'une heure tu as l'air d'un furoncle sur le point d'exploser. »

L'étranger s'empourpra. « Votre Majesté devine tout », dit-il en s'inclinant. L'empereur ne l'avait pas invité à s'asseoir. « Cependant je me risque à penser que la nature de cette information ne peut être connue de vous, même si son existence est clairement avérée. »

Akbar se donna un air grave : « Eh bien, vas-y, mon vieux, écoutons donc ce que tu as à dire.

— Qu'il en soit donc ainsi, Sire. Il était une fois, en Turquie, un prince aventurier nommé Argalia ou Arcalia, vaillant guerrier qui possédait des armes enchantées et dont la suite comprenait quatre géants terrifiants ; il y avait aussi une femme avec lui, Angelica… »

Depuis le brick *Farmayish* qui fonçait toutes voiles dehors à la rencontre de l'*Asayish,* avec à son bord Abul Fazl et une petite troupe, un grand cri s'éleva : « Attention ! Sauvez l'empereur ! Attention ! » Aussitôt l'équipage du bateau royal se rua dans la cabine de l'empereur et s'empara de Mogor dell'Amore sans autre forme de cérémonie. Un bras puissamment musclé lui enserra la gorge, et trois épées furent pointées sur son cœur. L'empereur s'était levé et fut lui aussi entouré d'hommes armés qui le protégeaient.

« … Angelica, princesse d'Inde et de Cathay… » L'étranger luttait pour continuer son histoire. L'étreinte du bras se resserrait autour de son cou… « la plus belle… », parvint-il à ajouter non sans mal, et la pression s'accentua encore sur sa gorge, alors Mogor dell'Amore perdit conscience sans pouvoir ajouter un seul mot.

7

Dans le cachot obscur ses chaînes

Dans le cachot obscur ses chaînes pesaient aussi lourdement sur lui que la frustration de n'avoir pu achever son récit. Il y en avait tant enroulées autour de lui que, dans le noir, il avait l'impression d'avoir été encastré dans un corps plus vaste, le corps d'un homme de fer. Tout mouvement lui était impossible. La lumière relevait de la pure imagination. Le cachot avait été creusé à même le roc de la colline sous le palais impérial et l'air qu'on y respirait devait dater de mille ans, de même sans doute que les créatures qui rampaient à ses pieds, dans ses cheveux et sur sa poitrine, les cafards albinos, les serpents aveugles, les rats transparents, les scorpions fantômes, les poux. Il allait donc mourir sans avoir pu raconter son histoire. Cette idée lui paraissait insupportable et il ne cessait donc de la ressasser. Elle lui entrait et sortait par les oreilles, se glissait sous ses paupières au coin des yeux, se plaquait au fond de sa bouche et adhérait aux tendres tissus sous la langue. Tous les hommes avaient besoin d'entendre raconter leur histoire. Il était un homme, mais s'il mourait sans avoir pu raconter son histoire il serait moins que rien, moins qu'un cafard albinos, ou un pou. Le cachot n'entendait rien à cette affaire de récit. Le cachot était figé, éternel, obscur, alors qu'un récit avait besoin de mouvement, de temps et de lumière. Il sentait son histoire lui échapper, devenir insignifiante, cesser d'exister. Il n'avait pas d'histoire. Il n'y avait pas d'histoire. Il n'était pas un homme. Il n'y avait ici aucun homme. Il n'y avait qu'un cachot et son insidieuse obscurité.

Quand ils vinrent le chercher il ne savait plus si un jour venait de s'écouler ou un siècle. Il ne vit pas les mains rudes qui lui enlevèrent ses chaînes. Pendant un bon moment il ne fut plus capable d'entendre ni de parler. On lui banda les yeux et on l'emmena nu dans un endroit où il fut frotté et récuré. Comme un cadavre que l'on s'apprête à enterrer, pensa-t-il, un cadavre muet incapable de raconter son histoire. Les cercueils n'existaient pas dans ces contrées païennes. On allait le coudre dans un linceul et le jeter dans un trou en terre sans même y inscrire son nom. Ou alors on allait le brûler. Il ne reposerait jamais en paix. Dans la mort comme dans la vie il déborderait de mots qu'il n'avait pu prononcer et ce serait son enfer, son tourment pour l'éternité. Il entendit un bruit. *Il était une fois.* C'était sa propre voix. *Il était une fois un prince.* Il sentit son cœur se remettre à battre, son sang recommencer à circuler. Il avait la langue épaisse mais il parvenait à la bouger. Son cœur explosa comme un coup de canon dans sa poitrine. *Qui possédait des armes enchantées.* Il avait de nouveau un corps, et des mots. On lui retira son bandeau. *Quatre géants terrifiants et une femme.* Il se trouvait dans une autre cellule mais ici il y avait une chandelle allumée et un garde se tenait dans un coin. *La plus belle des femmes.* Le récit lui sauvait la vie.

« Épargne tes forces, lui dit le garde. Demain tu seras jugé pour meurtre. »

Il aurait voulu poser une question mais les mots ne venaient pas. Le garde eut pitié de lui et y répondit par avance.

« Je ne connais pas le nom de l'homme qui t'accuse. C'est un étranger sans dieu comme toi et il lui manque un œil et la moitié d'une jambe. »

Le premier procès de Mogor dell'Amore eut lieu dans la salle au bananier de grès et ses juges étaient les plus hautes éminences de la cour, les Neuf Étoiles au complet, dont un décret impérial exceptionnel avait ordonné la présence : le sage et obèse Abul Fazl, Raja Birbal à l'intelligence foudroyante, le ministre des Finances Raja Todar Mal, Raja

Man Singh le chef des armées, le mystique détaché des biens de ce monde Fakir Aziauddin et le mollah Do Piaza, le prêtre très attaché aux biens de ce monde et qui préférait la bonne chère à la prière, ce qui faisait de lui un ami d'Abul Fazl, les grands poètes Faizi et Abdul Rahim et le musicien Tansen. L'empereur se tenait assis comme d'habitude au sommet de son arbre mais son humeur n'avait rien d'habituel. Il gardait la tête penchée, de l'air fort peu impérial d'un simple mortel accablé par une horrible calamité personnelle. Il demeura longtemps sans rien dire, laissant le procès suivre son cours.

L'équipage du vaisseau pirate la *Scàthach* se tenait dans un coin de la salle en une masse serrée et ronchonnante, groupée derrière le personnage macabre du médecin unijambiste et borgne qu'ils avaient désigné comme leur porte-parole. Ce n'était pas là le Dieudonné Hawkins dont l'accusé se souvenait, cette poule mouillée pleurnicharde qu'il avait si facilement manœuvrée. Le nouvel Hawkins était élégamment vêtu et affichait une mine sévère et quand il vit le prisonnier entrer dans la salle du tribunal il le désigna du doigt en criant d'une voix tonnante : « Le voilà, ce vil Uccello, celui qui a assassiné l'ambassadeur pour lui voler son or ! »

« Justice ! s'écrièrent les matelots, avant d'ajouter, moins noblement : On veut récupérer nos sous. »

L'accusé, vêtu seulement d'une ample camisole blanche, les mains liées dans le dos, envisagea l'assemblée menaçante : l'empereur, les neuf juges, les accusateurs, et un certain nombre de courtisans de moindre importance qui s'étaient entassés dans la petite salle pour témoigner au procès, et parmi eux, aisément repérables à leur habit noir de jésuites, les deux prêtres chrétiens, le père Rodolfo Acquaviva et le père Antonio Monserrate, venus s'assurer que les hommes d'Occident obtiendraient justice et peut-être l'argent qu'ils étaient venus de si loin réclamer. L'accusé comprit alors toute l'étendue de son erreur. Il n'avait pas imaginé que ces canailles le poursuivraient après la mort de leur maître et n'avait rien fait pour effacer ses traces. Un grand homme blond, debout dans un char à bœufs et vêtu d'un manteau de cuir multicolore n'était pas un spectacle si courant sur les routes indiennes. De plus, ils étaient nombreux tandis que lui était seul et son affaire semblait vouée à l'échec.

« Ici, déclarait pendant ce temps Abul Fazl, il se fait appeler d'un autre nom. »

On donna la parole au père Acquaviva qui s'exprima, par l'intermédiaire de son interprète persan.

« Ce *Mogor dell'Amore* est un nom qui n'existe pas, dit-il d'un ton accusateur. Cela signifie un *Moghol né hors des liens du mariage.* C'est un nom particulièrement prétentieux et qui pourra en offenser plus d'un. En le portant, l'intéressé sous-entend qu'il souhaite être pris pour un prince illégitime. »

Cette déclaration sema la consternation au sein du tribunal. L'empereur pencha encore davantage la tête au point que son menton touchait sa poitrine. Abul Fazl se retourna pour faire face à l'accusé. « Comment t'appelles-tu ? demanda-t-il, car je suis certain qu'Uccello n'est qu'un masque de plus. »

Le prisonnier se tint coi. Soudain la voix de l'empereur tonna dans les hauteurs.

« Ton nom », et son cri ressemblait aux lamentations de Dieudonné Hawkins déplorant les infidélités de sa bien-aimée portugaise mais sur un registre plus grave. « Maudit sois-tu ! Ton nom, *farangi*, ou la vie. »

Le prisonnier dit alors d'une voix calme : « Je me nomme Vespucci, Vespucci Niccolò.

— Encore un mensonge, objecta le père Acquaviva par l'entremise de son interprète. Vespucci, voyez cela ! » Il émit un gros rire occidental vulgaire, le rire de ces gens qui sont convaincus d'être l'arbitre mondial des élégances en matière de rire. « Ce voleur est vraiment un menteur éhonté et cette fois c'est un prestigieux nom florentin qu'il a volé. »

C'est à ce moment que Raja Birbal intervint :

« Monsieur, dit-il au jésuite, nous vous remercions de votre première remarque mais, de grâce, épargnez-nous vos vitupérations. L'affaire qui nous est soumise est singulière. Un noble Écossais est mort, ce point est avéré et nous le déplorons tous vivement. La lettre qu'il apportait de la part de Sa Majesté nous a été remise par l'accusé ; cela aussi, nous le savons, mais un messager n'est pas transformé en meurtrier par le seul fait d'avoir acheminé le courrier d'un mort. L'équipage du navire déclare avoir découvert, après de longues recherches, sept cachettes secrètes dans la cabine du capitaine, mais qu'elles étaient toutes vides. Qui les a vidées ? Nous l'ignorons. Peut-être contenaient-elles de l'or ou des bijoux, ou peut-être étaient-elles vides dès le départ ? Le chirurgien du bord a affirmé sous serment qu'il est convaincu que feu son maître a succombé aux conséquences fatales d'un empoisonnement au laudanum mais étant donné qu'il s'est occupé jour et nuit du malade jusqu'à l'heure de sa mort on pourrait le soupçonner d'accuser un autre pour masquer son propre forfait. On accuse le prisonnier de vol, pourtant il nous a honnêtement remis la seule chose dont nous soyons sûrs qu'il s'est bien emparé : le parchemin de la reine d'Angleterre. Quant à l'or nous n'en avons trouvé aucune trace, pas plus que de laudanum, dans ses affaires. » Il claqua des mains et un serviteur entra, apportant les vêtements du prisonnier, y compris son manteau aux losanges de cuir. « Nous avons fouillé ses habits et le sac qu'il avait laissé dans cette maison mal famée d'Hatyapul. Nous y avons découvert toute une panoplie d'escroc, des cartes à jouer, des dés, des leurres de toutes sortes et même un oiseau vivant, mais aucune fortune que ce soit en or ou en bijoux. Que pouvons-nous en déduire ? Qu'il est un voleur habile et qu'il a dissimulé son butin ; que ce n'est pas un voleur parce qu'il n'y avait rien à voler ; ou que les voleurs sont ici en train d'accuser un innocent. Voilà quelles sont nos hypothèses. Il a le nombre contre lui mais s'ils sont nombreux à l'accuser, ils peuvent aussi bien être tous des vauriens. »

Le roi parla alors d'une voix forte du haut de son perchoir.

« Un homme qui ment à propos de son nom doit mentir à coup sûr sur bien d'autres sujets. Nous laisserons à l'éléphant le soin de trancher. »

On entendit un murmure étouffé dans la salle, une rumeur confuse de stupeur et d'appréhension. Raja Birbal avait l'air soucieux.

« *Jahanpanah,* Gardien de l'Univers, écoutez ceci. Vous rappelez-vous la fameuse histoire du gardien de chèvres et du tigre ?

— Nous nous rappelons, répondit Akbar, que ce gardien menteur avait si souvent crié au tigre, sans raison, dans le seul but de déranger les villageois, que personne n'était venu à son secours lorsque le tigre l'avait vraiment attaqué.

— *Jahanpanah*, c'est l'histoire d'un groupe de villageois ignorants et je suis sûr que le roi des rois ne laisserait pas un garçon se faire dévorer par un tigre même si ce n'est qu'un fripon, bâtard et menteur.

— Peut-être, en effet, répliqua l'empereur avec humeur, mais dans le cas présent nous serons très heureux de le voir écrasé sous les pattes de notre éléphant. »

Birbal, qui comprit que l'empereur se conduisait comme un homme dont le bien-aimé s'est montré indigne de son amour, fourbissait déjà de nouveaux arguments pour obtenir sa clémence lorsque l'accusé fit une déclaration qui causa définitivement sa perte.

« Avant de me condamner à mort, grand empereur, dit hardiment l'étranger, je dois vous avertir que vous vous exposez à être maudit et à ce que votre cité tombe en ruine car une puissance magique supérieure m'a accordé un don qui apporte la prospérité à tous ceux qui me protègent mais fait s'abattre le malheur sur tous ceux qui me font du mal. »

Le roi le regarda comme on regarde une vermine que l'on s'apprête à écraser.

« Voilà qui est très intéressant, car précisément, sir Uccello ou Mogor ou Vespucci, nous avons bâti cette puissante cité autour du tombeau de Sheikh Salim Chishti, le plus grand de tous les saints de l'Inde, et *sa* bénédiction *nous* protège et fait s'abattre le malheur sur tous *nos* ennemis. Nous nous demandons bien quel pouvoir aura le dessus, celui de votre magie ou bien celui de notre saint.

— Le mien me vient de l'enchanteresse la plus puissante de tout le monde connu, déclara l'étranger, et, en entendant cela, le public tout entier ne put s'empêcher de rire.

— Ah, une femme, dit l'empereur. C'est vraiment terrifiant. Cela suffit. Livrez cette canaille à l'éléphant fou et voyons ce que ses sortilèges féminins peuvent pour lui. »

Le second procès de l'homme aux trois noms se déroula dans le Jardin de Hiran. Cédant à la fantaisie, l'empereur avait donné à son éléphant préféré le nom de Hiran, Cerf, et peut-être est-ce là la raison pour laquelle, après des années de bons et loyaux services, la pauvre bête avait perdu l'esprit et avait dû être enfermée, car les noms ont de grands pouvoirs, et lorsqu'ils ne correspondent pas à la chose nommée, ils acquièrent une force maléfique. Même après que l'éléphant fut devenu fou, puis aveugle, l'empereur refusa qu'il soit abattu. On le garda et on le soigna dans un endroit honorifique, un bâtiment spécialement aménagé pourvu de murs capitonnés pour qu'il ne puisse pas se blesser dans ses accès de fureur. Et de temps en temps on le sortait, selon le caprice de l'empereur, pour qu'il remplisse la double tâche de juge et de bourreau.

Il était naturel qu'un homme qui avait falsifié son nom fût jugé par un éléphant rendu fou par le nom fantaisiste qu'on lui avait donné. Hiran, l'éléphant fou et aveugle, était attaché dans le jardin du jugement et pour l'empêcher de faire des ravages on l'avait retenu par une corde solide fixée à une pierre trouée enterrée dans le sol. Il barrissait, beuglait et ruait et ses défenses luisaient comme des épées. Le tribunal s'assembla pour assister au sort de l'homme aux trois noms et le public fut également convié au spectacle, de sorte qu'ils furent nombreux à constater le miracle. L'homme n'avait plus les mains attachées dans le dos ; cette liberté nouvelle n'était pas destinée à lui permettre de se sauver mais seulement de mourir avec plus de dignité qu'un vulgaire paquet. Pourtant il tendit la main vers l'éléphant et tous les spectateurs virent l'animal devenir calme et tranquille et laisser l'homme le caresser ; toutes les personnes présentes, de haute ou de basse extraction, en eurent le souffle coupé lorsque l'éléphant enroula tendrement sa trompe autour du prisonnier et le hissa sur son dos. Chacun put voir le blond étranger installé comme un prince sur le large dos de Hiran.

L'empereur assista au miracle depuis le pavillon à cinq étages appelé le Panch Mahal. Raja Birbal se tenait à ses côtés et les deux hommes furent bouleversés par ce qui venait de se produire.

« C'est nous qui avons été fou et aveugle, et non pas notre pauvre éléphant, dit Akbar à son ministre, arrêtez immédiatement cet équipage de vauriens et amenez cette innocente victime à nos appartements dès qu'on l'aura fait laver et habiller correctement.

— L'éléphant ne l'a pas tué, il est vrai, répondit Birbal, mais cela signifie-t-il qu'il est innocent, *Jahanpanah* ? Les marins auraient-ils accompli un si long voyage depuis la côte pour venir l'accuser s'ils étaient eux-mêmes coupables ? N'auraient-ils pas été plus sages de mettre le cap vers d'autres rivages ?

— Toujours à contre-courant, hein, Birbal. Il y a peu vous étiez le plus fervent avocat du jeune homme. À présent qu'il est disculpé vous émettez des doutes contre lui. Alors voici un argument que vous ne pourrez pas réfuter. Le jugement de l'éléphant voit sa puissance multipliée si l'empereur le reprend à son compte. Si Akbar approuve Hiran, la sagesse de l'éléphant prend une telle importance qu'elle dépasse même la vôtre. »

*

Umar le Ayyar rendit visite aux marins de la *Scàthach* dans leur cellule, déguisé en femme. Il était voilé, se déplaçait avec grâce comme une femme et les marins furent stupéfaits de cette présence féminine dans cet endroit de pierres et de ténèbres. « Elle » ne leur dit pas son nom et ne fournit aucune explication à sa présence mais se contenta de leur faire une proposition toute simple. L'empereur n'était pas convaincu de leur culpabilité, leur expliqua le Ayyar, et il était donc disposé à surveiller étroitement le Signor Vespucci jusqu'à ce qu'il se trahisse comme tous les criminels finissent par le faire. S'ils étaient sincèrement décidés à honorer la mémoire de leur lord disparu, ils devaient accepter la rude perspective d'une longue attente au fond de leur cachot jusqu'au jour où Vespucci serait démasqué. S'ils voulaient bien se plier à ce sort injuste, leur dit Umar, leur innocence serait démontrée sans l'ombre d'un doute et l'empereur traquerait Vespucci de toutes ses forces et finirait certainement par le confondre. Mais il n'y avait aucun moyen de savoir si l'attente serait courte ou longue, et le cachot était le cachot, indéniablement, il était impossible d'adoucir ce pénible séjour. Cependant, déclara Umar, le seul choix honorable était d'en accepter l'épreuve. Par ailleurs, poursuivit-il, il (ou bien elle) avait reçu l'autorisation d'organiser leur évasion. S'ils choisissaient cette voie, ils seraient escortés jusqu'à leur navire et libérés mais il serait impossible, dans cette hypothèse, de rouvrir le cas de Vespucci car, en prenant la fuite, ils auraient reconnu leur culpabilité ; et s'ils s'avisaient de revenir dans ce royaume, ils seraient sommairement exécutés pour le meurtre de lord Hauksbank. « Telle est l'alternative que l'empereur, dans sa grande sagesse, vous propose », affirma l'eunuque d'une voix solennelle, et féminine.

L'équipage de la *Scàthach* prouva à l'instant même qu'il manquait singulièrement du sens de l'honneur.

« Gardez-le donc, votre meurtrier scorbutique, nous voulons rentrer chez nous », répondit Dieudonné Hawkins. Umar le Ayyar dut réprimer un sursaut de mépris. Les Anglais n'avaient décidément aucun avenir en ce monde, pensa-t-il. Une race qui refuse l'idée du sacrifice personnel ne pouvait manquer de perdre sans tarder sa place dans l'histoire.

*

Lorsque celui qui venait d'endosser la nouvelle identité de Niccolò Vespucci fut conduit dans les appartements de l'empereur, vêtu de ses habits personnels et portant son manteau de cuir multicolore négligemment jeté sur ses épaules à la manière d'une cape, il avait retrouvé tout son allant et arborait un sourire malicieux, comme un magicien qui vient de réussir un tour impossible, faire disparaître un palais, traverser un mur de flammes sans se brûler ou rendre amoureux un éléphant enragé. Birbal et l'empereur furent frappés par son aplomb.

« Comment as-tu fait ? demanda l'empereur. Pourquoi Hiran ne t'a-t-il pas tué ? »

Le sourire de Vespucci s'élargit encore davantage.

« Sire, ce fut un coup de foudre dès le premier regard. Votre éléphant vous a loyalement servi et il a probablement perçu à mon approche, moi qui ai été si récemment votre ami et votre compagnon, une bouffée d'un parfum familier. »

N'est-ce pas là ce que nous faisons tous ? se demanda l'empereur. Ce recours au charmant mensonge, cette volonté constante d'embellir la réalité, cette pommade appliquée à la vérité. L'effronterie de cet homme aux trois noms est-elle si différente de notre évidente folie ? La vérité est-elle une chose trop misérable pour nous ? Le premier venu est-il coupable de vouloir, par moments, l'embellir, ou même de s'en détourner complètement ? Suis-« Je » meilleur que lui ?

Vespucci, pendant ce temps, méditait sur la confiance. Lui qui se méfiait de tout le monde avait fait confiance à une femme et elle lui avait sauvé la vie. *Sauvé par un squelette*, se dit-il. L'histoire était vraiment fantastique. Il avait sorti ses trésors de leur cachette, l'or retrouvant son poids dès qu'il quittait le manteau magique et les bijoux pesant lourdement dans sa paume, et il les lui avait confiés.

« Je me mets ainsi en ton pouvoir, lui avait-il dit, si tu me voles, je n'aurai aucun recours.

— Tu ne comprends donc pas, lui dit-elle, que tu exerces déjà sur moi un pouvoir bien plus grand dont je ne saurais me déprendre. » De fait il ne comprit pas immédiatement ; quant à elle, elle ne savait pas prononcer le mot « amour » ni expliquer le surgissement inattendu de ce sentiment. C'est donc grâce à un mystère qu'il ne fut pas confondu comme voleur, et au moment où l'on s'apprêtait à le livrer à l'éléphant, lorsque, après lui avoir délié les mains, on le laissa prier un instant pour qu'il se mette en règle avec son Créateur qu'il allait incessamment rencontrer, il s'aperçut qu'elle avait aussi envisagé cette situation ; il sortit de cette cachette qu'aucune fouille n'avait daigné explorer la minuscule fiole de parfum qui reproduisait à la perfection l'odeur personnelle de l'empereur, grâce à quoi il put abuser l'éléphant aveugle et éviter la mort.

L'empereur à présent parlait. Le moment qu'il avait espéré était arrivé.

« Eh bien, jeune homme, quel que soit ton nom. Ce jeu de cache-cache a assez duré, il faut raconter ton histoire. Déballe tout immédiatement avant que nous ne perdions notre bonne humeur. »

Quand Hiran l'éléphant l'avait déposé sur son dos comme s'il était un prince moghol, l'étranger avait soudain compris comment il devait commencer. Un homme qui raconte toujours son histoire dans des termes identiques risque, se dit-il, de passer pour un menteur, trop bien exercé à répéter le même mensonge. Il fallait absolument commencer d'une manière différente.

« Votre Majesté, Roi des Rois, Gardien de l'Univers, j'ai l'honneur de vous informer que je… »

Les mots expirèrent sur ses lèvres et il se tenait devant le roi comme un homme à qui les dieux auraient brutalement ôté la parole. Akbar se mit en colère.

« Ne t'arrête pas. Une fois pour toutes, crache-le, ce foutu secret. »

L'étranger toussa et reprit :

« Que je, Monseigneur, ne suis autre que...

— Quoi ?

— Monseigneur, je ne peux pas le dire.

— Il le faut.

— Très bien, mais je redoute votre réaction.

— Tant pis !

— Eh bien, Monseigneur, sachez donc à présent que je suis en fait...

— Oui ? »

Il prit une respiration puis il lâcha :

« Votre parent. En réalité, je suis votre oncle. »

8

Quand la vie se révélait trop compliquée pour les hommes

Quand la vie se révélait trop compliquée pour les hommes de la cour moghole, ils se tournaient vers les vieilles femmes en quête d'explications. À peine « Niccolò Vespucci », qui se faisait appeler « Mogor dell'Amore », avait-il revendiqué cet étonnant lien de parenté que l'empereur envoyait des messagers dans les appartements de sa mère Hamida Bano et de sa tante Gulbadan Begum. « À notre connaissance, dit-il à Birbal, nous n'avons pas d'oncles secrets et, pour couronner le tout, celui qui prétend à ce titre est de dix ans notre cadet, est blond et n'a, visiblement, rien d'un Chaghatai – mais avant de prendre une décision, nous allons consulter les dames, les Gardiennes de la Tradition, qui nous informeront de manière indiscutable. »

Akbar et son ministre, dans un coin de la pièce, se plongèrent dans une âpre discussion en ignorant la présence de celui qui était vraisemblablement un imposteur, de manière si ostensible que celui-ci se prit à douter de sa propre existence. Était-il vraiment ici, en présence du Grand Moghol, à revendiquer un lien de parenté avec lui, ou était-ce là quelque hallucination engendrée par l'opium dont il ferait bien de s'éveiller ? N'avait-il échappé aux pattes mortelles de l'éléphant que pour, presque aussitôt, se suicider ?

Birbal disait à Akbar :

« Le guerrier Argadia ou Arcalia que l'étranger a évoqué porte un nom qui m'est inconnu, quant à *Angelica*, c'est un prénom en usage chez les étrangers, pas chez nous. Et nous n'avons jamais entendu dire qu'ils aient joué un rôle dans cette histoire, cette douteuse "légende dorée". Mais n'écartons pas ces personnages en raison du nom qu'ils portent, car un nom, nous le savons bien, peut être modifié. » Raja Birbal avait débuté dans la vie comme un pauvre gamin brahmane nommé Mahesh Das et c'était Akbar qui l'avait introduit à la cour et avait fait de lui un prince. En attendant l'arrivée des grandes dames, les deux amis se replongèrent dans leurs souvenirs et revécurent leur jeunesse... Akbar s'était égaré au cours d'une partie de chasse.

« Hé, mon garçon, laquelle de ces routes va à Agra ? avait crié l'empereur, et Birbal, de nouveau âgé de six ou sept ans, avait répondu gravement :

— Aucune de ces routes, Seigneur, ne va nulle part.

— C'est impossible », gronda Akbar. Et le jeune Birbal avait souri :

« Les routes ne bougent pas, donc elles ne vont nulle part. Mais les voyageurs qui se rendent à Agra empruntent généralement celle-ci. »

La plaisanterie valut au gamin d'entrer à la cour et lui procura un nouveau nom et une nouvelle vie.

« Un oncle ? fit Akbar, pensif. Le frère de notre père ? Ou bien le frère de notre mère ? Ou l'époux de notre tante ?

— Ou encore, ajouta Birbal dans un souci de justice, pour étendre un peu les possibilités, le fils du frère ou de la sœur de votre grand-père. » Il y avait de l'amusement sous l'apparente gravité et l'étranger comprit que l'on se moquait de lui. L'empire se divertissait tout en décidant de son sort. L'affaire paraissait mal engagée.

Parcourir le vaste réseau des résidences impériales, des couloirs protégés par des rideaux de toile permettait aux dames de la cour de se déplacer à l'abri des regards défendus. Dans un de ces couloirs, la reine mère Hamida Bano et l'aînée des dames de la cour, la princesse Gulbadan, glissaient comme deux puissants navires franchissant un étroit canal. Elles étaient suivies de près par la confidente intime de la reine, Bibi Fatima.

« Jiu, dit la reine (c'était le petit nom qu'elle réservait à la plus âgée de ses belles-sœurs). Dans quelle folie le petit Akbar est-il en train de se lancer ? Veut-il agrandir la famille qu'il a déjà ?

— Qu'il a déjà », répéta Bibi Fatima, qui avait pris la mauvaise habitude de se faire l'écho de sa maîtresse.

La princesse Gulbadan secoua la tête.

« Il sait que le monde est empli de mystères et que le récit le plus surprenant peut finalement se révéler authentique. »

La remarque était si inattendue que la reine garda le silence. Les deux femmes et la servante continuèrent à faire voile vers les appartements de l'empereur sans plus échanger un seul mot.

La journée était venteuse et les vêtements, soigneusement taillés pour masquer leurs formes aux yeux des hommes, claquaient comme des voiles dans la tempête. Leurs atours personnels richement décorés, leurs amples jupes, leurs longues chemises, les voiles de modestie dont elles s'entouraient la tête et le visage étaient aussi agités par le vent. Plus elles s'approchaient d'Akbar, plus le vent gagnait en force. *Peut-être faut-il y voir un signe*, se dit la reine, *toutes nos certitudes sont balayées et nous devons désormais vivre dans l'univers de Gulbadan, empli de mystères et de doute.* Hamida Bano était une femme fière et autoritaire et l'idée même de douter n'avait pas beaucoup d'attrait à ses yeux. Elle était convaincue qu'elle savait démêler le vrai du faux, qu'elle avait été élevée dans ce but et qu'il était de son devoir de transmettre ce savoir à chacun de la manière la plus claire possible. Si l'empereur n'était plus capable de démêler le vrai du faux, sa mère allait se charger de le lui rappeler. Curieusement, Gulbadan semblait d'un avis un peu différent.

Depuis qu'elle était rentrée de son pèlerinage à La Mecque, elle semblait avoir perdu beaucoup de ses certitudes. On aurait dit que sa foi dans les dogmes éternels et immuables du divin cosmos s'était trouvée non pas renforcée, mais affaiblie par ce voyage sacré. Pour Hamida, le *hadj* des femmes, organisé par Gulbadan et qui avait regroupé la quasi-totalité des femmes les plus âgées de la cour, était en soi le signe de la tournure révolutionnaire regrettable que prenait le style monarchique de son fils. Un *hadj* pour les femmes ? avait-elle demandé à son fils quand la question avait été soulevée pour la première fois par Gulbadan, comment pouvait-on autoriser une chose pareille ? Non, lui avait dit la reine, elle n'y participerait en aucun cas, certainement pas. Pourtant l'autre reine, Salima, y était allée, ainsi que Sultanam Begum, l'épouse d'Askari Khan, celle qui avait sauvé la vie d'Akbar quand ses parents l'avaient abandonné pour prendre la route de l'exil, cette Sultanam qui avait tenu lieu de mère au petit Akbar, bien plus que Hamida elle-même, il y avait aussi l'épouse circassienne de Babur, des cousines par alliance d'Akbar, la petite-fille de Gulbadan, et différentes servantes et femmes de même acabit. Trois ans et demi d'absence passés dans les lieux saints ! Son long exil en Perse avait largement épuisé chez la reine tout désir de voyage, et trois ans et demi loin de chez soi était une perspective horrible. Que Gulbadan aille donc à La Mecque ! La reine mère aurait les coudées franches pour régner.

C'est bien ce qui se produisit, et pendant ces trois années et demie, débarrassée des bavardages incessants de Gulbadan pour contrarier sa propre influence sur le roi des rois, Hamida Bano s'était retrouvée sans rivale, libre d'agir à sa guise. Quand on avait besoin d'une femme pour négocier un mariage ou régler un conflit, elle était la seule grande dame à qui on pouvait faire appel. Les reines d'Akbar n'étaient que des gamines, à l'exception du Fantôme, bien sûr, ce charmant fantasme sexuel qui connaissait par cœur tous les livres grivois, mais cela ne valait vraiment pas la peine de se laisser obnubiler par *elle*. À présent Gulbadan était de retour et elle était devenue Gulbadan, *la hadj*, et l'équilibre du pouvoir en avait été modifié. Le plus agaçant c'est que désormais la vieille princesse parlait très peu de Dieu et bien plus des femmes, de leurs pouvoirs inexploités, de leur capacité à faire tout ce qu'elles voulaient, affirmant qu'elles ne devraient plus accepter les contraintes que les hommes leur imposaient mais vivre pleinement leur vie selon leur propre volonté. Puisqu'elles étaient capables d'accomplir le *hadj*, elles pouvaient tout aussi bien escalader des montagnes, publier de la poésie ou gouverner le monde toutes seules. C'était un véritable scandale, manifestement, mais l'empereur aimait cela, toute innovation faisait ses délices ; on aurait dit qu'il avait oublié de grandir et que, du coup, il tombait amoureux de toute nouvelle notion un peu brillante, comme si c'était un petit hochet d'argent et non un problème sérieux d'une vie d'adulte convenable.

Néanmoins la princesse Gulbadan était son aînée et la reine mère lui témoignait toujours le respect qui lui était dû. Et puis, au fond, il était impossible de ne pas aimer Gulbadan, elle souriait en permanence et racontait toujours des histoires drôles sur tel ou tel cousin complètement fou et puis elle avait bon cœur même si sa tête était farcie de ces nouvelles revendications d'indépendance. Les êtres humains n'étaient jamais des créatures simples, disait Hamida Bano à Gulbadan, ils étaient pluriels, leur vie était constituée de forces multiples qui dépendaient les unes des autres et si vous secouiez hardiment une branche de cet arbre, vous ne saviez jamais quel fruit allait vous tomber sur la tête. Mais Gulbadan se contentait de sourire et de passer son chemin. Et tout le monde l'aimait. La reine mère aussi l'aimait bien. C'était cela le plus agaçant. Cela et le corps de jeune femme qu'avait conservé Gulbadan, aussi mince et agile dans ses vieux jours qu'elle l'avait été dans sa jeunesse. Le corps de la reine mère avait, comme c'est l'usage, succombé confortablement au poids des ans, il s'était développé au même rythme que l'empire de son fils au point de devenir lui aussi une sorte de continent, un royaume pourvu de montagnes et de forêts avec pour couronner le tout la capitale qu'était son esprit et qui, lui, ne s'était pas affaissé, absolument pas. Mon corps, pensait Hamida Bano, est exactement comme doit être le corps d'une femme âgée. C'est *comme ça*. L'insistance de Gulbadan à vouloir continuer à paraître jeune était une preuve supplémentaire de son dangereux manque de respect à l'égard de la tradition.

Elles pénétrèrent dans les appartements de l'empereur par la porte réservée aux femmes et allèrent directement s'asseoir comme d'habitude derrière un panneau de noisetier ajouré, incrusté de marbre. Et là, inévitablement, la vieille Gulbadan mena les choses complètement de travers. Elle n'aurait jamais dû s'adresser directement à l'étranger, mais comme elle avait entendu qu'il parlait leur langue elle se permit d'aller droit au but.

« Hé, l'Étranger, lança-t-elle d'une voix forte et tranchante. Quel est donc ce conte de fées pour lequel tu as traversé la moitié du monde ? »

*

Voilà l'histoire telle qu'on la lui avait racontée, jura l'étranger. Sa mère était une princesse authentique de la lignée des Chaghatai, descendante directe de Gengis Khan, membre de la maison de Tamerlan, et sœur du premier empereur moghol de l'Inde, qu'elle appelait « le Castor ». (En entendant cela, Gulbadan Begum se tint très droite sur son siège, derrière le paravent.) Il ignorait tout des dates et des lieux, il connaissait seulement le récit qu'on lui avait fait et qu'il répétait fidèlement. Sa mère se prénommait Angelica et était, insistait-il bien, princesse moghole. C'était la plus belle femme qu'on ait jamais vue et une magicienne sans égale, elle connaissait les secrets de potions et d'incantations que tous redoutaient. Quand elle était jeune, son frère, le roi Castor, avait été assiégé dans Samarcande par un seigneur de la guerre ouzbek, un nommé Sire Armoise. Celui-ci avait exigé que le Castor lui donne sa sœur en échange de l'autorisation de quitter la ville après s'être rendu. Ensuite, pour se moquer d'elle, Sire Armoise l'avait pour un moment offerte en cadeau à son jeune porteur d'eau Bacha Saqaw pour qu'il use d'elle à sa guise. Deux jours plus tard, Bacha Saqaw vit des furoncles lui pousser sur tout le corps, des bubons de peste qui lui pendaient sous les aisselles et sur le ventre, et quand ils éclatèrent, il mourut. Après cela plus personne ne se risqua à porter la main sur la sorcière – jusqu'à ce qu'elle finisse par céder à la cour maladroite d'Armoise. Dix ans passèrent. Sire Armoise fut battu par le roi des Perses Ishmael à la bataille de Marv sur les rives de la mer Caspienne. La princesse Angelica se retrouvait une fois de plus butin de guerre.

(À présent Hamida Bano sentait elle aussi son pouls s'accélérer. Gulbadan Begum se pencha vers elle et lui chuchota un mot à l'oreille. La reine mère hocha la tête, ses yeux s'emplirent de larmes. Sa servante Bibi Fatima se mit elle aussi à pleurer, par simple solidarité.)

Le roi perse à son tour fut vaincu par le sultan Osmanli, ou Ottoman.

Les femmes, derrière le paravent, ne purent pas se contenir plus longtemps. La reine Hamida Bano était tout aussi surexcitée que sa belle-sœur pourtant prompte à s'emballer. « Mon fils, approche-toi », ordonna-t-elle d'une voix forte. « ... proche-toi », fit Bibi Fatima en écho. Le roi des rois obéit. Alors Gulbadan chuchota à son oreille et il parut se figer. Puis il se retourna vers Birbal, l'air sincèrement surpris. « Les dames confirment, dit-il, qu'une partie de cette histoire est déjà connue. *Baboor,* c'est-à-dire “Babur”, est un vieux mot chaghatai pour castor, et ce “Armoise” peut se traduire par Shiban ou Shaibani Khan, et la sœur de mon grand-père Babur, qui était réputée pour être la plus belle femme de son temps, fut capturée par Shaibani après sa victoire sur Babur à Samarcande, et dix ans plus tard, Shaibani fut battu par le Shah Ismaïl de Perse près de la ville de Marv, et la sœur de Babur tomba entre ses mains.

— Excusez-moi, *Jahanpanah*, dit Birbal, mais il s'agissait de la princesse Khanzada, si je ne m'abuse ? Et naturellement l'histoire de la princesse Khanzada est connue. Comme je l'ai moi-même appris, Shah Ismaïl la rendit à Babur Shah en témoignage d'amitié et elle vécut jusqu'à sa mort au sein de la famille royale, entourée du plus grand respect. Il est certes étonnant que l'étranger ait pu avoir vent de cette histoire mais il ne peut pas être son descendant. Il est vrai qu'elle eut un fils de Shaibani mais le garçon mourut, le même jour que son père, de la main du Shah persan. Ce qui prouve que l'histoire de ce jeune homme est fausse. »

À cet instant, les dames royales derrière leur paravent se mirent à crier à l'unisson : « *Il y avait une deuxième princesse !* » Et la servante répéta : « … cesse ! » Gulbadan prit une attitude plus digne pour déclarer : « Ô roi rayonnant, notre histoire familiale comporte un épisode caché. »

L'homme qui s'était fait appeler « Mogor dell'Amore » se tenait là, calmement, au cœur même de l'empire moghol, tandis que deux de ses femmes les plus nobles passaient en revue la généalogie de leur lignée.

« Permettez-moi de vous rappeler, ô roi omniscient, dit Gulbadan, qu'il existait de nombreuses princesses, nées de différentes épouses et d'autres princes. » L'empereur poussa un léger soupir ; lorsque Gulbadan entreprenait d'escalader l'arbre généalogique familial comme un perroquet en folie, on ne pouvait jamais savoir combien de temps elle allait sauter de branche en branche avant de se poser pour de bon. Mais, dans le cas présent, sa tante fut d'une concision presque choquante.

« Il y avait Mihr Banu et Shahr Banu et aussi Yadgar Sultan.

— Oui mais Agha, la mère de Yadgar, n'était pas une reine, fit remarquer la reine Hamida, d'un air hautain. Ce n'était qu'une concubine.

— … ncubine, répéta scrupuleusement Bibi Fatima.

— Quoi qu'il en soit, ajouta la reine, il faut bien reconnaître que si Khanzada était la première par l'âge, elle n'était pas, loin s'en faut, la première par la beauté, même si c'était ce qu'on affirmait officiellement. Certaines filles des concubines étaient bien plus belles qu'elle.

— Ô roi très lumineux, poursuivit Gulbadan, je dois vous dire que Khanzada, hélas, était plutôt jalouse. »

C'était là l'histoire que la vieille Gulbadan avait gardée secrète pendant si longtemps.

« Les gens disaient que Khanzada était la plus jolie parce qu'elle était l'aînée et qu'il ne faisait pas bon la contrarier. En réalité, c'est la plus jeune des princesses qui était la plus belle, et elle avait une jolie camarade qui était aussi sa servante, une jeune esclave qui était aussi resplendissante qu'elle et qui ressemblait tellement à sa maîtresse que tout le monde s'était mis à l'appeler "le miroir de la princesse". Lorsque Khanzada fut capturée par Shaibani, la petite princesse et le Miroir furent capturées elles aussi mais quand Khanzada fut libérée par Shah Ismaïl et renvoyée chez elle à la cour de Babur, la princesse cachée et son Miroir décidèrent de rester en Perse. C'est pourquoi elle fut effacée de notre histoire familiale : elle avait préféré la vie parmi les étrangers à un rang prestigieux dans son propre pays.

— La Specchia, dit brusquement l'étranger. Le mot miroir est masculin mais on a inventé pour elle un nom féminin. *La Specchia*, la jeune fille miroir. »

Le récit était débité à une telle vitesse que le protocole en avait été oublié et personne ne songea à réprimander l'étranger de l'avoir interrompu. C'était Gulbadan qui racontait, très vite et de sa voix haut perchée. L'histoire de la princesse cachée et de son Miroir exigeait d'être rapportée.

Mais Hamida Bano était perdue dans ses souvenirs. La reine se revoyait jeune, son petit garçon dans les bras, aux côtés de son mari Humâyûn à l'heure de sa défaite, fuyant les hommes les plus dangereux du monde : les frères de son mari. Il faisait si froid dans les steppes de Kandahar que lorsqu'elle versait de la soupe dans une écuelle, elle gelait immédiatement et on ne pouvait pas la boire. Un jour, ils eurent si faim qu'ils tuèrent un cheval et durent le découper en petits morceaux pour pouvoir cuire la viande dans un casque de soldat, la seule marmite dont ils disposaient. Et puis ils furent attaqués et elle dut fuir, en abandonnant son bébé derrière elle, son petit garçon, livré aux dangers de cette zone de combat, son bébé qui allait être élevé par une autre femme, l'épouse d'Askari, le frère et l'ennemi de son mari, cette Sultanam Begum qui fit ce qu'elle, Hamida Bano, n'avait pas pu faire pour son fils, l'empereur.

« Pardonnez-moi », murmura-t-elle (« … moi », ajouta Bibi Fatima), mais l'empereur ne l'écoutait pas, il se ruait sur les traces de la princesse Gulbadan, dans des eaux inconnues.

« La princesse cachée ne revint pas avec Khanzada parce que, eh oui, elle était amoureuse. »

Amoureuse d'un étranger, et tellement éprise qu'elle était prête à défier son frère le roi et à mépriser sa cour à laquelle, pourtant, elle aurait dû se souvenir qu'elle appartenait si elle avait écouté son devoir ou un amour supérieur. Dans sa colère, Babur le Castor élimina sa jeune parente de l'histoire familiale, il décréta que son nom serait effacé de toutes les annales et ne devait plus jamais être prononcé par quiconque, homme ou femme de son royaume. Khazanda Begum elle-même respecta scrupuleusement cette interdiction, en dépit de l'affection profonde qui la liait à sa sœur, et peu à peu le souvenir de la princesse cachée et de son Miroir s'estompa. Ce ne fut plus bientôt qu'une rumeur, une histoire vaguement entendue au sein de la foule, un murmure porté par le vent, et depuis ce jour-là jusqu'à maintenant, plus personne n'avait parlé d'elle.

« Le roi des Perses, à son tour, fut vaincu par le sultan Osmanli, ou Ottoman, poursuivit l'étranger, et à la fin, la princesse se retrouva en Italie en compagnie d'un vaillant guerrier. Ils s'appelaient Argalia et Angelica. Argalia possédait des armes magiques, et dans sa suite il y avait quatre géants terrifiants. À ses côtés chevauchait Angelica, princesse de Cathay et d'Inde, la plus belle femme du monde et enchanteresse sans égale.

— Quel *était* son nom ? » demanda l'empereur sans lui prêter attention.

La reine mère secoua la tête : « Je ne l'ai jamais entendu. »

La princesse Gulbadan ajouta :

« Elle avait un surnom que j'ai sur le bout de la langue, mais son véritable nom s'est effacé depuis longtemps de ma mémoire.

— Angelica, dit l'étranger, elle s'appelait Angelica. »

Alors, derrière le paravent, il entendit la princesse Gulbadan déclarer :

« C'est une belle histoire et nous devrions chercher à savoir comment cet homme a pu la connaître. Il y a toutefois un problème et je me demande s'il peut le résoudre de manière satisfaisante. »

Birbal, bien sûr, avait compris :

« C'est la question des dates et de l'âge des personnages.

— Si Khanzada Begum vivait encore, dit la princesse Gulbadan, elle aurait cent sept ans. La plus jeune de ses sœurs, qui avait huit ans de moins que Babur, en aurait sans doute quatre-vingt-quinze. L'étranger qui se tient là devant nous, en train de ressusciter un pan occulté de notre passé, ne peut avoir plus de trente ou trente et un ans. Donc si la princesse cachée s'est retrouvée en Italie, comme le dit ce jeune homme, et s'il est bien son fils, comme il l'affirme, alors quand il est né, sa mère devait avoir environ soixante-quatre ans. Si cette grossesse miraculeuse a bien eu lieu, alors il est certainement l'oncle de Votre Majesté, le fils de la sœur de votre grand-père, et mérite d'être reconnu comme un prince de la maison royale. Mais manifestement c'est impossible. »

L'étranger sentit sa tombe s'ouvrir sous ses pieds et comprit qu'on ne l'écouterait pas davantage.

« Je vous ai dit que j'ignorais tout des dates et des lieux, s'écria-t-il, mais ma mère était jeune et belle, ce n'était pas une vieille bique sexagénaire. »

Les femmes, derrière le paravent, se turent. Il comprit que dans ce silence son sort se décidait. Gulbadan Begum finit par dire :

« Il faut reconnaître qu'il nous a raconté des choses qui étaient profondément enfouies. S'il n'avait pas évoqué cette histoire, nous autres, vieilles femmes, nous l'aurions emportée dans la tombe. Aussi mérite-t-il le bénéfice d'un léger doute.

— Mais vous nous avez démontré, objecta l'empereur, qu'il ne pouvait y avoir aucun doute.

— Au contraire, reprit la princesse Gulbadan, il existe deux explications possibles.

— La première étant, se surprit à expliquer la reine mère Hamida Bano, que la princesse cachée était vraiment une enchanteresse exceptionnelle et qu'elle détenait le secret de l'éternelle jeunesse, et qu'ainsi elle pouvait avoir encore le corps et l'esprit d'une jeune femme au moment où elle accoucha, même si elle avait près de soixante-dix ans.

L'empereur frappa du poing contre le mur :

« Ou peut-être avez-vous toutes deux perdu l'esprit et que c'est pour cela que vous accordez foi à de telles aberrations ! » hurla-t-il.

La princesse Gulbadan le fit taire comme on fait taire un petit garçon :

« Vous n'avez pas entendu ma deuxième hypothèse.

— Très bien, grommela l'empereur, allez-y, tante. »

Gulbadan Begum déclara avec une emphase pédante :

« Supposons que l'histoire de ce jeune homme soit vraie et que la princesse cachée et son guerrier se soient rendus effectivement en Italie il y a longtemps. Il pourrait aussi se faire que la mère du jeune homme ne soit pas la maîtresse du guerrier royal…

— … mais la fille de la princesse, comprit immédiatement Akbar, mais dans ce cas, qui est le père ?

— C'est là, j'en suis sûr, déclara Birbal, que réside le nœud de l'histoire. »

L'empereur se retourna vers l'étranger en poussant un soupir de curiosité résignée. L'affection inattendue qu'il éprouvait pour lui était gâtée par la haine qu'éprouvent les empereurs pour les étrangers trop savants.

« Les conteurs hindoustani savent toujours quand leur public leur échappe, dit-il, parce que les gens se lèvent tout simplement et s'en vont, ou alors ils se mettent à lui lancer des légumes, ou bien si c'est le roi qui constitue le public, il peut arriver qu'il jette le conteur, la tête la première, du haut des remparts de la ville. Et dans le cas présent, cher oncle Mogor, c'est précisément le roi qui t'écoute. »

9

À Andizhan les faisans étaient si gros

À Andizhan les faisans étaient si gros que quatre hommes ne pouvaient venir à bout d'un de ces volatiles en un seul repas. Des violettes poussaient sur la rive de la rivière Andizhan, un affluent du Jaxartes ou Syr Darya, et tulipes et roses y fleurissaient au printemps. Andizhan, le berceau de la famille moghole, était situé dans la province de Ferghana « *qui s'étendait*, comme l'avait écrit son grand-père dans ses Mémoires, *sous le cinquième climat, aux confins du monde civilisé* ». L'empereur n'avait jamais vu la terre de ses ancêtres mais il la connaissait par le livre de Babur. Ferghana était traversée par la grande Route de la Soie, en Asie centrale, à l'est de Samarcande, au nord des puissants sommets de l'Hindu Kuch. On y trouvait de délicieux melons et des vignobles et l'on pouvait s'y régaler de cerf blanc et de grenades fourrées à la pâte d'amandes. Il y avait des cours d'eau en abondance, de bons pâturages dans les montagnes voisines, des spirées à l'écorce rouge dont on faisait d'excellents manches de fouets et des flèches et des mines de turquoise et de fer. Les femmes y étaient réputées pour leur beauté, mais, sur ce point, l'empereur le savait bien, tout était affaire d'avis personnel. C'est là qu'était né Babur, le conquérant de l'Hindoustan, et Khanzada Begum, et aussi, même si toute trace de sa naissance avait été effacée des registres, la princesse sans nom.

Dès qu'Akbar eut appris l'histoire de la princesse cachée, il pria son peintre favori, Dashwanth, de venir le retrouver à la Place des Rêves près du Plus Beau de Tous les Bassins

Imaginables. Quand Akbar était monté sur le trône, à peine âgé de quatorze ans, Dashwanth n'était encore qu'un gamin du même âge, apparemment ignorant et exagérément ténébreux, dont le père était un des porteurs de palanquin de l'empereur. Pourtant, en cachette, c'était un grand dessinateur qui débordait de génie. La nuit, quand il était sûr que personne ne pouvait le voir, il couvrait les murs de Fatehpur Sikri de graffitis, non pas des images ou des inscriptions obscènes, mais des caricatures des grands de la cour, si cruellement réussies qu'ils étaient tous fermement décidés à le traquer promptement, pour trancher ces mains par trop satiriques. Akbar avait convoqué à la Place des Rêves Abul Fazl et le premier maître de l'atelier d'art royal, le Persan Mir Sayyid Ali.

« Vous avez intérêt à les retrouver avant que ses ennemis ne le fassent, quel qu'il soit, leur dit-il, parce que nous ne voulons pas qu'un talent aussi remarquable soit détruit par l'épée d'un noble courroucé. »

Au bout d'une semaine, Abul Fazl était revenu, traînant par l'oreille un petit gamin brun et maigrichon. Dashwanth se débattait et protestait à grands cris mais Abul Fazl l'entraîna jusqu'à l'empereur qui était plongé dans une partie de Pachisi Vivant. Mir Sayyid Ali, qui suivait de près le scélérat et son ravisseur, réussissait à afficher un air à la fois ravi et contrarié. L'empereur se détourna un instant de ses pièces humaines, de ravissantes esclaves noires qu'il déplaçait sur l'échiquier, et ordonna à Dashwanth d'intégrer immédiatement l'atelier d'art royal, interdisant à quiconque à la cour de lui faire le moindre mal.

Même la Gouvernante en chef, sa méchante tante Maham Anaga, n'osa pas transgresser un tel ordre et comploter contre Dashwanth malgré la caricature qu'il avait faite d'elle et de son fils, Adham, le plus cruel mais aussi le plus prophétique de tous ses dessins. On pouvait voir cette caricature sur la façade du bordel d'Hatyapul. Maham Anaga y était représentée, à la satisfaction générale des gens du peuple, sous les traits d'une sorcière ricanante au visage bleuâtre, entourée de potions bouillonnantes, tandis que dans le reflet d'un grand récipient de verre, on apercevait Adham, le meurtrier pleurnicheur, tombant la tête la première du haut des remparts de la ville. Six ans plus tard, lorsque, saisi d'un brusque délire de volonté de pouvoir, Adham s'en prit physiquement à Akbar et que l'empereur le condamna à mort et le fit jeter, tête la première, du haut des remparts de la ville, le monarque se rappela avec stupeur la prophétie de Dashwanth. Mais celui-ci affirma qu'il ne se souvenait pas d'avoir fait ce dessin qui, de toute façon, avait été effacé depuis longtemps du mur du bordel. L'empereur en fut donc réduit à torturer sa mémoire et à se demander à quel point ses rêves avaient contaminé sa perception éveillée du réel.

Dashwanth devint très vite une des étoiles les plus brillantes de l'atelier de Mir Sayyid Ali, et se fit un nom en peignant des géants barbus qui volaient dans les airs, à cheval sur des jarres enchantées, ces lutins tachetés et poilus qu'on appelle des *devs,* de violentes tempêtes en mer, des dragons bleu et or et des magiciens célestes qui tendaient les bras du haut des nuages pour protéger du mal les héros, tout cela pour satisfaire l'imagination fantastique et débridée – *le khayal* – du jeune roi pétulant. Il ne cessait de représenter Hamza, le héros légendaire, monté sur son cheval magique doté de trois yeux et pourfendant toutes sortes de monstres improbables et il avait compris, mieux que tous les autres artistes qui travaillèrent pendant quatorze ans à ce cycle de Hamza qui faisait la fierté de l'atelier, que ce à quoi il donnait naissance, c'était en fait l'autobiographie rêvée de l'empereur. Sa main tenait le pinceau, mais c'était la vision de l'empereur qui apparaissait sur la toile. Un empereur était la somme de ses exploits, et la grandeur d'Akbar, à l'instar de celle de son *alter ego* Hamza, n'était pas seulement prouvée par sa capacité à triompher d'obstacles gigantesques – princes récalcitrants, dragons bien réels, *devs,* et ainsi de suite –, elle était véritablement créée par ces triomphes. Le héros des œuvres de Dashwanth devint le miroir de l'empereur et chacun des cent un artistes qui travaillaient à l'atelier, apprit beaucoup à son contact, même les maîtres persans, Mir Sayyid Ali et Abdus Samad. Par leur travail collectif autour des aventures de Hamza et de ses amis, l'Hindoustan moghol était littéralement inventé ; l'union des artistes préfigurait l'unité de l'empire, et peut-être ce fut elle qui la fit naître.

« C'est l'âme de l'empereur que nous dépeignons tous ensemble, disait Dashwanth avec tristesse à ses collaborateurs, et quand son esprit quittera son corps, il viendra chercher le repos dans ces peintures où il accédera à l'immortalité. »

En dépit de toutes ses réussites artistiques, le caractère dépressif de Dashwanth ne s'améliora jamais. Il ne se maria pas, mena la vie célibataire d'un *rishi*, et au fil des années son humeur devint de plus en plus sombre. Pendant de longues périodes il était même parfois absolument incapable de travailler ; il restait assis dans son petit espace au sein de l'atelier à contempler un angle vide comme s'il y voyait un de ces monstres qu'il peignait depuis des années avec tant de maîtrise. Malgré son comportement de plus en plus bizarre, il était toujours considéré comme le meilleur des peintres indiens formés par les deux maîtres persans qui avaient accompagné Humâyûn, le père d'Akbar, à son retour d'exil quelques années auparavant. C'est donc à Dashwanth qu'Akbar fit appel quand il eut l'idée de contrecarrer la décision sévère qu'avait prise son grand-père et de rendre enfin la princesse cachée à son histoire familiale. Il l'exhorta en ces termes : « Fais-la venir au monde par ta peinture, car il y a une telle magie dans tes pinceaux qu'elle pourrait bien se mettre à vivre, et sortir de tes portraits pour venir festoyer et boire en notre compagnie. » Le pouvoir créateur de l'empereur avait été momentanément épuisé par l'immense effort qu'il avait dû fournir pour susciter et faire vivre Jodha, son épouse imaginaire, et, dans le cas présent, il se trouvait donc incapable d'agir seul ; il était contraint de s'en remettre au pouvoir de l'artiste.

Dashwanth entreprit immédiatement de dépeindre la vie de la grand-tante perdue d'Akbar dans une série de scènes extraordinaires qui surpassèrent même les tableaux du cycle d'Hamza. On y voyait tout Ferghana jaillir à la vie : la forteresse d'Andizhan, avec ses trois portes, l'avaleuse d'eau (neuf fleuves coulaient jusque dans ses murs mais aucun n'en ressortait), la chaîne de montagnes aux douze sommets surplombant la ville voisine d'Osh, l'étendue sauvage du désert où douze derviches s'étaient perdus dans une violente tempête, les nombreux serpents de la région, les daims et les lièvres. Dans son tout premier tableau, il avait représenté la princesse cachée sous les traits d'une ravissante enfant de quatre ans qui se promenait, un petit panier à la main, dans les superbes forêts des montagnes du Yeti Kent. Elle y ramassait des feuilles et des racines de belladone, pour rendre ses yeux plus brillants à moins que ce ne fût pour empoisonner ses ennemis, et elle découvrait de grandes étendues de cette plante mythique que les gens du pays appelaient *ayïq otï*, plus connue sous le nom de racine de mandragore. La mandragore, ou « homme-dragon », est de la même famille que la funeste morelle noire et lui ressemble parfaitement pour ce qui est de la partie aérienne de la plante ; mais sous terre, ses racines ont la forme d'un être humain et quand on les arrache et qu'on les expose à l'air, elles poussent des cris comme le feraient des êtres humains qu'on enterrerait vivants. Ses pouvoirs magiques n'ont pas besoin d'être expliqués et tous ceux qui virent ce premier tableau comprirent que Dashwanth, grâce à son intuition exceptionnelle, avait révélé la vraie nature de la princesse cachée, géniale dès la naissance et connaissant d'instinct le meilleur moyen de se protéger et aussi de gagner le cœur des hommes, ce qui, finalement, revient souvent au même.

Le tableau lui-même semblait posséder un pouvoir magique car, à l'instant où la vieille princesse Gulbadan le découvrit dans les appartements privés d'Akbar, elle se rappela le nom de la fille, ce nom qu'elle avait gardé sur le bout de la langue pendant plusieurs jours au point qu'elle avait du mal à manger.

« Sa mère était Makhdum Sultan Begum, fit Gulbadan en se penchant sur le dessin aux couleurs éclatantes, et elle parlait si doucement que l'empereur dut lui aussi se baisser pour l'entendre. Makhdum, oui, c'était bien le nom de sa mère, le dernier grand amour d'Umar Sheikh Mirza. Et la fille s'appelait Qara Köz ! Qara Köz, c'est bien cela, et Khanzada lui vouait une haine mortelle, jusqu'à naturellement ce qu'elle change d'attitude et se mette à l'aimer. »

Gulbadan Begum se souvenait des récits relatifs à la vanité de Khanzada Begum. Elle raconta à l'empereur que, tous les matins, lorsque Dame Khanzada se levait, la première de ses femmes de chambre déclarait, conformément aux instructions qu'elle avait reçues : « Voici qu'elle s'éveille, Khanzada Begum, la plus belle femme du monde ouvre les yeux et contemple le domaine de sa beauté. » Et quand elle allait présenter ses hommages à son père, Umar Sheikh Mirza, le héraut criait : « Voici qu'arrive votre fille, la plus belle femme du monde, voici venir celle qui règne par la beauté comme vous régnez par la puissance. » Et quand elle entrait dans le boudoir de sa mère, Khanzada recevait le même genre de louanges de la bouche même de la reine-dragon, Qutlugh Nigar Khanum, dont les yeux lançaient des flammes et qui crachait de la fumée par le nez ; quand elle voyait arriver sa première fille, elle claironnait : « Khanzada, la plus belle enfant du monde, approche-toi et laisse mes pauvres yeux fatigués se repaître de ta beauté. »

C'est alors que Makhdum Sultan Begum donna naissance à la petite princesse qui fut immédiatement appelée Qara Köz, c'est-à-dire Yeux Noirs, en raison du pouvoir extraordinaire de son regard capable d'ensorceler tous ceux sur qui il se posait. À partir de ce jour, Khanzada perçut un changement de ton dans les louanges qu'elle recevait quotidiennement ; elles se teintèrent d'une touche d'hypocrisie de plus en plus intolérable.

Au cours des années suivantes, plusieurs tentatives de meurtre furent perpétrées contre la petite fille sans qu'on pût jamais prouver que Khanzada y était impliquée. On trouva du poison dans une tasse de lait que but Dame Yeux Noirs ; elle n'en fut pas affectée, mais son petit chien de compagnie qu'elle avait laissé laper les dernières gouttes mourut aussitôt dans d'horribles souffrances. Plus tard on découvrit une autre boisson dans laquelle on avait versé des diamants écrasés, pour infliger à la belle enfant cet horrible supplice mortel connu sous le nom d'« élixir enflammé ». Mais les diamants lui traversèrent le corps sans lui faire de mal et la tentative de meurtre ne fut découverte que lorsqu'une nourrice, en nettoyant les toilettes royales, vit briller les diamants dans les selles de la princesse.

Quand il devint évident que Dame Yeux Noirs détenait des pouvoirs surnaturels, toute tentative de meurtre cessa et Khanzada Begum, décidant de ravaler son orgueil, changea résolument de tactique et se mit à cajoler et à choyer sa jeune rivale. Avant peu, l'aînée tomba sous le charme de sa jeune demi-sœur et il n'y eut plus dès lors de tentative d'assassinat. Le bruit se répandit bientôt à la cour d'Umar Sheikh Mirza que la plus jeune de ses filles pourrait bien être la réincarnation de la légendaire Alanquwa, déesse mongole du soleil, ancêtre de Temüjin ou Chingiz ou Gengis Khan. Détenant le pouvoir absolu sur la lumière, celle-ci pouvait soumettre à sa volonté même les esprits des ténèbres en menaçant de les éclairer, et ainsi de dissiper l'obscurité où ils trouvaient refuge. Alanquwa décidait de la vie et de la mort. Des adorateurs du Soleil se mirent à vouer un culte à la jeune enfant.

Cela ne dura guère. Son père bien-aimé, le *padishah*, c'est-à-dire le roi, connut bientôt un sort cruel. Il s'était rendu à la forteresse d'Akhsi, non loin d'Andhizan – Akhsi où poussaient les délicieux melons *mirtimurti* ! Akhsi telle que l'avait représentée Dashwanth, bâtie à l'extrême bord d'un précipice –, et tandis que le roi inspectait ses pigeons dans leur pigeonnier, le sol se déroba sous ses pieds ; le *padishah*, les pigeons et le pigeonnier dégringolèrent ensemble dans le précipice et disparurent. Babur, le demi-frère de Dame Yeux Noirs, monta sur le trône, âgé seulement de douze ans. Elle-même, à l'époque, n'avait que quatre ans. Au milieu de la tragédie familiale et du chaos qui s'ensuivit, on oublia l'affaire des pouvoirs occultes de Qara

Köz et de sa maîtrise de la lumière. Alanquwa, la déesse du Soleil, regagna dans les cieux la place qui lui revenait.

La chute d'Umar Sheikh Mirza, l'arrière-grand-père du roi des rois, était superbement représentée dans l'une des plus belles œuvres de Dashwanth. On y voyait le *padishah* tombant tête la première, se détachant sur le fond noir du gouffre dont les parois rocheuses défilaient de chaque côté ; des épisodes de sa vie et des scènes soulignant certains traits de sa personnalité étaient étroitement imbriqués dans les frises abstraites qui encadraient l'image : un homme gros et trapu, bavard et de bonne composition, joueur de backgammon, souverain équitable mais capable parfois de chercher querelle, un paladin balafré qui savait se battre et, à l'instar de tous ses descendants, Babur, Humâyûn, Akbar et ses fils, Salim, Daniyal et Mourad, un homme porté à l'excès sur le vin, les liqueurs fortes et sur cette douceur ou friandise nommée *majun*, extraite du cannabis, et qui avait provoqué sa disparition brutale. C'est plongé dans un brouillard dû au *majun* qu'il s'était aventuré trop près du gouffre à la poursuite d'un pigeon et c'est ainsi qu'il était tombé dans ce néant où il n'importait plus guère d'être gros ou trapu, de bonne composition, bavard ou équitable, où l'on ne pouvait espérer trouver des partenaires de backgammon ou des ennemis à combattre et où l'on pouvait baigner pour l'éternité dans les brumes fantasmagoriques du *majun*.

Le tableau de Dashwanth explorait les tréfonds de l'abîme et représentait même les démons qui s'apprêtaient à accueillir le monarque dans leur royaume. Une telle image relevait sans aucun doute du crime de *lèse-majesté* – ne fût-ce que suggérer que l'ancêtre de l'empereur ait pu aboutir en enfer était un acte passible de la peine de mort, car il laissait entendre que Sa Majesté pourrait bien connaître le même sort. Pourtant, quand il vit le tableau, Akbar se contenta de rire en déclarant :

« L'enfer me semble un séjour bien préférable à la compagnie ennuyeuse des anges aux côtés de Dieu. »

Lorsqu'on rapporta ce propos à Badauni, le Buveur d'Eau, il en conclut que l'empire courait à sa perte, car Dieu ne pouvait en aucun cas tolérer qu'un monarque se transforme aux yeux de tous en suppôt de Satan. L'empire survécut cependant, pas éternellement, mais tout de même assez longtemps, et Dashwanth aussi, mais pendant une période beaucoup plus courte.

Les années qui suivirent furent dans la vie de la jeune Dame Yeux Noirs une période d'errance particulièrement mouvementée : son frère et protecteur Babur passait son temps à galoper de-ci de-là, à gagner des batailles, à en perdre d'autres, à conquérir de nouveaux territoires, à les perdre, à être attaqué par ses oncles, à attaquer ses cousins, à être assiégé par ses cousins et à déclarer encore une fois la guerre à ses oncles, mais à l'arrière-plan de toutes ces affaires familiales courantes, l'ennemi le plus redoutable, le terrible orphelin ouzbek, soldat de fortune et plaie de la maison de Tamerlan, Armoise, c'est-à-dire « Shaibani » Khan, attendait son heure. Dashwanth avait représenté Qara Köz à l'âge de cinq, de six puis de sept ans sous l'aspect d'une créature surnaturelle nichée dans un petit œuf de lumière tandis que la bataille, autour d'elle, faisait rage. Babur conquit Samarcande mais perdit Andizhan, puis il reprit Samarcande et la lâcha à nouveau, perdant du même coup ses deux sœurs. Armoise Khan avait assiégé Babur dans cette grande cité et de nombreux combats acharnés se déroulèrent aux différentes portes de la ville, la Porte de Fer, la Porte des Ferblantiers, la Porte des Gradins, la Porte Turquoise. La famine contraignit Babur à se rendre. Armoise Khan avait entendu parler de la beauté légendaire de la sœur aînée de Babur, Khanzada Begum, et il fit porter un message disant que si on lui livrait Khanzada, Babur et sa famille pourraient en échange quitter la ville. Celui-ci n'avait d'autre solution que d'accepter et Khanzada ne pouvait que se soumettre à la décision de Babur.

C'est ainsi qu'elle devint une victime sacrificielle, un butin vivant, un otage, comme ces esclaves qui servaient de pions à Akbar quand il jouait au pachisi. Pourtant, lors de cette dernière assemblée familiale dans les appartements royaux de Samarcande, elle prit une initiative personnelle. Sa main droite s'abattit sur le poignet gauche de sa petite sœur comme les serres d'un rapace.

« Puisque je dois partir, dit-elle, j'emmène avec moi Dame Yeux Noirs pour me tenir compagnie. »

Personne parmi les présents ne put savoir si elle avait pris cette décision par méchanceté ou par amour, car ces deux sentiments marquaient constamment les rapports que Khanzada entretenait avec Qara Köz. Dans le portrait qu'en a brossé Dashwanth, Khazanda est splendide, la bouche grande ouverte, elle crie sa défiance tandis que Dame Yeux Noirs a l'air, à première vue, d'une enfant terrorisée. Mais bientôt ses yeux vous fascinent et vous devinez la puissance qui se cache dans leur profondeur. Qara Köz a la bouche ouverte, elle aussi – elle aussi crie, déplorant son malheur tout en montrant sa force. Et elle a, elle aussi, le bras tendu, sa main droite enserre fermement un autre poignet. Puisque Khanzada devait être la prisonnière d'Armoise Khan, et qu'elle-même, Qara Köz, devait être celle de Khanzada, alors la petite esclave, le Miroir, serait la sienne.

Le tableau était une allégorie des méfaits du pouvoir, de la manière dont ils se répercutaient en chaîne du plus puissant au plus faible. Les êtres humains s'y agrippaient et, à leur tour, étaient liés au pouvoir des autres. Si le pouvoir était un cri, alors la vie des hommes se déroulait dans l'écho des cris d'autrui. L'écho des puissants assourdissait celui des plus faibles. Un détail, pourtant, valait d'être examiné : Dashwanth avait bouclé le cycle des empoignades. Le Miroir, la jeune esclave dont le poignet gauche était fermement maintenu par la main de sa jeune maîtresse, s'était emparée, de sa main droite restée libre, du poignet gauche de Khanzada Begum. Elles formaient ainsi un cercle, les trois créatures infortunées, et en refermant ce cercle, le peintre laissait entendre que l'emprise ou l'écho du pouvoir avait un caractère réversible. L'esclave pouvait dans certaines occasions emprisonner la dame de sang royal. L'histoire pouvait exercer son influence vers le haut aussi bien que vers le bas. Les puissants pouvaient parfois être assourdis par les cris des plus pauvres.

Dans les tableaux où Dashwanth représentait Qara Köz, captive, en train de s'épanouir dans la splendeur de sa jeune beauté, il apparut à l'évidence qu'une sorte de génie supérieur avait transfiguré sa touche. Ses toiles étaient d'une beauté si intense qu'en les contemplant pour la première fois, Birbal eut ce pressentiment :

« Je crains pour l'artiste, car il est si éperdument amoureux de cette femme disparue qu'il aura bien du mal à revenir à la réalité quotidienne. » La gamine, l'adolescente puis la jeune femme à la beauté radieuse que Dashwanth amenait, ou plutôt ramenait à la vie dans ces chefs-d'œuvre ne pouvait être, comme le comprit tout à coup Akbar en examinant ces tableaux, que la *qara ko'zum*, la beauté aux yeux noirs célébrée par le « Prince des Poètes », le versificateur suprême de la langue chaghatai, Ali-Shir Nava'i de Hérat. *Tresse-toi un nid au tréfonds de mon regard, ô ton corps élancé tel un arbuste croissant au jardin de mon cœur, à la vue d'une perle de sueur sur ton visage, je pourrais mourir sur-le-champ.* De fait, Dashwanth avait peint une partie du dernier vers dans l'étoffe même de l'habit de Qara Köz : *je pourrais mourir sur-le-champ.*

Herat, dite la « Florence de l'Orient », fut conquise par Shaibani, ou Armoise Khan, peu après Samarcande, et ce fut là que Khanzada, Qara Köz et le Miroir passèrent la plupart de leurs années de captivité. Le monde est un océan, avait-on coutume de dire, et cet océan recèle une perle, et cette perle c'est Herat. « À Herat si vous donnez le moindre coup de pied, vous êtes sûr de heurter un poète », disait Nava'i. Fabuleuse Herat emplie de mosquées, de palais et de bazars aux tapis volants ! Oui, cette ville était décidément splendide, pensait l'empereur, mais l'Herat que Dashwanth représentait irradiait de la beauté de la princesse cachée, c'était une Herat avec laquelle aucune Herat réelle n'aurait pu rivaliser, une Herat de rêve pour une femme de rêve dont l'artiste, comme Birbal l'avait bien compris, était désespérément amoureux. Dashwanth s'appliquait à peindre jour et nuit, semaine après semaine sans jamais désirer ou s'accorder un jour de repos. Il devint encore plus décharné que d'habitude et ses yeux se mirent à gonfler. Ses compagnons craignaient pour sa santé :

« Il a l'air si *inspiré*, murmurait Abdus Samad Mir Sayyid Ali, on dirait qu'il veut rendre la vie réelle en trois dimensions tout en s'aplatissant lui-même pour n'être plus qu'une image. »

C'était là une observation particulièrement pertinente, tout comme celle qu'avait faite Birbal, et dont la vérité n'allait pas tarder à éclater.

Les compagnons de Dashwanth se mirent à l'espionner ; ils commençaient à craindre qu'il puisse attenter à sa vie tant sa mélancolie était devenue profonde. Ils le surveillaient à tour de rôle et la tâche n'était pas bien difficile car Dashwanth n'avait d'yeux que pour son travail. Ils le virent succomber à la folie ultime de l'artiste, ils l'entendirent se saisir de ses portraits, les embrasser et leur murmurer *Respire*. Il travaillait alors à ce qui devait devenir la dernière œuvre de la série dite des *Qara-Köz-Nama*, les Aventures de Dame Yeux Noirs. Dans cette fresque tourbillonnante qui embrassait plusieurs continents, on pouvait voir Armoise Khan mort dans un coin, son sang s'écoulait dans la mer Caspienne grouillante de monstres marins hérissés de nageoires. Dans le reste du tableau on voyait le vainqueur d'Armoise, le Shah Ismaïl de Perse, présenter ses hommages à Herat aux dames mogholes. Le visage du roi de Perse arborait un air mélancolique et douloureux dans lequel l'empereur reconnut une expression caractéristique de Dashwanth et il supposa que cette contenance affligée était le moyen qu'avait trouvé l'artiste pour prendre lui aussi sa place dans l'histoire de la princesse cachée. En réalité, Dashwanth avait fait bien davantage.

Le fait est tout simplement que, en dépit de la surveillance quasi constante de ses pairs, il avait réussi on ne sait comment à disparaître. On ne le revit jamais, ni à la cour moghole, ni ailleurs à Sikri, ni où que ce soit dans le pays d'Hindoustan. Son cadavre ne fut pas rejeté sur les rives du lac ni découvert pendu à une branche. Il s'était simplement volatilisé comme s'il n'avait jamais existé et presque tous les tableaux de la série *Qara-Köz-Nama* avaient disparu avec lui, à l'exception du dernier, celui où Dashwanth avait réussi à rendre Dame Yeux Noirs plus belle que jamais, debout en face de l'homme qui allait incarner son destin. Ce fut Birbal, évidemment, qui résolut ce mystère. Une semaine et un jour après la disparition de Dashwanth, le plus avisé des courtisans d'Akbar, après avoir soigneusement examiné la surface du dernier portrait qui restait de la princesse cachée, dans l'espoir de découvrir un indice, remarqua un étrange détail technique que jusque-là personne n'avait relevé. On aurait dit que le tableau ne s'arrêtait pas au cadre que Dashwanth avait tracé pour le délimiter ; dans le coin au bas à gauche, la scène semblait se poursuivre encore un peu sous le cadre décoré large de deux pouces. On rapporta le tableau à l'atelier en présence de l'empereur lui-même, accompagné de Birbal et de Abul Fazl, et sous la surveillance des deux maîtres persans on sépara délicatement cette bordure peinte du corps principal de l'œuvre. Quand la partie cachée de la peinture fut dévoilée, les témoins poussèrent des cris de stupeur, car ils découvrirent, accroupi comme un petit crapaud, tenant sous le bras quantité de tableaux enroulés, Dashwanth, le grand peintre, Dashwanth, le maître des graffitis, Dashwanth, le fils du porteur de palanquin et le voleur des *Qara-Köz-Nama*, Dashwanth qui se retrouvait dans le seul monde auquel il croyait, le monde de la princesse cachée qu'il avait créé et qui l'avait finalement absorbé. Il avait accompli un exploit extraordinaire, l'exact opposé de celui qu'avait réussi l'empereur quand il avait donné la vie à sa princesse imaginaire. Au lieu de faire exister une femme imaginaire, Dashwanth s'était métamorphosé en personnage de fiction, sous l'impulsion (comme dans le cas de l'empereur) de l'irrésistible puissance de l'amour. Si la frontière entre les mondes pouvait être franchie dans un sens, comprit Akbar, elle pouvait aussi l'être dans l'autre. Un rêveur pouvait devenir son propre rêve.

« Replacez le cadre, ordonna Akbar, et laissez le pauvre homme goûter enfin le repos. »

Quand ce fut fait, l'histoire de Dashwanth fut reléguée à la place qui lui revenait, dans les marges de l'histoire. Au centre de la scène se dressaient, désormais face à face, le personnage que l'on venait de redécouvrir et sa nouvelle bien-aimée, la princesse cachée, Dame Yeux Noirs ou Qara Köz ou Angelica, et le Shah de Perse.

II

10

La semence d'un pendu tombe à terre

« La semence d'un pendu tombe à terre, lut à haute voix il Machia, et c'est à cet endroit que l'on trouve la mandragore. » Quand Nino Argalia et son meilleur ami Niccolò, surnommé il Machia, étaient gamins à Sant'Andrea in Percussina, dans l'État de Florence, ils rêvaient de détenir des pouvoirs magiques sur les femmes. Dans les bois de la région il avait bien dû arriver qu'on pende un homme de temps en temps, s'étaient-ils dit, et pendant plusieurs mois, ils se lancèrent à la recherche de mandragores sur les terres de la famille de Niccolò, la chênaie de Caffagio, la *vallata* boisée près de Santa Maria dell'Impruneta, et dans la forêt, un peu plus loin autour du château de Bibbione. Ils ne trouvèrent que des champignons et une mystérieuse fleur noire qui leur donna des boutons. Au bout d'un certain temps, ils pensèrent que la semence nécessaire aux mandragores ne devait pas obligatoirement provenir d'un pendu et après force frictions et ahanements, ils parvinrent à répandre quelques malheureuses gouttes de leur propre sperme sur la terre qui n'en demandait pas tant. Et voilà que le dimanche de Pâques, l'année de leurs dix ans, le Palazzo della Signoria se couvrit de guirlandes de cadavres ballottés par le vent, quatre-vingts conspirateurs du clan des Pazzi que Lorenzo de' Medici avait vaincus et fait pendre ce jour-là aux fenêtres du palais, et parmi eux figurait l'archevêque en grande tenue. Il se trouvait qu'Argalia était en ville avec il Machia et son père Bernardo dans leur demeure familiale, de l'autre côté du Ponte Vecchio, à seulement quelques pâtés de maisons. Quand ils virent la foule se ruer, personne ne put les retenir.

Bernardo partit en courant avec les enfants, à la fois effrayé et curieux, tout comme eux. Bernardo était un homme lettré, à l'air doux et juvénile, il avait horreur du sang mais la pendaison d'un archevêque c'était quelque chose, cela valait le coup d'œil. Les garçons avaient emporté des petits gobelets d'étain dans l'espoir de recueillir quelques précieuses gouttes. Sur la Piazza ils tombèrent nez à nez avec leur copain, Agostino Vespucci, qui huait de toutes ses forces les vils meurtriers et mimait des gestes de masturbation obscènes à leurs cadavres en hurlant : « Putain de toi ! Va foutre ta fille ! Va foutre ta sœur ! Va foutre ta mère et ta grand-mère et ton frère et sa femme, son frère à elle et sa mère et la sœur de sa mère », tandis que leurs dépouilles puantes se balançaient au vent. Argalia et il Machia informèrent Ago du dicton sur la mandragore, alors il prit un gobelet et alla le placer un bon moment sous la queue de l'archevêque. De retour à Percussina, les trois garçons enfouirent les deux gobelets en terre et récitèrent ce qu'ils croyaient être des versets sataniques, et commença alors une longue et vaine attente pour voir si la plante de l'amour allait pousser.

« Une histoire qui commence par la pendaison de traîtres, dit l'empereur Akbar à Mogor dell'Amore, ne peut être que déloyale. »

Au début, il y avait trois amis, Antonino Argalia, Niccolò « il Machia » et Ago Vespucci. Ago, aux cheveux blonds comme de l'or, était le plus volubile des trois ; il faisait partie de cette multitude brailleuse et agitée des Vespucci qui vivaient entassés les uns sur les autres dans le quartier surpeuplé d'Ognissanti où ils faisaient commerce d'huile d'olive, de vin et de laine qu'ils vendaient de l'autre côté de l'Arno dans le *gonfalone del drago*, le quartier du dragon. Il était devenu fort en gueule et tonitruant parce que dans sa famille c'était le seul moyen de se faire entendre au-dessus du vacarme de ces Vespucci qui semblaient cracher le feu en hurlant les uns sur les autres comme des apothicaires ou des barbiers du Mercato Vecchio. Le père d'Ago était notaire pour le compte de Lorenzo de' Medici et après ces Pâques d'assassinats et de pendaisons, il fut donc bien content de se retrouver du côté des vainqueurs. « Mais ce foutu pape va nous envoyer son armée maintenant qu'on a tué ce putain de curé, marmonna Ago. Et ce putain de roi de Naples va en faire autant. » Le cousin d'Ago, Amerigo ou Alberico Vespucci, un jeune homme exalté, âgé de vingt-quatre ans, fut rapidement dépêché en compagnie de son oncle Guido auprès du roi de France pour lui demander de soutenir le gouvernement des Médicis. En voyant la lueur qui brillait dans le regard d'Amerigo au moment de partir pour Paris, on pouvait aisément conclure que c'était le voyage qui l'intéressait bien plus que le roi de France. Ago, lui, n'avait pas le goût des voyages.

« Je sais ce que je ferai quand je serai grand, déclara-t-il à ses amis dans le bois aux mandragores de Percussina, là où ne poussait aucune mandragore. Je serai un putain de marchand de moutons ou alors d'alcool ou de n'importe quoi et si je finis par échouer dans l'administration, je serai un putain de scribouillard insignifiant, sans aucun espoir et sans avenir. »

Malgré la lugubre perspective d'un tel destin professionnel, Ago adorait raconter des histoires. Ses récits ressemblaient aux aventures de Marco Polo, ils évoquaient des voyages fantastiques et personne n'en croyait un traître mot mais tout le monde avait envie de les entendre, surtout quand il se lançait dans ses longues histoires à propos de la plus belle femme qui ait jamais existé dans l'histoire de la ville et peut-être même depuis la création de la terre. Cela faisait tout juste deux ans que Simonetta Cattaneo, qui avait épousé le cousin d'Ago, Marco Vespucci, surnommé à son insu Marco le Cornu ou encore Marco l'Imbécile Amoureux, était morte de consomption, plongeant Florence dans l'affliction générale car Simonetta possédait une beauté diaphane d'une telle intensité qu'aucun homme ne pouvait jeter les yeux sur elle sans fondre aussitôt dans un état de brûlante adoration, et il en allait de même de toutes les femmes et de la plupart des chats et des chiens de la ville, peut-être même les maladies étaient-elles amoureuses d'elle, ce qui expliquerait pourquoi elle était morte avant d'avoir atteint l'âge de vingt-quatre ans. Simonetta Vespucci était l'épouse de Marco mais celui-ci devait la partager avec la ville entière. Il s'y résigna d'abord de bonne grâce, ce qui fut interprété comme la preuve de sa stupidité par les habitants de cette ville de tromperies et de roublardise.

« Une telle beauté est un trésor commun, affirmait-il dans son innocence imbécile, comme le fleuve, l'or des finances publiques ou la belle lumière et l'air de Toscane. »

Le peintre Alessandro Filipepi fit de nombreux portraits d'elle, il la peignit avant et après sa mort, vêtue ou dénudée, incarnant le Printemps, sous les traits de la déesse Vénus ou sous ses propres traits. Quand elle posait pour lui elle avait pris l'habitude de l'appeler « mon petit tonneau » parce qu'elle le confondait toujours avec son frère aîné que tout le monde surnommait *Botticelli* – petits tonneaux – à cause de son physique rondouillard. Le jeune Filipepi, le peintre, lui n'avait rien d'un tonneau, mais si Simonetta avait envie de l'appeler ainsi, ça lui était égal et il adopta donc ce surnom.

C'était là un des effets du pouvoir enchanteur de Simonetta. Elle pouvait faire de tout homme ce qu'elle voulait, le transformer en dieu ou un chien d'appartement, en petit tonneau ou en tabouret ou, bien sûr, en amoureux. Elle aurait pu ordonner à des jeunes gens de mourir pour lui prouver leur amour, ils auraient obéi avec joie. Mais elle était trop bonne pour cela et n'employa jamais son immense pouvoir à mauvais escient. Le culte de Simonetta prit une telle ampleur que certaines personnes, à l'église, lui adressaient secrètement leurs prières, marmonnant son nom à mi-voix comme si elle était une véritable sainte, des rumeurs commencèrent à circuler concernant les miracles qu'elle aurait accomplis, un homme frappé par sa beauté en aurait perdu la vue en la croisant dans la rue, un aveugle aurait été guéri lorsque, dans un soudain geste de compassion, elle aurait tristement posé le bout de ses doigts sur ses orbites malades, un gamin infirme se serait mis à marcher pour pouvoir la suivre, un autre aurait été frappé de paralysie pour avoir fait des gestes obscènes dans son dos. Lorenzo et Giuliano de' Medici étaient fous d'elle, autant l'un que l'autre, et ils organisèrent un tournoi en son honneur – Giuliano brandit une bannière sur laquelle Filipepi avait peint un portrait d'elle avec pour légende l'expression française *la sans pareille*, signifiant par là qu'il avait vaincu son frère dans cette joute amoureuse – et ils firent parader la jeune femme à travers les salles du palais à tel point que même le stupide Marco comprit que quelque chose clochait dans son mariage. Mais on lui fit comprendre que, s'il s'avisait de protester, il lui en coûterait la vie. Après cela, Marco Vespucci devint le seul homme de la cité capable de résister à la beauté de sa femme. « C'est une putain, répétait-il dans les tavernes qu'il se mit alors à fréquenter pour oublier son infortune en la noyant dans la boisson, à mes yeux elle est aussi laide que la Méduse. » Parfois des étrangers qui ignoraient tout de la situation le rossaient pour avoir mis en cause la beauté de *la sans pareille* et il fut obligé, finalement, de rester chez lui à Ognissanti, à boire seul. Puis Simonetta tomba malade et mourut, et on disait dans les rues de Florence que la cité avait perdu son enchanteresse et qu'avec elle son âme avait en partie disparu. Dans les conversations courantes, on commença même à affirmer qu'un jour elle ressusciterait, que les Florentins ne seraient jamais totalement eux-mêmes avant ce retour et que ce jour-là elle les rachèterait tous à l'instar d'un second Sauveur. « Mais, siffla Ago, dans le bois de *vallata,* vous n'avez pas idée de ce qu'a fait Giuliano pour tenter de la garder en vie : il l'a transformée en vampire. »

D'après son cousin par alliance, le meilleur chasseur de vampires de la ville, un certain Domenico Salcedo, avait été convoqué dans les appartements de Giuliano qui lui avait donné l'ordre de trouver un membre de la communauté des morts vivants, buveurs de sang. Le lendemain soir, Salcedo avait amené le vampire dans la chambre du palais où gisait la malade et il l'avait mordue. Mais Simonetta refusa d'affronter l'éternité sous les traits d'un représentant de cette triste et pâle tribu. « Quand elle comprit qu'elle était devenue un vampire, elle se jeta du sommet de la tour du Palazzo Vecchio et s'empala sur la pique d'un soldat qui montait la garde à la porte. Vous imaginez sans peine ce qu'on a dû faire pour étouffer un tel scandale. » C'est ainsi, toujours selon le cousin par alliance d'Ago, que périt la première enchanteresse de Florence, qu'elle périt sans espoir de retour. Marco Vespucci, de chagrin, perdit la raison. (« Marco, de toute façon, était fou, fit Ago méchamment, si j'avais eu pour épouse un tel morceau de choix, je l'aurais enfermée dans la plus haute des tours où personne n'aurait pu lui faire de mal. ») Giuliano de' Medici fut tué d'un coup de poignard par un conspirateur le jour du complot des Pazzi ; quant à Filipepi, le petit tonneau, il ne cessa jamais de la peindre, comme s'il pouvait ainsi l'arracher au royaume des morts.

« Tout comme Dashwanth, s'émerveilla l'empereur.

— Ce pourrait bien être là la malédiction de la race humaine, répondit Mogor. Non pas que nous soyons tellement différents les uns des autres, mais que nous soyons tellement semblables. »

Les trois garçons passaient désormais le plus clair de leur temps dans les bois à escalader des arbres, à se masturber dans l'espoir de voir pousser des mandragores, à échanger des histoires délirantes à propos de leurs familles et à se plaindre de l'avenir pour mieux cacher leurs craintes, car juste après que la rébellion des Pazzi eut été écrasée, la peste s'abattit sur Florence et les trois amis furent expédiés à la campagne, en sécurité. Bernardo, le père de Niccolò, était resté en ville et avait contracté la maladie, il fut bientôt l'un des rares survivants à en avoir réchappé ; son fils raconta alors à ses amis que c'était grâce à sa mère Bartolomea et à quelque usage magique qu'elle savait faire de la farine. « Quand nous tombons malades, elle nous enduit de bouillie, déclara-t-il solennellement, à voix basse pour ne pas être entendu par les hiboux, selon la maladie elle utilise la semoule ordinaire, la jaune qui sert à la polenta, mais quand il s'agit de quelque chose de grave, elle achète de la blanche, celle du Frioul. Dans un cas comme celui-ci, elle y a probablement ajouté du chou et des tomates et je ne sais quel autre ingrédient magique. En tout cas, ça marche. Elle nous fait enlever tous nos vêtements et nous badigeonne le corps tout entier de polenta chaude et tant pis si cela fait des saletés. La polenta aspire la maladie et le tour est joué. Même la peste ne pouvait résister à la bonne bouillie de Maman. »

Après cela Argalia prit l'habitude de désigner la famille délirante d'il Machia sous le nom de « Polentini » et se mit à composer des chansons à propos d'une amoureuse imaginaire dénommée Polenta. « Si elle était un florin, je l'aurais dépensée, chantait-il. Si elle était un livre, je l'aurais bouquinée. » Ago à son tour se prit au jeu : « Si elle était un arc, je l'aurais bandée, si elle était une courtisane, je l'aurais lutinée, ma douce Polenta. » Finalement, il Machia cessa de se formaliser et se joignit à ses amis : *Si elle était un message, je l'aurais expédiée. Si elle était une signification, je l'aurais cochée.* Mais quand on apprit que les parents de Nino Argalia avaient été tous les deux atteints de la peste, toute la polenta magique du monde ne put rien y faire. Argalia devint orphelin avant même d'avoir dix ans.

Le jour où Nino vint dans la chênaie annoncer à il Machia et à Ago la mort de ses parents fut précisément celui où ils trouvèrent la mandragore. Elle était cachée sous une branche tombée à terre comme un animal effrayé. « Tout ce qu'il nous faut à présent, dit tristement Ago, c'est la formule magique qui nous transformera en hommes, car sinon quel intérêt d'avoir des femmes éprises de nous ? » Quand Argalia survint, ils virent dans son regard qu'il avait découvert la formule qui vous transforme en adulte. Ils lui montrèrent la mandragore et il haussa les épaules. « Ce genre de chose ne m'intéresse plus. Je m'en vais à Gênes rejoindre la Bande du Ruban d'Or. » C'était l'automne des *condottieri*, ces soldats de fortune qui disposaient d'une armée personnelle de mercenaires dont ils louaient les services aux cités-États d'Italie qui n'avaient pas les moyens d'entretenir leur propre armée. Tout Florence connaissait l'histoire du *condottiere* de la ville, Giovanni Milano, né en Écosse sous le nom de sir John Hauksbank, un siècle auparavant. En France, on le connaissait sous le nom de « Jean Aubaine », dans les cantons germanophones de Suisse, il était « Hans Hoch », et en Italie, Giovanni Milano – Milano, parce que le milan est une sorte de faucon –, il avait été chef de l'Armée Blanche, ancien général florentin et vainqueur, pour le compte de Florence, de la bataille de Polpeto contre ces Vénitiens tant haïs. Paolo Uccello avait travaillé à la fresque qui ornait son tombeau, on pouvait encore la voir dans le Duomo. Mais l'époque des *condottieri* touchait à sa fin.

Le plus grand des derniers mercenaires, selon Argalia, était Andrea Doria, le chef du Ruban d'Or qui se battait actuellement pour libérer Gênes de la domination française. « Mais nous sommes florentins et les Français sont nos alliés ! », s'écria Ago en pensant à la mission que ses parents étaient allés effectuer à Paris. « Quand on est mercenaire, répliqua Argalia en se tâtant le menton pour voir si par hasard quelques poils ne commençaient pas à y pousser, on oublie les alliances familiales. »

Les soldats d'Andrea Doria étaient équipés de « mousquets sur pied » – des harquebuses ou arquebuses qu'il fallait poser sur un trépied quand on faisait feu, comme une sorte de petit canon portatif. Beaucoup d'entre eux étaient suisses et les mercenaires suisses étaient les machines à tuer les plus redoutables du monde, des hommes sans visage et sans âme, invincibles, terrifiants. Quand il se fut débarrassé des Français, et après avoir pris le commandement de la flotte génoise, Andrea Doria décida de s'attaquer aux Turcs. Argalia aimait bien l'idée de ces batailles navales. « De toute façon, nous n'avons jamais eu d'argent, dit-il, et les dettes de mon père vont engloutir notre maison en ville et le peu de biens que nous avons ici à la campagne. J'ai donc le choix entre quémander dans les rues comme un chien errant ou mourir en essayant de faire fortune. Vous deux, vous allez devenir gras et puissants et vous allez engrosser deux malheureuses femmes à qui vous ferez plein de marmots, et vous les laisserez seules à la maison à écouter hurler ces petits bâtards pendant que vous vous rendrez au bordel de la Zingaretta ou chez quelque autre putain de luxe aussi moelleuse, capable de réciter des poèmes pendant que vous la pilonnerez à coups de reins jusqu'à vous abrutir à force de fornication, moi, pendant ce temps, j'agoniserai à bord d'une caravelle en flammes au large de Constantinople, un cimeterre turc enfoncé dans les tripes. Ou alors, qui sait ? Je pourrais aussi me faire turc. Argalia le Turc, Détenteur de la Lance Enchantée, escorté par quatre impressionnants géants suisses, convertis à l'islam. Des Suisses mahométans, oui. Pourquoi pas ? Quand on est mercenaire, c'est l'or et les trésors que l'on recherche, et pour cela il faut aller vers l'Orient.

— Tu n'es qu'un gamin comme nous, fit il Machia pour le raisonner. N'as-tu pas envie de grandir avant de te faire tuer ?

— Pas question, dit Argalia. Je pars pour des terres païennes combattre d'étranges divinités. Que peuvent-ils bien adorer dans ces lointaines contrées, des scorpions, des monstres ou des vers ? Et pourtant, ils finiront par mourir tout comme nous, j'en prends le pari.

— Ne cours pas vers la mort, la bouche pleine de blasphèmes, dit Niccolò. Reste avec nous. Mon père t'aime au moins autant qu'il m'aime. Pense au nombre de Vespucci qui vivent déjà dans le quartier d'Ognissanti. Ils ne s'apercevront même pas qu'il y en a un de plus si tu décides de rester.

— Je pars, dit Argalia. Andrea Doria a déjà presque chassé les Français de la ville, je veux assister à l'avènement de la liberté le jour où elle arrivera. »

« Et toi, avec tes trois dieux, un charpentier, son père et un fantôme, sans parler de la mère du charpentier en guise de quatrième divinité, demanda l'empereur s'adressant à Mogor avec une certaine irritation, toi qui viens de cette terre sacrée où l'on pend les évêques et où l'on brûle les prêtres sur le bûcher, où le plus grand des pontifes commande des armées et se conduit avec la même brutalité que n'importe quel prince ou n'importe quel général, y a-t-il parmi toutes les religions barbares de cette terre païenne une qui t'attire plus que les autres ou les confonds-tu dans une seule et même abomination ? Le père Acquaviva et le père Monserrate, cela ne fait aucun doute, nous considèrent de la même façon que ton Argalia, comme des pourceaux sans dieu.

— Sire, répondit tranquillement Mogor dell'Amore, je me sens attiré par les grands panthéons polythéistes parce que leurs récits sont plus intéressants, plus nombreux, plus dramatiques, plus amusants, plus merveilleux, et parce que leurs dieux ne nous donnent pas de bons exemples, ils sont manipulateurs, vaniteux, arrogants, ils se conduisent mal et j'avoue que cela me plaît beaucoup.

— Nous avons le même sentiment, répondit l'empereur qui avait retrouvé son calme, et notre affection est profonde pour ces dieux licencieux, coléreux, joueurs, amoureux. Nous avons mis sur pied une équipe de cent et un hommes chargés de les dénombrer et de nommer chacun d'eux, pas seulement les dieux importants les plus célébrés en Hindoustan mais aussi les dieux obscurs, les modestes esprits des lieux, ceux qui soupirent dans les forêts ou qui rient dans les ruisseaux des montagnes. Nous avons contraint ces hommes à quitter foyer et famille pour s'embarquer dans un voyage sans fin, un voyage qui ne s'achèvera qu'avec leur mort, car la tâche que nous leur avons assignée est insurmontable et lorsqu'un homme s'attaque à l'impossible, il voyage quotidiennement en compagnie de sa propre mort, acceptant le voyage comme une épreuve purificatrice qui transfigure l'âme ; dès lors le but du voyage n'est plus de nommer les dieux, c'est Dieu lui-même. Ils viennent à peine de commencer leurs travaux et déjà ils ont recueilli un million de noms. Quelle prolifération

divine ! Nous pensons qu'il existe dans ce pays plus d'entités surnaturelles que d'êtres de chair et de sang et sommes heureux de vivre dans un univers aussi féerique. Et pourtant nous devons assumer ce que nous sommes. Ces dieux innombrables ne sont pas nos dieux, l'austère religion de notre père sera toujours la nôtre, tout comme celle du charpentier est la tienne. »

Il avait cessé de regarder Mogor et s'était laissé entraîner dans une rêverie. Les paons dansaient sur les murailles matinales de Sikri, au loin le grand lac frissonnait comme un fantôme. Le regard de l'empereur glissa sur les paons puis sur le lac, sur la cour d'Herat et sur les terres du Turc farouche pour se fixer sur les flèches et les dômes d'une cité italienne lointaine.

« Imaginez les lèvres d'une femme qui s'arrondissent pour donner un baiser, murmura Mogor. Telle est la cité de Florence, étroite aux extrémités, gonflée au centre avec l'Arno coulant au milieu, séparant la lèvre supérieure de la lèvre inférieure. La ville est une enchanteresse. Quand elle vous donne un baiser, vous êtes perdu, qui que vous soyez, homme du peuple ou bien roi. »

Akbar cheminait dans les rues de cette autre ville de pierre où personne ne semblait désireux de rester enfermé chez soi. La vie à Sikri se déroulait derrière des rideaux tirés et des portes fermées. Dans cette ville étrangère, on vivait sous la voûte du ciel comme si c'était une cathédrale. Les gens prenaient leur repas là où les oiseaux pouvaient leur voler la nourriture, ils jouaient là où des vide-goussets pouvaient leur subtiliser leurs gains, ils s'embrassaient sous le regard des étrangers et faisaient même l'amour dans les recoins ombreux s'ils en avaient envie. Quel effet cela faisait-il d'être un homme aussi étroitement impliqué dans la société des autres hommes, et aussi des femmes ? Quand la solitude est bannie, devient-on plus ou moins soi-même ? La foule renforce-t-elle la personnalité de l'individu ou l'abolit-elle ? L'empereur avait l'impression d'être comme le calife de Bagdad, Haroun al-Rashid, qui parcourait sa ville la nuit pour apprendre comment vivaient ses habitants. Mais la cape dans laquelle se drapait Akbar ne lui permettait pas de transcender l'espace et le temps, et ce peuple n'était pas le sien. Alors pourquoi éprouvait-il un tel sentiment de familiarité avec les habitants de ces rues braillardes ? Pourquoi comprenait-il leur imprononçable langue européenne comme si c'était la sienne ?

« Le problème du pouvoir, fit l'empereur au bout d'un moment, nous intéresse de moins en moins. Notre royaume dispose de lois pour le régir, de fonctionnaires dignes de confiance et d'un système d'impôts qui permet de recueillir assez d'argent sans rendre le peuple plus malheureux que la prudence ne l'exige. Si des ennemis nous attaquent, nous les vaincrons. En bref, dans ce domaine nous avons toutes les réponses nécessaires. En revanche, la question de l'homme continue à nous préoccuper, et cette autre question qui lui est liée, celle de la femme, presque autant.

— C'est dans ma ville, Sire, que la question de l'homme a été résolue de tout temps, dit Mogor. Et pour ce qui est de celle de la femme, c'est là le cœur même de mon récit. Car, bien des années après la mort de Simonetta, la première enchanteresse de Florence, la seconde dont la venue avait été prophétisée arriva. »

11

Tout ce qu'il aimait
était à sa portée

Tout ce qu'il aimait était à sa portée, selon Ago Vespucci : il n'était pas nécessaire de courir le monde et de mourir parmi des étrangers à la langue gutturale pour satisfaire les désirs de son cœur. Il y avait bien longtemps dans la pénombre du Baptistère octogonal de San Giovanni, il avait été baptisé deux fois, selon l'usage, une première fois en tant que chrétien, une seconde en tant que Florentin, et pour un fripon impie comme Ago, c'était le second baptême qui comptait. La cité constituait toute sa religion, un monde aussi parfait que n'importe quel paradis. Le grand Buonarroti avait qualifié les portes du Baptistère de portes du Paradis, et lorsque Ago, encore bébé, en était ressorti, la tête mouillée, il avait tout de suite compris qu'il venait de pénétrer dans un jardin d'Éden clôturé et bien gardé. La cité de Florence comptait quinze portes décorées sur leur côté intérieur de représentations de la Vierge et de divers saints. Les voyageurs touchaient ces portes pour se prémunir contre la malchance et personne ne les franchissait pour partir en pérégrination sans consulter des astrologues. De telles superstitions absurdes prouvaient, selon Ago, la folie des voyages lointains. La ferme des Machiavelli à Percussina constituait la limite extrême de son univers. Au-delà s'étendaient les brumes de l'inconnu. Gênes et Venise étaient aussi lointaines et guère plus réelles que Sirius et Aldébaran dans les cieux. Le terme de planète impliquait l'idée de vagabondage. Ago n'approuvait pas les planètes, il leur préférait les étoiles fixes. Aldébaran et Venise, Gênes et la Constellation du Chien étaient certes trop éloignées pour être tout à fait réelles, au moins avaient-elles le bon goût de rester toujours à la même place.

Il se trouva que ni le pape ni le roi de Naples ne vinrent attaquer Florence après la défaite du complot des Pazzi mais lorsque Ago avait une vingtaine d'années, ce fut le roi de France qui fit une entrée triomphale dans la ville. C'était une sorte d'homuncule ridiculement petit, aux cheveux roux et si insupportablement français qu'Ago en eut envie de vomir. Au lieu de quoi il se rendit dans un bordel et besogna avec acharnement pour oublier sa mauvaise humeur. Au seuil de l'âge adulte, Ago était tombé d'accord avec son ami Niccolò sur un point : quelles que soient les épreuves que le sort vous réserve, une bonne nuit bien énergique en compagnie d'une femme pouvait tout arranger. « Il est peu de chagrins au monde, mon cher Ago, lui avait appris il Machia quand ils n'avaient que treize ans, que la chatte d'une femme ne puisse guérir. » Ago était un garçon sérieux et il avait bon cœur sous ses dehors affectés de garnement fort en gueule. « Et les femmes, demanda-t-il, auprès de qui trouvent-elles remède à leurs chagrins ? » Il Machia eut l'air perplexe, comme s'il n'avait jamais envisagé la question ou peut-être pour bien montrer qu'un homme ne devait pas perdre son temps à de telles considérations. « Entre elles, sans doute », répondit-il sur un ton catégorique propre aux adolescents qui convainquit Ago que c'était là le fin mot de l'affaire. Pourquoi les femmes ne chercheraient-elles pas à se consoler entre elles lorsque la moitié des jeunes hommes de Florence en faisaient autant ?

La vogue largement répandue de la sodomie parmi la fine fleur des jeunes Florentins avait valu à la cité la réputation de capitale mondiale d'un tel acte. « Sodome ressuscitée », c'est ainsi que Niccolò, à l'âge de treize ans, avait rebaptisé sa ville natale. Bien que très jeune encore, il se sentait déjà capable de rassurer Ago en affirmant qu'il était beaucoup plus intéressé par les femmes. « Aussi tu n'as pas à t'inquiéter, je ne te sauterai pas dessus dans les bois. » Parmi leurs contemporains, ils étaient nombreux cependant à avoir des penchants opposés, ainsi leurs camarades de classe, Biagio Buonaccorsi et Andrea di Romolo, et pour contrer la mode de plus en plus répandue des pratiques sodomites, la cité, avec le soutien inconditionnel de l'Église, créa un Bureau de la Décence chargé de construire et de subventionner des bordels et de recruter prostituées et souteneurs dans les autres régions d'Italie et d'Europe afin de prêter main-forte aux putains locales. Les Vespucci d'Ognissanti, flairant une bonne affaire, diversifièrent leur commerce et se mirent à vendre des femmes au même titre que la laine ou l'huile d'olive. « Peut-être ne deviendrai-je pas employé, dit un jour tristement Ago à Niccolò quand ils avaient seize ans. Au lieu de cela, je finirai par diriger une maison de passe. » Il Machia l'engagea à voir le bon côté des choses. « Les employés ne se font jamais baiser, fit-il remarquer, mais nous serons tous jaloux de toi. »

Ago lui non plus ne fut jamais tenté par les voies de Sodome : en vérité, sous l'apparente vulgarité de son langage, Ago Vespucci était un jeune homme extrêmement modeste. Il Machia, quant à lui, semblait être la réincarnation du dieu Priape, toujours prêt à l'action, passant son temps à pourchasser les femmes professionnelles ou occasionnelles et, plusieurs fois par semaine, il entraînait Ago dans sa perdition. Dans les premiers temps de leur virilité adolescente, quand Ago accompagnait son ami dans la nuit tapageuse du bordel, il choisissait toujours la plus jeune des pensionnaires de l'établissement préféré d'il Machia, une fille qui se faisait appeler « Scandale » mais qui semblait presque réservée. C'était une créature squelettique, originaire du village de Bibbione, elle ne parlait jamais et paraissait aussi effrayée que lui. Pendant longtemps, il se contenta en fait de la payer pour qu'elle reste tranquillement assise au bord du lit pendant qu'il s'étendait et faisait semblant de dormir en attendant qu'il Machia ait fini de se démener et de grogner dans la chambre voisine. Puis il entreprit de lui orner l'esprit en lui lisant de la poésie, ce qu'elle fit gentiment semblant d'apprécier alors qu'en secret elle se mourait d'ennui et qu'elle se sentait même légèrement dégoûtée par ce qui sonnait à ses oreilles comme le bruit que font les hommes quand ils profèrent des mensonges éhontés.

Un jour, elle décida de changer le cours des choses. Son attitude solennelle se fendit en un sourire timide et elle s'approcha d'Ago, elle posa une main sur sa bouche emplie de vers de Pétrarque et glissa l'autre à un autre endroit. Quand elle eut dégagé son sexe, Ago rougit violemment puis se mit à éternuer. Il éternua pendant une heure sans s'arrêter au point qu'à la fin, son nez se mit à saigner. La putain squelettique le crut sur le point de mourir et courut chercher de l'aide. Elle revint accompagnée d'une femme nue, la plus grosse qu'Ago eût jamais vue, et, à l'instant où son nez perçut son odeur, il cessa ses éclats. « J'ai compris, dit la géante que l'on appelait la Matterassina, tu croyais aimer les filles décharnées alors qu'en fait tu es un amateur de chair. » Elle se tourna vers sa collègue squelettique et la pria sans détour de déguerpir. Mais aussitôt, sans préambule, le nez d'Ago se remit à exploser. « Sainte Mère de Dieu, s'exclama la géante, tu n'es donc qu'un vaurien glouton. Sous tes airs terrifiés, tu ne seras satisfait que si tu nous possèdes toutes les deux. »

Après cela, il n'y eut plus moyen de retenir Ago, et même il Machia fut obligé de l'applaudir. « Qui commence doucement finit en beauté, fit-il d'un air approbateur. Pour un gars qui ne paie pas de mine, tu as l'étoffe d'un véritable champion. »

Ago avait vingt-quatre ans lorsque son amour pour la cité fut mis comme jamais à rude épreuve. La famille Médicis fut expulsée, tous les bordels furent fermés et l'atmosphère s'emplit d'une puante bigoterie. C'était l'époque où la secte des Pleureurs avait pris le pouvoir, ces fanatiques obtus dont Ago disait volontiers à il Machia, à voix basse, qu'ils étaient peut-être bien nés florentins mais que l'eau du baptême, au moment de toucher leur front, avait dû bouillir et s'évaporer sans parvenir à les oindre car ils étaient embrasés par tous les feux de l'enfer. « Le Diable nous a envoyé ces démons pour nous prémunir contre le diabolisme, dit-il, le jour où cette longue période d'obscurantisme prit fin. Et ils nous ont tourmentés pendant quatre putains d'années. Et merde, c'est toujours ainsi, la soutane de la sainteté cache la braguette du mal. »

Il n'avait plus besoin de parler à voix basse le jour où il dit cela car sa ville adorée venait de renaître, tel le phénix de la fable, grâce à un feu purificateur. Le chef des Pleureurs, le moine Girolamo, qui avait transformé la vie de tous en un véritable enfer, était tranquillement en train de rôtir au milieu de la Piazza della Signoria, à l'endroit même où, quelques années plus tôt, la bande des pleurnichards avait voulu réduire la beauté en cendres, entassant là des tableaux, des parures féminines et même des miroirs pour y mettre le feu, poussés par l'idée aberrante selon laquelle l'amour de l'être humain pour la beauté ou peut-être la Vanité elle-même pouvaient être détruits par des flammes hypocrites. « Brûle donc, queutard de merde », hurlait Ago en gambadant autour du moine en flammes d'une manière qui semblait peu compatible avec les fonctions de digne employé de la ville qu'il allait prochainement assumer.

« C'est ton bûcher qui nous a donné l'idée d'allumer celui-ci ! » La puanteur âcre que dégageait en se consumant la chair de Girolamo Savonarole ne gâchait en rien la bonne humeur d'Ago. Il avait vingt-huit ans et les bordels venaient de rouvrir.

*

« *Mercatrice, meretrice.* » La cité de négociants prospères était aussi, selon une tradition ancienne, une ville réputée pour ses fabuleuses prostituées. À présent que l'ère des Pleureurs était révolue, la vraie nature de cette communauté d'épicuriens lubriques avait repris le dessus. Le monde des bordels revenait en force. Le grand établissement de la Macciana, au centre de la ville, près du Mercato Vecchio et du Baptistère, rouvrit ses volets. Il offrait des tarifs promotionnels pour regagner sa première place. Sur la Piazza del Frascato, au cœur du quartier chaud, les ours dansants et les nains jongleurs étaient réapparus, ainsi que les singes vêtus d'uniformes, qu'on avait dressés à « mourir pour la patrie », et des perroquets qui retenaient le nom des clients et le criaient en guise de bienvenue chaque fois que ceux-ci se rendaient au bordel. Et les femmes, évidemment, revinrent aussi, les farouches filles slaves, les mélancoliques poupées polonaises, les robustes matrones romaines, les grasses traînées teutonnes, les mercenaires suisses aussi féroces au lit que leur pendant masculin sur le champ de bataille, et puis les courtisanes locales, les meilleures de toutes. Ago ne croyait pas aux voyages, même au lit. Il revenait toujours à ses deux préférées, une paire de vraies beautés toscanes, et en plus de la putain surnommée Scandale et de son acolyte la Matterassina, il s'enticha d'une certaine Beatrice Pisana qui se faisait appeler Penthésilée, la Reine des Amazones, parce qu'elle était née avec un unique sein mais qui, en guise de compensation, était le plus beau sein de la ville, c'est-à-dire, selon les critères d'Ago, de tout le monde connu.

Tandis que le jour déclinait et que le feu sur la Piazza s'éteignait, après avoir parfaitement rempli son office, de la musique s'éleva de la Macciana et de l'établissement de plaisir concurrent, le Chiasso de' Buoi ou Allée des Vaches, et se répandit sur toute la ville, telle la bénédiction d'un ange annonçant la résurrection de la joie. Ago et il Machia décidèrent de faire la fête toute la nuit, une nuit grandiose qui serait aussi la dernière de leur insouciante jeunesse car alors que Savonarole brûlait encore, le Conseil des Quatre-Vingts, fraîchement arrivé au pouvoir, avait mandé Niccolò au Palazzo pour le nommer secrétaire de la Deuxième Chancellerie, chargée des affaires étrangères de la République de Florence.

Niccolò annonça immédiatement à Ago qu'il avait décidé de l'embaucher.

« Pourquoi moi ? Je hais ces foutus étrangers.

— En premier lieu, *furbo,* c'est moi qui foutrai les étrangers, en te laissant la paperasse la plus ennuyeuse. En second lieu, c'est toi qui as prédit ce qui arrive, alors tu ne vas pas faire la mauvaise tête au moment où ton rêve se réalise.

— Putain, *bugiarone*, t'es un vrai trou du cul, dit Ago, maussade, et il lui adressa un geste obscène de la main gauche en collant son pouce entre le majeur et l'index. Allons boire un coup pour fêter mes pouvoirs de voyance. »

Furbo désignait un habile malandrin. *Bugiarone* était moins élogieux et dans le cas de Niccolò pas tellement adapté. En fait ni Ago, ni il Machia n'étaient sodomites, sauf occasionnellement, mais ce soir, alors que les Pleureurs détalaient pour avoir la vie sauve, et, quand ils n'y arrivaient pas, étaient pendus dans des ruelles ou des étables, la Florence véritable émergeait de ses cachettes, autrement dit, les hommes se promenaient à nouveau en se tenant par la main et s'embrassaient à peu près n'importe où on voulait bien poser le regard. « Buonaccorsi et di Romolo n'ont enfin plus besoin de dissimuler leurs amours, dit il Machia, à propos, je compte les engager eux aussi, ainsi tu pourras les observer à leur affaire au bureau pendant que je serai au loin en mission officielle.

— Il n'y a rien que ces pervers sexuels puissent m'apprendre, répondit Ago, rien que je n'aie déjà vu, y compris les pathétiques pruneaux qu'ils cachent dans leurs chausses. »

Renouveau, régénération, renaissance. Dans l'église d'Ognissanti, la paroisse d'Ago, un endroit où il ne se rendait de bon cœur que lorsqu'il avait appris qu'une célèbre courtisane venait y exposer ses charmes, ce bon chrétien jura que l'austère Madone de Giotto avait affiché toute la nuit un large sourire. Et ce soir-là, sur le parvis de l'église d'Orsanmichele où les plus fameuses courtisanes s'étaient à nouveau rassemblées pour prier, à nouveau revêtues de leurs plus beaux atours milanais et des bijoux offerts par leurs protecteurs, Niccolò et Ago furent abordés par une *ruffiana,* Giulietta Veronese, une naine qui faisait office de messagère et aussi d'amante, prétendaient certains, auprès de la plus fameuse des reines de la nuit de tout Florence,

Alessandra Fiorentina. La Veronese les invita à la fête nocturne donnée pour la réouverture de la Maison de Mars, le salon le plus coté de la ville, ainsi nommé d'après la statue du dieu de la Guerre qui se dressait sur une rive de l'Arno jusqu'à ce qu'une crue l'emporte. La Maison se trouvait sur la rive nord du fleuve, près du pont des Grâces. Une telle invitation constituait un événement extraordinaire. Certes, la Fiorentina disposait d'un réseau d'informateurs excellent, sans aucun doute, et rapide, mais même si elle était déjà au courant de la promotion d'il Machia, le poste de secrétaire de la Seconde Chancellerie ne permettait pas vraiment d'être admis dans un cercle aussi choisi et fermé ; quant à pouvoir y emmener en prime Ago Vespucci, ce jeune homme encore plus insignifiant, c'était là un privilège sans précédent.

Ils avaient déjà vu Alessandra, bien sûr, ils avaient bavé d'admiration devant son portrait dans un volume de miniatures, ses longs cheveux blonds évoquaient le souvenir de la défunte Simonetta. Quand celle-ci était morte, son mari à l'esprit dérangé, Marco le Cornu, avait supplié pour être invité au salon de la Fiorentina. Il avait loué les services d'un des *mezzani* les plus en vue de la ville pour qu'il négocie avec la *ruffiana* d'Alessandra. L'entremetteur avait rédigé des lettres d'amour pour le compte de Marco le Cornu, il avait chanté des sérénades sous la fenêtre d'Alessandra, le soir, et avait même fait calligraphier en lettres d'or un sonnet de Pétrarque en guise de présent spécial de la Nuit des Rois. La porte du salon lui était restée fermée. « Ma maîtresse, avait dit Giulietta Veronese au *mezzano,* n'a aucune envie de devenir le fantasme d'un cocu nécrophile cinglé. Dis à ton maître qu'il ferait mieux de percer un trou dans un portrait de sa femme et de s'en servir pour forniquer. »

Une semaine après ce refus définitif, Marco Vespucci s'était pendu. Son corps se balançait sous le pont des Grâces, mais Alessandra Fiorentina ne le voyait même pas. Elle nouait ses longues tresses dorées à sa fenêtre et on aurait dit que Marco, l'Imbécile Amoureux, était devenu invisible car Alessandra avait depuis longtemps mis au point l'art de ne voir que ce qui lui plaisait, un talent tout à fait essentiel quand on voulait maîtriser le monde au lieu d'en être la victime. Son regard faisait exister la ville. Si elle ne vous voyait pas, vous n'existiez pas. Marco Vespucci mourant invisible sous sa fenêtre connut une seconde mort sous ce regard qui le renvoyait au néant.

Jadis, dix ans plus tôt, dans la gloire de leur jeunesse, Niccolò et Ago avaient adoré Alessandra qui prenait l'air tranquillement à son balcon, elle contemplait l'Arno, penchée en avant contre un coussin de velours rouge pour que le monde entier pût admirer son noble *décolletage*. Elle faisait semblant en même temps de lire un livre qui devait être probablement le *Décaméron* de Boccace. Les années de puritanisme ne semblaient pas avoir affecté sa beauté ni son rang. Elle possédait à présent son propre palais, était la reine de cette Maison de Mars et tiendrait salon ce soir au *piano nobile*. « Les gens de peu, dit Giulietta Veronese, peuvent se divertir entre eux dans la salle de jeux du rez-de-chaussée. » Durant les neuf années du règne des Pleureurs, Giulietta, la naine, avait été contrainte de gagner durement sa vie comme coiffeuse, diseuse de bonne aventure et fabricante de philtres d'amour. On prétendait qu'elle avait profané des tombes pour voler les cordons ombilicaux de bébés, découper l'hymen des vierges, et pour arracher les yeux des orbites des morts, tout cela afin de concocter ses breuvages scélérats. Ago fut sur le point de lui faire remarquer qu'elle était mal placée pour mépriser ces putains de gens de peu mais il Machia le pinça juste à temps, assez fort pour lui faire oublier ce qu'il allait dire et lui donner plutôt l'envie de le tuer, lui, Niccolò Machiavelli. Mais cette idée aussi, il l'oublia bien vite car cette vieille sorcière de Veronese avait entrepris de leur donner des instructions. « Apportez-lui des poèmes. La poésie, voilà ce qu'elle aime, pas les fleurs. Elle en a assez des fleurs. Apportez-lui les derniers vers de Sannazaro ou de Cecco d'Ascoli, ou apprenez parfaitement un madrigal de Parabosco et proposez de le lui chanter. Elle est redoutable.

Si vous chantez mal, elle vous giflera. Ne vous avisez pas de l'ennuyer ou l'un de ses jeunes favoris peut vous jeter par la fenêtre comme un jouet lassant. Ne l'importunez pas ou son protecteur vous fera poignarder en plein cœur dans une ruelle avant que vous ne soyez rentrés chez vous demain matin. Vous avez été invités pour une seule raison. N'empiétez pas sur un territoire qui ne vous est pas destiné.

— Pourquoi avons-nous été invités alors ? demanda il Machia.

— Elle vous le dira, répondit méchamment la vieille bique, si elle le veut bien. »

*

Akbar le Grand fut rapidement informé de la rapide ascension des travailleuses du sexe connues sous les noms de Squelette et Matelas depuis le rang de putains de bas étage au bordel de la porte de Hatyapul à celui de poules de luxe au plumage resplendissant, propriétaires de leur propre villa au bord du lac. « Les gens considèrent que leur succès est le signe de l'ascendant qu'a pris le favori de ces dames, l'étranger Vespucci qui préfère le titre problématique de Mogor dell'Amore, lui avait expliqué Abul Fazl. Quant à la provenance des ressources nécessaires à une telle entreprise, on ne peut que spéculer. » Umar le Ayyar avait, de son côté, confirmé la popularité de cette maison, appelée Maison de Skanda d'après le nom du dieu hindou de la Guerre, « parce que, disait la rumeur, dans les demeures nobles de la ville basse de Sikri, une empoignade avec ces dames relève plus du combat que de l'étreinte amoureuse ». Umar rapporta que Tansen, le génie musical de la cour, était même allé jusqu'à composer un raga *en l'honneur de ces deux courtisanes, le* raga deepak, *ainsi nommé parce que, lorsqu'il l'avait interprété pour la première fois dans la Maison de Skanda, la magie de la mélodie avait opéré sur les lampes éteintes qui s'étaient allumées spontanément.*

Dans ses rêves, l'empereur en personne visita le bordel qui, dans cette contrée nocturne, se dressait sur la rive d'un fleuve étranger inconnu et non au bord de son lac. Il était évident que Mogor dell'Amore était lui aussi sous l'emprise d'un rêve éveillé parce que c'était lui qui avait fait traverser le monde à ces prostituées pour les introduire dans son histoire sur les bords de l'Arno. « Quand il est question de prostituées, tous les hommes mentent », se dit Akbar qui lui pardonna volontiers. Il avait d'autres sujets de préoccupation plus importants.

Rêver que l'on est à la recherche de l'amour est le signe certain que l'on a perdu une personne aimée ; au réveil, l'empereur se sentit perturbé. La nuit suivante, il alla chercher Jodha et la posséda avec une fureur qui avait manqué à leurs relations depuis qu'il était rentré de guerre. Quand il la quitta pour retourner écouter l'histoire de l'étranger, Jodha se demanda si cette flambée de passion était le signe de son retour ou bien un geste d'adieu.

*

« Pour plaire à un homme, dit l'empereur, une femme doit savoir chanter, elle doit être capable de jouer de plusieurs instruments et de danser et de faire les trois à la fois quand on le lui demande : chanter, danser et jouer de la flûte ou interpréter un air sur un instrument à cordes. Elle doit savoir écrire, dessiner, connaître l'art de faire des tatouages et être prête à en recevoir sur n'importe quelle partie de son corps selon les désirs de l'homme. Elle doit connaître le langage des fleurs pour savoir décorer les lits, les sofas ou même le sol : le cerisier est le symbole de la loyauté, le narcisse de la joie, le lotus de la pureté et de la vérité. Le saule représente la femme et la pivoine l'homme. Les bourgeons de grenade apportent la fertilité, les olives l'honneur et les pommes de pin sont un signe de longue vie et de prospérité. Il faut toujours éviter le liseron qui est synonyme de mort. »

Dans le harem de l'empereur, les concubines étaient installées dans des compartiments de pierre rouge garnis d'épais coussins. Autour d'une cour centrale surmontée d'une verrière destinée à protéger le harem des rayons du soleil et des regards indiscrets, les compartiments se tenaient en rangs serrés, évoquant une armée de l'amour, ou bien du bétail. Un jour, Mogor se vit accorder le privilège d'accompagner Akbar dans ce monde secret. Il était suivi par un eunuque élancé dont le corps ne portait pas le moindre poil. C'était Umar le Ayyar ; il n'avait pas de sourcils, son crâne luisait comme un casque, sa peau était lisse et douce. Il était impossible de connaître son âge mais Mogor comprit à l'instant même que ce garçon soyeux tuerait un homme sans le moindre scrupule, qu'il serait capable de couper la tête de son meilleur ami si l'empereur en exprimait le désir. Les femmes du harem tournaient autour d'eux, effectuant des figures qui rappelèrent à Mogor la trajectoire des étoiles, les boucles et révolutions des corps célestes tournant – eh bien, oui – autour du Soleil. Il parla à l'empereur de la nouvelle conception héliocentrique de l'univers, mais à voix basse car une telle théorie pouvait le conduire au bûcher pour hérésie quand il rentrerait dans sa patrie. C'était le genre d'idée qu'il valait mieux ne pas crier sur les toits même s'il était peu probable que le pape pût l'entendre ici, dans le harem du Grand Moghol.

Akbar rit. « On le sait depuis des siècles, dit-il. Comme elle semble arriérée ton Europe renaissante, comme un bébé qui jette son hochet loin de son berceau parce qu'il lui reproche de faire du bruit. » Mogor accepta la rebuffade et changea de sujet. « Je voulais simplement dire que Votre Majesté est le soleil et que voici vos satellites. » L'empereur lui donna une tape dans le dos. « Dans le domaine de la flatterie, au moins, tu peux nous apprendre une ou deux choses. Nous dirons à notre champion en la matière, Bhakti Ram Jain, de venir t'emprunter quelques idées. »

Silencieusement, lentement, telles des créatures imaginaires dans un rêve, les concubines poursuivaient leur mouvement ondulant. Elles brassaient l'air qui entourait l'empereur, le transformant en un fumet magique, assaisonné aux épices du désir. Elles le faisaient sans aucune hâte. L'empereur régnait sur toute chose. Le temps lui-même pouvait bien être étiré et suspendu. On disposait de toute l'éternité.

« Dans l'art de tacheter, de teindre, de colorer ou de peindre ses dents, ses habits, ses ongles ou son corps, une femme doit être une experte incomparable », dit l'empereur dont le débit semblait à présent alangui par le désir. On apporta du vin dans des pichets de verre doré et il en but sans retenue, à grandes gorgées. On apporta une pipe et on put bientôt distinguer la fumée de l'opium dans ses pupilles. Les concubines s'étaient rapprochées, refermant leur cercle, leurs corps commençaient à effleurer ceux de l'empereur et de son hôte. En compagnie de l'empereur, on devenait soi-même empereur pour un jour. Ses privilèges devenaient aussi les vôtres. « Une femme doit savoir jouer de la musique en frappant sur des verres remplis à différentes hauteurs de liquides de toutes sortes, déclara l'empereur d'une voix pâteuse. Elle doit être capable d'incruster du vitrail dans le sol. Elle doit savoir peindre, encadrer et accrocher un tableau, confectionner un collier, un chapelet, une guirlande ou une couronne ; et aussi conserver ou recueillir de l'eau dans un aqueduc ou un réservoir. Elle doit être experte en parfums. Et en pendants d'oreilles. Elle doit savoir jouer et poser sur une scène de théâtre. Elle doit avoir la main sûre et habile, savoir cuisiner, préparer de la limonade ou du sorbet, porter des bijoux et arranger le turban d'un homme. Et elle doit bien sûr connaître la magie. Une femme qui maîtrise ces quelques petites choses est presque l'égale du premier lourdaud ignorant venu. »

Les concubines s'étaient fondues en une Femme unique, surnaturelle, une Concubine composite qui entourait les deux hommes, les assiégeant de son amour. L'eunuque s'était glissé hors du cercle de ces planètes du désir. La Femme aux bras multiples et aux promesses infinies, la Concubine, les avait contraints au silence et effleurait leur dureté de toute sa douceur. Mogor s'abandonna à elle. Et il pensa à ces autres femmes bien loin d'ici et à Simonetta Vespucci, autrefois, et à Alessandra Fiorentina, et à cette femme dont il était venu jusqu'à Sikri pour raconter l'histoire. Elles aussi faisaient partie de la Concubine.

« Dans ma ville, déclara-t-il bien plus tard, couché sur des coussins, au milieu de la mélancolie des femmes après l'amour, une femme de bonne éducation doit être prudente et chaste et ne doit pas s'exposer aux commérages. Elle doit être modeste et calme, douce et candide. Quand elle danse, elle doit éviter les gestes trop brusques et quand elle joue de la musique elle doit s'abstenir du chahut des cuivres et du tintamarre des tambours. Elle doit arborer un maquillage discret et sa coiffure ne doit pas être trop compliquée. » L'empereur, bien qu'à moitié endormi, émit un grognement de dégoût. « Vos hommes de bonne éducation doivent périr d'ennui », dit-il. « Ah, mais la courtisane, dit Mogor, est absolument conforme à tous vos idéaux, excepté peut-être cette histoire de vitrail. » « Il ne faut jamais faire l'amour avec une femme qui n'est pas experte en vitrail », déclara solennellement l'empereur, et il était impossible de savoir s'il plaisantait ou pas. « Une telle femme n'est qu'une mégère ignorante. »

*

Cette nuit-là, Agostino Vespucci tomba amoureux pour la première fois et il comprit que la passion, elle aussi, était un voyage et que, malgré sa ferme détermination de ne jamais quitter sa ville natale, il était désormais voué, comme ses amis aventureux, à parcourir des routes inconnues, ces chemins du cœur qui allaient l'obliger à pénétrer dans des zones dangereuses, à affronter démons et dragons, et à risquer non seulement sa vie mais aussi son âme. Par une porte négligemment entrebâillée, il avait aperçu la Fiorentina dans son sanctuaire privé, elle était allongée sur un sofa doré, entourée de quelques-uns des plus beaux hommes de la ville ; elle laissait nonchalamment son protecteur, Francesco del Nero, lui baiser le sein gauche, tandis qu'un petit chien aux longs poils blancs lui léchait le téton droit, et à l'instant même, il fut perdu et comprit que c'était la femme de sa vie. Francesco del Nero était apparenté à il Machia et c'est pourquoi, peut-être, ils avaient été invités, mais Ago ne s'en soucia guère. Il était prêt à étrangler ce salaud sur-le-champ et le putain de cabot par-dessus le marché. Pour conquérir la Fiorentina, il allait devoir éliminer bien des rivaux de ce genre, et aussi faire fortune ; quand il vit les voies de son avenir se dérouler devant lui comme un tapis, il sentit toute l'insouciance de sa jeunesse le quitter. À sa place venait de naître une résolution nouvelle, ferme et trempée comme une lame de Tolède.

« Elle sera mienne, murmura-t-il à il Machia qui prit un air amusé.

— Oui, le jour où je serai élu pape, dit-il, Alessandra Fiorentina t'invitera dans son lit. Regarde-toi. Tu n'es pas un homme dont les beautés tombent amoureuses, tu es le genre d'homme qui fait leurs commissions et sur qui elles s'essuient les pieds.

— Va te faire foutre, répondit Ago, tu ne peux pas t'empêcher de voir les choses avec ta maudite lucidité, sans une once de générosité et ensuite tu ne peux pas le garder pour toi, il faut que tu craches la vérité et tu te fiches bien des sentiments d'autrui. Va donc branler une vieille chèvre. »

Il Machia haussa ses sourcils en ailes de chauve-souris comme pour reconnaître qu'il était allé trop loin et il embrassa son ami sur les deux joues. « Excuse-moi, dit-il d'une voix contrite. Tu as raison. Un jeune homme de vingt-huit ans, pas particulièrement grand, et qui commence déjà à perdre ses cheveux, dont le corps est une collection de tendres bourrelets entassés dans une boîte légèrement trop petite pour les contenir, qui est incapable de retenir le moindre vers à part les plus graveleux, dont le langage est notoirement un tissu d'obscénités, voilà exactement l'homme qui parviendra à écarter les cuisses d'Alessandra. »

Ago secoua la tête d'un air malheureux. « Et je vais te dire à quel point je suis fou, fit-il. Je ne désire pas seulement son corps. Je veux aussi gagner son putain de cœur. »

Sous le haut plafond du salon d'Alessandra Fiorentina, sous une coupole ornée d'une fresque où des chérubins volaient dans un ciel bleu en veillant sur les amours d'Arès et d'Aphrodite, enlacés sur un moelleux nuage, en écoutant la musique céleste de l'Allemand Heinrich Zink, le plus grand joueur de *cornetto curvo* de toute l'Italie, Ago Vespucci eut l'impression d'être illuminé par un rayon de soleil en plein minuit et il repensa à ce puceau pétrifié qui, des années auparavant, se tenait assis sur le lit d'une putain squelettique et lui lisait les vers des grands poètes du moment et qui s'était mis à rougir et à éternuer à l'instant où elle avait décidé de passer aux choses sérieuses. La Fiorentina n'était pas visible et, en son absence, il se dirigea humblement vers une petite fontaine, incapable de se joindre à l'orgie qui se déroulait tout autour. Il Machia l'avait abandonné un moment et s'était réfugié dans un bois en trompe l'œil, accompagné de deux dryades dénudées. Ago se sentait engoncé dans un corps trop lourd. Il était étranger au milieu de la fête. Il était le seul homme en vie dans une maison pleine de fantômes orgiaques. Il se sentait pesant, triste et seul.

Personne ne dormit cette nuit-là dans la ville ressuscitée. La musique saturait l'air, dans les rues, les tavernes, les maisons mal famées comme celles qui avaient bonne réputation, les marchés, les couvents de religieuses, tout baignait dans l'amour. Les statues des dieux descendirent de leurs niches fleuries pour se joindre aux réjouissances et vinrent frotter leur nudité de marbre froid contre la chaude chair humaine. Bêtes et oiseaux, à leur tour, furent gagnés par l'ambiance et se mirent allégrement de la partie. Dans la pénombre des ponts, les rats étaient en rut et les chauves-souris dans leurs beffrois se livraient à leur activité favorite quelle qu'elle soit. Un homme parcourut les rues en courant, entièrement nu, en agitant joyeusement une cloche. « Essuyez vos larmes et déboutonnez vos chausses, criait-il, le temps des pleurs est révolu. » Ago Vespucci, dans la Maison de Mars, entendit au loin le son de cette cloche et fut saisi d'une terreur indicible. Au bout d'un moment, il comprit qu'il avait peur de voir sa vie passer, qu'elle lui file entre les doigts tandis qu'il restait là, paralysé et solitaire. Il eut l'impression que vingt ans pouvaient s'écouler en cet instant et qu'il risquait de se retrouver emporté par la musique, transporté sans recours dans un avenir d'impuissance et d'échec où le temps lui-même se figeait et le laissait écrasé sous le poids de son chagrin.

Finalement Giulietta Veronese, la *ruffiana,* lui fit signe : « Tu es un sacré veinard, dit-elle. La Fiorentina a eu une nuit bien remplie, une nuit magnifique et pourtant elle dit qu'elle veut vous voir, toi et ton ami, l'obsédé sexuel. » En poussant un cri, Ago Vespucci entra en trombe dans la chambre à la forêt en trompe l'œil, arracha il Machia à ses dryades, lui lança ses vêtements et l'entraîna, tandis qu'il se rhabillait, vers la chambre où Alessandra, la Beauté, attendait.

Dans le sanctuaire de la grande courtisane, les notables de la ville dormaient, repus, en déshabillé, sur des sofas de velours, les bras coquinement posés sur le corps d'hétaïres nues couchées à plat ventre ; c'était la jeune troupe d'Alessandra, son bataillon d'accompagnatrices, qui avaient dansé nues devant les dignitaires jusqu'à leur faire oublier toute dignité et les faire hurler comme des loups. Le lit de la Fiorentina cependant n'était pas occupé, les draps en étaient impeccables et le cœur d'Ago fit un bond, soulevé par un espoir insensé. *Elle n'a pas d'amant. Elle t'attend.* Mais la radieuse Alessandra ne pensait pas au sexe. Elle était étendue sur son lit immaculé et mangeait des raisins qu'elle prenait dans une coupe, elle n'était vêtue en tout et pour tout que de ses cheveux dorés et n'eut qu'une réaction à peine perceptible pour montrer qu'elle avait remarqué leur entrée dans son boudoir en compagnie de son chien de garde miniature. Ils attendirent, immobiles. Puis au bout d'un moment, elle se mit à parler, d'une voix douce, comme si elle se racontait à elle-même une histoire pour s'endormir.

« Au début, dit-elle d'un air absent, ils étaient trois amis, Niccolò "il Machia", Agostino Vespucci et Antonino

Argalia. L'univers de leur enfance était un bois enchanté. Un jour, les parents de Nino furent emportés par la peste. Il s'en alla chercher fortune et ils ne le revirent jamais. »

En entendant ces mots, les deux hommes oublièrent le présent et furent replongés dans leurs souvenirs. La mère de Niccolò, Bartolomea de' Nelli, celle qui se servait de polenta pour soigner les maladies, était morte brusquement peu après qu'Argalia, le jeune orphelin de neuf ans, fut parti pour Gênes dans l'espoir de s'enrôler dans la milice d'arquebusiers du *condottiere* Andrea Doria. Bernardo, le père de Niccolò, avait fait de son mieux pour mitonner une polenta salvatrice mais cela n'avait pas empêché Bartolomea de mourir, secouée de frissons brûlants, et depuis, Bernardo n'avait plus jamais été le même. Il passa désormais ses jours dans sa ferme de Percussina à gagner péniblement sa vie en se maudissant de ne pas avoir eu les talents culinaires qui auraient permis de sauver sa femme. « Si seulement j'avais fait plus attention, se répétait-il cent fois par jour, j'aurais appris correctement la recette. Au lieu de quoi j'ai enduit son pauvre corps d'une inutile bouillasse chaude, et, dégoûtée, elle m'a quitté. » Et tandis qu'il Machia repensait à sa mère décédée et à son père ruiné, Ago revoyait le jour où Argalia les avait abandonnés, comme un pauvre vagabond tombé dans la misère, trimballant tout ce qu'il possédait sur l'épaule, dans un ballot au bout d'un bâton. « Le jour où il est parti, dit-il à haute voix, fut le jour où nous avons cessé d'être des enfants. » Mais ces mots ne reflétaient pas sa pensée, pas en totalité. *Et ce fut le jour où nous avons trouvé la racine de mandragore*, ajouta-t-il en silence, et un rêve commençait à prendre forme dans son esprit, un plan grâce auquel Alessandra Fiorentina lui appartiendrait pour la vie.

Alessandra fut agacée par leur inattention mais elle était bien trop magnanime pour le montrer. « Quelle bande de vauriens sans cœur vous êtes, leur dit la courtisane sur un ton de reproche mais sans hausser la voix qui demeurait douce, brumeuse, indifférente. Est-ce que le nom de votre meilleur ami disparu ne signifie rien pour vous, alors que vous ne l'avez pas entendu depuis dix-neuf ans ? »

Ago Vespucci était trop interloqué pour répondre, mais en vérité dix-neuf ans, c'était bien long. Ils avaient aimé Argalia puis l'avaient perdu et pendant des mois, et même des années, ils avaient attendu de ses nouvelles. Puis ils avaient cessé en même temps de parler de lui, convaincus tous les deux, chacun de son côté, que le silence d'Argalia ne pouvait signifier qu'une chose : leur ami était mort. Ils ne voulaient pas regarder cette vérité en face. Aussi avaient-ils l'un et l'autre enfoui Argalia au fond d'eux-mêmes, pensant que tant qu'ils n'aborderaient pas ce sujet tabou, leur ami avait une chance d'être encore en vie. Et puis ils grandirent, et le souvenir d'Argalia se perdit en eux, il s'effaça et ne devint plus qu'un nom qu'on ne prononçait jamais. Il n'était pas facile de le ramener à la vie.

Au début, ils étaient trois amis qui entreprirent chacun un voyage. Ago, qui détestait voyager, fut voué à emprunter le chemin rocailleux de l'amour. Il Machia était bien plus séduisant que lui mais c'est la quête du pouvoir qui l'intéressait et c'était là un aphrodisiaque plus puissant que la racine magique. Quant à Argalia, il était perdu dans les cieux, il était leur étoile filante. « S'agit-il là de mauvaises nouvelles ? demanda Niccolò à Alessandra. Pardonnez-nous. Nous avons redouté cet instant pendant presque toute notre vie. »

Alessandra désigna d'un geste une porte de côté. « Conduis-les vers elle, dit-elle à Giulietta Veronese, je suis trop fatiguée pour répondre à ces questions. » Sur ces mots elle sombra dans le sommeil, la tête reposant sur son bras droit allongé, et de son nez si parfait s'éleva le plus doux soupçon de ronflement qu'on puisse imaginer. « Vous l'avez entendue, fit sèchement Giulietta la naine, il faut partir, avant d'ajouter, plus doucement : Vous obtiendrez ici toutes les réponses que vous cherchez. »

La porte donnait sur une autre chambre mais la femme qui s'y trouvait n'était ni nue ni allongée. La pièce était faiblement éclairée – une simple chandelle achevait de se consumer dans son bougeoir accroché au mur – et quand leur regard se fut accoutumé à la pénombre, ils distinguèrent une odalisque au maintien royal qui se tenait devant eux, le ventre nu, vêtue d'un corsage moulant et d'un pantalon bouffant, les mains serrées sur sa poitrine.

« Espèce d'idiote, dit Giulietta Veronese, elle se croit peut-être encore dans le harem ottoman et n'a pas compris la situation. » Elle s'approcha de l'odalisque qui faisait à peu près deux fois sa taille et lui cria, pratiquement à hauteur du nombril : « Tu as été capturée par les pirates ! » Puis, à moitié en français : « *Les pirates ! Il y a déjà deux semaines, tu as été vendue à Venise sur un marché aux esclaves ! Un marché aux esclaves !* Tu comprends ? *Est-ce que tu comprends ce que je te dis* ? » Elle se tourna vers Ago et il Machia. « Son maître nous l'a offerte pour l'essayer mais nous hésitons encore. Elle est bien tournée, la poitrine, le cul, tout est parfait, mais, ajouta la naine en caressant lascivement la femme immobile, elle est vraiment bizarre, ça c'est sûr.

— Comment s'appelle-t-elle ? demanda Ago. Pourquoi lui parlez-vous en français ? Pourquoi a-t-elle l'air d'avoir été transformée en statue de pierre ?

— Nous avons entendu parler d'une princesse française enlevée par les Turcs, dit Giulietta Veronese en tournant autour de la femme silencieuse comme une bête de proie, mais ce doit être une légende, c'est ce qu'on a pensé. Peut-être s'agit-il d'elle. Ou peut-être pas. En tout cas, elle parle français, c'est certain. Mais elle ne répond à aucun nom connu. Quand on lui demande comment elle s'appelle, elle répond : *Je suis le palais des souvenirs*. Posez-lui vous-même la question. Allez-y. Pourquoi pas ? Avez-vous peur ?

— *Qui êtes-vous, mademoiselle ?* demanda il Machia, de sa voix la plus douce.

— *Je suis le palais des souvenirs.*

— Vous voyez ? clama Giulietta d'un air triomphant. On dirait qu'elle n'est même plus un être humain. Qu'elle est plutôt devenue un lieu.

— Quel rapport a-t-elle avec Argalia ? » voulut savoir Ago. L'odalisque s'anima comme si elle s'apprêtait à parler mais retomba dans son mutisme.

« C'est ainsi, dit Giulietta Veronese. Quand elle est arrivée ici, elle ne parlait pas du tout. Un palais aux portes et aux fenêtres fermées, voilà ce qu'elle était. Ma maîtresse lui a demandé : *Est-ce que tu sais où tu es ?* J'ai insisté moi aussi : *Est-ce que tu sais où tu es ?* et puis la maîtresse a ajouté : *Tu es dans la ville de Florence.* C'est comme si on avait tourné une clef. “Il y a une pièce dans le palais qui contient ce nom”, a-t-elle dit et elle s'est mise à faire de petits mouvements incompréhensibles de tout son corps comme quelqu'un qui marcherait sans bouger, comme si elle se déplaçait dans sa tête. Puis elle a prononcé les mots qui ont incité ma maîtresse à m'ordonner de vous amener ici.

— Qu'a-t-elle dit ? demanda Ago.

— Écoutez vous-mêmes », répondit Giulietta Veronese. Puis se tournant vers la femme voilée : « *Qu'est-ce que tu connais de Florence ? Qu'est-ce qui se trouve dans cette chambre du palais ?* » Aussitôt l'esclave se remit à bouger comme si elle longeait des couloirs, tournait, passait des portes sans se déplacer de l'endroit où elle se tenait. Enfin, elle prit la parole. « Au commencement, dit-elle dans un italien parfait, ils étaient trois amis, Niccolò il Machia, Agostino Vespucci et Antonino Argalia. L'univers de leur enfance était un bois enchanté. »

Ago se mit à trembler. « Comment sait-elle cela ? Comment a-t-elle pu en entendre parler ? » demanda-t-il, stupéfait. Mais il Machia avait deviné la réponse. Elle se trouvait en partie dans les livres que contenait la petite mais très précieuse bibliothèque de son père. Bernardo n'était pas riche et il était toujours très difficile de se procurer des livres, aussi ne prenait-on jamais à la légère la décision d'acheter un ouvrage. À côté du livre préféré de Niccolò, le *Ab Urbe Condita* de Tite-Live, il y avait le *De Oratore* de Cicéron et plus loin la *Rhetorica ad Herennium*, un mince opuscule, œuvre d'un auteur anonyme. « D'après Cicéron, dit Niccolò en fouillant sa mémoire, cette technique a été inventée par un Grec, Simonides de Ceos, qui venait de quitter un dîner réunissant de nombreuses personnalités lorsque le toit s'effondra tuant tous les convives. Quand on lui demanda qui était présent il parvint à identifier les victimes en se rappelant la place qu'elles occupaient à la table du dîner.

— Quelle est la technique ? demanda Ago.

— Dans la *Rhetorica*, elle est désignée sous le même nom, le palais des souvenirs, répondit il Machia. On construit dans sa tête un édifice, on apprend à s'y déplacer et on se met à lier des souvenirs à ses différentes caractéristiques, à ses meubles, à sa décoration, à tout ce qu'on veut. Si on rattache un souvenir à un endroit particulier, on peut se rappeler quantité de choses en arpentant mentalement cet endroit.

— Mais cette femme parle d'elle comme si elle était elle-même le palais, objecta Ago. Comme si sa propre personne physique était l'édifice auquel les souvenirs ont été liés.

— Alors quelqu'un a dû se donner beaucoup de mal, dit il Machia, pour bâtir un palais des souvenirs de la taille d'un esprit humain tout entier. On a effacé la mémoire de cette jeune femme, ou bien on l'a reléguée dans quelque grenier perdu du palais des souvenirs que l'on a bâti dans son esprit et elle est devenue le réceptacle de tout ce que son maître avait besoin de se rappeler. Que savons-nous de la cour ottomane ? Cette pratique est peut-être courante chez les Turcs ou peut-être s'agit-il du caprice effrayant de quelque potentat, ou d'un de ses amants. Maintenant imagine que notre ami Argalia ait été cet amant – suppose qu'il ait lui-même été l'architecte, au moins de cette chambre particulière du palais des souvenirs, ou alors que l'architecte soit quelqu'un qui le connaissait bien ? En tous les cas, il nous faut conclure que le compagnon bien-aimé de notre jeunesse est vivant, ou du moins l'était encore récemment.

— Regarde, dit Ago, on dirait qu'elle veut se remettre à parler.

— Il était un prince nommé Arcalia, déclara le palais des souvenirs. Un vaillant guerrier qui possédait des armes enchantées et dans sa suite il y avait quatre géants terrifiants. C'était aussi le plus bel homme du monde.

— Arcalia ou Argalia, dit il Machia, très bouleversé à présent, on dirait bien qu'il s'agit de notre ami.

— Arcalia le Turc, dit le palais des souvenirs, Détenteur de la Lance Enchantée.

— Ce foutu salopard, fit Ago Vespucci avec admiration, il a vraiment fait ce qu'il avait dit. Il est passé dans l'autre camp. »

12

Sur la route de Gênes il y avait une auberge vide

Sur la route de Gênes il y avait une auberge vide, aux fenêtres sombres, aux portes ouvertes, qui avait été abandonnée par l'aubergiste, sa femme, ses enfants et tous les clients à cause du géant demi-mort qui venait d'y prendre ses quartiers à l'étage. D'après Nino Argalia qui racontait cette histoire, le géant était mort à temps partiel : le jour, il était tout à fait mort, mais la nuit, il était redoutablement vivant. Les voisins avaient prévenu le jeune Argalia quand il était arrivé par là : « Si tu passes une nuit là-bas, tu vas certainement te faire dévorer. » Mais le garçon n'avait pas peur, il se rendit à l'auberge et prit tout seul son repas, de bon appétit. Quand le géant revint à la vie, cette nuit-là, il vit Argalia et dit : « Aha ! Un casse-croûte ! Excellent ! » Mais Argalia répondit : « Si tu me manges, tu ne connaîtras jamais mon secret. » Le géant était curieux, et bête, comme c'est souvent le cas des géants, aussi répliqua-t-il : « Dis-moi ton secret, mon petit casse-croûte, et je promets de ne pas te manger avant que tu ne me l'aies confié. » Après une profonde révérence, Argalia déclara : « Mon secret est caché en haut de cette cheminée et quiconque le trouvera le premier deviendra le garçon le plus riche du monde. » « Ou le géant », fit remarquer le géant demi-mort. « Ou le géant, concéda Argalia, l'air toutefois dubitatif. Mais tu es si énorme que tu ne pourras pas y arriver. » « C'est un grand trésor ? » demanda le géant. « Le plus grand du monde, répondit Argalia, c'est pour cela que le prince qui l'a amassé l'a caché dans la cheminée d'une humble auberge de bord de route parce que personne ne pourrait se douter qu'un si grand monarque choisirait une cachette aussi stupide. » « Les princes sont stupides », dit le géant demi-mort. « Contrairement aux géants », ajouta Argalia d'un air pénétré. « Exactement », dit le géant et il essaya de s'introduire dans le conduit de la cheminée. « Trop gros, soupira Argalia, c'est bien ce que je craignais, c'est vraiment dommage. » Le géant s'exclama : « Par tous les dieux, je ne m'avoue pas vaincu », et il s'arracha un bras. « Je ne suis plus aussi gros à présent, non ? » Pourtant il ne parvint toujours pas à s'introduire dans la cheminée. « Vous pourriez peut-être enlever l'autre », suggéra Argalia, et aussitôt les énormes mâchoires du géant mastiquèrent le bras restant comme un gigot de mouton. Mais même cela ne suffit pas à rendre le géant assez mince. « J'ai une idée, dit Argalia, si tu te contentais d'envoyer ta tête là-haut pour voir ce qu'il y a à voir ? » « Je n'ai plus de bras, casse-croûte, dit tristement le géant, et même si ton idée est excellente je ne peux pas détacher ma tête moi-même. » « Si vous permettez », répondit du tac au tac Argalia et, s'emparant d'un grand couteau de cuisine, il bondit sur une table et trancha le cou du monstre, cric, crac, d'un seul coup bien net. Quand l'aubergiste, sa femme, sa famille et tous ses clients (qui avaient passé la nuit à dormir dans un fossé voisin) apprirent qu'Argalia avait décapité le géant demi-mort qui à présent était donc totalement mort, de jour comme de nuit, ils lui demandèrent de les aider encore une fois en allant décapiter à son tour le duc de la ville voisine de U., ce rapace qui avait fait de leurs vies un enfer. « Vous n'avez qu'à résoudre vos problèmes vous-mêmes, dit Argalia. Ce ne sont pas mes affaires. Tout ce que je voulais c'était un lit tranquille pour la nuit. À présent je suis en route pour aller naviguer avec l'amiral Andrea Doria et faire fortune. » Sur ces mots il les quitta tout net et partit vers son destin…

L'histoire était entièrement fausse mais les histoires mensongères peuvent parfois être de quelque utilité dans la vie réelle et ce sont des histoires de ce genre, versions improvisées à partir du flot incessant de récits qu'il tenait de son ami Ago Vespucci, qui permirent au petit Nino Argalia de sauver sa tête après qu'on l'eut découvert dissimulé sous une couchette dans le château avant du vaisseau amiral de la flotte d'Andrea Doria. Ses informations étaient périmées – les Français avaient été défaits depuis déjà un certain temps par le Ruban d'Or – et quand il apprit que Doria s'apprêtait à partir combattre les Turcs, il comprit que le moment était venu de recourir à des mesures ultimes. Les huit trirèmes pleines de mercenaires féroces armés jusqu'aux dents d'arquebuses, de sabres, de pistolets, de garrots, de dagues, de fouets et de jurons naviguaient déjà depuis cinq jours lorsque le misérable passager clandestin affamé fut tiré par l'oreille jusque devant le grand *condottiere* en personne. Argalia avait l'air d'une poupée de chiffons crasseuse, il était vêtu de haillons et serrait contre sa poitrine un ballot de chiffons. Quant à Andrea Doria, il n'avait pas bon caractère. Il était dénué de tout scrupule et capable de faire preuve d'une extrême méchanceté. Il était tyrannique et orgueilleux. Son armée de soldats de fortune assoiffés de sang se serait depuis longtemps rebellée contre lui s'il n'avait pas été un grand commandant, un maître stratège, et un homme d'une intrépidité absolue. En bref, c'était un monstre, et quand il était mécontent, il paraissait aussi dangereux que n'importe quel géant, fût-il à moitié mort.

« Tu as deux minutes, dit-il au garçon, pour me donner une bonne raison de ne pas te jeter immédiatement par-dessus bord. »

Argalia le regarda droit dans les yeux. « Vous seriez mal avisé d'agir ainsi, car je suis une personne dotée d'une expérience curieuse et variée. J'ai parcouru le monde pour chercher fortune et au cours de ces voyages j'ai exécuté un géant, *cric, crac,* et supprimé le Sorcier Sans Âme, appris ses formules secrètes et maîtrisé le sabir des serpents. J'ai rencontré le Roi des poissons et vécu chez une femme qui avait soixante-dix fils mais ne possédait qu'une seule bouilloire. Je peux me transformer à ma guise en lion, en aigle, en chien ou en fourmi, de sorte que je peux vous servir avec la force d'un lion, épier pour votre compte d'un œil d'aigle, vous être aussi fidèle qu'un chien ou me cacher à votre vue en devenant petit comme une fourmi et alors vous ne verrez même pas l'assassin qui se glisse dans votre oreille pour vous empoisonner. En bref, il ne faut pas me contrarier. Je suis petit, certes, mais digne de vivre à vos côtés car je règle ma vie selon ce même grand principe que vous appliquez vous-même.

— Et quel est ce principe, peut-on savoir ? » demanda Andrea Doria, légèrement amusé. Il portait une barbe pointue, avait un rictus sardonique et un regard brillant auquel rien ne pouvait échapper.

« C'est que la fin justifie les moyens, répondit Argalia, se rappelant une formule qu'il Machia employait volontiers quand ils se demandaient s'il était moral d'utiliser la racine de mandragore pour séduire des femmes inaccessibles.

— La fin justifie les moyens, répéta Doria, surpris, voilà qui est rudement bien tourné.

— La formule est de moi, dit Argalia, car je suis orphelin comme vous, plongé comme vous dans l'indigence dès l'enfance, contraint, tout comme vous, d'adopter ce type d'activité, et les orphelins savent bien que pour survivre ils doivent être prêts à faire tout ce qui s'impose. Qu'il n'y a pas de limites. » Qu'avait donc dit il Machia après la pendaison de l'archevêque ? « Que seuls les mieux adaptés survivent.

— La survie des mieux adaptés, reprit Andrea Doria, d'un air rêveur, voilà une autre idée terriblement forte. Est-elle également de toi ? »

Argalia baissa la tête, faussement modeste. « Ayant été vous aussi orphelin, poursuivit-il, vous savez bien que j'ai beau avoir l'air d'un enfant, je ne suis pas un nourrisson sans ressources. Un “enfant” est une créature protégée et dorlotée, mise à l'abri de la réalité, à qui l'on permet de gaspiller des années entières rien qu'à jouer et qui croit que la sagesse peut s'apprendre à l'école. L'“enfance” est un luxe que je ne peux pas m'offrir tout comme vous ne l'avez pas pu. La vérité de l'“enfance” se cache dans les histoires les plus mensongères du monde. Les enfants affrontent monstres et dragons et ne survivent que s'ils sont téméraires. Les enfants meurent de faim jusqu'à ce qu'ils trouvent le poisson magique qui exauce leurs désirs les plus chers. Les enfants sont dévorés vivants par des trolls à moins qu'ils n'arrivent à repousser leurs assauts jusqu'au lever du soleil lorsque ces viles créatures sont transformées en pierre. Un enfant doit savoir lancer des fèves pour prédire l'avenir, lancer des fèves pour plier hommes et femmes à sa volonté, mais il doit aussi savoir faire pousser le plant de haricot magique qui va produire ces fèves fabuleuses. Un orphelin est un enfant poussé à l'extrême. Notre vie est une vie de fables et d'excès.

— Donne donc quelque chose à manger à ce philosophe à la langue bien pendue, dit l'amiral Doria à son maître d'équipage, un marin impressionnant, taillé comme un bœuf et qui répondait au nom de Ceva. Il pourrait nous être utile avant la fin du voyage et d'ici là ses boniments de gobelin me divertiront. »

Le maître d'équipage tint fermement Argalia par l'oreille en l'emmenant hors de la cabine.

« Ne va pas croire que tu t'en es tiré grâce aux bêtises que tu as inventées, dit-il. Tu n'as eu la vie sauve que pour une seule raison.

— Aïe, fit Argalia, et laquelle ? »

Ceva lui tordit l'oreille encore plus fort. Il avait un scorpion tatoué sur le côté droit de son visage et les yeux morts d'un homme qui ne sourit jamais.

« La raison est que tu as eu, je ne sais comment, le courage ou le culot de le regarder dans les yeux. Quand un type ne le regarde pas en face, il lui arrache le foie pour le donner à manger aux mouettes.

— Avant d'en arriver là, c'est moi qui commanderai et qui émettrai ce genre de jugements. Quant à toi, tu ferais mieux de *me* regarder dans les yeux, sinon… »

Ceva lui flanqua une claque sur la tempe sans la moindre trace d'affection. « Il va falloir que tu attendes ton tour, espèce d'avorton, pour l'instant tes yeux arrivent tout juste à la bonne hauteur pour contempler ma foutue bite. »

Quoi qu'ait pu en dire Ceva le Scorpion, les longs récits d'Argalia avaient peut-être tout de même contribué à lui sauver la vie car il se trouva que le monstrueux amiral Andrea Doria avait un faible pour ce genre d'histoires, comme n'importe quel stupide géant. Le soir, quand la mer était noire et que les étoiles scintillaient tels des trous brûlants dans le ciel, l'amiral fumait une pipe d'opium dans sa cabine et faisait appeler le garçon plein d'histoires. « Puisque vos bateaux génois sont des trirèmes, racontait Argalia, vous devriez transporter du fromage sur un des ponts, des miettes de pain sur un autre et de la viande pourrie sur le troisième. En arrivant à l'île des Rats, offrez-leur le fromage ; les miettes de pain raviront les habitants de l'île des Fourmis ; quant à la viande pourrie, les oiseaux de l'île des Vautours s'en régaleront. Vous vous serez fait ainsi de puissants alliés. Les rats vous ouvriront un chemin à coups de dents à travers tous les obstacles, même les montagnes, et les fourmis accompliront pour vous les tâches trop délicates pour la main de l'homme. Les vautours, si vous le leur demandez gentiment, vous porteront par la voie des airs jusqu'au sommet de la montagne où jaillit la source de la vie éternelle. » Andrea Doria grogna : « Et où se trouvent-elles, ces îles infernales ?

— Amiral, c'est vous le navigateur, pas moi. Elles doivent bien figurer quelque part sur vos cartes. »

Malgré de telles remarques impertinentes, Argalia vécut assez longtemps pour pouvoir raconter une autre histoire, un autre jour : *Il était une fois un temps où existaient trois oranges et à l'intérieur de chaque orange il y avait une superbe jeune fille qui risquait de mourir si on ne lui donnait pas d'eau au moment où elle sortait de l'orange.* Et l'amiral, enveloppé dans des volutes de fumée, lui murmurait, en retour, quelques confidences.

La mer était le cadre de meurtres incessants. Les caravelles des pirates barbaresques se livraient dans ces eaux à des pillages et des enlèvements, et depuis la chute de Constantinople, les galères du Turc Osmanli, autrement dit la flotte ottomane, s'étaient mises de la partie. À tous ces marins infidèles, l'amiral Andrea Doria opposait son visage grêlé de petite vérole. « Je les chasserai de *Mare Nostrum* et ferai de Gênes la maîtresse des flots », promit-il fièrement, et Argalia n'osa pas le moindre commentaire contradictoire ou irrévérencieux. Andrea Doria se pencha vers le garçon silencieux, les yeux embrumés par l'*afim.* « Ce que tu n'ignores pas, et je sais bien que l'ennemi lui aussi le sait, murmura-t-il à moitié égaré dans son rêve opiacé, c'est que l'ennemi lui aussi applique la loi de l'orphelin.

— Quel orphelin ? demanda Argalia.

— Mahomet, répondit Andrea Doria. Mahomet, leur dieu orphelin. »

Argalia ignorait qu'il partageait le statut d'orphelin avec le Prophète de l'islam. « La fin justifie les moyens, poursuivit Andrea Doria d'une voix de plus en plus traînante et pâteuse. Tu vois, ils obéissent à la même règle que nous. Le Premier Commandement. *Coûte que coûte par tous les moyens.* Nous avons donc la même religion. » Argalia prit une profonde respiration avant de poser quelques questions dangereuses. « S'il en est ainsi, sont-ils vraiment nos ennemis ? Notre véritable ennemi ne devrait-il pas être notre antithèse ? Le visage que nous voyons dans le miroir peut-il être notre adversaire ? » L'amiral Andrea Doria était proche de l'inconscience. « Parfaitement exact, marmonna-t-il en s'effondrant dans son fauteuil et en se mettant à ronfler. D'ailleurs, de toute façon, il y a un ennemi que je déteste encore plus que cette racaille de pirates.

— Qui donc ?

— Venise. Je vais foutre en l'air tous ces salopards de jolis petits messieurs vénitiens. »

Tandis que les huit trirèmes génoises, en formation de bataille, pourchassaient leurs proies, Argalia comprit que la religion n'avait rien à voir dans cette affaire. Les corsaires des États barbaresques n'avaient aucune envie de convertir qui que ce soit ou de répandre leurs croyances. Ils ne se souciaient que de rançons, de chantages et d'extorsion.

Quant aux Ottomans, ils avaient saisi que la survie de leur nouvelle capitale, Istanbul, dépendait du ravitaillement de son port quelle qu'en soit la provenance et que, par conséquent, les routes maritimes devaient absolument rester ouvertes. Ils avaient aussi commencé à éprouver des envies de conquête et avaient envoyé des navires attaquer des ports le long des rivages de la mer Égée et au-delà, et eux non plus n'aimaient pas les Vénitiens. Pouvoir et richesses et possessions et richesses et pouvoir. Quant à Argalia, ses rêves, la nuit, étaient eux aussi remplis de bijoux exotiques. Tout seul dans sa couchette, il fit un serment en secret. « Je ne reviendrai jamais pauvre à Florence, mais seulement en prince croulant sous les richesses. » Sa quête était très simple. La vraie nature du monde lui apparaissait clairement.

Mais c'est lorsque les choses paraissent les plus claires qu'elles sont systématiquement les plus trompeuses. Après un engagement victorieux contre les bateaux pirates des frères Barberousse de Mytilène, l'amiral satisfait, encore ruisselant de sang sarrasin, après avoir présidé à l'exécution des pirates capturés – on les enduisait de poix et on les faisait brûler vifs sur les places principales de leur ville natale –, envisagea le projet audacieux de s'aventurer dans la mer Égée et de mener bataille contre les Osmanlis sur leur propre territoire maritime. Mais quand le Ruban d'Or pénétra dans cette mer légendaire et fit face aux galères ottomanes, un brouillard mystérieux surgit de nulle part et empêcha de distinguer quoi que ce soit aux alentours comme si l'Olympe voulait tendre un piège ; on aurait dit que les dieux antiques de la région, lassés de cette longue période d'oisiveté pendant laquelle ils avaient perdu tout empire sur l'affection et la loyauté des hommes, avaient décidé de se jouer d'eux, de ruiner leurs plans, simplement en hommage au bon vieux temps. Les huit trirèmes génoises tentèrent de se placer en formation de combat mais le brouillard les désorientait, il était empli du hurlement des goules, du cri des sorcières, de la puanteur des maladies, des lamentations des noyés, et même ces mercenaires endurcis ne tardèrent pas à être saisis de panique. Le système de cornes de brume que l'amiral Doria avait institué en prévision d'un tel jour se révéla rapidement inefficace. Chaque navire s'était vu attribuer son propre signal fait d'une alternance de sons courts et longs mais quand les mercenaires furent pris d'effroi au milieu de ces miasmes de mort et de superstition, leurs signaux perdirent toute clarté et il en alla de même pour les cornes de brume des Ottomans, de sorte que plus personne ne connaissait sa position et ne pouvait distinguer l'ami de l'ennemi mortel.

La canonnade éclata brusquement depuis les sabords des trirèmes et les puissantes pièces pivotantes installées sur le pont des galères ottomanes. Dans le brouillard, les flammes rouges et les éclairs lumineux des bouches à feu avaient l'air de fragments de l'enfer au milieu de ces limbes informels. Les flammèches des mousquets s'épanouissaient de toutes parts formant un jardin clignotant de mortelles fleurs cramoisies. Personne ne savait qui tirait sur qui, ni quel meilleur parti il convenait de prendre, une catastrophe épouvantable était imminente. Et tout à coup, comme si les deux camps avaient compris le péril de la situation, exactement au même moment, le silence tomba. Plus un coup de feu, plus un appel, plus une corne de brume. Seulement des déplacements furtifs de tous les côtés dans le grand vide blanc. Argalia, seul sur le pont du vaisseau amiral, sentit son destin l'agripper par l'épaule et fut surpris de remarquer que la main du destin tremblait de peur. Il se retourna pour voir. Non, ce n'était pas le Destin qui était derrière lui mais Ceva, le maître d'équipage, qui n'avait plus rien de lugubre ni d'effrayant mais qui avait plutôt l'air d'un chien battu déboussolé. « L'amiral te demande », dit-il au garçon qu'il emmena à la cabine où Andrea Doria l'attendait, tenant à la main la grande corne de brume du vaisseau amiral de la flotte. « Ton jour est arrivé, mon petit homme, mon raconteur d'histoires, dit l'amiral d'une voix douce. Aujourd'hui tu vas accomplir un grand exploit en actes et non plus en mots. »

Le stratagème consistait à faire descendre Argalia à bord d'un petit canot et de lui demander de s'éloigner à la rame du vaisseau amiral le plus vite possible. « Tous les cent coups de rame, lui dit l'amiral, tu souffles très fort dans la corne. L'ennemi prendra la ruse pour de l'arrogance, il relèvera le défi du *cornetto* d'Andrea Doria et dirigera ses vaisseaux dans ta direction, dans l'espoir de s'emparer d'une proie considérable, à savoir ma personne ! Pendant ce temps, c'est moi qui aurai l'avantage et je pourrai le frapper du côté où il ne s'attend pas à être attaqué. »

Argalia n'apprécia guère ce plan. « Et moi ? demanda-t-il, contemplant la corne qu'il tenait à la main. Quand les navires des Infidèles fondront sur mon petit canot, qu'est-ce que je suis censé faire ? »

Ceva le Scorpion le prit à bras-le-corps et le déposa dans le canot. « Ramer, siffla-t-il. Petit héros, rame pour sauver ta putain de vie.

— Quand le brouillard se lèvera et que l'ennemi sera vaincu, dit l'amiral de manière un peu vague, nous viendrons te récupérer. »

Ceva donna une violente poussée au canot. « Ouais, s'écria-t-il, c'est ce que nous allons faire. »

Il n'y eut plus alors que la pâleur du brouillard et le bruit de la mer. Mer et ciel prirent l'allure qu'ils ont dans les légendes antiques. Cet élément aveugle et flottant constituait l'univers tout entier. Pendant un moment, il fit ce qu'on lui avait ordonné, une centaine de coups de rame puis un coup de corne de brume, deux, trois fois, il répéta l'opération sans obtenir la moindre réponse. Le monde était plongé dans un silence épuisé. La mort allait fondre sur lui comme une trombe d'eau silencieuse. Les navires ottomans allaient foncer sur lui et l'écraser comme un insecte. Il cessa de souffler dans la corne. Il comprit que l'amiral se désintéressait de son sort et avait sacrifié son « petit raconteur d'histoires » comme un homme crache par-dessus bord une pleine bouchée de flegme. Il n'était rien de plus qu'un tel crachat, ballotté un instant par les vagues avant de couler. Il voulut se raconter des histoires pour ne pas glisser dans le désespoir mais les seules qui lui vinrent à l'esprit étaient des histoires effrayantes, celles d'un leviathan jaillissant des profondeurs pour broyer un esquif entre ses mâchoires géantes, des serpents des grands fonds déroulant leurs anneaux, le souffle d'un dragon sous-marin cracheur de feu. Et puis au bout d'un moment, les histoires elles aussi se dissipèrent, et il se retrouva sans défense ni recours, pauvre hère solitaire, dérivant vaguement dans la blancheur. C'était tout ce qui restait d'un individu à qui on avait enlevé son foyer, sa famille, ses amis, sa ville, son pays, son monde, un être dépourvu de tout contexte, dont le passé s'était effacé, dont l'avenir était sinistre, une chose à qui on avait tout arraché, le nom, le sens, tout ce qui constituait la vie à l'exception d'un battement de cœur bien provisoire. « Je suis absurde, se dit-il, un cafard dans une merde fumante a plus de signification que moi. » Bien des années plus tard, quand il rencontrerait Qara Köz, la princesse moghole cachée, et que sa vie finirait par trouver le sens que le destin lui réservait, il remarquerait dans son regard cet air de désespoir et d'abandon et comprendrait qu'elle aussi avait dû affronter la profonde absurdité de la condition humaine. Rien que pour cela, à l'exception de tout le reste, il l'aurait aimée. Mais il avait aussi d'autres raisons.

Le brouillard s'épaissit autour de lui, envahissant ses yeux, son nez, sa gorge. Il sentit qu'il commençait à suffoquer. Il pensa qu'il était sur le point de mourir. Sa volonté était anéantie. Quoi que le sort voulût lui réserver, il était prêt à l'accepter. Il se coucha dans son petit canot et repensa à Florence, il revit ses parents avant qu'ils n'aient été défigurés par la peste, il se souvint de ses escapades de gamin dans les bois, en compagnie de ses amis Ago et il Machia, il se sentit empli d'amour à l'évocation de ces souvenirs et peu après s'évanouit.

Quand il reprit conscience, le brouillard avait disparu, ainsi que les huit trirèmes de l'amiral Andrea Doria. Le grand *condottiere* de Gênes avait tout simplement pris la fuite et la ruse de la corne de brume dans le canot avait uniquement servi de manœuvre de diversion. Le frêle esquif d'Argalia était désespérément ballotté juste devant la flotte ottomane au grand complet, comme une souris acculée dans un coin par une demi-douzaine de chats affamés. Il se mit debout dans son bateau et fit de grands signes à ses vainqueurs, il souffla de toutes ses forces dans la corne de brume de l'amiral.

« Je me rends, cria-t-il. Venez m'attraper, espèces de salopards de Turcs infidèles. »

13

Dans le camp de prisonniers pour enfants d'Uskiüb

Dans le camp de prisonniers pour enfants d'Usküb (*raconta le palais des souvenirs*), on parlait de nombreuses langues mais on ne connaissait qu'un seul Dieu. Chaque année, les recruteurs sillonnaient l'empire en pleine expansion pour lever le devchirmé, le tribut en enfants, et prenaient comme esclaves les garçons les plus forts, les plus intelligents, ceux qui avaient belle allure afin de les transformer en instruments au service de la volonté du sultan. Le principe du sultanat consistait à gouverner par la métamorphose. *Nous allons vous prendre le meilleur de votre progéniture et la changer de manière radicale. Nous ferons en sorte qu'ils vous oublient et ferons d'eux la force même qui vous maintiendra sous notre botte. Ce sont vos propres enfants perdus qui vous imposeront notre loi.* À Usküb, où débutait ce processus de transformation, on parlait de nombreuses langues mais il n'y avait qu'un seul uniforme, la tenue au pantalon bouffant des recrues ottomanes. Les haillons du héros lui furent arrachés, on le lava, le nourrit et lui donna à boire de l'eau fraîche. Puis la foi chrétienne lui fut également extirpée et on l'obligea à endosser l'islam comme un nouveau pyjama. Il y avait des Grecs et des Albanais à Usküb, des Bosniaques, des Croates et des Serbes, et il y avait des garçons mamelouks, des esclaves blancs, venus de tous les coins du Caucase, des Géorgiens, des Mingréliens, des Circassiens et des Abkhazes, il y avait aussi des Arméniens et des Syriens. Le héros était le seul Italien. Florence ne payait pas le tribut en enfants même si de l'avis des Osmanlis, cela pourrait bien changer à l'avenir. Ses ravisseurs prétendirent avoir des difficultés à propos de son nom, *al-ghazi*, le conquérant, c'est ainsi qu'ils l'appelaient par dérision, ou bien *al-khali*, le vide, le récipient. Mais son nom n'avait pas d'importance. Argalia, Arcalia, Arqalia, Al-Khaliya. Des noms sans signification qui ne servaient à rien. C'est son âme qu'il fallait placer sous une nouvelle autorité, tout comme celle de tous les autres. Sur le champ de parade, dans leur nouvelle tenue, les enfants se tenaient en rang devant un homme vêtu d'une robe, dont le chapeau blanc était aussi haut que la barbe blanche était longue ; le premier s'élevait de trois pieds au-dessus de son front et la seconde descendait d'autant depuis son menton, de sorte qu'il donnait l'impression d'avoir une tête extrêmement longue. C'était un saint homme, un derviche de l'ordre des Bektashi, venu les convertir à l'islam. Dans leurs divers accents, les garçons mécontents et effrayés répétaient comme des perroquets les sentences arabes obligatoires concernant le Dieu unique et son Prophète. Leur métamorphose venait de commencer.

*

Au cours de ses voyages au service de la République, il Machia ne cessait de penser au palais des souvenirs. En juillet il dut galoper sur la route de Ravenne jusqu'à Forli pour convaincre la comtesse Caterina Sforza Riario de laisser son fils Ottaviano combattre aux côtés de l'armée florentine, pour une somme bien moins importante que celle qu'elle réclamait, car si elle refusait, elle perdrait la protection de Florence et se retrouverait à la merci du terrible duc César Borgia de Romagne, le fils du pape Borgia, Alexandre VI. La « Madone de Forli » était si belle que même l'ami d'il Machia, Biagio Buonaccorsi, s'arrêta un instant de sodomiser Andrea di Romolo pour demander à Niccolò de lui rapporter un portrait de la comtesse. Mais Niccolò était obsédé par la Française anonyme qui se tenait dans son boudoir comme une statue de marbre chez Alessandra Fiorentina, dans la Maison de Mars. « Hé, Machia, lui écrivit Ago Vespucci. Il faut que tu reviennes en vitesse parce que sans toi, il n'y a personne pour organiser nos nuits de beuverie et de jeux de cartes, et puis, ta Chancellerie est le repaire des pires trous du cul de toute l'Italie, toujours à essayer de vous virer – tous tes déplacements à droite et à gauche ne sont pas fameux pour les affaires. » Mais Niccolò ne songeait guère à ourdir des intrigues ni à faire la fête ou plutôt, il n'y avait qu'une seule femme dont le corps l'aurait incité à la débauche si seulement il avait pu trouver la clef qui délivrerait son moi secret, sa personnalité effacée, cachée au fond du palais des souvenirs.

Il Machia envisageait parfois le monde de manière trop analogique, considérant une situation donnée comme le miroir d'une autre, totalement différente. Ainsi, lorsque Caterina refusa sa proposition, il y vit un mauvais présage. Le signe qu'il allait peut-être également échouer auprès du palais des souvenirs. Peu après, quand César Borgia attaqua et conquit Forli, exactement comme Niccolò l'avait prédit, Caterina se dressa sur les remparts et montra au duc de Romagna ses parties intimes en lui conseillant d'aller se faire foutre. Elle finit prisonnière du pape au Castel Sant'Angelo mais il Machia interpréta sa conduite comme un signe positif. Caterina Sforza Riario, prisonnière dans le château du pape Alexandre, devenait le pendant de la femme enfermée dans une pièce obscure de la Maison de Mars de la reine Alessandra. Qu'elle se soit exhibée devant Borgia indiquait que peut-être le palais des souvenirs accepterait d'en faire autant à son égard.

Il se rendit à nouveau à la Maison de Mars où la *ruffiana* Giulietta accepta à contrecœur de le laisser rencontrer autant qu'il le voudrait le palais des souvenirs parce qu'elle espérait, elle aussi, qu'il parviendrait à éveiller la somnambule afin qu'elle commence à se conduire en véritable courtisane, au lieu d'être une simple statue parlante. Et l'interprétation que faisait il Machia des présages se vérifia. Quand il se retrouvait seul avec elle dans le boudoir, il la conduisait doucement par la main jusqu'au lit où il la faisait étendre sur la couche à quatre places, décorée comme il se doit de draperies françaises en soie bleu pâle, rehaussées de fleurs de lis brodées d'or. C'était une femme très grande. Les choses seraient plus faciles si elle était couchée. Il s'allongeait à ses côtés et caressait sa chevelure dorée en lui susurrant ses questions à l'oreille, tout en déboutonnant son corsage de prisonnière du sérail. Elle avait la poitrine menue. Ce qui était très bien. Elle gardait les mains serrées sur sa taille et ne faisait rien pour repousser ses caresses. Et tandis qu'elle égrenait les souvenirs enfouis dans sa mémoire, elle paraissait se débarrasser d'un fardeau, et à mesure que leur poids diminuait elle semblait retrouver sa propre légèreté. « Dis-moi tout, lui murmurait il Machia à l'oreille en embrassant les seins qu'il venait de dénuder, après quoi tu seras libre. »

*

Après avoir rassemblé les enfants de l'impôt (*racontait le palais des souvenirs*), on les conduisait à Istanbul et on les répartissait dans de bonnes familles turques dont ils devenaient les serviteurs et où on leur apprenait la langue turque et les subtilités de la foi musulmane. Venait ensuite la période de l'entraînement militaire. Au bout d'un certain temps, les garçons étaient soit envoyés comme pages au sérail impérial et ils recevaient alors le titre de *Ich-Oghlàn*, soit ils étaient incorporés à la troupe des Janissaires comme *Ajém-Oghlàn*, les bleus. À l'âge de onze ans, le héros, le vaillant guerrier, le Détenteur de la Lance Enchantée et le plus bel homme du monde, devint, Dieu soit loué, un Janissaire, le plus grand combattant de toute l'histoire du Corps des Janissaires. Ah, ces Janissaires du sultan Osmanli tant redoutés ! Ils n'étaient pas turcs mais ils étaient les piliers de l'empire turc. Les Juifs n'y étaient pas admis car leurs convictions religieuses étaient inébranlables ; pas de gitans parce que c'était de la racaille ; les Moldaves et les

Valaques de Roumanie n'étaient jamais recrutés. Mais à l'époque du héros, les Valaques durent être combattus, eux et leur chef, Vlad Dracula, l'Empaleur, leur Roi.

Tandis que le palais des souvenirs lui parlait des Janissaires, l'attention d'il Machia s'attarda sur ses lèvres. Elle était en train de lui expliquer comment les cadets étaient examinés nus à leur arrivée à Istanbul et il était obnubilé par la beauté de sa bouche au moment où elle prononçait le mot français *nus*. Elle racontait qu'on les formait au métier de boucher ou de jardinier et il suivait du bout de l'index le contour de ses lèvres mouvantes tandis qu'elle parlait. Elle expliqua qu'on changeait leur prénom et leur nom de famille et qu'ils devenaient des Abdullah ou des Abdulmomin ou d'autres noms commençant par *abd,* ce qui signifiait esclave et indiquait leur place dans la société. Mais au lieu de s'émouvoir des transformations imposées à ces jeunes garçons, il n'avait qu'une seule pensée en tête, c'est qu'il n'aimait pas la forme que prenaient ses lèvres quand elle prononçait des syllabes orientales. Il lui embrassa les coins de la bouche tandis qu'elle lui parlait du Chef des Eunuques Blancs et du Chef des Eunuques Noirs qui formaient les garçons au service impérial et lui confiait que le héros, son ami, avait débuté comme fauconnier en chef, un poste tout à fait inhabituel pour un cadet. Il comprit que son ami perdu, le garçon privé d'enfance, grandissait à mesure qu'elle racontait, qu'il grandissait dans le récit même qu'elle faisait de lui, vivant ce qui tient lieu d'enfance aux enfants qui n'en ont pas eu, se transformant en homme ou plutôt en ce que peut devenir en grandissant un enfant qui n'a pas eu d'enfance, c'est-à-dire, peut-être, un homme sans humanité. Oui, Argalia était en train d'acquérir des talents guerriers qui suscitaient chez les autres admiration et crainte à son égard, il rassemblait autour de lui une coterie de jeunes guerriers, des enfants de l'impôt, cadets enlevés aux lointaines frontières de l'Europe comme les quatre géants suisses albinos, Otho, Botho, Clotho et d'Artagnan, mercenaires capturés sur le champ de bataille et vendus aux enchères sur le marché aux esclaves de Tanger. Plus un Serbe farouche nommé Konstantin qui avait été fait prisonnier au siège de Novo Brdo. Pourtant, malgré toute l'importance de ces informations, il se laissa glisser dans une rêverie en contemplant les légers mouvements que faisait le palais des souvenirs en parlant. Certes, Argalia avait bien grandi quelque part et accompli divers exploits, c'étaient là des faits qu'il était important d'assimiler, mais en même temps, ici, il y avait les lentes ondulations des lèvres et des joues, les mouvements articulés de la langue et de la mâchoire et l'éclat d'une peau d'albâtre.

Parfois, dans les bois proches de la ferme de Percussina, il s'allongeait sur le sol tapissé de feuilles pour écouter le chant sur deux tons des oiseaux, haut bas haut, haut bas haut bas haut bas haut bas haut. Parfois au bord d'un ruisseau dans la forêt, il regardait l'eau couler sur un lit de galets, attentif aux minuscules variations de son cours, au flux, aux remous. Dans un corps de femme c'était la même chose. En l'observant avec assez d'attention on pouvait s'apercevoir qu'il épousait le rythme du monde, le rythme profond, la musique sous la musique, la vérité sous la vérité. Il croyait en cette vérité cachée comme d'autres croient en Dieu ou en l'amour, il pensait que la vérité était en fait toujours dissimulée, que l'apparence, l'évidence n'étaient jamais qu'une sorte de mensonge. Comme il était épris de précision, il voulait saisir précisément cette vérité cachée, la voir clairement, la mettre en évidence, la vérité cachée derrière l'idée de vrai et de faux, l'idée de bien et de mal, l'idée de laideur et de beauté qui n'étaient toutes que des éléments de l'apparence trompeuse du monde et avaient peu de chose à voir avec la réalité, coupées du pourquoi, des codes secrets, des formes dissimulées, du mystère.

Ici, dans ce corps féminin, on percevait le mystère. Cet être apparemment inerte, cette personnalité effacée ou enfouie sous le flot incessant du récit, ce labyrinthe de pièces recélant bien plus d'histoires qu'il n'avait envie d'en entendre. Cette savoureuse somnambule. Ce vide. Les mots appris par cœur coulaient d'elle tandis qu'il la contemplait, la déshabillait et la caressait. Il la dénudait sans scrupule, la touchait sans se sentir coupable, la manipulait sans le moindre remords. Il était le savant qui étudiait son âme. Dans le plus léger mouvement d'un sourcil, dans le tressaillement d'un muscle de ses cuisses, dans le soudain froncement minuscule du coin de sa lèvre supérieure, il lisait la présence de la vie. Sa personnalité, ce trésor souverain, n'avait pas été détruite. Elle était endormie et on pouvait l'éveiller. Il murmura à son oreille : « *C'est la dernière fois que tu racontes cette histoire, oublie-la en la racontant.* » Lentement, phrase par phrase, épisode par épisode, il allait démolir le palais des souvenirs et rendre sa liberté à un être humain. Il lui mordit l'oreille et vit qu'elle réagissait d'un léger mouvement de la tête. Il serra son pied et vit un orteil bouger avec reconnaissance. Il lui caressa les seins et doucement, d'une manière si imperceptible que seul un homme appliqué à rechercher la vérité la plus enfouie pouvait le remarquer, elle cambra le dos. Il ne faisait rien de mal. Il était son sauveur. Elle le remercierait le moment venu.

Lors du siège de Trébizonde, il plut tous les jours. Les collines étaient pleines de Tartares et autres païens. Les chemins qui descendaient de la montagne se transformèrent en fondrières si boueuses que les chevaux s'y enfonçaient jusqu'au ventre. Ils durent détruire les charrettes de transport et charger le matériel à dos de chameaux. L'un d'eux fit une chute et un coffre à trésor se fracassa, six mille pièces d'or gisaient à flanc de colline à la vue de tous. Aussitôt le héros, accompagné des géants suisses et du Serbe, tira l'épée et monta la garde devant les richesses du sultan éparpillées jusqu'à ce que le souverain vînt les rejoindre. Après cela, le sultan eut plus confiance dans le héros qu'en ses propres enfants.

*

À la longue, ses membres s'assouplirent. Son corps reposait sur les draps de soie, détendu et attirant. Les histoires qu'elle racontait concernaient à présent une époque plus récente. Argalia avait grandi et était presque aussi âgé qu'il Machia et Ago. Leur chronologie coïncidait à nouveau. Elle en aurait bientôt fini et alors il la réveillerait. Giulietta, la *ruffiana,* une créature impatiente, le pressait de la posséder dans son sommeil. « Tu n'as qu'à l'enfiler un bon coup. Vas-y franchement. Inutile d'être si prévenant. Fais-lui du bien, ça lui ouvrira les yeux. » Mais il avait décidé de ne faire l'amour avec elle que quand elle serait éveillée et avec son accord, et Alessandra Fiorentina se rangea à son avis. Le palais des souvenirs était d'une beauté exceptionnelle et devait être maniée avec délicatesse. Elle ne serait jamais qu'une esclave dans une maison de courtisane mais elle méritait un peu de respect.

Vlad III, le voïvode *de Valaquie – Vlad « Dracula », le « diable-dragon », le Prince Empaleur,* Kazikli Bey *– ne pouvait être vaincu par aucune puissance ordinaire. On commençait à raconter que le prince Vlad buvait le sang des victimes qu'il empalait tandis qu'elles se débattaient dans les affres de la mort, plantées sur leurs pieux, et que boire ce sang frais des hommes et des femmes lui donnait d'étranges pouvoirs sur la mort. Il était immortel. On ne pouvait pas le tuer. Il était aussi la pire des brutes. Il faisait trancher le nez des hommes qu'il avait tués et pour se vanter de ses prouesses les envoyait au prince de Hongrie. Toutes ces histoires terrorisaient l'armée qui ne marchait pas de gaieté de cœur sur la Valaquie. Pour encourager ses Janissaires, le sultan avait distribué trente mille pièces d'or et promis à ses hommes que s'ils remportaient la victoire il leur accorderait des droits de propriété et qu'ils pourraient récupérer l'usage de leur nom. Vlad le démon avait déjà réduit en cendres toute la Bulgarie et fait empaler vingt-cinq mille personnes, mais il disposait de forces moins importantes que l'armée ottomane. Il battit en retraite, laissant derrière lui une terre à feu et à sang, des puits empoisonnés et du bétail massacré. Quand l'armée du* *sultan se retrouva perdue, coupée de tout, sans eau ni nourriture, le Roi Démon lança contre elle des attaques surprises. De nombreux soldats furent tués et leurs corps empalés sur des pieux effilés. Dracula se retrancha alors à Tirgoviste et le sultan déclara : « Ce sera là le dernier séjour de ce diable. »*

Mais à Tirgoviste les attendait un spectacle effrayant. Vingt mille hommes, femmes et enfants avaient été empalés par le Démon sur une palissade de pieux qui entourait toute la ville pour bien montrer à l'armée en marche ce qui l'attendait. Il y avait des nourrissons encore accrochés à leurs mères dont la poitrine en putréfaction abritait des nids de corbeaux. En voyant cette forêt de suppliciés, le sultan fut écœuré et battit en retraite avec ses troupes démoralisées. La campagne semblait devoir s'achever en catastrophe, mais le héros s'avança entouré de son groupe d'amis fidèles. « Nous ferons ce qui doit être fait », dit-il. Un mois plus tard, le héros revint à Istanbul, transportant la tête du diable dans une jarre de miel. Il apparut donc que Dracula après tout pouvait mourir, en dépit des rumeurs qui prétendaient le contraire. Son corps avait été empalé comme il en avait empalé tant d'autres et il fut abandonné aux moines de Snagov pour qu'ils l'enterrent comme il leur plairait. C'est alors que le sultan comprit que le héros était un surhomme dont les armes possédaient des pouvoirs magiques et que ses compagnons eux aussi étaient plus qu'humains. Il lui accorda la plus haute distinction du sultanat Osmanli, le titre de Détenteur de la Lance Enchantée. De plus, il redevint un homme libre.

« À partir de maintenant, lui dit le sultan, tu seras ma main droite au même titre que ma main droite, mon fils autant que mes propres fils et ton nom n'est plus celui d'un esclave car tu n'es plus le mamluk *ni l'*abd *de qui que ce soit, ton nom est Pasha Arcalia, le Turc. »*

Une fin heureuse, pensa il Machia avec une pointe d'ironie. Notre vieil ami a donc fini par faire fortune. L'épisode valait bien n'importe quel autre pour servir de conclusion au récit du palais des souvenirs. Il s'allongea près d'elle et s'efforça de se représenter Nino Argalia en pacha oriental, éventé par des eunuques nubiens torse nu, entouré des beautés du harem. Un sentiment de répulsion monta en lui à l'image de ce renégat, chrétien converti à l'islam, jouissant des lieux de débauche de la Constantinople perdue, devenue Konstantiniyye ou l'Istanbul des Turcs, priant dans la mosquée des Janissaires, passant sans y prêter attention auprès de la statue renversée et brisée de l'empereur Justinien, et festoyant au milieu de la puissance grandissante des ennemis de l'Occident. Une telle métamorphose en forme de trahison pouvait impressionner un brave innocent comme Ago Vespucci, qui voyait dans le voyage d'Argalia le genre d'aventure passionnante que lui-même n'aurait pas souhaité vivre, mais pour Niccolò, cela brisait les liens de leur amitié et s'ils devaient un jour se retrouver face à face, ce serait en ennemis, car la désertion d'Argalia était un crime contre les valeurs les plus sacrées, cette vérité éternelle du pouvoir et des liens affectifs qui menait l'histoire des hommes. Il s'était retourné contre les siens et aucun clan ne se montrait indulgent envers de tels traîtres. De toute façon, il Machia n'imaginait pas à ce moment-là, et pendant bien des années encore, qu'il serait un jour amené à revoir son ami d'enfance.

Giulietta Veronese, la naine, passa sa tête à la porte : « Eh bien ?

— Je crois, signora, fit Niccolò en hochant la tête d'un air pénétré, qu'elle va à présent se réveiller et retrouver sa véritable nature. Quant à moi, pour la modeste part que j'ai prise dans la restauration de sa personnalité, de sa Dignité humaine, qui, comme nous l'apprend le grand Pic, constitue le cœur même de notre humanité, j'admets éprouver une certaine fierté. » La *ruffiana* souffla d'un air exaspéré du coin de la bouche : « Ce n'est pas trop tôt », et se retira.

Presque aussitôt le palais des souvenirs se mit à murmurer dans son sommeil. Sa voix se raffermit et Niccolò comprit qu'elle racontait sa dernière histoire, celle qui était enchâssée dans la porte du palais des souvenirs, qui avait colonisé son esprit, l'histoire qu'il lui fallait raconter au moment même de quitter le palais en franchissant cette porte pour retourner à la vie ordinaire, sa propre histoire qui se déroulait comme si le cours du temps s'était inversé. Saisi d'une horreur croissante, il vit se rejouer devant ses yeux la scène de l'endoctrinement, il vit le nécromant d'Istanbul, le mystique soufi de la secte des Bektashi, avec sa longue barbe et son grand chapeau, versé dans les arts de l'hypnose et dans la construction de palais des souvenirs, il le vit, pour le compte d'un certain pacha récemment promu qui lui avait demandé d'enregistrer ses exploits dans la mémoire de cette captive, effacer la vie de l'esclave pour faire de la place à la geste sans nul doute exagérée d'Argalia vue par lui-même. Le sultan lui avait fait cadeau de cette superbe esclave et c'est tout ce qu'il avait trouvé à en faire. Le barbare ! Le traître ! Que n'était-il mort de la peste en même temps que ses parents ! Il aurait dû se noyer lorsque Andrea Doria l'avait déposé dans ce canot. Être empalé sur un pieu par Vlad Dracula de Valaquie n'aurait pas été un châtiment trop cruel pour de tels méfaits.

Il Machia avait l'esprit empli de toutes ces colères et d'autres rancœurs encore lorsque, surgie de nulle part, une image du passé s'imposa à lui : Argalia encore gamin en train de le taquiner à propos de l'usage que faisait sa mère de la polenta pour soigner les maladies. « Pas les Machiavelli mais les Polentini. » Et lui revint aussi cette vieille chanson qu'Argalia avait improvisée à propos d'une jeune fille imaginaire baptisée Polenta. Si elle était un péché, je la repentirais. Si elle devait mourir, je la pleurerais. Il Machia sentit des larmes couler sur ses joues. Il fredonna la chanson pour lui-même : *Et si elle était un message ; je l'aurais expédiée*, il chantait tout doucement pour ne pas déranger la jeune fille de chair et de sang qu'il venait de délivrer de son palais du désespoir. Il était tout seul, face aux souvenirs d'Argalia, avec pour toute compagnie le sentiment tout nouveau d'avoir été trahi et l'ancien souvenir si doux de son enfance, alors il pleura.

Mon nom est Angélique et je suis la fille de Jacques Cœur de Bourges, négociant de Montpellier. Mon nom est Angélique et je suis la fille de Jacques Cœur. Mon père était marchand et il rapportait des épices, des soieries et des tapis de Damas à Narbonne. Il fut accusé à tort d'avoir empoisonné la maîtresse du roi de France et s'enfuit à Rome. Mon nom est Angélique et je suis la fille de Jacques Cœur qui fut reçu avec honneur par le pape. On le nomma capitaine de seize galères papales et on l'envoya sauver Rhodes mais il tomba malade en chemin et mourut. Mon nom est Angélique et je suis de la famille de Jacques Cœur. Pendant que mes frères et moi commercions avec le Levant, je fus enlevée par des pirates et vendue comme esclave au sultan d'Istanbul. Mon nom est Angélique et je suis la fille de Jacques Cœur. Mon nom est Angélique et je suis la fille de Jacques. Mon nom est Angélique et je suis la fille. Mon nom est Angélique et je suis. Mon nom est Angélique.

Il dormit à ses côtés cette nuit-là. Quand elle s'éveillerait, il lui raconterait tout ce qui s'était passé, il serait doux et attentionné et elle le remercierait comme la grande dame qu'elle avait été, une fille bien éduquée d'une bonne lignée de marchands. Ses malheurs lui inspiraient de la pitié. Elle avait été deux fois enlevée par les pirates barbaresques, une fois aux Français, une deuxième fois aux Turcs – qui pouvait savoir les assauts qu'elle avait subis, combien d'hommes l'avaient possédée et quels souvenirs elle garderait de toutes ces tribulations. Et même à présent, elle n'était pas libre. Elle avait l'air aussi raffinée qu'une aristocrate mais elle n'était qu'une fille dans une maison de plaisirs. Si ses frères étaient encore vivants, ils seraient certainement très heureux de la récupérer, leur sœur cachée, leur Angélique bien-aimée qu'ils avaient perdue. Ils la rachèteraient à Alessandra Fiorentina et elle pourrait rentrer chez elle, quel qu'en soit le lieu, Narbonne, Montpellier ou Bourges. Peut-être, avant cela, pourrait-il la posséder. Il en parlerait demain matin à la *ruffiana.* La Maison de Mars lui était redevable d'avoir augmenté la valeur de cette recrue qui était arrivée en piteux état. Charmante Angélique. Angélique des chagrins. Il avait accompli une bonne action presque désintéressée.

Cette nuit-là, il fit un rêve étrange. Un *padishah,* c'est-à-dire un empereur oriental, se tenait assis, au coucher du soleil, sous une petite coupole au sommet d'un bâtiment de cinq étages en forme de pyramide, construit en grès rouge ; il contemplait un lac d'or. Derrière lui des serviteurs agitaient de grands éventails de plume et à ses côtés se tenait un Européen, un homme ou peut-être une femme, un personnage qui avait de longs cheveux blonds et était vêtu d'un manteau fait de losanges de cuir multicolores ; il racontait l'histoire d'une princesse perdue. Le rêveur voyait ce personnage aux cheveux blonds de dos, en revanche, le *padishah* était bien visible, c'était un grand homme à la peau claire, portant une épaisse moustache, beau, couvert de bijoux et doté d'une certaine tendance à l'embonpoint. Évidemment ce n'étaient là que des personnages de rêve qu'il imaginait car ce prince ne pouvait en aucun cas être le sultan turc, pas plus que le courtisan aux cheveux blonds ne pouvait être le nouveau pacha italien. « *Tu ne parles que de l'amour des amants*, dit le *padishah*, *mais nous pensons à l'amour que le peuple éprouve pour son prince. Car nous avons un grand désir d'être aimé.*

— *L'amour est inconstant,* répondit l'autre. *Aujourd'hui, ils vous aiment mais demain ils pourraient bien ne plus vous aimer.*

— *Et alors ?* demanda le *padishah*. *Devrions-nous nous comporter en cruel tyran ? Faut-il que notre comportement suscite la haine ?*

— *Pas la haine, la crainte*, répondit l'homme aux cheveux blonds, *car seule la crainte est durable.*

— *Ne sois pas stupide*, lui dit le *padishah*. *Chacun sait que la crainte fait bon ménage avec l'amour.* »

*

Il fut tiré du sommeil par des cris, de la lumière, des fenêtres qu'on ouvrait, des femmes qui couraient dans tous les sens et par la naine Giulietta qui lui hurlait dans les oreilles : « *Qu'est-ce que tu lui as fait ?* » Les courtisanes sans leurs atours, les cheveux en bataille, le visage sale et sans maquillage, leurs vêtements de nuit en désordre, couraient d'une pièce à l'autre en criant. Toutes les portes avaient été violemment ouvertes et la lumière du jour, antidote à l'enchantement, entrait à flots dans la Maison de Mars. Ces femmes n'étaient plus que de vieilles sorcières, des rongeurs rustres et rugueux à l'haleine puante et à la voix criarde. Il se redressa dans son lit, se rhabilla tant bien que mal. « *Qu'est-ce que tu as fait ?* » Mais il n'avait rien fait. Il l'avait aidée, il lui avait nettoyé la mémoire, libéré l'esprit et avait à peine posé un doigt sur elle. Il n'avait absolument rien à payer à la *ruffiana*. Pourquoi le harcelait-elle ainsi ? Pourquoi tout ce tumulte ? Il fallait qu'il s'en aille immédiatement. Il fallait qu'il aille rejoindre Ago et Biagio et di Romolo pour prendre avec eux le petit déjeuner. Et puis il y avait sûrement du travail qui l'attendait. « *Espèce d'imbécile*, criait Giulietta Veronese, *pourquoi es-tu allé te mêler de ce que tu ne comprends pas ?* » Il avait dû se passer quelque chose. Maintenant qu'il était présentable, il entreprit de quitter le plus dignement possible cette Maison de Mars qui avait perdu toute sa magie. Les courtisanes se taisaient sur son passage. Certaines d'entre elles le montraient du doigt. Une ou deux se permirent même de siffler. Une fenêtre était brisée dans le grand salon, du côté qui donnait sur l'Arno. Il fallait absolument qu'il sache ce qui s'était passé. Alors la maîtresse de maison se dressa devant lui, la Fiorentina, toujours belle malgré l'absence du moindre maquillage. « Monsieur le Secrétaire, dit-elle, avec une politesse glaciale. Vous ne serez plus jamais le bienvenu dans cette maison. » Puis elle s'éclipsa dans un froufrou de jupons et les cris et les lamentations reprirent de plus belle. « Que Dieu te damne, dit Giulietta, la *ruffiana*. On n'a pas pu l'arrêter, elle a jailli de cette pièce où tu dormais comme une foutue souche et personne n'a pu se mettre en travers de son chemin. »

*

Tant que tu étais inconsciente de l'aspect tragique de ta vie, tu étais capable de survivre. Mais quand la lucidité t'a été rendue, quand elle a été péniblement reconstituée, il y avait de quoi te rendre folle. Ta mémoire ressuscitée risquait de te faire perdre l'esprit, le souvenir de l'humiliation, de toutes ces manipulations, de ces intrusions, le souvenir des hommes. Ce n'était plus un palais mais un bordel des souvenirs et, derrière tous ces souvenirs, la certitude que ceux qui t'aimaient étaient morts, qu'il n'y avait plus aucune issue. Quand on sait tout cela il y a de quoi bondir, rassembler ses forces et courir. En courant vite tu pourrais peut-être échapper à ton passé, au souvenir de tout ce qu'on t'avait fait subir et à l'avenir, au destin sinistre et inévitable qui t'attendait. Pouvais-tu espérer le secours de tes frères ? Non, tes frères étaient morts. Peut-être le monde lui-même était-il mort. Oui, c'est cela. Pour faire partie de ce monde mort il fallait que tu meures à ton tour. Il était nécessaire que tu coures le plus vite possible jusqu'à la frontière entre les mondes et que tu ne t'y arrêtes pas, mais que tu continues à courir, franchissant cette frontière comme si elle n'existait pas, comme si la vitre n'était que de l'air et l'air une vitre, cet air qui a éclaté en mille morceaux autour de toi comme du verre au moment de ta chute. Cet air qui t'a taillée en pièces comme une lame. Comme cette chute fut bonne. Ce fut bon de tomber hors de la vie. Ce fut bon.

*

« Argalia, mon ami, dit Niccolò s'adressant au fantôme du traître, tu me dois une vie. »

14

Après que Tarisen eut chanté le chant du feu

Après que Tansen eut chanté le chant du feu, le *raga deepak*, celui-là même qui avait fait s'allumer les lampes par le seul pouvoir de la musique dans cette Maison de Skanda, gérée par le Squelette et le Matelas, on s'aperçut qu'il souffrait de multiples brûlures. Transporté par l'extase tandis qu'il jouait, il n'avait pas remarqué que son corps se couvrait de traces de brûlures en s'échauffant à la flamme ardente de son propre génie. Akbar le renvoya chez lui à Gwalior, porté sur un palanquin royal, lui conseilla de se reposer et de ne revenir à la cour que lorsque ses blessures seraient guéries. À Gwalior, il reçut la visite de deux sœurs, Tana et Riri, qui étaient si malheureuses de le savoir blessé qu'elles entreprirent de lui chanter le *megh malhar*, le chant de la pluie. Une douce bruine ne tarda pas à tomber sur Mian Tansen qui pourtant se tenait à l'abri. Et ce n'était pas une pluie ordinaire. Tout en chantant, Riri et Tana ôtèrent les pansements qui couvraient ses blessures et la pluie, en lavant sa peau, la soigna parfaitement. Tout Gwalior s'émerveilla du miracle de la chanson de la pluie et lorsqu'il rentra à Sikri, Tansen raconta à l'empereur l'histoire des sœurs merveilleuses. Akbar envoya immédiatement Birbal inviter les sœurs à la cour et leur adressa bijoux et parures pour les remercier de leur exploit. Mais lorsque Tana et Riri reçurent Birbal et apprirent ce qu'il attendait d'elles, elles prirent un air grave et se retirèrent pour en discuter, refusant tous les présents de l'empereur. Au bout d'un certain temps, elles reparurent pour informer Birbal qu'elles donneraient leur réponse le lendemain matin. Celui-ci passa la nuit à festoyer et à boire dans la grande forteresse du maharadjah de Gwalior dont il était l'invité et le lendemain, quand il revint chez Tana et Riri, il trouva leur maisonnée plongée dans le deuil le plus profond. Les deux sœurs s'étaient noyées dans un puits. En tant que fidèles brahmanes, elles avaient refusé d'entrer au service d'un roi musulman mais elles avaient craint qu'Akbar ne considère leur refus comme une insulte et que leur famille n'en subisse les conséquences. Pour éviter une telle éventualité, elles avaient décidé de se sacrifier.

La nouvelle du suicide des deux sœurs à la voix enchantée plongea l'empereur dans une profonde dépression et lorsque l'empereur avait le cafard, c'était toute la cité qui retenait son souffle. Sous la Tente du Nouveau Culte, les Buveurs d'Eau et les Amoureux du Vin jugèrent qu'il était impossible de poursuivre leurs débats. Les épouses royales et les concubines renoncèrent elles aussi à se chamailler. Quand la chaleur du jour fut retombée, Niccolò Vespucci qui se faisait appeler Mogor dell'Amore attendait devant les appartements royaux, comme l'empereur le lui avait ordonné, mais celui-ci n'était pas d'humeur à écouter des histoires. Peu avant le coucher du soleil, Akbar sortit précipitamment de ses appartements, entouré de ses gardes et de ses punkah-wallahs, et se dirigea vers le Panch Mahal. « Toi », dit-il en voyant Mogor de la voix d'un homme qui a oublié l'existence de son visiteur, puis il ajouta en s'éloignant : « Très bien. Suis-nous. » La garde rapprochée de l'empereur écarta légèrement le rempart de son corps et Mogor fut introduit dans le cercle du pouvoir. Il dut marcher très vite. L'empereur avançait à grands pas.

Sous la petite coupole, au sommet du Panch Mahal, l'empereur de l'Hindoustan contemplait le lac d'or de Sikri. Derrière lui se tenaient des serviteurs maniant de grands éventails garnis de plumes ; à ses côtés, l'Européen aux cheveux blonds voulait lui raconter une histoire qui parlait d'une princesse perdue. « Tu ne parles que de l'amour des amants, dit l'empereur, mais nous pensons à l'amour que le peuple éprouve pour son prince, et qui, nous l'avouons, est notre plus cher désir. Cependant ces jeunes filles sont mortes pour avoir préféré la division à l'unité, leur dieu au nôtre et la haine à l'amour. Nous en concluons donc que l'amour du peuple est inconstant. Mais que découle-t-il de cette conclusion ? Devons-nous nous transformer en un cruel tyran ? Devons-nous agir de façon à susciter une crainte universelle ? La crainte est-elle la seule chose qui dure ?

— Lorsque le vaillant guerrier Argalia rencontra Qara Köz, la beauté immortelle, répondit Mogor dell'Amore, commença une histoire qui allait bouleverser toutes les croyances humaines – les vôtres, Grand Moghol, prince des époux, prince des amants, roi des rois, le plus grand des hommes –, la croyance en l'immortel pouvoir et la disposition extraordinaire du cœur humain pour l'amour. »

Lorsque l'empereur descendit du sommet du Panch Mahal et se retira pour la nuit, l'habit de tristesse avait glissé de ses épaules. La ville poussa un soupir collectif et l'éclat des étoiles se raviva dans le ciel. La tristesse des empereurs, tout le monde le sait, menace la sécurité du monde, car elle peut se muer en faiblesse ou en violence ou les deux à la fois. La bonne humeur de l'empereur était la meilleure garantie d'une vie paisible. Et si l'étranger avait réussi à la rétablir, on pouvait lui en être hautement reconnaissant et il avait gagné le droit d'être considéré comme un ami secourable. Pas seulement l'étranger mais peut-être aussi l'héroïne de son récit, Dame Yeux Noirs, la princesse Qara Köz.

*

Cette nuit-là, l'empereur rêva d'amour. Dans son rêve il était à nouveau le calife de Bagdad, Haroun al-Rashid, et il se promenait incognito, cette fois, par les rues de la ville d'Isbanir. Tout à coup, lui, le calife, fut saisi d'une démangeaison qu'aucun homme ne pouvait soigner. Il rentra bien vite dans son palais de Bagdad en se grattant de la tête aux pieds tout au long des vingt milles du voyage et quand il fut arrivé, il se baigna dans du lait d'ânesse et demanda à ses concubines préférées de lui masser tout le corps avec du miel. La démangeaison persista au point de le rendre fou et aucun médecin ne put trouver de remède malgré toutes les saignées et les sangsues qu'ils lui infligèrent, jusqu'à ce qu'il soit au seuil de la mort. Il finit par renvoyer tous ces charlatans et quand il eut repris quelques forces, il décida que si la démangeaison était incurable, la seule chose à faire était de se distraire si radicalement qu'il finirait par ne plus y penser.

Il manda les comédiens les plus fameux dans leur domaine pour qu'ils le fassent rire et les philosophes les plus compétents pour repousser à l'extrême les limites de son intelligence. Des danseuses érotiques enflammèrent ses désirs et les courtisanes les plus expertes vinrent les satisfaire. Il construisit des palais, des routes, des écoles, des champs de course, et tout cela fut d'une grande utilité mais la démangeaison persista sans donner le moindre signe d'amélioration. Il fit placer la ville entière d'Isbanir en quarantaine et ordonna de désinfecter tous ses caniveaux pour éradiquer à la source l'épidémie de démangeaisons, mais en vérité très peu de gens semblaient aussi gravement atteints que lui. Et puis une nuit qu'il parcourait les rues de Bagdad, camouflé et incognito, il vit une lampe derrière une fenêtre en hauteur et quand il leva les yeux, il aperçut le visage d'une femme, illuminé par une chandelle de sorte qu'il paraissait en or. Pendant ce seul instant la démangeaison cessa complètement mais dès qu'elle ferma ses volets et souffla la chandelle, elle revint avec une force redoublée. C'est alors que le calife comprit la nature de son mal. À Isbanir il avait déjà vu au cours d'un moment semblable ce même visage qui regardait du haut d'une autre fenêtre et c'est après cela que la démangeaison était apparue. « Trouve-la, dit-il à son vizir, car c'est elle la sorcière qui m'a jeté un sort. »

Plus facile à dire qu'à faire. Les hommes du calife lui amenèrent sept femmes par jour pendant les sept jours qui suivirent mais quand il les obligeait à dévoiler leur visage il voyait immédiatement qu'aucune d'elles n'était celle qu'il recherchait. Le huitième jour cependant, une femme voilée se présenta à la cour sans y avoir été convoquée et demanda audience, affirmant qu'elle était la seule capable de soulager le calife. Haroun al-Rashid la reçut aussitôt. « C'est donc toi la sorcière », s'écria-t-il. « Je n'ai rien à voir avec la sorcellerie, répondit-elle, mais depuis l'instant où j'ai aperçu dans les rues d'Isbanir le visage camouflé d'un homme, j'ai été saisie d'une démangeaison irrépressible. J'ai même quitté la ville où je vivais et je me suis installée à Bagdad dans l'espoir que ce déménagement soulagerait mon mal mais cela n'a servi à rien. J'ai tenté de m'occuper, de me distraire, j'ai tissé de grandes tapisseries, écrit des volumes de poésie, tout cela sans résultat. Puis j'ai entendu dire que le calife de Bagdad cherchait une femme qui avait provoqué chez lui des démangeaisons et j'ai compris la solution de l'énigme. »

À ces mots, elle dévoila hardiment son visage et la démangeaison du calife disparut complètement à l'instant même pour faire place à une sensation totalement différente. « Toi aussi ? » lui demanda-t-il, et elle hocha la tête. « Plus la moindre démangeaison mais quelque chose de différent. » « Et cela aussi est une affection qu'aucun homme ne peut guérir », dit Haroun al-Rashid. « Ou dans mon cas, aucune femme », répondit la dame. Le calife claqua des mains et annonça son mariage prochain ; et à partir de ce moment, ils vécurent heureux sa Begum et lui jusqu'à ce que survienne la Mort, la Dévoreuse de Jours.

Tel fut le rêve de l'empereur.

*

À mesure que l'histoire de la princesse cachée se répandait dans les nobles villas et les quartiers populaires de Sikri, une folie langoureuse s'emparait de la capitale. Les gens se mirent à rêver d'elle tout le temps, aussi bien les femmes que les hommes, les courtisans et les gamins des rues, les *sadhus* et les putains. L'enchanteresse moghole disparue de la lointaine Herat, que son amant Argalia dénommait « la Florence de l'Orient », démontrait que ses pouvoirs n'avaient pas été affaiblis par le passage des années ni par sa mort probable. Elle ensorcela même la reine mère Hamida Bano qui, d'habitude, n'avait pas le temps de rêver. Mais la Qara Köz qui visitait le sommeil de Hamida Bano était un parangon de dévotion islamique et de comportement conservateur. Aucun chevalier étranger n'était autorisé à souiller sa pureté. D'être séparée de son peuple lui causait un profond chagrin et la faute, il faut bien le dire, incombait probablement à sa sœur aînée. La vieille princesse Gulbadan, par contre, imaginait une Qara Köz totalement différente, une aventurière à l'esprit audacieux dont la gaieté irrévérencieuse, voire blasphématoire, était légèrement choquante mais tellement délicieuse et le récit de sa liaison avec le plus bel homme du monde était un véritable régal. La princesse Gulbadan l'aurait volontiers enviée mais elle prenait trop de plaisir à ce qu'elle vivait grâce à elle par procuration plusieurs nuits par semaine. Pour le Squelette, châtelaine de la Maison de Skanda au bord du lac, Qara Köz incarnait la sexualité féminine et exécutait la nuit des acrobaties extravagantes qui satisfaisaient le voyeurisme de la courtisane. Mais tous les rêves inspirés par la princesse cachée n'étaient pas aussi bienveillants. Dame Man Bay, amante de l'héritier du trône, trouvait que tout ce tapage absurde à propos d'une dame disparue détournait l'attention de sa propre personne, elle, la prochaine reine d'Hindoustan qui aurait dû normalement, par sa jeunesse et son destin, alimenter les rêves de ses futurs sujets. Quant à Jodha, la reine Jodha, seule dans ses appartements où elle ne recevait plus la visite de son créateur et roi, elle comprit que l'arrivée de la princesse cachée lui procurait une rivale imaginaire dont le pouvoir risquait fort de surclasser le sien.

Dame Yeux Noirs commençait clairement à représenter tout pour tout le monde, un exemple, une amante, une antagoniste, une muse. En son absence, on se servait d'elle comme de ces récipients où les êtres humains déversent leurs préférences, leurs détestations, leurs préjugés, leurs manies, leurs secrets, leurs appréhensions et leurs joies, leurs frustrations, leurs ombres, leur innocence et leur culpabilité, leurs doutes et leurs certitudes, leur attitude la plus ouverte ou la plus réticente face à leur propre condition humaine. Quant au narrateur, Niccolò Vespucci, le « Moghol de l'Amour », le nouveau favori de l'empereur, il devint rapidement l'hôte le plus recherché de toute la ville. Le jour, toutes les portes lui étaient ouvertes, et la nuit, une invitation dans cet endroit dont il avait fait sa villégiature choisie, la Maison de Skanda dont les deux reines, les divinités jumelles, la décharnée et la corpulente, en étaient arrivées au point de pouvoir choisir leurs clients parmi la fine fleur de Sikri, une telle invitation était devenue le symbole social le plus convoité. La fidélité strictement monogame de Niccolò Vespucci à l'égard de l'infatigable Squelette décharné, Mohini, était jugée admirable. Elle-même avait du mal à y croire. « La moitié des femmes de Sikri sont prêtes à t'ouvrir leur porte dérobée, lui dit-elle d'un air perplexe. Suis-je vraiment celle qui comble tous tes désirs ? » Il l'enlaça dans une étreinte rassurante. « Ce que tu dois comprendre, dit-il, c'est que je n'ai pas fait tout ce chemin pour aller forniquer à droite et à gauche. »

Mais pourquoi donc était-il venu ? La question plongeait dans la perplexité bien des esprits parmi les plus subtils de la ville, mais aussi quelques-unes des intelligences les plus méchantes. L'intérêt croissant des habitants de la cité pour la vie quotidienne dissolue, pleine de beuveries le jour et d'orgies sexuelles la nuit, de la lointaine Florence, telle que la décrivit Mogor dell'Amore au cours d'une longue série de banquets dans des cercles aristocratiques et dans des soirées imbibées de rhum passées dans des bouges des classes inférieures, conduisit certaines personnes à soupçonner un complot hédoniste destiné à affaiblir la fibre morale du peuple et à saper l'autorité du Seul Vrai Dieu. Badauni, le chef puritain des Buveurs d'Eau et mentor de Salim, le prince héritier de plus en plus rebelle, avait détesté Vespucci depuis que l'étranger l'avait nargué sous la Tente du

Nouveau Culte. À présent il commençait à voir en lui un instrument du diable. « C'est comme si votre père de plus en plus impie avait convié ce vermisseau satanique pour l'aider à corrompre le peuple, déclara-t-il à Salim en ajoutant d'un air menaçant : Il faut faire quelque chose s'il se trouve un homme assez courageux pour réagir. »

En fait le prince Salim avait fait alliance avec Badauni, uniquement parce qu'il était encore adolescent. Il s'était rangé du côté de l'adversaire d'Abul Fazl parce que celui-ci était le proche confident de son père. Le puritanisme n'était pas du tout son genre, c'était un sybarite dont les prouesses auraient horrifié Badauni si ce frêle personnage en avait eu vent. Salim n'accordait donc aucun crédit à la théorie de Badauni selon laquelle l'empereur aurait, d'une manière ou d'une autre, fait venir des Enfers un démon de la luxure. Il détestait Vespucci parce que, en tant qu'habitué de la Maison de Skanda, l'étranger était le seul à pouvoir s'offrir les privautés de Madame Squelette et que lui, le prince héritier, en dépit des traitements de plus en plus délirants que lui réservait Dame Man Bay, éprouvait toujours pour Mohini une attirance que le temps ne faisait que renforcer. « Je suis le futur roi, se disait-il en colère, et cette maison de plaisirs arrogante me refuse la seule femme que je désire. » Quant à Dame Man Bay, sa fureur fut extrême quand elle apprit que son fiancé rêvait toujours de forniquer avec celle qui était autrefois son esclave. Cette colère se mêlait à son ressentiment à l'égard de la princesse idéale que Vespucci avait sournoisement introduite dans les rêves de toutes ses connaissances pour former dans sa psyché un horrible bubon suppurant qu'il faudrait bien purger d'une manière ou d'une autre, probablement de manière violente.

Lorsque Salim daigna venir lui rendre une nouvelle visite, elle joua le grand jeu de la séduction et prit entre ses dents des grains de raisin pour qu'il vienne les y cueillir avec sa langue. « Si jamais ce Mogor parvient à persuader l'empereur qu'il fait partie de sa famille, murmura-t-elle à son bien-aimé, ou si, ce qui est plus vraisemblable, l'empereur fait semblant de le croire pour des raisons personnelles, peux-tu imaginer les conséquences, mon amour, les conséquences complexes et dangereuses pour toi ? » Le prince Salim avait généralement besoin d'autrui pour expliciter un sujet comme celui des conséquences complexes le concernant, il lui demanda donc de les exposer. « Ne vois-tu pas, ô Futur Roi d'Hindoustan, ronronna-t-elle, que cela permettrait à ton père d'affirmer qu'un autre prétendant au trône est plus légitime que toi ? Et même, si cela paraît trop invraisemblable, qu'arriverait-il s'il décidait d'adopter ce flagorneur comme fils ? Le trône n'a-t-il donc plus aucune importance pour toi, ou es-tu prêt à te battre pour le conserver, mon chéri ? Je suis la femme qui ne demande rien de plus que d'être ta reine et je serais vraiment chagrinée d'apprendre que tu n'es pas un roi en puissance mais seulement une chiffe molle. »

Même le proche entourage du roi commençait à émettre des réserves et des soupçons quant à la présence de Mogor dell'Amore à la cour et à ses intentions véritables. La reine mère Hamida Bano voyait en lui un agent de l'Occident infidèle venu semer le trouble dans leur royaume sacré en vue de l'affaiblir. Pour Birbal, aussi bien que pour Abul Fazl, c'était presque à coup sûr un vaurien, probablement en fuite après avoir commis dans son pays quelque méfait épouvantable, un escroc qui avait besoin de se frayer discrètement une nouvelle vie parce que l'ancienne était devenue impossible. Peut-être risquait-il d'être brûlé sur un bûcher, ou pendu, ou écartelé, ou à tout le moins d'être torturé et emprisonné, s'il retournait là d'où il venait. « Nous ne devons pas nous comporter comme les Orientaux innocents et crédules pour qui il nous prend, dit Abul Fazl. Dans l'affaire de la mort de lord Hauksbank, par exemple, j'ai toujours été convaincu qu'il était coupable. » Birbal se faisait du souci pour la personne de l'empereur. « Je ne crois pas qu'il ait l'intention de vous faire du mal mais il a tissé autour de vous un charme qui pourrait bien finir par vous nuire en vous détournant des affaires importantes qui devraient solliciter votre attention. »

L'empereur n'était pas convaincu et plutôt porté à l'indulgence. « C'est un homme sans foyer qui cherche sa place dans le monde, dit-il. Au pied de la colline, dans la Maison de Skanda, il a créé une sorte de famille dans un lieu de plaisirs et transformé une putain squelettique en une sorte d'épouse. Comme il doit être affamé d'amour ! La solitude est le lot du voyageur, où qu'il aille il est étranger et n'existe que par le pouvoir de sa volonté. Depuis combien de temps une femme ne l'a-t-elle pas complimenté, ne lui a-t-elle pas dit qu'il lui appartenait ? Quand, pour la dernière fois, s'est-il senti aimé, utile ou apprécié ? Quand un homme n'est pas désiré, il y a quelque chose qui dépérit en lui. L'optimisme s'affaiblit, sage Birbal. Prudent protecteur Abul Fazl, la force d'un homme n'est pas inépuisable. Un homme a besoin que d'autres hommes se tournent vers lui dans la journée et que la nuit une femme l'étreigne. Nous pensons qu'il n'a pas connu depuis longtemps de telles subsistances, notre Mogor. Il y a une flamme en lui qui était presque éteinte quand nous l'avons rencontré mais elle reprend de la vigueur de jour en jour, en notre compagnie et dans celle de ce petit Squelette, Mohini. Peut-être est-elle en train de lui sauver la vie. Il est vrai que nous ignorons ce qu'a été son existence auparavant. Le père Acquaviva nous a dit que son nom est illustre dans sa cité d'origine. Mais alors pourquoi en a-t-il perdu la protection ? Pour quelle raison en a-t-il été chassé ? Il se trouve que nous apprécions sa compagnie et n'avons aucune envie, pour le moment, de percer ces mystères. Peut-être a-t-il commis des forfaits, peut-être même un meurtre, nous n'en savons rien. Ce que nous savons, c'est qu'il a traversé le monde pour laisser derrière lui une histoire et nous en raconter une autre, que cette histoire qu'il a apportée constitue son seul bagage et que son désir est le même que celui de notre regretté Dashwanth – d'entrer dans l'histoire qu'il raconte et d'y commencer une nouvelle vie. En bref, c'est un créateur de fables et un bon *afsanah* n'a jamais fait de mal à personne.

— Sire, j'espère que nous n'aurons jamais à vérifier la folie de cette remarque. »

La réputation de feu Khanzada Begum, sœur aînée de la princesse cachée, se dégrada à mesure que la cité s'enticha de plus en plus de sa cadette. Cette grande dame, devenue une héroïne de la cour de Babur, le grand-père d'Akbar, lorsqu'elle était rentrée triomphalement après ses années de captivité auprès de Shaibani Khan et qui était devenue de ce fait un personnage très influent de la maisonnée moghole, au point d'être consultée sur toutes les affaires d'État, devenait à présent, à l'inverse, l'archétype de la sœur cruelle et son nom, autrefois si révéré, s'était transformé en insulte que les femmes en colère se jetaient à la figure dès qu'il s'agissait de lancer des accusations de vanité, de jalousie, de mesquinerie ou de trahison. Bien des gens acquirent la conviction que c'était la manière dont Khanzada l'avait traitée tout autant que sa toquade pour un pacha étranger qui avait poussé la princesse cachée à quitter sa famille, un choix qui l'avait menée par des routes inconnues et mystérieuses jusqu'à l'obscurité la plus totale. À mesure que le temps passait, le rejet général que manifestaient les gens à l'égard de « la méchante sœur » se mit à avoir des conséquences embarrassantes. Un certain esprit de chicane se dégageait de cette histoire, un relent verdâtre et malodorant, puant la discorde, flottait autour d'elle et contamina les femmes de Sikri, de sorte qu'on commença bientôt à rapporter au palais des récits de violentes querelles entre des sœurs qui auparavant s'adoraient, des affaires de soupçons, d'accusations, de ruptures irréparables, de brouilles radicales, des crêpages de chignons et même des combats au couteau, l'émergence bouillonnante de haines et de ressentiments dont les femmes en question n'avaient généralement pas eu conscience avant que l'étranger aux cheveux blonds ne démasque Khanzada Begum. L'agitation finit par s'étendre plus largement, touchant les proches cousines, puis les parentes plus éloignées et finalement toutes les femmes, qu'elles soient apparentées ou non ; et même au sein du harem de l'empereur, le vacarme des disputes finit par atteindre un niveau sans précédent et totalement inacceptable.

« Les femmes ont toujours eu l'habitude de se plaindre des hommes, dit Birbal, mais en l'occurrence leurs reproches les plus vifs, elles se les adressent les unes aux autres, car si elles s'attendent que les hommes soient capricieux, trompeurs et faibles, elles se font une plus haute idée de leur propre sexe et en attendent davantage – fidélité, compréhension, loyauté, amour – et elles viennent apparemment de décider collectivement que ces attentes étaient déplacées. » D'un ton légèrement ironique, Abul Fazl fit remarquer en outre que la croyance du roi dans le caractère inoffensif des histoires devenait une position de plus en plus indéfendable. Les trois hommes, tant les courtisans que le roi, savaient bien qu'à la guerre des femmes aucun homme ne pourrait mettre fin. On convoqua la reine mère Hamida Bano et la vieille princesse Gulbadan au Pavillon des Rêves. Elles arrivèrent en se chamaillant et en se bousculant, chaque vieille dame se plaignant amèrement de la secrète perfidie de l'autre ; il devint alors évident que la crise avait échappé à tout contrôle.

L'un des rares endroits de Sikri épargnés par ce phénomène était la Maison de Skanda et finalement le Squelette et le Matelas gravirent la colline pour demander audience à l'empereur, affirmant qu'elles détenaient la solution du problème. Leur propre sécurité était le puissant motif qui les avait poussées à cette initiative scandaleuse. « Nous devons faire quelque chose, avait murmuré le Squelette à Mogor, une nuit alors qu'ils étaient couchés. Sinon dans cinq minutes, il va se trouver quelqu'un pour décider que toute cette crise est ta faute et c'en sera fini de nous. » L'empereur était à la fois suffisamment amusé par l'audace des prostituées et préoccupé par la situation pour leur accorder une audience et il les fit venir au bord du Meilleur des Bassins Imaginables. Il était confortablement installé sur des coussins sur le *takht* au milieu de la pièce d'eau et demanda aux courtisanes de s'expliquer.

« *Jahanpanah*, Protecteur du Monde, dit le Squelette, vous devez ordonner à toutes les femmes de Sikri d'enlever tous leurs vêtements. »

L'empereur se souleva sur ses coussins. Cela devenait intéressant. « *Tous* leurs vêtements ? demanda-t-il, juste pour s'assurer qu'il avait bien entendu.

— Jusqu'à la dernière maille, affirma le Matelas d'un air très sérieux. Sous-vêtements, bas, même les rubans dans les cheveux. Faites-les déambuler dans la cité pendant une journée, entièrement nues, et ce sera la fin de toutes ces absurdités.

— Si le désordre n'a pas touché les bordels, expliqua le Squelette, c'est que nous autres, dames de la nuit, nous n'avons pas de secrets les unes pour les autres, nous nous lavons mutuellement nos parties les plus intimes et nous savons parfaitement quelles putains ont la vérole et lesquelles sont saines. Quand les dames de la ville se verront nues dans la rue, nues à la cuisine, nues au bazar, nues partout, visibles de tous les côtés, tous leurs défauts et leurs toisons secrètes étalés au grand jour, elles se mettront à rire d'elles-mêmes et comprendront à quel point elles sont stupides d'avoir pensé que ces créatures étranges et comiques aient pu être leurs ennemies.

— Quant aux hommes, dit Mohini le Squelette, vous devez leur ordonner de rester cloîtrés et il en va de même pour vous. Pour toute une journée aucun homme de Sikri ne doit regarder une femme pendant que les femmes se découvrant dévoilées, pour ainsi dire, recommenceront à s'entendre.

— Si vous croyez que je vais faire cela, dit Hamida Bano, alors c'est que les histoires de l'étranger vous ont complètement ramolli la cervelle. »

L'empereur regarda sa mère droit dans les yeux.

« Quand l'empereur donne un ordre, dit-il, celui qui désobéit est puni de mort. »

Les cieux furent cléments le jour de la mise à nu des femmes. Des nuages masquèrent le soleil toute la journée, et une brise fraîche souffla. Les hommes de Sikri ne travaillèrent pas ce jour-là, aucune boutique n'ouvrit, les champs demeurèrent vides, les ateliers des artistes et des artisans gardèrent leur porte fermée. Les nobles restèrent au lit, musiciens et courtisans également, le visage tourné vers le mur. Et en l'absence des hommes, les femmes de la capitale redécouvrirent qu'elles n'étaient pas faites de mensonges et de trahisons mais seulement de poils, de peau, de chair, qu'elles étaient aussi imparfaites les unes que les autres et qu'elles n'avaient rien de spécial à cacher, ni poison, ni complots, et que même des sœurs pouvaient finalement trouver le moyen de s'entendre. Au coucher du soleil, les femmes se rhabillèrent et les hommes rouvrirent leurs volets ; un repas fut servi semblable à celui qui marque la rupture du jeûne, un souper d'eau et de fruits. À dater de ce jour, la maison du Squelette et du Matelas devint le seul établissement nocturne à porter le sceau de l'approbation personnelle de l'empereur. Et ses propriétaires devinrent des conseillères honorées du roi. Il n'y eut finalement que deux problèmes. Le premier concernait le prince héritier Salim. Le soir même, alors qu'il était saoul, il se vanta à qui voulait l'entendre d'avoir ignoré le décret de son père, d'avoir ouvert ses volets et d'avoir reluqué toute la population féminine pendant des heures. La nouvelle parvint aux oreilles d'Akbar qui ordonna l'arrestation immédiate de son fils. Ce fut Abul Fazl qui suggéra le châtiment le plus approprié au méfait du prince. Le lendemain, sur l'espace qui s'étendait devant le harem royal, il fit déshabiller Salim qui fut fouetté par des gardes du harem, comprenant à la fois des eunuques et des femmes bâties comme de véritables lutteurs. Ils le frappèrent à coups de bâtons, de cailloux et de mottes de terre jusqu'à ce qu'il demande pitié et pardon. Après cela il était inévitable qu'un jour ou l'autre, ce prince ivrogne et opiomane cherche à se venger d'Abul Fazl et aussi de l'empereur d'Hindoustan.

La deuxième conséquence funeste de la mise à nu des femmes fut que la vieille princesse Gulbadan prit froid et en mourut peu de temps après. À la dernière extrémité, elle fit venir l'empereur et tenta de réhabiliter la mémoire de feue Khanzada Begum. « Quand votre père est revenu de son long exil en Perse et vous a retrouvé, dit-elle, c'est Khanzada Begum qui a pris soin de vous parce que Hamida Bano n'était pas là, bien sûr. Khanzada vous aimait beaucoup, ne l'oubliez jamais. Elle vous embrassait les mains et les pieds en disant que vous lui rappeliez les mains et les pieds de votre grand-père. Aussi, quelle que soit l'histoire de ses rapports avec Qara Köz, vous ne devez jamais oublier que cela aussi fait partie de la vérité. Une mauvaise sœur peut aussi être une grand-tante aimante. » Gulbadan avait toujours fait preuve d'une grande précision dans ses souvenirs mais à présent elle commençait à sombrer dans la confusion, elle appelait parfois Akbar par le nom de son père, Humâyûn, parfois même celui de son grand-père. C'était comme si les trois premiers empereurs moghols s'étaient rassemblés à son chevet, réunis dans le corps d'Akbar pour monter la garde et assister au départ de son âme pour un autre monde. Après la mort de Gulbadan, Hamida Bano fut prise d'un affreux remords. « Je l'ai malmenée, dit-elle, je l'ai bousculée au point qu'elle a failli tomber et elle était mon aînée. Je ne l'ai pas honorée et maintenant elle est morte. » Akbar tenta de réconforter sa mère. « Elle savait bien que vous l'aimiez, dit-il. Elle savait bien qu'une femme peut vous bousculer méchamment et rester une bonne amie. » Mais la reine mère était inconsolable. « Elle a toujours paru si jeune. L'ange s'est trompé. C'est moi qui aurais dû mourir la première. »

Quand les quarante jours du deuil de Gulbadan furent écoulés, Akbar convoqua Mogor dell'Amore au Pavillon des Rêves. « Tu tardes trop, lui dit-il. Tu ne peux pas étirer cette histoire en longueur éternellement, tu sais. Il est temps que tu en finisses. Raconte donc cette foutue histoire le plus vite possible et, de préférence, sans semer à nouveau la pagaille chez les femmes.

— Protecteur de l'Univers, dit Mogor en faisant une profonde révérence, il n'y a rien que je désire plus ardemment que de raconter toute mon histoire, car c'est là par-dessus tout ce que les hommes désirent. Mais avant d'amener Dame Yeux Noirs entre les bras d'Argalia le Turc, je dois exposer certains épisodes guerriers impliquant les trois grandes puissances situées entre l'Italie et l'Hindoustan, c'est-à-dire Armoise Khan, le seigneur de guerre ouzbek, Shah Ishmael ou Ismaïl, le roi safavide de Perse, et le sultan ottoman.

— La peste soit des conteurs, dit Akbar en colère, en buvant une grande gorgée de vin dans un gobelet rouge et or, et la vérole sur tes enfants. »

15

Sur les bords de la mer Caspienne, les vieilles sorcières aux pommes de terre

Sur les bords de la mer Caspienne, les vieilles sorcières aux pommes de terre s'assirent et pleurèrent. Elles sanglotaient bruyamment et psalmodiaient avec fureur les mélopées funèbres. Toute la Transoxiane portait le deuil du grand Shaibani Khan, le puissant Sire Armoise, le chef du vaste Khorasan, potentat de Samarcande, Herat et Boukhara, descendant en ligne directe de Gengis Khan, vainqueur autrefois du Moghol Babur, le parvenu…

« Ce n'est probablement pas une bonne idée, dit doucement l'empereur, de répéter en notre présence les vantardises de ce vaurien au sujet de notre grand-père. »

… Shaibani, le détestable, cette crapule barbare, qui tomba à la bataille de Marv, tué par le Shah Ismaïl de Perse qui fabriqua avec son crâne une coupe à vin, rouge et or, sertie de pierres précieuses, et qui expédia des morceaux de son corps à travers le monde pour prouver qu'il était bien mort. Ainsi périt ce farouche guerrier de soixante ans, aguerri et redoutable, fruste et barbare, de la façon la plus appropriée, et la plus humiliante, décapité et coupé en morceaux par un jeune homme de seulement vingt-quatre ans.

« Voilà qui est beaucoup mieux, dit l'empereur en considérant sa coupe de vin avec contentement, car on ne peut qualifier d'habile celui qui tue ses propres concitoyens, qui trahit

ses amis, qui manque à sa parole et ne montre ni pitié, ni religion. Par de tels moyens on peut conquérir le pouvoir, pas la gloire.

— Niccolò Machiavelli de Florence n'aurait pu mieux dire », approuva le conteur.

*

La sorcellerie à base de pommes de terre était née en Astrakhan sur les rives du fleuve Atil, appelé plus tard la Volga, elle avait été mise au point par une sorcière à l'existence douteuse, Mère Olga la Première, mais ses adeptes s'étaient depuis longtemps séparées tout comme le monde lui-même avait été divisé, de sorte que, à présent, sur la côte ouest de la mer Caspienne, dans le pays Khazar, près d'Ardabil où la dynastie safavide du Shah Ismaïl prenait ses racines dans le mysticisme soufi, les sorcières étaient chiites et se réjouissaient des triomphes du Nouvel Empire persan duodécimain, tandis que sur la côte est où vivaient les Ouzbeks, certaines d'entre elles, pauvres sorcières égarées, étaient du côté d'Armoise Khan. Plus tard, lorsque le Shah Ismaïl goûta la défaite infligée par l'armée ottomane, ces sorcières aux pommes de terre sunnites de la côte est du pays Khazar prétendirent que leurs charmes avaient été beaucoup plus efficaces que ceux de leurs sœurs chiites de l'ouest. *Car la pomme de terre de Khorasan est toute-puissante,* crièrent-elles à plusieurs reprises, reprenant leur credo le plus sacré, *et tout ce qui se fait en son nom se réalise.*

En utilisant correctement la magie ouzbek sunnite de la pomme de terre, on pouvait trouver un mari, écarter une rivale plus séduisante ou causer la chute d'un roi chiite. Le Shah Ismaïl était tombé, victime d'un sortilège rarement utilisé, la Grande Malédiction Ouzbek Anti-Chiite à l'Esturgeon et à la Pomme de Terre, qui nécessitait de grandes quantités de pommes de terre et de caviar, ce qui n'était pas facile à réunir, et une unité de vues entre les sorcières sunnites, ce qui était tout aussi difficile à obtenir. Quand elles apprirent la déroute d'Ismaïl, les sorcières aux pommes de terre de l'est s'essuyèrent les yeux, mirent fin à leurs lamentations et commencèrent à danser. Une sorcière khorasane virevoltante est un spectacle particulier et rare, et les quelques personnes qui ont vu cette danse ne peuvent l'oublier. Quant à la Malédiction au Caviar et à la Pomme de Terre, elle provoqua dans la famille des sorcières aux pommes de terre un schisme qui depuis n'a jamais pu être réparé.

Il se pourrait cependant que des raisons plus prosaïques expliquent l'issue de la bataille de Chaldiran : que l'armée ottomane était très largement supérieure en nombre à l'armée persane ; que les soldats ottomans étaient armés de fusils que les Persans refusaient d'employer, les considérant comme des armes indignes d'un homme, de sorte qu'ils furent expédiés en grand nombre vers une mort inévitable certes, mais très virile ; ou bien qu'à la tête des forces ottomanes se trouvait l'invincible général janissaire, celui qui avait tué Vlad l'Empaleur, le Démon-Dragon de Valaquie, autrement dit Argalia, le Turc florentin.

Aussi grand que pouvait se croire Shah Ismaïl – et pour ce qui est d'avoir une haute opinion de soi, personne ne lui arrivait à la cheville –, il ne pouvait cependant pas résister longtemps face au Détenteur de la Lance Enchantée.

Le Shah Ismaïl de Perse, représentant autoproclamé du Douzième Imam sur terre, était réputé arrogant, égoïste et prosélyte fanatique de la *Ithna Ashari*, c'est-à-dire l'islam chiite duodécimain. « Je détruirai les maillets de mes adversaires, affirmait-il avec arrogance, reprenant les mots du saint soufi Shaykh Zahid, et le terrain m'appartiendra. » Puis, poussant plus loin son ambition, et employant cette fois ses propres mots : « Je suis le Vrai Dieu, le Vrai Dieu, le Vrai Dieu ! Viens, ô toi l'aveugle égaré, contemple la Vérité ! Je suis le Héros Absolu dont parlent les hommes. » On l'appelait *Vali Allah*, le vicaire de Dieu, et pour ses *qizilbash,* ses soldats à la « tête cramoisie », il était véritablement divin. La modestie, la générosité, la gentillesse n'étaient pas ses qualités les plus évidentes. Et pourtant, quand il revint de la bataille de Marv, apportant dans une jarre de miel la tête de Shaibani Khan, et fit son entrée triomphale dans Herat, ce furent précisément les termes qu'employa pour le décrire la princesse que l'histoire avait oubliée, Dame Yeux Noirs, Qara Köz. Shah Ismaïl était son premier amour. Elle avait dix-sept ans.

« C'était donc vrai, s'écria l'empereur. L'étranger pour lequel elle avait refusé de rentrer avec Khanzada à la cour de son grand-père, celui à cause de qui notre noble grand-père l'a effacée de l'histoire, le séducteur dont parlait notre tante bien-aimée Gulbadan, n'était pas ton Arcalia ou Argalia, mais le Shah de Perse lui-même.

— Ils font tous les deux partie de mon histoire, ô Protecteur de l'Univers, répondit le conteur. L'un après l'autre, le vainqueur puis celui qui vainquit le vainqueur. Les femmes ne sont pas parfaites, il faut bien le reconnaître, et on s'apercevrait bientôt que la jeune dame avait un faible : elle voulait se trouver toujours du côté du gagnant. »

Herat, perle du pays de Khorasan, patrie du peintre Behzad, auteur de miniatures incomparables, et du poète Jami, l'immortel philosophe de l'amour, et dernier séjour de la protectrice de la Beauté, la Grande Reine Gauhar Shad, c'est-à-dire Heureux ou Brillant Joyau ! « Tu fais désormais partie de la Perse, dit à haute voix Shah Ismaïl, alors qu'il parcourait à cheval les rues de la ville conquise. Ton histoire, tes oasis, tes bains, tes ponts, tes canaux, tes minarets, tout m'appartient. » D'une fenêtre tout en haut du palais, les deux princesses captives de la maison moghole le regardaient. « Nous allons maintenant soit mourir, soit être libérées », dit Khanzada sans laisser trembler sa voix. Shabaini Khan avait fait d'elle son épouse et elle lui avait donné un fils. Elle remarqua l'urne cachetée, attachée derrière le cheval du conquérant à une vulgaire lance et en devina le contenu. « Si le père est mort, se dit-elle, mon fils est menacé. » Son analyse était juste ; le temps que Shah Ismaïl se présente en personne à la porte de la princesse, le gamin avait déjà été envoyé rejoindre son père. Le roi de Perse s'inclina devant la princesse Khanzada. « Vous êtes les sœurs d'un grand frère, dit-il, c'est pourquoi je vous libère. J'ai décidé en signe d'amitié de vous renvoyer chargées de nombreux cadeaux au seigneur Babur qui est à Qunduz, et vous, mesdames, serez les plus précieux de tous les cadeaux.

— Jusqu'au moment présent, répondit Khanzada, j'étais non seulement une sœur mais aussi une mère et une épouse. Puisque vous avez détruit les deux tiers de moi-même, ce qu'il en reste peut bien rentrer à la maison. » Après neuf années passées en tant que reine, épouse d'Armoise Khan, et huit en tant que mère d'un prince, elle avait le cœur déchiré. Mais à aucun moment Khanzada Begum ne laissa sa voix ou son visage trahir ses véritables émotions et Shah Ismaïl en fut frappé, la trouvant froide et insensible. À vingt-neuf ans, elle était d'une grande beauté et le Persan fut grandement tenté de regarder derrière son voile mais il se retint et se tourna vers sa jeune sœur. « Et vous, madame, dit-il en s'efforçant de se montrer aussi courtois que possible, qu'avez-vous à dire à votre libérateur ? »

Khanzada Begum prit sa sœur par le coude comme pour l'emmener avec elle. « Merci, ma sœur et moi sommes du même avis », dit-elle. Mais Qara Köz repoussa la main de sa sœur, arracha son voile et regarda le jeune roi droit dans les yeux.

« J'aimerais rester », dit-elle.

Une faiblesse s'empare des hommes après la bataille lorsqu'ils prennent conscience de la fragilité de la vie, ils la serrent contre leur poitrine comme une coupe de cristal qu'ils ont failli laisser tomber, et le trésor de la vie leur fait perdre tout courage. À ce moment-là tous les hommes deviennent des lâches et ne pensent plus qu'à l'étreinte des femmes, aux mots réconfortants que seules les femmes savent prononcer, à la joie de s'égarer dans les labyrinthes fatals de l'amour. Sous l'emprise de cette faiblesse, un homme fera des choses qui ruineront ses plans les mieux élaborés, il fera des promesses susceptibles de bouleverser son avenir. Et c'est ainsi que le Shah Ismaïl de Perse se noya dans les yeux noirs d'une princesse de dix-sept ans.

« Alors, restez », répondit-il.

« Le besoin qu'une femme guérisse la solitude du meurtre, fit l'empereur, en ravivant ses souvenirs. Efface la culpabilité qu'engendre la victoire ou la vanité de la défaite. Calme le tremblement de la carcasse. Sèche les larmes brûlantes du soulagement et de la honte. Vous soutienne pendant que vous sentez refluer la vague de votre haine, remplacée par un sentiment encore plus embarrassant. Vous asperge de lavande de manière à masquer l'odeur du sang sur vos doigts et sa puanteur dans votre barbe. Le besoin qu'une femme vous dise que vous lui appartenez et détourne votre esprit de la mort. Calme votre envie de savoir à quoi ressemble le Jugement dernier, éloigne de vous la jalousie que vous éprouvez à l'égard de ceux qui sont déjà partis rejoindre le royaume du Tout-Puissant, apaise les doutes qui vous tordent l'estomac à propos de la réalité d'une autre vie et même à propos de l'existence de Dieu, car les morts ont l'air tellement morts qu'on peut douter de la réalité d'un projet transcendant. »

Plus tard, après qu'elle l'eut définitivement quitté, Shah Ismaïl parla de sorcellerie. Elle avait dans le regard un pouvoir enchanté qui n'était pas totalement humain, dit-il. Il y avait en elle un démon qui l'avait conduit à sa perte. « Qu'une si belle femme puisse ne pas être tendre, confia-t-il à son serviteur sourd-muet, je ne m'y attendais pas. Je ne m'attendais pas à la voir se détourner de moi aussi simplement que si elle changeait de souliers. Je m'attendais à être son bien-aimé. Je ne m'attendais pas à être le *Majnun de Leïla*, rendu fou d'amour. Je ne m'attendais pas qu'elle me brise le cœur. »

Lorsque Khanzada Begum revint sans sa sœur auprès de Babur à Qunduz, elle fut accueillie à grand renfort d'honneurs militaires, de danses, de fanfares et de chants, et

Babur vint à pied l'embrasser quand elle descendit de sa litière. Mais en privé, il était furieux et c'est à ce moment-là qu'il décida d'effacer Qara Köz de toutes les annales historiques. Pendant un certain temps, il laissa pourtant Shah Ismaïl penser qu'ils étaient amis. Il frappa même de la monnaie au profil d'Ismaïl pour en donner la preuve et Ismaïl de son côté lui envoya des renforts pour l'aider à chasser les Ouzbeks de Samarcande. Puis, tout à coup, il en eut assez et il pria Ismaïl de reprendre ses troupes et de rentrer chez lui.

« C'est intéressant, dit l'empereur, car la décision de notre grand-père de renvoyer l'armée safavide chez elle après la reconquête de Samarcande a toujours constitué un mystère. C'est à cette époque-là qu'il a cessé d'écrire le livre de sa vie avant de le reprendre onze ans plus tard, de sorte que nous ignorons ce qu'il avait à dire sur ce point. Après le départ des Persans, il reperdit aussitôt Samarcande et fut contraint de fuir vers l'est. Nous pensions qu'il avait rejeté l'aide des Persans parce qu'il ne supportait plus le délire religieux de Shah Ismaïl, ses incessantes prétentions à un statut divin, son emphatique chiisme duodécimain. Mais si la froide colère de Babur à l'égard de la princesse cachée est la véritable raison, alors de graves conséquences ont découlé du choix qu'elle avait fait ! C'est en effet pour avoir perdu Samarcande que Babur est venu en Hindoustan et a fondé ici sa dynastie, cette lignée dont nous sommes le troisième descendant. Et donc, si ton histoire est vraie, alors la naissance de notre propre empire est la conséquence directe de la détermination de Qara Köz. Devons-nous l'en blâmer ou lui rendre grâces ? Est-elle une traîtresse qu'il faut vouer à un éternel mépris ou notre genetrix *qui a façonné notre avenir ?*

— C'était une jeune fille très belle et volontaire, dit Mogor dell'Amore. Et son emprise sur les hommes était si grande que peut-être n'eut-elle pas d'emblée conscience de son pouvoir d'enchantement. »

Qara Köz : imaginez-la à présent dans la capitale safavide de Tabriz, caressée par les fins tapis du Shah, comme Cléopâtre par ceux de César. À Tabriz, même les collines étaient moelleuses car c'est sur leurs flancs qu'on étalait les grands tapis pour les faire sécher au soleil. Dans ses appartements royaux, Dame Yeux Noirs ne cessait de se rouler sur les tapis de Perse comme si c'était le corps de ses amants. Et toujours, dans un coin, trônait un samovar fumant. Elle dévorait du poulet fourré aux prunes et à l'ail, des crevettes à la pâte de tamarin, des kebabs au riz parfumé, et pourtant son corps demeurait mince et effilé. Elle jouait au backgammon avec sa servante, le Miroir, et devint à ce jeu la meilleure de la cour persane. Elle se livrait aussi à d'autres jeux avec le Miroir ; derrière les portes closes de leur chambre à coucher, les deux jeunes filles poussaient des cris et des rires et bien des courtisans pensaient qu'elles étaient amantes mais personne, homme ou femme, n'aurait osé l'affirmer car on risquait, pour un tel racontar, d'être décapité. Quand elle regardait le jeune roi jouer au polo, Qara Köz poussait un soupir d'extase érotique chaque fois qu'il balançait son maillet et les gens se mirent à imaginer que ces grognements et que ces cris ensorcelaient la balle qui trouvait immanquablement son chemin vers le but, tandis que les maillets des défenseurs s'agitaient désespérément dans le vide. Elle prenait des bains de lait. Elle chantait comme un ange. Elle ne lisait pas. Elle avait vingt et un ans. Elle n'avait pas encore eu d'enfant. Un jour que son Ismaïl lui parlait de la puissance grandissante de son rival de l'Ouest, le sultan ottoman Bayezid II, elle lui murmura ce conseil implacable :

« Vous n'avez qu'à lui envoyer cette coupe que vous possédez, celle qui a été fabriquée dans le crâne de Shaibani Khan pour l'avertir de ce qui l'attend s'il ne reste pas à sa place. »

Elle aimait la vanité de son mari. Elle était amoureuse de ses défauts. Un homme qui se prend pour un dieu était peut-être l'homme qu'il lui fallait. Peut-être un roi ne lui suffisait-il pas. « Vrai Dieu ! criait-elle quand il la possédait. Créateur Absolu ! » Il aimait cela, naturellement, et étant sensible aux louanges, il ne remarquait même pas que sa grande beauté avait une qualité singulière d'indépendance, qu'aucun homme ne pouvait la saisir, qu'elle n'appartenait qu'à elle-même, et pouvait voyager à sa guise, comme le vent. Elle avait tout abandonné pour lui, avait changé d'univers sur un simple regard, avait quitté sœur, frère et famille pour partir vers l'ouest en compagnie d'un séduisant étranger, et pourtant Shah Ismaïl, obnubilé par l'immensité de l'amour qu'il se portait à lui-même, ne voyait rien que de très naturel dans un acte aussi radical puisque, après tout, c'est pour lui qu'elle l'avait commis. Ainsi ne percevait-il pas l'instinct vagabond qu'elle avait en elle, son côté déraciné. Une femme qui se détourne si facilement d'une première alliance peut tout aussi facilement rompre la suivante.

Certains jours, elle avait envie de méchanceté. De celle du roi et de la sienne. Au lit, elle lui susurrait qu'elle abritait une autre personnalité à l'intérieur d'elle-même, une face méchante, et que lorsque cette face prenait le dessus, elle n'était plus responsable de ses actes, elle devenait capable de n'importe quoi, absolument n'importe quoi. Cela excitait le désir du Shah au-delà du supportable. Elle était plus que son égale en amour. Elle était sa reine. Au bout de quatre ans, elle ne lui avait pas donné de fils. Tant pis. Elle était un festin pour les sens. Elle était ce pour quoi les hommes tuent. Elle était sa drogue et son maître.

« Tu veux que j'envoie à Bayezid la coupe de Shaibani, dit-il d'une voix embarrassée comme s'il était sous l'effet de la drogue, que je lui envoie le crâne d'un homme !

— Pour vous, boire dans le crâne de votre ennemi est une grande victoire, murmura-t-elle, mais quand Bayezid boira dans le crâne de votre ennemi vaincu, il en aura le cœur pénétré de frayeur. » Il comprit qu'elle avait ensorcelé la coupe d'un charme de terreur.

« Très bien, dit-il, nous ferons ce que tu suggères. »

*

Argalia avait atteint et dépassé son quarante-cinquième anniversaire. C'était un homme grand, au teint pâle, et malgré les années passées sur les champs de bataille, sa peau était aussi blanche que celle d'une femme. Hommes et femmes s'émerveillaient de la douceur de cette peau. Il était amoureux des tulipes et en avait fait broder sur ses tuniques et ses manteaux, convaincu qu'elles portaient bonheur, et parmi les mille cinq cents variétés que l'on comptait à Istanbul, il y en avait six qui emplissaient les salles de son palais. La Lumière du Paradis, la Perle Sans Égale, Pour un Plus Grand Plaisir, La Naissance de la Passion, la Jalousie du Diamant et la Rose de l'Aube, c'étaient ses préférées, ce qui révélait sa véritable nature d'homme sensuel sous ses dehors guerriers, une créature de plaisir cachée dans la peau d'un tueur, une personnalité féminine sous un extérieur viril. Il avait aussi un goût féminin pour la parure : quand il ne portait pas sa tenue de combat, il aimait flâner, couvert de bijoux et de soieries, et il avait un fort penchant pour les fourrures exotiques, le renard noir ou le lynx de Moscovie qui arrivait jusqu'à Istanbul en passant par Feodosiya en Crimée. Ses cheveux étaient longs et noirs comme le mal et il avait les lèvres charnues et rouges comme du sang.

Le sang et l'art de le verser avaient occupé toute sa vie. Sous le sultan Mehmed II, il avait pris part à une dizaine de campagnes et gagné toutes les batailles dans lesquelles il avait dressé son arquebuse en position de tir ou dégainé son épée. Il avait constitué autour de lui un peloton de Janissaires qui lui tenait lieu de bouclier et avait pour lieutenants les quatre géants suisses, Otho, Botho, Clotho et D'Artagnan, et malgré tous les complots qui sévissaient à la cour ottomane, il était parvenu à déjouer sept tentatives d'assassinat. À la mort de Mehmed, l'empire faillit basculer dans la guerre civile entre ses deux fils, Bayezid et Cem. Quand Argalia apprit que le Grand Vizir, au mépris de la tradition musulmane, avait refusé pendant trois jours d'enterrer la dépouille du sultan pour laisser à Cem le temps de regagner Istanbul et de s'emparer du trône, il se rendit avec les géants suisses dans les appartements du Vizir et le tua. Il mena l'armée de Bayezid contre l'usurpateur en puissance et contraignit celui-ci à l'exil. Cela fait, il devint le nouveau commandant en chef du sultan. Il combattit les Mamelouks d'Égypte, tant sur terre que sur mer, et quand il vainquit l'alliance entre Venise, la Hongrie et le pape, sa réputation d'amiral égala sa gloire de guerrier sur la terre ferme.

Ensuite, le problème le plus grave fut causé par les *qizilbash* d'Anatolie. Ils portaient des chapeaux rouges à douze plis pour montrer leur attachement au chiisme duodécimain et, de ce fait, ils étaient attirés par le Shah Ismaïl de Perse, le Vrai Dieu autoproclamé. Selim le Sombre, le troisième fils de Bayezid, voulait les réduire à néant mais son père était plus modéré. Aussi Selim le Sombre commença-t-il à considérer son père comme un temporisateur et un faible. Quand la coupe envoyée par Shah Ismaïl arriva à Istanbul, Selim prit cela pour une insulte mortelle. « Cet hérétique qui s'attribue le nom de Dieu a grand besoin qu'on lui apprenne les bonnes manières », déclara-t-il. Il prit la coupe comme un duelliste ramasse le gant qui l'a giflé. « Je boirai du sang safavide à cette coupe », promit-il à son père. Argalia le Turc fit un pas en avant : « Et c'est moi qui la remplirai de ce vin-là », dit-il.

Lorsque Bayezid refusa d'autoriser cette guerre, les choses changèrent pour Argalia. Quelques jours plus tard, avec ses Janissaires il se rallia aux forces de Selim le Sombre et Bayezid fut chassé du pouvoir. Le vieux sultan fut banni et contraint à une retraite forcée ; on le renvoya à Didymoteicho, sa ville natale en Thrace, et il mourut en chemin, le cœur brisé, ce qui était peut-être finalement une bonne chose. Il n'y avait pas de place dans le monde pour des hommes qui n'étaient plus en état de commander. Selim, avec Argalia à ses côtés, pourchassa et étrangla ses frères Ahmed, Korkud et Shahinshah, il tua aussi leurs fils. L'ordre était rétabli et le risque d'un coup d'État éliminé. (Bien des années plus tard, lorsque Argalia raconta ces faits à il Machia, il les justifia en disant : « Quand un prince prend le pouvoir, il doit d'emblée se comporter de la pire des façons, ainsi tous ses actes suivants frapperont ses sujets comme autant de progrès par rapport à ses débuts. » En entendant cela, il Machia garda un silence pensif avant de dire à Argalia, en hochant la tête : « C'est terrible, mais c'est vrai. ») Puis vint le moment d'affronter Shah Ismaïl. Argalia et ses Janissaires furent envoyés à Rum, au nord de l'Anatolie centrale, où ils arrêtèrent des milliers d'habitants *qizilbash* et en massacrèrent quelques milliers d'autres. Cela incita ces salopards à se tenir tranquilles tandis que l'armée traversait leurs terres pour aller porter au Shah la lettre de Selim le Sombre. Dans cette lettre, Selim écrivait : « Vous n'observez plus les commandements et les interdictions de la loi divine. Vous avez incité votre abominable faction chiite à des unions sexuelles non sanctifiées. Et vous avez versé du sang innocent. » Cent mille soldats ottomans établirent leur camp au lac Van dans l'est de l'Anatolie, prêts à aller enfoncer ces mots dans la gorge blasphématoire de Shah Ismaïl. Dans leurs rangs, on comptait douze mille Janissaires armés de mousquets, sous les ordres d'Argalia. Il y avait aussi cinq cents canons reliés ensemble par une chaîne de façon à former une barrière infranchissable.

Le champ de bataille de Chaldiran se situait au nord-est du lac de Van. C'est là que les forces perses établirent leur camp. L'armée de Shah Ismaïl ne comptait que quarante mille hommes, presque tous des cavaliers, mais Argalia, tout en surveillant leurs préparatifs de combat, savait bien que ce n'est pas toujours la supériorité numérique qui décide du sort d'une bataille. Comme Vlad Dracula en Valaquie, Ismaïl avait adopté la stratégie de la terre brûlée. L'Anatolie était nue et carbonisée et l'armée ottomane en marche, en se rendant de Sivas à Arzinjan, ne trouva pas grand-chose à manger ou à boire. L'armée de Selim était fatiguée et affamée quand elle dressa son camp près du lac après cette longue marche ; une telle armée est toujours facile à battre. Après coup, lorsque Argalia se trouva auprès de la princesse cachée, celle-ci lui expliqua pourquoi son précédent amoureux avait été battu.

« À cause de la chevalerie, dit-elle, ce ridicule esprit chevaleresque, et pour avoir écouté un de ses stupides neveux au lieu de me faire confiance. »

L'extraordinaire est que l'enchanteresse persane, accompagnée de son esclave, le Miroir, était présente sur la colline de commandement au-dessus du champ de bataille. Le fin voile qui recouvrait son visage et ses seins s'agitait dans la brise de manière si suggestive que lorsqu'elle se présenta à l'entrée de la tente du roi, sa beauté détourna totalement de la guerre les pensées du guerrier safavide. « Quelle folie de vous avoir amenée avec lui », lui dit Argalia, lorsque dégoulinant de sang et écœuré de meurtres, il la trouva abandonnée au soir de cette journée funèbre. « Oui, dit-elle, de l'air d'énoncer une évidence, je l'ai rendu fou d'amour. »

Pourtant en matière de stratégie militaire, même l'enchanteresse ne parvenait pas à le convaincre de suivre son avis. « Regardez, criait-elle, ils en sont encore à construire leurs fortifications défensives, il faut les attaquer maintenant, pendant qu'ils ne sont pas prêts. » Et puis : « Regardez, ils ont cinq cents canons enchaînés en une seule ligne et douze mille soldats armés de fusils juste derrière. Ne foncez pas au galop droit sur eux ou vous allez être pulvérisés comme des idiots. » Ou encore : « N'avez-vous pas de fusils ? Vous vous y connaissez en fusils. Par pitié, pourquoi n'en avez-vous pas apporté ? » Ce à quoi, le neveu du Shah, Durmish Khan, l'imbécile, répondait : « Ce ne serait pas correct de les attaquer alors qu'ils ne sont pas encore prêts au combat. » Et puis : « Le fusil n'est pas une arme pour un homme. C'est bon pour les lâches qui n'ont pas le courage de se battre en combat rapproché. Quel que soit le nombre de fusils qu'ils possèdent, nous les affronterons jusqu'à ce qu'on en vienne au corps à corps. C'est le courage qui va remporter la bataille et non, ha ! ces *arquebuses* et ces *mousquets*. » Elle se tourna vers Shah Ismaïl avec une sorte de rire désespéré : « Dites à cet homme qu'il est un idiot », lui ordonna-t-elle. Mais Shah Ismaïl de Perse répondit : « Je ne suis pas un détrousseur de caravanes qui se cache dans l'ombre. Quoi qu'il arrive, c'est Dieu qui l'aura voulu. »

Elle refusa d'assister à la bataille et s'assit dans la tente royale en tournant le dos à l'entrée. Le Miroir était assise à ses côtés et lui tenait la main. Shah Ismaïl lança son offensive par l'aile droite qui enfonça l'aile gauche de l'armée ottomane mais l'enchanteresse avait détourné le regard. Les deux camps subirent des pertes considérables. La cavalerie perse faucha l'élite des cavaliers ottomans, les Illyriens, les Macédoniens, les Serbes, les Épirots, les Thessaliens et les Thraces. Dans le camp des Safavides, les généraux tombèrent les uns après les autres et, quand ils mouraient, l'enchanteresse dans sa tente murmurait leur nom. *Muhammad Khan Ustajlu, Husain Beg Lala Ustajlu, Saru Pira Ustajlu*, et ainsi de suite. Comme si elle voyait tout sans rien regarder. Et le Miroir répétait ses paroles, de sorte que le nom des morts semblait résonner en écho dans la tente royale. *Amir Nizam al-Din Abd al-Baqui… al-Baqui…* mais le nom du Shah qui se prenait pour Dieu ne fut jamais prononcé. Le centre de l'armée ottomane tenait bon, cependant la cavalerie turque était au bord de la débandade quand Argalia fit amener l'artillerie. « Bande de salauds, cria-t-il à ses propres Janissaires, si un seul d'entre vous fait mine de reculer, je tournerai ces foutus canons contre lui. » Les géants suisses, armés jusqu'aux dents, couraient tout au long de la ligne de front pour donner plus de poids aux menaces d'Argalia. Puis le tonnerre des armes à feu éclata. « La tempête vient de commencer », dit l'enchanteresse, assise dans sa tente. « La tempête », répéta le Miroir. Il ne servait à rien de regarder mourir l'armée perse. Le moment était venu de chanter un chant funèbre. Shah Ismaïl était encore en vie, mais la bataille était perdue.

Il avait fui le champ de bataille, sans venir la chercher. Elle le savait. « Il est parti », dit-elle au Miroir. « Oui, il est parti », approuva l'autre. « Nous sommes à la merci de l'ennemi », dit l'enchanteresse. « Merci », répondit le Miroir.

Les gardes postés devant la tente avaient fui eux aussi. Elles étaient deux femmes, toutes seules au milieu d'un champ de bataille dégoulinant de sang. C'est ainsi qu'Argalia les découvrit, assises sans leur voile, bien droites et seules, tournant le dos à l'entrée de la tente royale, au terme de la bataille de Chaldiran, et psalmodiant un chant funèbre. La princesse Qara Köz se tourna vers lui sans tenter de dérober à son regard la nudité de son visage et, à partir de cet instant précis, ils furent captivés l'un par l'autre et se retrouvèrent seuls au monde.

Elle se dit qu'il avait l'air d'une femme, une grande femme au teint pâle et aux cheveux noirs qui venait de se repaître de mort. Comme il était blanc, blanc comme un masque sur lequel, comme une tache de sang, se détachaient ces lèvres si rouges. Une épée à la main droite, un pistolet dans la gauche. Il était les deux à la fois, escrimeur et mousquetaire, mâle et femelle, lui-même et son ombre. Elle abandonna Shah Ismaïl comme celui-ci l'avait abandonnée et choisit une nouvelle fois. Cet homme-femme au visage pâle. Plus tard, il les réclamerait elle et le Miroir comme butin de guerre et Selim le Sombre accéderait à sa demande, mais c'est elle qui l'avait choisi la première, et c'est sa volonté à elle qui allait provoquer tous les événements qui suivirent.

« N'ayez pas peur, dit-il en persan.

— Personne ici ne sait ce qu'est la peur », répondit-elle en persan d'abord puis en chaghatai, sa langue maternelle turque.

Et sous ces paroles les mots véritables : *M'appartiendras-tu ? Oui, je suis à toi.*

*

Après le sac de Tabriz, Selim voulut passer l'hiver dans la capitale safavide en attendant de conquérir le reste de la Perse au printemps. Mais Argalia lui dit que l'armée se mutinerait s'il persistait dans son projet. Ils avaient triomphé et conquis la plus grande partie de l'Anatolie orientale et du Kurdistan, doublant presque la superficie de l'Empire ottoman. C'était suffisant. Que la limite atteinte à Chaldiran soit la nouvelle frontière entre les pouvoirs ottoman et safavide. De toute façon, il ne restait rien à Tabriz. Il n'y avait plus de nourriture, ni pour les hommes ni pour les chevaux ni pour les chameaux de bât. Les soldats voulaient rentrer chez eux. Selim comprit qu'il était dans une impasse. Huit jours après l'entrée de l'armée ottomane dans Tabriz, Selim le Sombre quitta la ville avec ses troupes et retourna vers l'ouest.

Un dieu vaincu cesse d'être divin. Un homme qui abandonne son épouse derrière lui sur le champ de bataille n'est plus un homme. Shah Ismaïl rentra brisé dans sa ville détruite et passa les dix dernières années de sa vie plongé dans la tristesse et l'alcool. Il portait une robe noire, un turban noir, et les étendards des Safavides furent eux aussi teints en noir. Il ne s'aventura plus jamais sur un champ de bataille et balança toujours entre la tristesse la plus aiguë et la débauche portée à un tel degré qu'elle manifestait aux yeux de tous sa faiblesse et la profondeur de son désespoir. Quand il était ivre, il parcourait en courant les pièces de son palais pour chercher quelqu'un qui n'y était plus et qui n'y reviendrait jamais. À sa mort, il n'avait que trente-sept ans. Il était le Shah de Perse depuis vingt-trois ans mais tout ce qui lui importait, il l'avait perdu.

*

Quand elle déshabilla Argalia et découvrit des tulipes brodées sur ses sous-vêtements, elle comprit qu'il était totalement dépendant de cette croyance superstitieuse : comme tout homme que son métier met en contact permanent avec la mort, il faisait tout ce qu'il pouvait pour retarder son dernier jour. Quand elle ôta son linge de corps et constata qu'il avait des tulipes tatouées sur les omoplates, sur les fesses, et même sur la large hampe de son pénis, elle sut avec certitude qu'elle avait rencontré l'amour de sa vie. « Tu n'as plus besoin de ces fleurs, lui dit-elle, en les caressant. Maintenant c'est moi que tu as et qui te servirai de porte-bonheur. »

Il pensa : *Oui, je t'ai, mais jusqu'à quand ? Jusqu'à ce que tu décides de me quitter comme tu as quitté ta sœur, de changer de monture encore une fois comme tu as échangé Shah Ismaïl contre moi.* Un cheval n'est jamais qu'un cheval après tout. Elle devina ses pensées et comprit qu'il avait encore besoin d'être rassuré. Elle frappa dans ses mains. Le Miroir entra dans la chambre surchargée de fleurs.

« Dis-lui qui je suis.

— Elle est la femme qui vous aime. Elle est capable de charmer les serpents sur la terre et les oiseaux dans les arbres et de les rendre amoureux, et elle est tombée amoureuse de vous et, à présent, vous pouvez avoir tout ce que vous désirez. »

L'enchanteresse haussa légèrement le sourcil et le Miroir laissa ses habits tomber à terre avant de se glisser dans le lit.

« C'est mon Miroir, dit l'enchanteresse. Elle est l'ombre qui resplendit. Celui qui gagne mes faveurs gagne aussi les siennes. »

À cet instant, Argalia le grand guerrier dut admettre sa défaite. Face à une manœuvre qui visait si habilement à le circonvenir, le seul parti qui lui restait était une reddition inconditionnelle.

C'est lui qui la rebaptisa « Angelica ». Rebuté par « Qara Köz », sa sonorité abrupte et sa prononciation étrange, il lui donna le nom séraphique sous lequel elle allait se faire connaître dans son nouvel univers. Et elle, à son tour, attribua ce nom à son Miroir. « Si je dois être Angelica, mon ange gardien doit l'être aussi. »

Pendant de nombreuses années, il avait joui de l'immense honneur, en tant que favori du sultan, d'avoir ses appartements dans la Demeure de la Béatitude, le palais de Topkapi, loin du confort spartiate qu'offraient les casernes des Janissaires. À présent que ces appartements étaient agrémentés d'une présence féminine, ils commençaient à ressembler à un véritable foyer. Mais se laisser aller à rêver d'un foyer était une idée trouble et dangereuse pour des hommes comme Argalia. Elle pouvait les piéger comme un collet. Selim le Sombre n'était ni Bayezid ni Mehmed, il ne considérait pas Argalia comme son bras droit indispensable mais plutôt comme un dangereux rival éventuel, un général populaire qui pourrait bien envoyer ses Janissaires jusqu'au cœur du palais, comme il l'avait déjà fait une première fois pour tuer le Grand Vizir. Un homme capable d'assassiner le Vizir était un régicide en puissance. Cet homme avait peut-être fait son temps. Dès leur retour à Istanbul, tout en couvrant d'éloges en public son commandant italien pour sa contribution à la fameuse victoire de Chaldiran, le sultan commença en secret à ourdir l'élimination d'Argalia.

La nouvelle des menaces qui pesaient sur lui parvint aux oreilles d'Argalia grâce à Qara Köz, qui avait décidé de continuer à satisfaire la passion qu'il éprouvait pour les tulipes. Des jardins entouraient la Demeure de la Béatitude, des parcs ceinturés de murs et bien dissimulés, des espaces boisés où des cerfs gambadaient en liberté et au bord de l'eau, des pelouses qui descendaient en pente douce vers la Corne d'Or. Les parterres de tulipes se trouvaient dans la Quatrième Cour et sur la colline basse à l'extrémité nord du domaine de Topkapi, le point culminant de toute la Demeure de la Béatitude où se dressaient de petits pavillons d'agrément en bois que l'on appelait des kiosques. Les tulipes poussaient à l'entour à profusion, répandant dans l'air un parfum de paix et de sérénité. La princesse Qara Köz et son Miroir, modestement voilées, se promenaient souvent dans ces jardins, elles se reposaient dans les kiosques, buvaient des jus de fruits, et s'adressaient avec gentillesse aux nombreux *bostancis*, les jardiniers, pour leur demander de cueillir des fleurs et de les porter chez Sire Argalia, et elles bavardaient nonchalamment comme le font les femmes, évoquant les derniers petits potins. Tous les jardiniers, du plus petit arracheur de mauvaises herbes au Bostanci-Basha, le jardinier en chef lui-même, tombèrent très vite éperdument amoureux des deux femmes et se laissèrent donc aller aux confidences comme tous les vrais amoureux. Beaucoup d'entre eux s'émerveillaient de l'aisance avec laquelle les deux femmes avaient maîtrisé la langue turque, presque du jour au lendemain, semblait-il. Comme par magie, dirent les jardiniers.

Mais le but véritable de Qara Köz n'avait rien d'innocent. Elle avait appris, comme tous les nouveaux habitants de la Demeure de la Béatitude venaient rapidement à le savoir, que les mille et un *bostancis* n'étaient pas seulement les jardiniers du sultan mais aussi ses bourreaux officiels. Quand une femme était condamnée, c'était un *bostanci* qui la cousait vivante dans un sac lesté de pierres qu'il allait jeter dans le Bosphore. S'il fallait exécuter un homme, un groupe de jardiniers l'attrapait et pratiquait un étranglement rituel. C'est pourquoi Qara Köz se lia d'amitié avec les *bostancis* et apprit ainsi ce qu'ils appelaient, avec une pointe d'humour noir, les nouvelles des tulipes. Bientôt un relent de trahison se mit à couvrir le parfum des fleurs. Les jardiniers l'avertirent que son seigneur, le grand général, serviteur de trois sultans, risquait d'être traîné en justice, accablé de fausses accusations et condamné à mort. Ce fut le jardinier en chef en personne qui la mit au courant. Le Bostanci-Basha de la Demeure de la Béatitude était le chef des Bourreaux du Sultan, non seulement en raison de ses talents en matière d'horticulture mais aussi pour sa vitesse à la course ; en effet, lorsqu'un haut personnage de la cour était condamné à mort, on lui donnait une chance qu'on n'accordait pas aux gens du commun. S'il parvenait à distancer le Bostanci-Basha, il avait la vie sauve et sa condamnation à mort serait muée en bannissement. Mais comme le Bostanci-Basha avait la réputation d'être aussi rapide que le vent, la « chance » en réalité n'en était pas une. En l'occurrence, le jardinier était malheureux de ce qu'il allait devoir faire.

« Devoir exécuter un si grand homme me ferait honte, dit-il.

— Eh bien, répondit l'enchanteresse, trouvons alors un moyen, si nous le pouvons, de le sortir de là. »

« Il va bientôt te tuer, dit-elle à Argalia de retour à la maison.

— Les jardins sont pleins de rumeurs, répondit gravement Argalia, et sous quel prétexte, je me le demande. »

La princesse prit le visage pâle d'Argalia entre ses mains.

« C'est moi, le prétexte. Tu as enlevé une princesse moghole comme butin de guerre. Il ne le savait pas quand il t'a donné son accord mais à présent il est au courant. Capturer une princesse moghole est un acte de guerre contre le roi moghol et il dira qu'en plaçant l'Empire ottoman dans une telle situation, tu as commis une trahison et tu dois en payer le prix. Telles sont les nouvelles que racontent les tulipes. »

Averti du danger, Argalia eut le temps de prendre ses dispositions et, le jour où l'on vint l'arrêter, il avait déjà, à la faveur de la nuit, envoyé Qara Köz et le Miroir à l'abri, accompagnées de nombreux coffres contenant les richesses qu'il avait amassées au cours de ses victorieuses campagnes militaires, et protégées par les quatre géants suisses et toute une compagnie des plus fidèles de ses Janissaires, soit une centaine d'hommes au total, il leur avait demandé de l'attendre à Bursa au sud de la capitale.

« Si je prenais la fuite avec toi, avait-il dit, Selim nous pourchasserait et nous massacrerait comme des chiens. Il faut au contraire que j'affronte le procès, et quand je serai condamné, je dois battre le Jardinier à la Course. »

Qara Köz savait bien que c'était ce qu'il allait dire.

« Si tu es décidé à mourir, lui confia-t-elle, je suppose que je dois te laisser faire. » Ce qui signifie qu'elle allait devoir lui sauver la vie et que ce serait difficile car elle n'assisterait pas à la scène de la grande course.

Dès que Selim le Sombre, dans la salle du trône de la Demeure de la Béatitude, eut prononcé la condamnation à mort contre le traître Argalia, le guerrier, connaissant les règles, tourna les talons et partit en courant. De la salle du trône à la Porte de la Maison du Poisson, il y avait environ un demi-mille à travers les jardins du palais et il devait y parvenir avant le Bostanci-Basha qui, torse nu, vêtu du pantalon blanc musulman et de sa calotte rouge, le talonnait déjà, se rapprochant un peu plus à chaque foulée. S'il était rattrapé, il mourrait à la Maison du Poisson et serait jeté dans le Bosphore, là où finissaient tous les cadavres. Tout en courant au milieu des parterres de fleurs, il apercevait devant lui la Maison du Poisson et entendait les pas de Bostanci-Basha tout près derrière lui ; il comprit qu'il n'irait pas assez vite pour s'échapper. « La vie est absurde, pensa-t-il. Avoir survécu à tant de guerres pour finir étranglé par le jardinier. Il est bien vrai qu'il n'est point de héros qui ne découvre avant de mourir la vanité de l'héroïsme. » Il se rappela comment, alors qu'il était petit garçon, il avait découvert pour la première fois l'absurdité de l'existence, seul dans un petit canot, au milieu d'une bataille navale, en plein brouillard. « Tant d'années après, songea-t-il, il faut donc que je reçoive la même leçon. »

Personne ne put jamais expliquer de manière satisfaisante pourquoi le jardinier en chef du sultan Selim le Sombre, l'homme au pied agile, s'écroula brusquement en se tenant le ventre à seulement trente foulées du but de la Course du Jardinier, ni pourquoi il mourut dans une explosion de pets les plus puants qu'on eût jamais sentis, lâchant des vents aussi sonores que des coups de fusil et hurlant de douleur comme une mandragore qu'on déracine, alors qu'Argalia franchissait la ligne d'arrivée à la Porte du Poisson, enfourchait le cheval qui l'y attendait et prenait au galop le chemin de l'exil.

« As-tu fait quelque chose ? demanda Argalia à sa bien-aimée quand il la rejoignit à Bursa.

— Qu'ai-je bien pu faire à mon cher petit Basha ? répondit-elle en le regardant bien en face. Lui envoyer un message pour le remercier par avance de te tuer, toi mon vil séducteur, accompagné d'une cruche de vin d'Anatolie, pour lui prouver ma reconnaissance, c'est une chose, certes, mais calculer exactement le temps que mettrait à agir sur son estomac une certaine potion mélangée au vin, ce serait évidemment totalement impossible. »

En la regardant dans les yeux, il ne décela aucune trace de tromperie, aucun signe indiquant qu'elle ou le Miroir, ou les deux ensemble, auraient pu convaincre le jardinier de faillir à son devoir, peut-être même de boire le vin à une heure précise, spécifiée à l'avance, en échange d'un moment de bonheur qui, pour un tel homme, durerait l'équivalent de toute une vie. Non, se dit Argalia, tandis que le regard de Qara Köz l'enfermait de plus en plus étroitement sous son charme, rien de la sorte n'a pu se produire. Vois les yeux de ma bien-aimée, comme ils sont innocents, si pleins d'amour et de loyauté.

*

L'amiral Andrea Doria, capitaine de la flotte génoise, vivait, quand il n'était pas en mer, dans le faubourg de Fassolo, à l'extérieur des remparts de la ville, en face de la porte San Tomasso, à l'entrée nord-ouest du port. Il avait acheté cette demeure à un noble génois du nom de Jacobo Lomellino parce qu'elle lui faisait penser aux antiques Romains, vêtus de toges et couronnés de lauriers qui habitaient de grandes villas au bord de la mer, comme celle de Laurentinum que décrit Pline le Jeune, mais aussi pour la vue sur le port qui lui permettait de surveiller à tout moment qui entrait ou sortait de la ville. Ses galères étaient amarrées juste devant chez lui pour le cas où il aurait fallu embarquer rapidement. Aussi fut-il naturellement un des premiers à apercevoir le navire en provenance de Rhodes qui ramenait Argalia en Italie et, dans sa longue-vue, il distingua à bord un grand nombre d'hommes lourdement armés, revêtus de l'uniforme des Janissaires ottomans. Quatre d'entre eux étaient apparemment des géants albinos. Depuis son belvédère, il envoya un messager donnant instruction à son lieutenant Ceva d'aller à la rencontre du navire de Rhodes pour sonder les intentions des arrivants.

C'est ainsi que Ceva le Scorpion se retrouva face à face avec une personne qu'il avait abandonnée en mer face à l'ennemi.

L'homme en qui Ceva n'avait pas encore reconnu Argalia s'était posté devant le mât de son navire de Rhodes, portant un énorme turban et des vêtements de brocart flottants, comme un riche prince ottoman. Ses Janissaires se tenaient derrière lui, armés jusqu'aux dents et sur le qui-vive, et à ses côtés, semblant attirer à elles toute la lumière du soleil, de sorte que le reste du monde paraissait sombre et froid, se tenaient les deux plus belles femmes que Ceva eût jamais vues, leur beauté sans voile offerte à tous les regards, leurs boucles noires flottant librement au vent comme des chevelures de déesses. Au moment où il montait à bord du vaisseau de transport de Rhodes, suivi de près par un détachement du Ruban d'Or, les deux femmes se tournèrent vers lui et il sentit son épée lui échapper des mains. Et puis il y eut une douce mais inexorable pression sur ses épaules, une pression à laquelle, il le découvrit alors, il n'avait aucune envie de résister et, tout à coup, il se retrouva, avec tous ses hommes, agenouillé aux pieds des étrangers et sa bouche prononça des mots de bienvenue inhabituels : *Soyez les bienvenus, gentes dames, et tous ceux qui veillent sur vous.*

« Fais bien attention, Scorpion, répondit le prince ottoman dans un dialecte florentin parfait, puis imitant le sabir de Ceva, parce que, quand un type me regarde de travers, je lui arrache le foie pour le donner à bouffer aux mouettes. »

À présent, Ceva avait compris qui se tenait devant lui et il essaya de se relever et de saisir son arme mais, étrangement, il était figé dans sa position agenouillée, et tous ses hommes également. « Seulement, ajouta Argalia d'un air pensif, tes yeux sont juste à la bonne hauteur pour contempler ma foutue bite. »

Le grand *condottiere* Doria, la barbe et la moustache cascadant en vagues puissantes de son visage, posait sous les traits du dieu marin Neptune pour le sculpteur Bronzino, il se tenait nu sur la terrasse de sa villa, brandissant un trident dans la main droite tandis que l'artiste reproduisait son anatomie lorsque, à sa grande consternation, il vit une troupe de vauriens lourdement armés monter de sa jetée privée pour venir l'attaquer. À sa tête, fait invraisemblable, se tenait son propre lieutenant, Ceva le Scorpion, se comportant comme un vulgaire lèche-bottes et au milieu du groupe, vêtues de manteaux à capuche, il y avait, semblait-il, deux femmes dont on ne pouvait, à première vue, déterminer les traits ou l'identité. « Si vous croyez qu'une troupe de brigands et leurs putains peuvent avoir raison d'Andrea Doria sans combat, gronda-t-il, empoignant son épée d'une main et brandissant le trident de l'autre, voyons combien d'entre vous repartiront d'ici vivants. »

À ce moment, l'enchanteresse et son esclave enlevèrent leurs capuches et l'amiral Doria se retrouva réduit à rougir et à bégayer, il recula devant le groupe pour tenter de retrouver ses chausses mais les femmes ne semblaient accorder aucune attention à sa nudité, ce qui, au fond, était encore le plus insultant. « Un garçon que vous avez laissé pour mort est venu réclamer son dû », dit Qara Köz. Elle parlait un italien parfait, comme Doria pouvait s'en rendre compte, et cependant elle n'était manifestement pas italienne. C'était le genre d'étrangère aux pieds de qui un homme aurait pu déposer sa vie. C'était une reine que l'on vénère et son associée, qui semblait être le miroir de la dame royale, bien que très légèrement inférieure à l'original en fraîcheur et en charme, était aussi une beauté digne d'adoration. Il était impossible d'envisager de se battre en présence de telles merveilles. L'amiral Doria, se drapant dans son manteau, restait là, bouche ouverte, il regardait s'approcher les étrangers, tel un dieu marin enchaîné devant des nymphes jaillies des ondes.

« Il est revenu, dit Qara Köz, ainsi qu'il s'était promis de le faire, comme un prince riche et célèbre. Mais il s'est débarrassé de tout désir de vengeance, votre sécurité n'est pas menacée. Toutefois, il vous demande une récompense, ce qui, au vu de ses services d'autrefois et de sa clémence d'aujourd'hui, paraît parfaitement justifié.

— Et que va-t-il m'en coûter ? demanda Andrea Doria.
— Votre amitié, répondit l'enchanteresse, et un bon dîner, ainsi qu'un sauf-conduit à travers ces terres.
— Un sauf-conduit pour quelle destination ? demanda l'amiral. Où projette-t-il de se rendre avec cette bande d'étrangleurs ?
— Le marin rentre chez lui, Andrea, dit Argalia le Turc. L'homme de guerre retourne à la maison. J'ai vu le monde, j'ai eu mon content de sang, j'ai fait ma pelote, à présent je veux me reposer.
— Tu es toujours un gamin, lui dit Andrea Doria. Tu t'imagines encore que la maison, au terme d'un long voyage, est l'endroit où un homme peut trouver la paix. »

III

16

Comme si tous les Florentins étaient cardinaux

Comme si tous les Florentins étaient cardinaux, les pauvres, les plus méprisés de la cité, devancèrent les éminences en habit rouge enfermées dans la chapelle Sixtine, et allumèrent des feux de joie pour célébrer l'élection d'un pape Médicis. La ville était remplie de flammes et de fumée au point que, de loin, on aurait pu la croire en proie à un incendie. Un voyageur qui serait arrivé là au coucher du soleil – et celui qui arrivait précisément à ce moment-là, venant de la côte, avec ses petits yeux, sa peau blanche et ses longs cheveux noirs, n'avait pas l'air d'un enfant du pays rentrant chez lui, mais d'une créature exotique sortie d'une légende de l'Orient lointain, un *samouraï*, peut-être de l'île de Chipango ou Cipangu, c'est-à-dire du Japon, un descendant des redoutables chevaliers de Kiushu qui avaient vaincu les envahisseurs de l'empereur de Chine, Kubilaï Khan –, ce voyageur pouvait se croire arrivé sur le théâtre d'une catastrophe, il aurait pu s'arrêter en chemin, retenir son cheval, et levant la main d'un geste impérial, une main habituée à être obéie, il aurait pu évaluer la situation. Argalia devait souvent se rappeler ce moment au cours des mois qui suivirent. Les feux de joie avaient été allumés avant que les cardinaux n'aient pris leur décision mais leur prophétie se révéla juste et un pape Médicis, le cardinal Giovanni de' Medici, Léon X, fut élu cette nuit-là pour joindre ses forces à celles de son frère le duc Giuliano à Florence. « Étant donné que ces salauds étaient à nouveau en selle, j'aurais dû rester à Gênes et partir naviguer avec Doria sur ses navires de combat jusqu'à ce que le monde recouvre la raison, confia-t-il à il Machia quand il le rencontra, mais la vérité, c'est que j'avais envie de la faire admirer. »

*

« Un homme quand il est amoureux devient idiot, dit l'empereur à Mogor dell'Amore. Laisser voir au monde la beauté de sa bien-aimée à visage découvert, c'est franchir le premier pas vers sa perte.

— Personne n'a ordonné à Qara Köz d'ôter son voile, répondit le voyageur. Et elle-même n'a pas ordonné à son esclave d'en faire autant. Elle a pris sa décision en toute liberté et le Miroir aussi. »

L'empereur garda le silence. Par-delà l'espace et le temps, il était en train de tomber amoureux.

*

En cette fin d'après-midi, Niccolò, « il Machia », âgé de quarante-quatre ans, jouait aux cartes à la taverne de Percussina avec Frosino Uno, le meunier, le boucher Gabburra et Vettori l'aubergiste, qui se hurlaient des insultes les uns aux autres, tout en évitant prudemment d'en adresser au seigneur du village, même si celui-ci prenait place avec eux à leur bruyante tablée, aussi éméché qu'eux, se comportant comme leur égal, frappant deux fois du poing sur la table quand il perdait la main et trois fois quand il la gagnait, usant du même langage grossier que tous les autres, buvant aussi sec que ceux qu'il appelait ses adorables fripouilles lorsque Gaglioffo, ce bon à rien de bûcheron au langage ordurier, déboula à toute allure, l'œil écarquillé, gesticulant et complètement à bout de souffle. « Une centaine d'hommes ou davantage, hurla-t-il en montrant du doigt la porte et en avalant de grandes goulées d'air. Tringlez-moi deux fois dans le fondement si je mens.

Lourdement armés, avec des géants à cheval, ils viennent par ici ! » Niccolò se leva sans pour autant lâcher ses cartes. « Eh bien, mes amis je suis un homme mort, dit-il. Le grand-duc Giuliano a finalement décidé de se débarrasser de moi. Je vous remercie pour ces soirées de plaisir qui m'ont aidé à me vider l'esprit de toutes ses scories après mes dures journées de travail, je dois à présent vous quitter pour aller faire mes adieux à ma femme. » Gaglioffo était plié en deux, haletant et se tenant les côtes pour tenter de calmer la douleur de son point de côté. « Monsieur, fit-il d'une voix haletante, peut-être que non, monsieur. Ils ne sont pas habillés comme nous, monsieur. Des putains d'étrangers, monsieur, de cette putain de Ligurie, peut-être, ou même d'encore plus loin. Et il y a aussi des femmes à cheval, monsieur, des femmes avec eux, des étrangères, monsieur, et quand on les voit ces deux-là, l'envie de les foutre vous prend comme la fièvre porcine. Enculez-moi si je mens, monsieur. »

C'étaient là de braves gens, se dit il Machia, ces quelques habitants de son domaine, mais dans l'ensemble, le peuple de Florence était composé de traîtres. C'était ce peuple qui avait trahi la République et invité les Médicis à revenir. Ce peuple qu'il avait servi en bon républicain, secrétaire de la Seconde Chancellerie, diplomate itinérant et fondateur de la milice florentine, l'avait trahi lui aussi. Après la chute de la République et le renvoi du *gonfaloniere* Pier Soderini, chef du gouvernement, il Machia lui aussi avait été démis de ses fonctions. Après quatorze années de bons et loyaux services, le peuple lui avait démontré que la loyauté ne l'intéressait pas. Les gens réagissaient comme des imbéciles face au pouvoir. Ils avaient laissé il Machia être entraîné dans les entrailles de la cité où l'attendaient les bourreaux. Un tel peuple ne méritait pas qu'on se dévoue pour lui. Ils ne méritaient pas la République. Tout ce qu'ils méritaient, c'était un despote. Peut-être était-ce là le trait commun de tous les peuples, partout, toujours, excepté chez ces paysans avec qui il buvait, jouait aux cartes et au trictrac, et chez quelques rares vieux amis, Agostino Vespucci par exemple ; Dieu merci ils n'avaient pas torturé Ago qui n'était pas très costaud et qui aurait avoué n'importe quoi, tout ce qu'on voulait, après quoi ils l'auraient tué, à moins, bien sûr, qu'il ne fût mort auparavant sous la torture. Mais ils n'avaient pas inquiété Ago qui était plus jeune que lui. C'était il Machia qu'ils avaient voulu tuer.

Ils ne le méritaient pas. Ces paysans, oui, le méritaient, mais en général, le peuple méritait ses cruels princes bien-aimés. La souffrance qui avait traversé son corps n'était pas de la souffrance mais une forme de savoir. C'était une douleur éducative qui avait détruit les derniers fragments de confiance qu'il accordait encore au peuple. Il avait servi ce peuple et ils l'avaient récompensé par de la souffrance, dans ces souterrains obscurs, cet endroit sans nom, où des gens sans nom appliquaient des traitements innommables à des corps eux-mêmes anonymes, car là-bas les noms ne comptaient pas, seule comptait la douleur, la douleur suivie par la confession, elle-même suivie par la mort. Le peuple avait souhaité sa mort ou du moins ne s'était pas préoccupé de savoir s'il était mort ou vivant. Dans cette ville qui avait donné au monde l'idée que l'âme humaine individuelle est libre et précieuse, on ne lui avait accordé aucune importance et on s'était soucié comme d'une guigne de la liberté de son âme, et pas davantage de son intégrité physique. Il leur avait consacré quatorze années de travail loyal et honorable et ils ne s'étaient pas souciés de sa vie individuelle souveraine, du droit qu'il avait en tant qu'homme à rester en vie. Un tel peuple méritait qu'on l'oublie. Ils étaient incapables d'amour ou de justice et, à ce titre, n'avaient aucun sens. Un tel peuple n'avait plus d'importance pour lui. Ils n'étaient plus une priorité mais un sujet secondaire. Seuls comptaient les despotes. L'amour du peuple était capricieux et inconstant et c'était folie que de vouloir le garder. L'amour n'existait pas. Seulement le pouvoir.

Par petites étapes, ils lui avaient retiré toute sa dignité. On lui avait interdit de quitter le territoire de Florence, lui qui aimait tant voyager. On lui avait interdit d'entrer au Palazzo Vecchio, alors qu'il y avait travaillé tant d'années et qu'il en faisait partie. Il avait été interrogé par son successeur, un certain Michelozzi, un lèche-bottes de la pire espèce à la solde des Médicis, au sujet d'éventuels détournements de fonds. Mais il avait servi honnêtement la République et on ne put découvrir aucune trace de malversation. C'est alors qu'on avait trouvé son nom écrit sur un morceau de papier dans la poche d'un homme qu'il ne connaissait même pas et on l'avait enfermé dans le lieu innommable. Cet homme s'appelait Boscoli, un idiot, un de ces quatre idiots dont le complot contre les Médicis avait été si stupide qu'il avait été déjoué avant même d'avoir vu le jour. Dans la poche de Boscoli, on avait déniché une liste de deux douzaines de noms qui étaient, pour cet imbécile, les ennemis des Médicis. Parmi eux figurait celui de *Machiavelli.*

Quand un homme est passé par une chambre de torture, il y a des choses que ses sens n'oublient jamais, l'obscurité humide, la puanteur froide des excréments humains, les rats, les cris. Quand un homme a été torturé, une part de lui ne cesse jamais d'éprouver la douleur. Le châtiment connu sous le nom de *strappado* était une des tortures les plus épouvantables qu'on puisse infliger à un individu sans le tuer immédiatement. On lui attachait les poignets dans le dos et la corde qui les liait passait dans une poulie accrochée au plafond. Quand on le soulevait de terre au bout de cette corde, la douleur aux épaules devenait le monde entier. Ce n'était pas seulement la ville de Florence et son fleuve, pas seulement l'Italie mais toute la miséricorde divine qui était annulée par cette douleur. Elle constituait le nouveau monde. Juste avant d'arrêter de penser à quoi que ce fût pour éviter de penser à ce qui allait se produire, il Machia s'était mis à rêver à l'autre Nouveau Monde et au cousin d'Ago, Amerigo, ami du *gonfaloniere* Soderini. Amerigo, l'aventurier, le navigateur qui avait prouvé, avec Colomb, que la Mer Océane ne renfermait pas de monstres capables de couper un navire en deux à coups de mâchoires, qu'elle ne se transformait pas en flammes lorsqu'on atteignait l'Équateur, ni en mer de boue quand on s'aventurait trop loin vers l'ouest, et surtout, ce qui était bien plus important, qui avait eu la sagesse de comprendre ce que ce nigaud de Colomb n'avait jamais saisi, à savoir que ces terres, à l'extrémité lointaine de la Mer Océane, n'étaient pas les Indes ; elles n'avaient rien à voir avec les Indes, mais étaient en réalité un monde entièrement nouveau. Ce Nouveau Monde allait-il être nié par ordre des Médicis, allait-il être annulé par un décret pour devenir une autre de ces idées bannies comme l'amour, la probité ou la liberté, allait-il s'écrouler en même temps que la République détruite, entraîné dans sa chute par Soderini et tous les autres perdants dont il faisait lui-même partie ? Bienheureux loup de mer, se dit il Machia, en sécurité à Séville où même la main des Médicis ne pouvait l'atteindre. Amerigo était peut-être vieux et malade mais il était à l'abri de la persécution et pouvait au moins mourir en paix après toutes ses aventures, telles étaient les pensées d'il Machia ; puis la corde le souleva une première fois et Amerigo et son Nouveau Monde disparurent, et le Vieux Monde également.

Ils le firent six fois de suite et je n'avouai rien parce que je n'avais rien à avouer. Après qu'ils eurent fini de le torturer, ils le renfermèrent dans le cachot et lui dirent qu'ils allaient l'oublier là jusqu'à ce qu'il meure à petit feu, rongé par les ténèbres. Puis, en fin de compte, de manière inattendue, ils le relâchèrent. Le renvoyèrent à l'ignominie, à l'oubli et à la vie conjugale. Ils le reléguèrent à Percussina. Il parcourait les bois en compagnie d'Ago Vespucci et ils cherchaient des racines de mandragore mais ils n'étaient plus des enfants à présent. Leurs espoirs gisaient derrière eux, brisés, au lieu de resplendir dans le futur. Le temps des mandragores était révolu. Une fois, Ago avait essayé de rendre la Fiorentina amoureuse de lui en glissant un peu de poudre de mandragore dans sa boisson, mais Alessandra, la rusée, n'était pas du genre à se laisser posséder par un tel stratagème, elle était insensible au pouvoir magique de la mandragore et elle conçut pour Ago un épouvantable châtiment à sa façon. La nuit, après avoir bu la potion à la mandragore, elle rompit avec la froideur qu'elle avait toujours témoignée à son égard et accorda à ce pauvre diable d'Ago les faveurs de sa couche inaccessible, mais après qu'il eut éprouvé quarante-cinq minutes d'un pur bonheur paradisiaque, elle le congédia sans cérémonie en lui révélant, avant qu'il ne parte, le pouvoir secret et diabolique de la mandragore, à savoir que, lorsqu'un homme faisait l'amour avec une femme placée sous l'emprise de cette racine, il mourait dans les huit jours sauf si la femme avait décidé de lui sauver la vie en l'autorisant à passer la nuit entière avec elle. « Ce dont, lui dit-elle, il ne saurait évidemment être question, mon cher. » Ago, ce froussard superstitieux, obsédé par la magie comme tout un chacun, passa huit jours convaincu que sa fin était proche, il commença à sentir la mort ramper dans ses membres, la caresse glaciale de ses serres qui se refermaient tout doucement autour de ses testicules et de son cœur. Quand il s'éveilla bien vivant, au matin du neuvième jour, il n'en fut pas soulagé pour autant. « Une mort vivante, dit-il à il Machia, est pire que la mort véritable car les morts vivants continuent d'éprouver les souffrances d'un cœur brisé. »

Niccolò savait bien ce qu'était cette mort vivante car, même s'il avait échappé de peu à la mort véritable, il n'était plus à présent qu'un chien crevé, un pauvre chien crevé comme Ago, ils avaient été tous les deux chassés de la vie, de leur emploi, des *grands salons* comme celui d'Alessandra Fiorentina, de tout ce qu'ils pouvaient considérer, à bon droit, comme leur existence réelle. Oui, ils n'étaient plus que des chiens au cœur brisé, et moins encore que des chiens, ils étaient des chiens mariés. Il regardait tous les soirs sa femme en face de lui à la table du dîner et ne trouvait rien à lui dire. Marietta, c'est ainsi qu'elle s'appelait, et puis il y avait ses enfants, leurs enfants, leurs si nombreux rejetons. Ainsi, bien sûr, il s'était en effet marié et avait eu des enfants comme quelqu'un de convenable, mais c'était à une autre époque, celle de sa grandeur insouciante quand il faisait l'amour tous les jours avec une fille différente pour rester en pleine forme, et il honorait également sa femme, bien sûr, six fois au minimum, Marietta Corsini, son épouse, qui cousait ses sous-vêtements et ses serviettes, et ne comprenait rien à rien, qui ne saisissait pas sa philosophie et ne riait pas à ses plaisanteries. Tous les autres le trouvaient drôle, mais elle prenait tout au pied de la lettre, elle pensait qu'un homme dit exactement ce qu'il veut dire et qu'allusions et métaphores ne sont que des instruments dont les hommes se servent pour tromper les femmes, pour les persuader qu'elles ne comprennent rien à ce qui se passe. Pourtant il l'aimait, c'est vrai. Il l'aimait comme un membre de sa famille. Comme une parente. Quand il faisait l'amour avec elle, il sentait confusément que quelque chose *n'allait pas*. Il se sentait *incestueux* comme s'il couchait avec sa sœur. En fait, c'était même là la seule chose qui l'excitait quand il couchait avec elle. *Je fornique avec ma propre sœur*, se disait-il, et cela le faisait jouir.

Elle savait ce qu'il pensait car toutes les femmes lisent dans les pensées de leur époux et elle en souffrait. Il était galant avec elle et très attentionné à sa façon. Madonna Marietta et ses six enfants, ses six bouches à nourrir. Elle était d'une fertilité absurde, Marietta : il suffisait de la toucher pour que son ventre se mette à gonfler et qu'en jaillissent un Bernardo, un Guido, une Bartolomea, un Totto, une Primavera et cet autre garçon, comment s'appelait-il déjà ? Lodovico. Il lui semblait qu'il n'en finirait jamais d'être père et l'argent, lui, se faisait rare en ce moment. Signora Machiavelli. La voilà justement qui déboulait à la taverne, aussi pressée que si sa maison était en train de brûler. Elle portait un bonnet à ruche et ses mèches de cheveux pendaient en bataille autour de son visage en forme d'œuf, à la petite bouche charnue, et elle battait des bras comme un canard bat des ailes ; d'ailleurs, à propos de canard, il fallait bien admettre qu'elle se dandinait. Sa femme se dandinait. Il avait épousé une femme dandinante. Il se sentit incapable de lui faire à l'avenir la moindre caresse intime. Il n'avait vraiment plus aucune raison de la toucher.

« *Niccolò mio*, s'écria-t-elle de sa voix qui, en effet, évoquait un peu trop un cancanement. As-tu vu ce qui arrive sur la route ?

— De quoi s'agit-il, ma chère épouse ? répondit-il, plein de sollicitude.

— Quelque chose de mauvais pour le voisinage, dit-elle, comme la Mort en personne montée sur un cheval, accompagnée de ses ogres et de ses reines démones. »

*

L'arrivée à Sant'Andrea in Percussina de la femme qui deviendrait célèbre, ou faut-il dire tristement célèbre, comme l'*ammaliatrice Angelica*, celle qu'on appela l'enchanteresse de Florence, fit accourir les hommes qui travaillaient dans les champs, les femmes de leurs cuisines en s'essuyant leurs doigts graisseux à leur tablier. Les bûcherons sortirent des forêts et le fils du boucher, Gabburra, arriva en courant de l'abattoir, les mains couvertes de sang, et les potiers abandonnèrent leur four. Frosino Uno, le frère jumeau du meunier Frosino Due, émergea du moulin, tout couvert de farine. Les Janissaires d'Istanbul offraient un spectacle qui valait le coup d'œil, balafrés et tannés. Et quatre géants suisses albinos, montés sur des chevaux blancs, cela ne se voyait pas tous les jours dans le coin, tandis que le personnage imposant qui chevauchait en tête, avec sa peau si pâle et ses cheveux si noirs, le livide capitaine que la Signora Machiavelli avait identifié comme le Faucheur en personne, était incontestablement effrayant et les enfants couraient se cacher à son approche, parce que, qu'il fût ou non l'ange exterminateur, il avait de toute façon fréquenté la mort de trop près pour son propre bien et celui des autres. Et pourtant, s'il était l'Ange de la Mort, il avait tout de même quelque chose d'étrangement familier et parlait parfaitement le dialecte de la région. Les gens se demandèrent si la Mort se présentait toujours sous la forme d'une manifestation locale, pour ainsi dire, utilisant votre patois, connaissant vos secrets et riant à vos plaisanteries les plus personnelles, au moment même où elle vous convoyait dans le monde des ténèbres.

Mais c'étaient les deux femmes que Marietta Corsini Machiavelli avait qualifiées de « reines démones » qui captivèrent rapidement toute l'attention. Elles montaient à la manière des hommes, à califourchon sur leurs montures, et les spectatrices en étaient stupéfaites pour une raison tandis que les hommes qui les contemplaient en avaient eux aussi le souffle coupé, mais pour une autre raison ; leur visage brillait comme à la lumière d'une révélation, comme si, dans ces premiers temps où elles se montraient sans voile, elles pouvaient aspirer la lumière de tous les regards qui se posaient sur elles puis la renvoyer comme si elle émanait de leur propre éclat, provoquant des effets hypnotiques qui incitaient à la rêverie. Les frères Frosino, en tant que jumeaux, étaient perdus dans leurs fantasmes, ils imaginaient déjà un double mariage dans un proche avenir. Pourtant, malgré leur délire, ils étaient assez observateurs pour noter que ces dames étonnantes n'étaient pas exactement semblables et probablement même pas de la même famille. « La première est la maîtresse et l'autre la servante », dit Frosino Due, tout couvert de farine, et il ajouta, car il était le plus poète des deux frères : « Elles sont le soleil et la lune, le bruit et son écho, le ciel et son reflet à la surface d'un lac. » Son jumeau était plus terre à terre. « Je prendrai la première et tu auras la numéro deux, dit Frosino Uno. Parce que la deuxième est belle, c'est certain, tu ne seras pas lésé, mais à côté de la première elle paraît invisible. Tu n'as qu'à fermer un œil pour ne plus voir ma jeune fille et tu remarqueras que la tienne aussi est jolie. » Étant l'aîné de onze minutes, il s'arrogeait la prérogative de choisir le premier. Frosino Due était sur le point de protester lorsque la première dame, la maîtresse, se tourna vers les frères pour les dévisager et murmura à sa compagne dans un italien parfait :

« Qu'en penses-tu, mon Angelica ?

— Mon Angelica, ils ne manquent pas d'un certain charme rustique.

— C'est interdit, bien sûr, mon Angelica.

— Mon Angelica, bien sûr. Mais peut-être pourrions-nous leur rendre visite en rêve.

— Toutes les deux, nous irions les voir tous les deux, mon Angelica ?

— Mon Angelica, les rêves n'en seront que meilleurs. »

C'étaient donc des anges. Pas des démons, mais des anges qui savaient lire les pensées. Leurs ailes, sans aucun doute, devaient être bien soigneusement pliées sous leurs habits. Les frères Frosino rougirent, ils eurent envie de rentrer sous terre et regardèrent affolés de tous côtés, mais ils étaient les seuls, apparemment, à avoir entendu ce qu'avaient dit les anges à cheval. C'était bien entendu impossible et c'était donc une preuve supplémentaire qu'un événement d'ordre divin venait de se produire. D'ordre divin ou diabolique. Mais non, c'étaient des anges, de véritables anges. « Angelica », le nom qu'elles semblaient porter toutes les deux, ne convenait pas à un démon. C'étaient des anges de rêve qui avaient promis aux meuniers des joies que des hommes comme eux ne pouvaient entrevoir qu'en songe. Les délices du Paradis. La bouche pleine de rires, ils tournèrent brusquement les talons et coururent au moulin aussi vite que leurs jambes pouvaient les porter. « Où allez-vous ? » leur demanda Gabburra, le boucher. Mais comment auraient-ils pu lui expliquer qu'ils avaient besoin, de toute urgence, de s'allonger et de fermer les yeux ? Comment lui expliquer précisément la raison pour laquelle il était si important, pourquoi il n'avait jamais été plus important de dormir ?

Le cortège s'arrêta devant la taverne de Vettori. Le silence se fit, rompu seulement par le hennissement des chevaux fatigués. Il Machia, comme tout le monde, contemplait les femmes et quand il entendit la voix d'Argalia sortir de la bouche du pâle guerrier, il eut l'impression d'être arraché à un lieu de beauté pour être précipité dans un cloaque puant. « Que se passe-t-il, Niccolò, disait la voix, ne sais-tu pas que lorsque l'on oublie ses amis, cela signifie qu'on s'est oublié soi-même ? » Marietta effrayée se cramponna à son mari. « Si la Mort aujourd'hui se déclare ton amie, lui siffla-t-elle à l'oreille, nos enfants seront orphelins avant la tombée de la nuit. » Il Machia s'ébroua comme s'il voulait chasser les effets d'une potion empoisonnée. Il fixa le cavalier droit dans les yeux, d'un regard inamical. « Au commencement étaient trois amis, dit-il d'une voix douce, Niccolò "il Machia", Agostino Vespucci et Antonino Argalia. Le monde de leur enfance était un bois enchanté. Un jour, les parents de Nino furent emportés par la peste. Il s'en alla chercher fortune et on ne le revit jamais. » Marietta regardait alternativement son mari et l'étranger, et une lueur de compréhension commença lentement à se peindre sur son visage.

« Puis, conclut Niccolò, après de longues années de trahison contre son pays et son Dieu qui condamnèrent son âme à l'Enfer et vouèrent son corps au chevalet, Argalia le Pacha – Arcalia, Arqalia, Al-Ghaliya, même son nom devint un mensonge – s'en revint vers ce qui n'était plus sa patrie. »

Il Machia n'était pas profondément religieux mais il était chrétien. Il n'allait pas à la messe mais il était convaincu que toutes les autres religions se trompaient. Il tenait les papes pour responsables de la plupart des guerres de l'époque et considérait de nombreux prélats comme des criminels, mais les cardinaux et les papes aimaient bien mieux que les princes ce qu'il avait à dire sur la nature du monde. Auprès de ses compagnons de taverne, il fulminait contre la corruption de la Curie qui avait détourné les Italiens de la foi, mais ce n'était pas un hérétique, absolument pas, et même s'il était prêt à s'inspirer de certains aspects de la loi du sultan musulman, voire à les apprécier, l'idée de se mettre au service d'un tel potentat lui paraissait écœurante.

Et puis il y avait l'affaire du palais des souvenirs, de cette fille superbe, Angélique Cœur de Bourges, ce cœur angélique, qui, à cause de tout ce qu'on avait infligé à son esprit et à son corps, s'était donné la mort en se jetant par une fenêtre. Pour des raisons évidentes, il ne pouvait guère aborder ce sujet en présence de sa femme car elle était du genre jaloux et lui-même se sentait coupable d'avoir suscité chez elle ce défaut, coupable d'être un vieil homme rempli d'amour, non pas pour sa femme, enfin pas de cette sorte, mais en fait pour Barbera Raffacani Salutati, la contralto à la voix si belle, qui accomplissait tant de belles choses et pas seulement sur scène, oh non ! Barbera, Barbera, oh oui ! Plus aussi jeune qu'autrefois mais tout de même beaucoup plus jeune que lui, et prête, inexplicablement, à aimer un homme grisonnant, elle qui était dans toute la verdeur de sa beauté... En somme, après avoir envisagé les conséquences d'une telle évocation, il jugea préférable de se contenter pour l'instant des questions de blasphème et de trahison.

« Sire Pacha, fit-il en guise de salut à son ancien camarade, fronçant ses sourcils en ailes de chauve-souris en signe de forte désapprobation, quelle affaire peut bien amener un païen en terre chrétienne ?

— J'ai une faveur à demander, répondit Argalia, mais pas pour moi. »

*

Les deux anciens camarades passèrent plus d'une heure en tête à tête dans le cabinet d'il Machia, parmi les livres et des monceaux de papiers. Le ciel s'assombrit. Beaucoup de villageois étaient partis vaquer à leurs affaires mais beaucoup d'autres étaient restés. Les Janissaires se tenaient toujours immobiles sur leurs montures, les deux dames également ; elles avaient seulement accepté un peu d'eau que leur avait apportée la servante des Machiavelli. À la tombée de la nuit, les deux hommes ressortirent et il était évident qu'une sorte d'accord avait été conclu. Sur un signe d'Argalia, les Janissaires mirent pied à terre et Argalia lui-même aida Qara Köz et son Miroir à descendre de monture. Les soldats allaient bivouaquer sur le domaine pour la nuit, certains dans le petit pré près de Greve, d'autres dans les *poderi* de Fontalla, Il Poggio et Monte Pagliano. Les quatre géants suisses resteraient à la villa La Strada, dans une tente installée à côté pour assurer la sécurité des résidents. Quand les hommes se seraient reposés et rafraîchis, la troupe s'en irait. Mais elle laisserait derrière elle quelque chose de très précieux.

Les dames et Niccolò en informa sa femme, allaient rester ici, les étrangères, la princesse *Mogor* et sa servante. Marietta apprit la nouvelle comme si elle recevait une condamnation à mort. Elle allait être tuée par la beauté, brûlée sur le bûcher du désir interminable de son mari. Les femmes les plus belles et les plus attirantes que personne ait jamais vues à Percussina – les reines diablesses – allaient être hébergées sous son toit. Et la conséquence en serait qu'elle, Marietta, cesserait tout simplement d'exister. Seules les deux dames existeraient. Quant à elle, elle deviendrait l'épouse invisible de son mari. La nourriture apparaîtrait sur la table à l'heure des repas, la lessive serait faite et la maison tenue en ordre et son mari ne remarquerait même pas qu'elle s'appliquait à ces tâches car il se noierait dans les yeux de ces sorcières étrangères si incroyablement désirables qu'elles en gommeraient tout simplement sa présence. Il faudrait éloigner les enfants, les envoyer peut-être dans la maison aux huit canaux, au bord de la voie romaine, et il faudrait qu'elle se partage entre cet endroit et La Strada, ce qui serait impossible, cela ne pouvait pas arriver, elle ne le permettrait pas.

Elle commença à le houspiller, là tout de suite, en public, sous les yeux du village tout entier, devant les albinos géants et ce personnage de la Mort qui n'était autre qu'Argalia revenu d'entre les morts, mais il Machia leva la main et pendant l'espace d'un instant il retrouva l'apparence de ce grand personnage de Florence qu'il était il n'y avait pas si longtemps ; elle comprit qu'il s'agissait d'une affaire sérieuse et se tut.

« D'accord, dit-elle, mais ce n'est pas un palais pour des princesses que nous avons à offrir, alors elles devront s'en contenter, c'est tout. »

Au bout de onze années passées auprès d'un mari coureur de jupons, Signora Marietta avait le caractère à vif et à présent il avait l'impudence de lui reprocher son irritabilité qui l'obligeait, selon lui, à aller voir ailleurs, comme par exemple dans le boudoir de cette traînée de Barbera. Cette Salutati gueularde dont le plan était très simple : elle voulait survivre à Marietta Corsini et usurper son royaume, lui succéder dans la chambre du maître à la villa La Strada où la Corsini était la maîtresse et la mère des enfants de Niccolò. Du coup, Marietta était bien décidée à vivre jusqu'à cent onze ans pour assister à l'enterrement de sa rivale et danser nue sur la tombe de la misérable à la lueur d'une lune gibeuse. Elle était horrifiée par la violence de ses rêves mais avait cessé de nier la part de vérité qu'ils contenaient. Elle était capable de se réjouir de la mort d'une autre femme. Peut-être même d'en précipiter la venue. Il faudrait que ce soit par l'effet d'un meurtre, se dit-elle, car elle n'était pas très douée en matière de sorcellerie et ses malédictions n'avaient généralement aucun effet. Une fois, elle s'était enduit tout le corps d'un onguent sacré avant de faire l'amour avec son mari, ou plutôt avant de le contraindre à lui faire l'amour, et si elle avait été une meilleure sorcière, il aurait été à jamais lié à elle. Au lieu de quoi, il s'en alla chez la Barbera, comme d'habitude, le lendemain, et elle jura en le voyant s'éloigner, le traitant de maquereau sans Dieu qui ne respectait même pas la sainteté des huiles consacrées.

Il ne l'entendit même pas, bien sûr, mais les enfants, eux, entendaient, ils avaient des yeux partout, leurs oreilles captaient tout, ils étaient les consciences murmurantes de la maison. Elle les aurait pris pour des fantômes sacrés si elle n'avait dû les nourrir, raccommoder leurs habits, leur poser une compresse froide sur le front quand ils avaient de la fièvre. Ils étaient bien réels en effet ; mais sa colère et sa jalousie étaient encore plus réelles qu'eux, ses propres enfants, et les repoussaient dans un coin de son esprit. Les enfants étaient des yeux, des oreilles, des bouches, de douces respirations dans la nuit. Ils n'étaient pas son centre d'intérêt. La seule vision qui lui importait, c'était cet homme, son mari, si taciturne, si instruit, si séduisant, ce symbole de l'échec, ce proscrit, cet exilé qui n'avait toujours pas compris ce qui comptait véritablement dans la vie, même le *strappado* ne lui avait pas appris la valeur de l'amour et de la simplicité, même la répudiation de sa vie entière et de son travail par les citoyens pour qui il s'était dévoué ne lui avait pas fait comprendre qu'il valait mieux accorder son amour et sa loyauté à ses proches plutôt qu'au public en général. Il avait une brave épouse, une femme qui l'avait toujours aimé et pourtant il allait courir après de minables jeunes péronnelles. Il possédait la dignité et l'érudition, et des terres modestes mais suffisantes, et cependant il écrivait tous les jours des lettres dégradantes à la cour des Médicis pour quémander, de manière servile, un quelconque emploi officiel. C'étaient des lettres de flagorneur, indignes de son sévère génie sceptique, des mots qui avilissaient l'âme. Il méprisait ce qu'il aurait dû chérir : son humble patrimoine, ce domaine, ces maisons, ces bois et ces champs et la femme qui était l'humble déesse de ce coin de terre.

Les choses simples. Piéger des grives avant l'aube, les ceps de vigne chargés de grappes, les animaux, la ferme. Ici il avait le temps de lire et d'écrire, de rivaliser par son intelligence avec n'importe quel prince. Cette intelligence était la meilleure part de lui-même, avec elle, il possédait ce qui importait le plus et pourtant la seule chose qui semblait compter pour lui, dans sa déception farouche et dans sa pénible instabilité, c'était de trouver de nouveaux endroits où fourrer son braquemart. Ou peut-être tout simplement de le ficher dans cet endroit particulier, cette Barbera, la putain chantante. Quand on avait joué sa nouvelle pièce à propos de la racine de mandragore, en ville et ailleurs, il s'était arrangé pour faire attribuer à Barbera le rôle de chanteuse pendant les entractes pour distraire le public. C'était miracle que les spectateurs ne se soient pas sauvés écœurés, les oreilles écorchées. C'était miracle que sa brave femme ne lui ait pas versé du poison dans son vin. C'était miracle que Dieu permette à des pouffiasses comme la

Barbera de resplendir tandis que des honnêtes femmes se fanaient et vieillissaient.

« Mais, se dit Marietta, peut-être avons-nous à présent quelque chose en commun, cette vache beuglante et moi. Peut-être est-ce le moment de discuter toutes les deux de ce nouveau problème, l'affaire de ces sorcières venues compromettre le bonheur de notre art de vivre florentin. »

*

Niccolò avait l'habitude, tous les soirs, de communier avec les grands disparus, ici même, dans cette pièce où, à présent, il se tenait face à son ami d'enfance, pour voir s'il parvenait à se débarrasser de l'hostilité qu'il sentait monter en lui ou si, au contraire, ils étaient voués à devenir ennemis pour toujours. En silence, il consultait les morts. Il entretenait des relations étroites avec la plupart des héros, des grands criminels, des philosophes et des hommes d'action de l'Antiquité. Quand il était seul, ils se regroupaient autour de lui, discutaient, expliquaient ou l'emmenaient avec eux dans leurs campagnes immortelles. Quand il voyait Nabis, prince de Sparte, défendre sa ville contre Rome et contre le reste de la Grèce, ou qu'il suivait l'ascension d'Agathoclès, le Sicilien, fils d'un potier devenu par pure méchanceté roi de Syracuse, ou qu'il chevauchait aux côtés d'Alexandre de Macédoine, en guerre contre Darius le Grand de Perse, il avait alors l'impression que des rideaux s'écartaient dans son esprit et que le monde devenait plus compréhensible. Le passé était une lumière qui, correctement dirigée, pouvait illuminer le présent bien mieux que n'importe quel éclairage contemporain. La grandeur était comme la flamme sacrée d'Olympie que les grands hommes se passaient entre eux. Alexandre s'était formé sur le modèle d'Achille, César avait suivi les traces d'Alexandre et ainsi de suite. La capacité de comprendre était elle aussi une flamme de cette sorte. Le savoir ne naissait jamais simplement dans l'esprit humain, il renaissait toujours. La transmission de la sagesse d'un âge à l'autre, ce cycle des renaissances, telle était la vraie sagesse. Le reste n'était que barbarie.

Et pourtant les barbares étaient omniprésents, et partout vainqueurs. Les Suisses, les Français, les Espagnols, les Allemands, ils foulaient tous aux pieds l'Italie en ces temps de guerres incessantes. Les Français avaient envahi les États du pape puis avaient attaqué les Vénitiens, les Espagnols et les Allemands sur le sol italien. Puis, en un clin d'œil, les Français, le pape, les Vénitiens et Florence s'étaient alliés contre les Milanais. Puis le pape, la France, l'Espagne et les Allemands contre Venise. Puis contre les Suisses en Lombardie. Puis la Suisse contre la France. L'Italie était devenue une sorte de carrousel belliqueux où la guerre se jouait comme une danse où l'on change sans cesse de partenaire, une partie de « En allant à Jérusalem », autrement dit un jeu de chaises musicales. Et dans toutes ces guerres, jamais une armée composée de troupes exclusivement italiennes n'avait réussi à contenir les hordes qui débordaient ses frontières.

Ce fut en fin de compte ce constat qui le réconcilia avec son ami, le revenant. Pour chasser les barbares, peut-être l'Italie avait-elle besoin de son propre barbare. Et si Argalia, qui avait si longtemps vécu parmi les barbares et qui était lui-même devenu un féroce guerrier barbare au point de passer pour la véritable incarnation de la Mort, était le rédempteur dont le pays avait besoin ? Il y avait des tulipes brodées sur le pourpoint d'Argalia. « La mort parmi les tulipes », lui chuchotèrent à l'oreille ses grands disparus d'un air approbateur. « Peut-être cet Ottoman florentin sera-t-il la fleur porte-bonheur de la cité. »

Lentement, après mûre réflexion, il Machia se décida à tendre une main amicale. « Si tu parviens à racheter l'Italie, il se peut que ton long voyage apparaisse finalement comme une décision de la Providence, sait-on jamais. »

Argalia réagit aux connotations religieuses de l'hypothèse d'il Machia. « Très bien, concéda volontiers il Machia.

“Rédempteur” n’est peut-être pas le terme qui te convient, alors disons plutôt “Fils de pute”. »

Finalement, Andrea Doria avait convaincu Argalia que cela ne servait à rien de rêver de rentrer à la maison pour se prélasser. « Que penses-tu que le duc Giuliano va te dire ? lui demanda le vieux *condottiere*. “*Bienvenue dans ta patrie, Signor Armé-jusqu’aux-dents, Pirate, Traître, Janissaire-Tueur de Chrétiens, toi et tes cent un guerriers endurcis au combat et tes quatre géants albinos. Je te crois lorsque tu affirmes venir en paix, et manifestement tous ces gentilshommes vont désormais servir de jardiniers, de majordomes, de charpentiers et de peintres en bâtiment.*” Seul un bébé pourrait avaler ce conte de fées. Cinq minutes après que tu te seras présenté sur le pied de guerre, il enverra toute sa milice à tes trousses pour avoir ta tête. Tu es un homme mort si tu retournes à Florence, à moins que…

— À moins que quoi ? fut obligé de demander Argalia.

— À moins que je lui dise qu’il devrait louer tes services et faire de toi le commandant en chef dont son armée a le plus grand besoin. Ne va pas t’imaginer que tu as le choix, dit le vieil homme. Pour des hommes comme nous, la retraite n’existe pas.

— Je ne fais pas confiance au duc, dit Argalia à il Machia. En fait, je ne fais pas non plus totalement confiance à Doria. Il a toujours été un vrai salaud et je ne suis pas convaincu que l’âge ait bonifié son caractère. Il a très bien pu adresser à Giuliano un message disant : tue Argalia dès qu’il franchira les murs de la cité. Il est assez culotté pour le faire. Ou peut-être a-t-il eu un véritable élan de générosité et m’a-t-il recommandé, en souvenir du bon vieux temps. Je ne veux pas amener les femmes en ville avant de savoir où en sont les choses.

— Je vais te le dire, moi, précisément, où en sont les choses, répondit Niccolò, avec aigreur. Celui qui concentre tous les pouvoirs de la ville est un Médicis. Le pape est un Médicis. Les gens par ici pensent que Dieu est probablement un Médicis ; quant au diable, c’en est un, cela ne fait aucun doute. Par la faute des Médicis, je suis coincé ici, gagnant péniblement ma vie en élevant du bétail, en cultivant ce petit bout de terre et en vendant du bois de chauffage, et ton ami Ago n'est guère mieux loti. C'est notre récompense pour être demeurés dans cette ville et l'avoir loyalement servie pendant toute notre vie. Et puis voilà que tu débarques, après une carrière de blasphèmes et de trahison, mais comme le duc verra dans ton regard froid ce que tout le monde peut y lire, à savoir que tu es un bon tueur, il te confiera très probablement le commandement de la milice que j'ai bâtie, cette milice que j'ai créée en persuadant ces pingres de citoyens d'une ville aussi riche que la nôtre que cela valait la peine de financer une armée régulière, la milice que j'ai entraînée et menée avec succès au combat lors du grand siège et qui a reconquis Pise, notre ancienne possession, et cette milice, ma milice, va être la récompense que tu obtiendras pour avoir mené une vie dissolue, malhonnête et mauvaise, et il est vraiment difficile, ne penses-tu pas, dans ces conditions, de croire ce que la religion nous enseigne, que la vertu est forcément récompensée et que le crime ne paie pas ?

— Veille sur les deux dames jusqu'à ce que je les envoie chercher, dit Argalia, et si j'ai la chance d'être promu, je verrai ce que je peux faire pour toi, et aussi pour le petit Ago.

— Très bien, dit il Machia. C'est donc à *moi* à présent que tu fais une faveur. »

*

La vie n'avait pas épargné Agostino Vespucci, il n'était plus le même à cette époque, il était moins joyeux, moins volubile, vaincu. Contrairement à il Machia, il n'avait pas été exilé de la cité et partageait son temps entre la maison d'Ognissanti et son négoce d'huile, de laine, de vin et de soie qu'il détestait tant, mais il se rendait souvent à Sant'Andrea in Percussina et s'allongeait tout seul dans le bois des mandragores, observant le mouvement des feuilles et des oiseaux jusqu'à ce qu'il soit l'heure de rejoindre Niccolò à la taverne pour boire et jouer au trictrac. Ses cheveux blonds, brillants avaient blanchi prématurément et s'étaient clairsemés, de sorte qu'il paraissait plus vieux que son âge. Il ne s'était pas marié, et ne fréquentait pas les bordels avec l'assiduité ou l'enthousiasme du passé. Si la perte de son emploi avait ruiné ses ambitions, l'humiliation infligée par Alessandra Fiorentina avait détruit sa vie sexuelle. Il s'habillait de vêtements usés et s'était même mis à se montrer pingre, sans nécessité, car la fortune des Vespucci lui permettait de garder son train de vie. La veille du départ d'il Machia pour Percussina, Ago avait organisé un dîner à la fin duquel il présenta à chacun des convives, même à Niccolò, une note de quatorze florins. Il Machia n'avait pas assez d'argent sur lui, il ne lui donna que onze florins. Encore à présent, Ago lui rappelait avec une régularité tout à fait inconvenante qu'il lui devait toujours trois florins.

Pourtant il Machia ne lui tenait pas rigueur de cette nouvelle parcimonie ; il était convaincu qu'Ago avait été touché plus durement que lui d'avoir été rejeté par la ville après toutes ces années de dur labeur et il savait que la perte d'une bien-aimée pouvait se traduire chez l'amant abandonné par toutes sortes de symptômes étranges. Ago était le seul des trois amis à n'avoir jamais éprouvé le besoin de voyager, celui dont la cité avait comblé tous les désirs et au-delà. Ainsi il Machia avait perdu sa ville tandis qu'Ago s'était détaché de tout son univers. De temps en temps, il parlait même de quitter Florence pour toujours, de rejoindre Amerigo en Espagne et de traverser l'Océan. Quand il rêvait à de tels voyages, c'était sans plaisir, comme s'il décrivait un simple passage de la vie à la mort. La nouvelle du décès d'Amerigo aggrava la tristesse de son cousin. Ago semblait plus disposé que jamais à envisager la mort sous un ciel étranger.

D'autres vieux amis s'étaient disputés. Biagio Buonaccorsi et Andrea di Romolo avaient rompu et ne fréquentaient plus ni Ago ni il Machia. Mais Vespucci et Machiavelli étaient restés très liés et c'est pourquoi Ago, monté sur son cheval, se présenta avant l'aube pour aller chasser les oiseaux avec il Machia et faillit mourir de frayeur lorsque quatre hommes gigantesques se dressèrent autour de lui dans la brume matinale et lui demandèrent ce qu'il venait faire ici. Mais après qu'il Machia, drapé dans un long manteau, eut émergé de la maison pour établir l'identité de son ami, les géants devinrent plutôt aimables. En fait, comme Argalia ne l'ignorait pas, les quatre Janissaires suisses étaient d'incorrigibles bavards, aussi portés sur les commérages qu'une harengère au marché, et pendant qu'ils attendaient il Machia qui était rentré pour finir d'étaler de la glu sur des baguettes d'orme placées dans de petites cages, Otho, Botho, Clotho et D'Artagnan firent à Ago une description tellement imagée de la situation qu'il éprouva, après une longue période de léthargie, la première réapparition d'un émoi sexuel. Ces femmes avaient vraiment l'air de valoir le coup d'œil. Puis Niccolò fut prêt, avec toutes ses cages vides attachées sur le dos, il avait vraiment l'air d'un colporteur ruiné, et les deux amis partirent dans les bois.

La brume se levait. « Quand la migration des grives sera finie, dit il Machia, nous n'aurons même plus tous les deux ce passe-temps. » Mais il y avait dans son regard un éclat qu'on n'y avait pas vu depuis longtemps, alors Ago demanda : « Elles sont donc si bien que ça ? »

Il Machia aussi avait retrouvé le sourire. « Il se passe une chose étrange. Même ma femme a cessé de me houspiller. »

Dès l'instant où la princesse Qara Köz et son Miroir pénétrèrent dans la maison des Machiavelli, Marietta Corsini commença à se sentir d'humeur folâtre. Un délicieux parfum doux-amer avait précédé les deux femmes dans la maison et s'était répandu rapidement le long des couloirs, dans les escaliers et dans la moindre lézarde de l'habitation, et lorsqu'elle inhala cette riche senteur, Marietta commença à se dire que sa vie n'était pas aussi pénible qu'elle le pensait, que son mari l'aimait, que ses enfants étaient de braves enfants et que ces visiteurs étaient après tout les hôtes les plus distingués qu'ils aient jamais eu le privilège de recevoir. Argalia, qui avait demandé à passer la nuit sur place avant de se rendre à la ville, allait dormir sur le canapé dans le cabinet d'il Machia ; Marietta conduisit la princesse à la chambre d'amis et lui demanda, d'un air un peu gêné, si sa dame de compagnie voudrait bien se contenter pour cette nuit d'une des chambres d'enfants. Qara Köz posa un doigt sur les lèvres de son hôtesse et lui murmura à l'oreille : « Cette pièce nous conviendra parfaitement à toutes les deux. » Marietta s'en fut se coucher dans un étrange état de ravissement et quand son mari se glissa dans le lit auprès d'elle, elle lui raconta que les deux femmes avaient souhaité dormir ensemble, sans paraître le moins du monde choquée. « Ne t'inquiète pas de ces femmes, lui dit son mari, et le cœur de Marietta bondit de joie. La femme que je désire est juste à portée de ma main. » La chambre était baignée du parfum doux-amer de la princesse.

Quant à Qara Köz, dès que la porte de la chambre se fut refermée sur elle et sur le Miroir, elle se sentit brusquement sombrer dans un flot d'effroi existentiel. Ces tristesses la submergeaient de temps en temps sans qu'elle eût jamais réussi à s'en défendre. Sa vie avait été marquée par une série de décisions volontaires mais il lui arrivait parfois de chanceler et de s'effondrer. Elle avait bâti son existence sur le fait d'être aimée par les hommes, sur la certitude qu'elle détenait le pouvoir d'engendrer cet amour quand elle le souhaitait, mais quand les questions les plus graves de l'existence se posaient, quand elle sentait son âme trembler et céder sous le poids de la solitude et de la perte, alors l'amour d'aucun homme ne pouvait l'aider. C'est ainsi qu'elle avait fini par comprendre que la vie lui imposerait inévitablement de faire parfois des choix entre son amour et son existence personnelle et quand ces crises survenaient, ce n'était pas l'amour qu'elle devait choisir. Cela serait revenu à mettre son existence en danger. La seule chose qui comptait était la survie.

C'était là la conséquence inévitable du choix qu'elle avait fait de quitter son univers familier. Le jour où elle avait refusé de rentrer à la cour moghole avec sa sœur Khanzada, elle avait appris non seulement qu'une femme peut choisir sa propre voie, mais que ses choix entraînent des conséquences qu'on ne peut effacer. Elle avait fait son choix, et ce qui devait arriver était arrivé, elle ne le regrettait pas mais de temps en temps elle était en proie à une terreur noire. Une terreur qui la ballottait et la secouait comme un arbre dans la tempête et le Miroir s'employait à la réconforter jusqu'à ce que la crise passe. Elle s'effondrait sur son lit et le Miroir se couchait auprès d'elle et la tenait fermement, les mains cramponnées à ses bras, elle la serrait non pas comme une femme serre une autre femme mais à la manière d'un homme. Qara Köz avait compris que son pouvoir sur les hommes lui permettrait d'influencer le cours de son existence mais que cette faculté lui coûterait de grands sacrifices. Elle avait porté à la perfection son art d'enchanteresse, elle avait appris des langues étrangères, avait assisté aux grands événements de son époque, mais elle n'avait pas de famille, pas de clan, aucune des consolations qu'elle aurait eues en restant dans la limite de ses frontières natales, au cœur de sa langue maternelle et sous la protection de son frère. Elle avait l'impression de voler, de l'avoir pleinement souhaité, mais de redouter à tout moment que le charme ne se rompe et qu'elle ne meure en s'écrasant au sol.

Les moindres bribes de nouvelles qu'elle obtenait de sa famille, elle les serrait contre son cœur, essayant d'en extraire plus de sens qu'elles n'en contenaient. Le Shah Ismaïl avait été l'ami de son frère Babur et les Ottomans avaient leurs propres façons de savoir ce qui se passait dans le monde. Elle savait donc que son frère était toujours vivant, que sa sœur l'avait rejoint et qu'un enfant, Nasiruddin Humâyûn, était né. Tout le reste n'était que conjectures. Ferghana, leur royaume ancestral, avait été perdu et ne serait peut-être jamais reconquis. Babur avait choisi de s'établir à Samarcande mais malgré la défaite et la mort de Shaibani Khan, Sire Armoise, les forces mogholes ne semblaient pas parvenir à garder durablement la cité fabuleuse.

Ainsi Babur lui aussi était séparé de sa patrie, Khanzada également, et la famille n'avait aucune attache permanente en aucun lieu de la terre de Dieu. C'était peut-être cela, être moghol, errer, fouiller les décombres, dépendre des autres, combattre sans succès, être abandonné. Le désespoir la submergea pendant un moment. Puis elle s'en débarrassa d'un sursaut. Ils n'étaient pas les victimes de l'histoire, ils en étaient les acteurs. Son frère, son fils et le fils de celui-ci : quel royaume ils allaient bâtir, la gloire de l'univers ! Elle le voulait, le prédisait, le faisait exister par la force de son désir. Et elle-même en ferait autant, en dépit des circonstances adverses de ce monde étranger, elle bâtirait son propre royaume car elle aussi était née pour gouverner. Elle était une femme moghole aussi intrépide qu'un homme. Et elle serait aussi vaillante à la tâche. Doucement, pour elle-même, elle récita en chaghatai les vers d'Ali-Shir Nava'i. Le chaghatai, sa langue maternelle, était son secret, le lien qui la rattachait à sa véritable personnalité qu'elle avait décidé d'abandonner pour la remplacer par la nouvelle qu'elle avait fabriquée elle-même mais qui naturellement continuait à faire partie de son nouveau moi, en constituait le socle, le glaive et le bouclier. Nava'i, « Le Pleureur », qui autrefois, en un pays lointain, avait chanté pour elle *Qara ko'zum, kelu mardumlug' emdi fan qilg'il. Viens Qara Köz et montre-moi ta bonté.* Un jour son frère serait à la tête d'un empire et elle y retournerait en reine triomphante. Ou bien ce seraient les fils de son frère qui accueilleraient ses propres enfants. Les liens du sang ne pouvaient être rompus. Elle s'était métamorphosée et ce qu'elle avait été autrefois, elle le resterait, et un jour elle viendrait réclamer son héritage, elle-même ou bien ses enfants.

La porte s'ouvrit. L'homme entra, son prince à la tulipe. Il avait attendu que la maisonnée soit endormie pour venir la rejoindre, les rejoindre. La tristesse ne l'avait pas quittée mais elle s'était retirée à l'écart pour laisser à l'amant sa place dans le lit. Le Miroir, sentant qu'elle était plus détendue, l'avait lâchée pour aller s'occuper des habits d'Argalia

Il devait se rendre en ville le lendemain matin et, selon lui, tout allait s'arranger. Elle ne se faisait pas d'illusions. Elle savait que soit tout irait bien, soit, dans le cas contraire, les choses iraient vraiment très mal. Demain soir, il serait peut-être mort et elle devrait à nouveau faire un choix pour survivre. Ce soir, en tous les cas, il était bien vivant. Le Miroir le préparait à son intention en le caressant et en l'enduisant d'huiles. Elle le contemplait à la lumière de la lune tandis que son corps pâle s'épanouissait sous les doigts de sa servante. Avec ses cheveux longs il aurait très bien pu être une femme, ses mains si longues, ses doigts si fins, sa peau si invraisemblablement douce. Elle ferma les yeux et fut dès lors incapable de dire qui des deux la touchait, il avait les mains aussi douces que le Miroir, les cheveux aussi longs, la langue aussi experte. Il savait faire l'amour comme une femme. Et le Miroir, avec ses doigts brutaux, pouvait la poignarder comme un homme. Son aspect ondoyant, sa douceur, la légèreté de ses caresses, c'était ce qu'elle aimait chez lui. Les ténèbres avaient été à présent repoussées dans un coin et la lune éclairait les trois corps en mouvement. Elle l'aima et le combla. Elle aima le Miroir mais ne la combla pas. Le Miroir les aima et les combla tous les deux. Cette nuit, c'était l'amour qui importait. Demain ce serait peut-être autre chose. Mais demain était un autre jour.

« Mon Angelica », dit-il. « Oui, je suis là, c'est moi », répondirent à l'unisson les deux femmes. Il y eut des rires légers, des grognements, un grand cri et des soupirs.

Elle s'éveilla avant l'aube. Il dormait à poings fermés, du sommeil de celui dont on demandera beaucoup quand il s'éveillera et elle le regardait respirer. Le Miroir aussi dormait. Qara Köz sourit. Mon Angelica, soupira-t-elle en italien. L'amour entre femmes était plus durable que l'affaire entre les hommes et les femmes. Elle toucha leurs cheveux, si longs, si noirs. Puis elle entendit des bruits dehors. Un visiteur. Les géants suisses l'interrogeaient. Puis elle entendit le maître de maison sortir et expliquer la situation. Elle le voyait bien pour ce qu'il était, ce Niccolò, un grand homme à l'heure de sa défaite. Peut-être connaîtrait-il à nouveau le succès, peut-être redeviendrait-il un homme important, mais la maison de l'échec n'était pas un endroit pour elle. La grandeur abattue de cet homme était immédiatement contagieuse, il conservait la brillance de son intelligence et peut-être aussi sa grandeur d'âme mais il avait perdu son combat et, pour elle, il n'était plus rien, il n'avait plus aucun sens. Elle s'en remettait entièrement à Argalia à présent, elle comptait sur sa réussite et, s'il y parvenait, elle partagerait son ascension et prendrait son envol. Mais si elle le perdait, elle le regretterait amèrement, elle serait inconsolable et alors elle ferait ce qu'il convenait de faire. Elle trouverait sa voie. Quoi qu'il puisse arriver aujourd'hui, elle trouverait sans tarder le moyen d'accéder au palais. Elle était faite pour les palais, et pour les rois.

*

Les oiseaux sautaient dans les cages et se prenaient à la glu étalée sur les brindilles d'orme. Ago et il Machia les attrapaient et leur tordaient le cou. Ils dégusteraient ce soir un délicieux ragoût d'oiseaux chanteurs. La vie leur apportait encore quelques plaisirs, au moins jusqu'à la fin de la migration des grives. Ils rentrèrent à La Strada, portant deux sacs pleins d'oiseaux, et trouvèrent Marietta qui les attendait tout heureuse avec des verres de bon vin rouge. Argalia et ses hommes étaient déjà partis, laissant derrière eux Konstantin le Serbe avec une demi-douzaine de Janissaires sous ses ordres pour défendre les dames, si nécessaire. Ago devrait donc patienter avant de retrouver le voyageur. Il en ressentit brièvement une pointe de déception. Niccolò lui avait décrit la métamorphose de leur vieil ami en une sorte d'incarnation de la Mort, presque efféminée et en même temps farouchement orientale – « Argalia le Turc », comme les villageois l'appelaient déjà, exactement comme il l'avait lui-même prédit, le jour où, encore gamin, il était parti chercher fortune. Et Ago était très curieux de voir de ses propres yeux ce personnage exotique.

Qu'Argalia soit vraiment revenu accompagné de ces quatre géants suisses dont il avait rêvé était déjà en soi une chose incroyable.

À ce moment, on entendit un bruit de pas dans l'escalier ; Ago Vespucci leva les yeux et ce fut comme si Argalia avait cessé d'exister. Il s'entendit murmurer à lui-même qu'il n'y avait jamais eu d'aussi belles femmes au monde, que Simonetta Vespucci et Alessandra Fiorentina n'étaient que des créatures très ordinaires parce que les femmes qui descendaient vers lui étaient plus belles que la beauté même, si belles qu'elles obligeaient à en redéfinir la notion et renvoyaient au rang des médiocres banalités ce que les hommes avaient jusque-là tenu pour l'incarnation de la magnificence. Un parfum les précédait au bas des marches et s'insinua dans son cœur. La première femme était légèrement plus adorable que la deuxième mais si on fermait un œil pour ne plus la voir, la seconde paraissait la plus resplendissante beauté sur terre. Mais pourquoi aurait-on fait cela ? Pourquoi se cacher l'exceptionnel simplement pour que l'extraordinaire en ressorte davantage ?

« Damnation, Machia, souffla-t-il, en transpirant légèrement, le juron échappant à ses lèvres sous le coup de l'émotion alors qu'il avait perdu l'habitude de jurer depuis si longtemps, et le sac de grives mortes lui échappa des mains. Je crois que je viens de redécouvrir le sens de la vie. »

17

Le duc s'était barricadé dans son palais

Le duc s'était barricadé dans son palais de crainte qu'il soit envahi par la foule exubérante, parce que dans les jours qui suivirent l'élection du premier pape Médicis de l'histoire, la cité fut plongée dans une extase qui frisait la violence. « Les gens se déchaînaient, raconta plus tard Argalia à il Machia, sans aucun respect ni pour l'âge ni pour le sexe. » Les cloches des églises carillonnaient en permanence d'assourdissants *gloria* et les feux de joie menaçaient de détruire des quartiers entiers de la ville. « Au Mercato Nuovo, rapporta Argalia, de jeunes exaltés ont arraché des panneaux et des planches aux magasins de soie et aux banques. Le temps que les autorités interviennent pour faire cesser ce désordre, le toit de la guilde des marchands d'habits, la vieille Calimala, a même été réduit en petit bois et brûlé. Il y avait des feux partout, jusqu'au sommet, m'a-t-on dit, du campanile de Santa Maria del Fiore. » Cette folie dura trois jours. Les rues furent submergées de bruit et de fumée. Ce n'était que fornication et sodomie dans toutes les ruelles et tout le monde s'en fichait. Tous les soirs, un char de la victoire couvert de guirlandes était tiré par des bœufs depuis les jardins des Médicis sur la Piazza San Marco jusqu'au palais sur la Via Larga. Devant l'édifice fermé, la foule chantait des hymnes à la gloire du pape Léon X puis mettait le feu à la charrette fleurie. Du haut des fenêtres du palais, les nouveaux seigneurs lançaient des dons, jusqu'à dix mille ducats d'or et douze grandes serviettes brodées d'argent que les Florentins mirent en pièces. Dans les rues de la ville, il y avait des tonneaux de vin et des paniers de pain à la disposition de tous. Les prisonniers furent graciés, les prostituées prospérèrent et les enfants mâles furent baptisés en hommage au duc Giuliano et à son neveu Lorenzo, ou en référence à Giovanni qui était devenu Léon, tandis que les filles étaient appelées Laodamia ou Semiramide comme les grandes dames de la famille.

Il était impossible à un tel moment d'entrer dans la ville avec une centaine d'hommes armés et de demander audience au duc Giuliano. Les rues étaient sous la coupe des sybarites et des boute-feux. Aux portes de la ville Argalia montra ses papiers aux gardes et fut soulagé d'apprendre qu'il était attendu. « Oui, le duc vous recevra, dirent-ils, mais pas tout de suite, vous pouvez le comprendre. » Les Janissaires campèrent sous les murailles de la ville jusqu'au quatrième jour, quand la fête florentine en l'honneur du pape finit par s'épuiser. Pourtant, même à ce moment-là, Argalia ne fut pas autorisé à pénétrer dans la cité. « Après la tombée de la nuit, lui dit le capitaine des gardes, attendez-vous à une noble visite. »

Il savait faire l'amour à la manière des femmes et tuer les hommes comme un homme, mais Argalia n'avait encore jamais rencontré un duc Médicis dans tout son éclat. Et pourtant lorsque Giuliano de' Medici arriva cette nuit-là à cheval dans son campement, le visage dissimulé sous une capuche, Argalia comprit immédiatement que le nouveau chef de Florence était un faible, de même que ce jeune neveu qui chevauchait à ses côtés. Le pape Léon était connu pour être un homme puissant, un Médicis de la vieille école, héritier de l'autorité de son père, Laurent le Magnifique. Comme il devait être contrarié d'avoir confié Florence aux soins de ces seconds couteaux ! Aucun duc Médicis digne de ce nom ne se serait glissé hors de sa propre ville comme un voleur pour aller à la rencontre d'un employé potentiel. Que le duc Giuliano ait décidé d'agir ainsi prouvait bien qu'il avait besoin d'un homme fort à ses côtés pour lui donner confiance. Un général à la tulipe pour défendre la Cité des Fleurs. Incontestablement, il y avait ici un poste à pourvoir.

Dans sa tente, Argalia étudia les nobles personnages à la lumière jaune et vacillante des lampes. Ce pâle rejeton de Lorenzo de' Medici, le duc Giuliano, avait une petite trentaine, il avait un visage long et triste, et paraissait en mauvaise santé. Il ne ferait pas de vieux os. Il était sans aucun doute amateur d'art et de littérature. Sans doute aussi un homme cultivé et sage. On ne pourrait donc compter sur lui en cas de conflit. Il valait mieux qu'il reste chez lui et qu'il laisse le soin des combats aux experts, à ceux dont la culture était celle des armes et pour qui tuer était un art. Quant au neveu, encore un Lorenzo, il avait le teint sombre, le visage fier, des manières prétentieuses ; un de ces mille jeunes Florentins vantards âgés de vingt ans. Un garçon infatué de lui-même et obsédé par le sexe. Pas un homme à qui on puisse se fier en cas de problème.

Argalia avait fourbi ses arguments. Au terme de ses longs voyages, dirait-il, il avait acquis cette certitude : Florence était partout et partout on trouvait Florence. Dans tous les pays du monde il y avait des princes omnipotents, des Médicis qui régnaient parce qu'ils avaient toujours régné et qui pouvaient modeler la vérité à leur guise en décrétant simplement qu'il en était ainsi. Et il y avait aussi partout des Pleureurs (Argalia n'était pas à Florence au temps des Pleureurs mais les nouvelles concernant Savonarole et ses partisans avaient voyagé de par le monde), des Pleureurs qui voulaient gouverner, persuadés qu'une Puissance Supérieure leur avait montré la voie authentique de la vérité. Et partout il y avait aussi des gens qui croyaient gouverner alors qu'ils ne gouvernaient rien du tout, et cette dernière catégorie était si vaste qu'on pouvait presque la considérer comme une classe sociale, la classe des Machia par exemple, de ces serviteurs qui se prenaient pour les maîtres jusqu'à ce qu'on leur montre la cruelle vérité. On ne pouvait faire confiance à cette classe et c'est d'elle que proviendraient immanquablement les plus grandes menaces pour le prince. Le prince devait donc s'assurer de sa capacité à réprimer les rébellions de ses serviteurs aussi bien que les agressions des armées étrangères, les attaques de ses ennemis de l'intérieur aussi bien que les assauts de l'extérieur. Partout sur terre, un État qui voulait réduire ces deux menaces avait besoin d'un puissant seigneur de guerre. Et lui, Argalia, représentait parfaitement l'union de Florence avec le reste de la Création, parce qu'il était ce guerrier indispensable qui pouvait garantir le calme et la sécurité de la cité, comme il l'avait déjà fait dans d'autres villes pour le compte d'autres maîtres loin d'ici.

Les Médicis étaient revenus au pouvoir quelques mois auparavant grâce à l'aide de mercenaires espagnols, les « Maures blancs », commandés par un certain général Cardona. Devant la magnifique ville de Prato, ils avaient affronté la milice florentine, orgueil d'il Machia, qui était de fait supérieure en nombre mais inférieure pour ce qui est du courage et du commandement. La milice florentine rompit les rangs et se débanda, et la cité tomba dès le premier jour sans même l'ombre d'un combat. Après quoi les « Maures blancs » mirent la ville à sac avec une telle férocité que les Florentins terrifiés démantelèrent leur République et tombèrent à genoux pour implorer le retour des Médicis. Le sac de Prato continua pendant trois semaines. Quatre mille hommes, femmes et enfants périrent, brûlés, violés, coupés en morceaux. Même les couvents ne furent pas épargnés par la lubricité des hommes de Cardona. À Florence, la porte de Prato fut frappée par la foudre et on ne pouvait ignorer un tel signe. Quoi qu'il en soit, et c'était là le nœud de l'argumentation d'Argalia, les Espagnols étaient à présent si violemment haïs par tous les Italiens que les Médicis devaient se garder de leur faire à nouveau confiance. Ce qu'il leur fallait, c'était un groupe de combattants aguerris pour encadrer la milice de Florence et la doter d'une ossature et d'une organisation dont elle avait cruellement besoin, de cet esprit combatif que Niccolò, bureaucrate par nature et non pas guerrier, n'avait manifestement pas réussi à lui insuffler.

Ainsi, prenant prudemment ses distances avec son vieil ami tombé en disgrâce, Argalia le Turc postula pour le poste de *condottiere* de Florence. Il fut agréablement surpris d'apprendre qu'on lui offrait un emploi permanent plutôt qu'un contrat à durée déterminée de quelques mois. Certains de ses semblables, les guerriers de cette époque du déclin des *condottieri,* étaient embauchés pour une courte période de trois mois et payés en fonction de leurs succès militaires. En comparaison, le salaire d'Argalia était élevé selon les critères de l'époque. De surcroît, le duc Giuliano octroyait à son nouveau capitaine d'armes une importante résidence, Via Porta Rossa, avec toute sa domesticité et une rente substantielle pour l'entretenir. « L'amiral Doria doit m'avoir chaudement recommandé », dit-il au duc Giuliano, en acceptant de bonne grâce la généreuse proposition. « Il a dit que vous étiez le seul putain de barbare qu'il ne voudrait pas avoir à affronter sur terre ou sur mer même si vous étiez nu comme un bébé pas encore circoncis, avec pour toute arme un couteau de cuisine », répondit élégamment le duc.

*

Selon la légende, la famille Médicis possédait un miroir magique qui avait le pouvoir de révéler au duc régnant l'image de la femme la plus désirable du monde connu, et c'est dans ce miroir que le précédent Giuliano de' Medici, l'oncle du duc actuel, celui qui avait été assassiné le jour du complot des Pazzi, avait vu pour la première fois le visage de Simonetta Vespucci. Mais quand elle fut morte, le miroir s'obscurcit et perdit son pouvoir, comme s'il ne voulait pas souiller le souvenir de Simonetta en reflétant à sa place des beautés moins parfaites. Durant l'exil de la famille loin de la cité, le miroir resta un certain temps à sa place, au mur de ce qui avait été la chambre de l'oncle Giuliano, dans la vieille maison de la Via Larga, mais comme il refusait obstinément tout service, que ce soit comme instrument de révélation ou comme miroir ordinaire, on finit par le décrocher et le remiser dans un cabinet, en fait un vulgaire placard à balais dissimulé dans la cloison de la chambre. Puis soudainement, après l'élection du pape Léon, le miroir avait retrouvé son éclat et on raconta qu'une servante s'était évanouie quand elle avait ouvert la porte du placard et aperçu le visage rayonnant d'une femme qui la regardait depuis un coin encombré de toiles d'araignées, une étrangère qui avait l'air d'une visiteuse d'un autre monde. « Il n'y a pas un seul visage semblable dans toute la ville de Florence », déclara le nouveau duc Giuliano quand on lui montra le miracle. Son allure et sa santé semblaient s'améliorer à vue d'œil tandis qu'il contemplait le prodige. « Raccrochez le miroir au mur et je donnerai un ducat d'or à tout homme ou toute femme qui amènera en ma présence cette image de la beauté. »

Le peintre Andrea del Sarto fut prié de s'installer devant le miroir magique et de faire le portrait de la belle dame qui s'y reflétait mais le miroir ne se laissa pas aussi facilement piéger, un miroir magique qui permettrait de reproduire ses images occultes perdrait rapidement toute utilité et quand del Sarto y plongea le regard, il n'y vit que son propre reflet. « Tant pis, dit Giuliano déçu, quand je l'aurai trouvée tu pourras la peindre d'après nature. » Après le départ de del Sarto, le duc se demanda si le problème ne venait pas de la piètre opinion que se faisait peut-être le miroir du génie de l'artiste. C'était pourtant le meilleur dont on pouvait disposer. Sanzio était à Rome en train de se disputer avec Buonarroti au Vatican et le vieux Filipepi qui avait été si épris de feu Simonetta qu'il avait demandé à être enterré à ses pieds – ce qui manifestement ne s'était pas fait – était mort lui aussi ; de toute façon, bien avant sa mort il était devenu misérable et impotent, incapable de tenir debout sans l'aide de deux cannes. Quant à l'élève de Filipepi, Filippino Lippi, il était très apprécié des *festaiuoli* qui organisaient les parades de la ville et les carnavals de rues, c'était un peintre qui plaisait à la foule mais ne convenait pas à l'œuvre qu'envisageait le duc Giuliano. Ne restait donc que del Sarto. De toute façon, la question était purement théorique puisque désormais le miroir magique ne fonctionnait que lorsque le duc Giuliano était seul dans sa chambre. Les jours suivants, il invoqua des prétextes pour s'y retirer plusieurs fois par jour afin de contempler cette beauté céleste ; ses courtisans, déjà inquiets de sa santé plutôt précaire et de ses airs neurasthéniques, craignirent une aggravation de son état et commencèrent à regarder en direction de son probable successeur, Lorenzo, avec un regain de flagornerie et d'inquiétude. Alors la créature enchantée entra dans la ville aux côtés d'Argalia le Turc et commença le temps de *l'ammaliatrice.*

*

Elle avait tout juste vingt-deux ans. Elle avait donc presque un quart de siècle de moins que lui et pourtant quand elle demanda à il Machia s'il voulait bien se promener avec elle dans ses bois, il bondit avec l'empressement d'un jeune fou. Ago Vespucci se leva lui aussi, ce qui agaça Niccolò ; comment, il était encore là, cette espèce de mollasson ? Et il comptait les accompagner dans leur promenade ? Contrariant, très contrariant, mais en l'occurrence probablement inévitable. Puis se manifesta le premier signe des dons exceptionnels que possédait la princesse. La femme de Niccolò, Marietta, habituellement la plus jalouse des mégères, accueillit la proposition avec enthousiasme sur un ton qui stupéfia son mari. « Mais naturellement, il faut que tu fasses visiter les environs à cette jeune fille », roucoula-t-elle suavement, et elle s'empressa d'apporter un panier de victuailles et une flasque de vin pour agrémenter la promenade. Il Machia n'en revenait pas, persuadé qu'on avait dû jeter un sort à sa femme et les mots de *sorcières étrangères* se formèrent dans son esprit, mais, se rappelant le proverbe à propos du cheval offert en cadeau, il chassa ces réflexions et se réjouit de sa chance. Moins d'une demi-heure après, il était parti avec Ago dans son sillage et suivi à distance respectueuse par Konstantin le Serbe et son détachement de gardes, escortant la jeune princesse et sa dame de compagnie dans le bois de son enfance. « Ici autrefois, dit Ago aux deux femmes – et il Machia voyait bien qu'il essayait, de manière assez pathétique, de se rendre intéressant à leurs yeux –, j'ai vraiment trouvé une racine de mandragore, la plante magique et légendaire. Oui, j'en ai trouvé, quelque part par ici ! » Et il regarda attentivement autour de lui, ne sachant plus très bien quel endroit il devait désigner. « Oh, la mandragore ? répondit Qara Köz dans son italien de Florence impeccable, jetez donc un œil par ici il y en a plusieurs touffes de ces chères choses. »

Et avant que quelqu'un ait pu les retenir, avant qu'on ait pu les prévenir qu'elles devaient se boucher les oreilles avec de la terre avant d'oser un tel geste, les deux dames s'étaient précipitées vers le massif de plantes impossibles et avaient entrepris de les arracher.

« Le cri », hurla Ago en battant l'air de ses mains sans parvenir à se faire comprendre. « Arrêtez, arrêtez ! Il va tous nous rendre fous, ou sourds. Ou alors nous allons tous… » *Mourir.* C'est ce qu'il s'apprêtait à dire mais les deux dames le regardaient d'un air dubitatif, tenant dans chaque main des mandragores déracinées, et pourtant on n'entendait aucun hurlement mortel. « À haute dose, c'est un poison, dit Qara Köz d'un air réfléchi, mais il n'y a aucune raison d'en avoir peur. » Quand ils comprirent qu'ils étaient en présence de femmes à qui la racine de mandragore était prête à donner sa vie sans protester, les deux hommes furent plongés dans un profond émerveillement. « Oui, eh bien, ne vous en servez pas contre moi, dit Ago d'un air fanfaron en essayant de masquer la peur qu'il venait de manifester, ou je tomberai amoureux de vous à tout jamais, ou du moins jusqu'à ce que l'un de nous meure. » Puis il piqua un fard spectaculaire, la rougeur gagna l'encolure de sa chemise et ressortit par les manches, modifiant jusqu'à la couleur de ses mains, ce qui démontra, évidemment, qu'il était déjà éperdument amoureux. Le secours des plantes occultes n'était pas nécessaire pour provoquer cet amour.

*

Le temps qu'Argalia et les géants suisses soient de retour pour venir escorter Qara Köz à sa nouvelle demeure du Palazzo Cocchi del Nero, tout le village de Sant'Andrea in Percussina était tombé sous son charme, jusqu'au dernier homme, à la dernière femme, au dernier enfant. Même les poules paraissaient plus heureuses et pondaient certainement davantage. La princesse, de toute évidence, ne faisait rien pour accroître sa popularité mais celle-ci ne faisait que croître. Pendant les six jours qu'elle passa chez les Machiavelli, elle se promena dans les bois en compagnie du Miroir, elle lut des poèmes écrits dans quantité de langues différentes, elle sympathisa avec les enfants de la maison, et alla même jusqu'à proposer son aide à la cuisine, ce que Marietta refusa. Le soir elle aimait s'asseoir en compagnie d'il Machia dans sa bibliothèque et elle écoutait Niccolò lui lire des passages des œuvres de Pic de la Mirandole, de Dante Alighieri et de nombreux chants du poème épique *Orlando amoureux,* de Matteo Boiardo de Scandiano. « Ah, s'écriait-elle, en écoutant le récit des tribulations de l'héroïne, pauvre Angelica ! Elle a tant d'ennemis et si peu de défenses pour leur résister, ou pour leur imposer sa propre volonté. »

Entre-temps, tout le village s'était mis à chanter ses louanges comme un seul homme. Gaglioffo, le bûcheron, ne parlait plus avec vulgarité de Qara Köz et de son Miroir comme de « sorcières » bonnes à « foutre », mais les évoquait avec une déférence et un respect émerveillés qui montraient clairement qu'il ne pouvait même pas rêver d'entretenir des relations charnelles avec ces grandes dames. Les frères Frosino, les séducteurs du village, allèrent jusqu'à se déclarer ses prétendants puisqu'il n'était pas certain qu'elle soit légalement mariée à Argalia le Turc – si c'était le cas, bien évidemment, les deux meuniers ne se permettraient pas de contester les droits d'Argalia – mais si par hasard elle était célibataire, ils étaient bien décidés à lui faire la cour et étaient même convenus, pour préserver leur amitié fraternelle, d'accepter de se les partager à tour de rôle, elle et sa suivante. Personne n'était aussi fou que Frosino Uno et Frosino Due mais tout le monde tenait Qara Köz en très haute estime, hommes et femmes se déclaraient tous « enchantés ».

S'il y avait là de la sorcellerie, elle n'était pas bien méchante. Les Florentins connaissaient tous les sinistres pratiques des enchanteresses maléfiques de l'époque, leur façon d'invoquer les démons pour plonger des hommes chastes dans la luxure, l'usage qu'elles faisaient de poupées et d'aiguilles pour torturer leurs ennemis, leur pouvoir de pousser de braves hommes à abandonner foyer et emploi pour devenir leurs esclaves consentants. Pourtant, chez il Machia, ni Qara Köz ni sa suivante ne donnaient l'impression d'avoir le moindre penchant pour la magie noire ou, du moins, curieusement, les indices qu'elles laissaient paraître n'étaient pas accueillis avec inquiétude. Les sorcières adorent se promener dans les bois, tout le monde sait cela, mais les excursions sylvestres de Qara Köz et du Miroir étaient simplement considérées comme « charmantes » par les braves gens de Percussina. L'épisode de la touffe de mandragore ne s'ébruita pas et, étrangement, il Machia n'en retrouva jamais le moindre plant ; quant à ceux qu'avaient arrachés les deux dames, on ne les revit pas, de sorte que Niccolò et Ago en vinrent naturellement à se demander si l'incident avait bien eu lieu.

Il est notoirement admis que les sorcières ont des penchants saphiques marqués, pourtant, personne, pas même Marietta Corsini, ne trouvait à redire sur la décision des deux dames de partager le même lit. « Et alors, ce n'est que de la camaraderie », dit Marietta à son mari d'une voix traînante, et il opina lourdement, comme sous l'effet soporifique d'un après-midi trop arrosé. Quant au fameux enthousiasme que mettent les sorcières à forniquer avec le

Diable – eh bien, il n'y avait tout simplement pas de diables à Percussina, pas un seul démon n'avait surgi de l'Enfer pour venir ricaner dans les cheminées ou s'asseoir, telle une gargouille, sur le toit de la taverne ou de l'église. C'était un temps de chasse aux sorcières et dans les tribunaux de la ville on entendait des femmes confesser des actes abominables, avouer qu'elles avaient envoûté le cœur et l'esprit de braves citoyens au moyen de vin, d'encens, de menstrues ou d'eau bue dans le crâne des morts. Mais s'il est vrai que tout le monde à Percussina était tombé sous le charme de la princesse Qara Köz, l'adoration qu'elle inspirait – sauf peut-être chez les très priapiques jumeaux Frosino – était totalement chaste. Ago Vespucci lui-même, ce pleurnichard romantique qui avait juré de l'aimer, selon ses propres termes, « jusqu'à ce qu'un des deux soit mort », n'envisageait pas le moindre commerce charnel avec elle. L'adoration qu'il avait pour elle suffisait à son bonheur.

Ceux qui retracèrent et analysèrent après coup la carrière de l'enchanteresse de Florence, et parmi eux en particulier Gian Francesco Pic de la Mirandole, neveu du grand philosophe Giovanni, et auteur de *La strega ovvero degli inganni dei demoni* (« La sorcière, ou les ruses des démons »), parvinrent à la conclusion que ces miasmes d'approbation que Qara Köz avait créés aux alentours de Percussina et qui se répandirent rapidement dans tous les environs, jusqu'à San Casciano et Val di Pesa, Impruneta et Bibbione, Faltignano et Spedaletto, étaient le résultat d'une manœuvre d'enchantement délibérée, extrêmement puissante, qui avait servi à Qara Köz à tester son pouvoir – ce pouvoir dont elle allait tirer par la suite des effets si remarquables à Florence sur la ville elle-même –, mais aussi à faciliter son entrée dans un milieu qui, sinon, lui aurait été sans doute hostile. Gian Francesco rapporte qu'Argalia le Turc, en revenant accompagné des géants suisses, trouva une foule considérable assemblée devant la demeure des Machiavelli, comme si un miracle venait de se produire, comme si la Madone était apparue à Percussina et que tous étaient venus la voir. Lorsque Qara Köz et le Miroir sortirent de la maison, vêtues des brocarts les plus fins et couvertes de bijoux, la foule rassemblée tomba littéralement à genoux, comme si elle attendait sa bénédiction, qu'elle lui donna d'ailleurs, avec un sourire et sans dire un mot, en levant légèrement le bras. L'instant d'après elle avait disparu et Marietta Corsini, paraissant s'éveiller d'un rêve, se mit à crier aux gens qui piétinaient sa cour d'aller s'occuper de leurs affaires. Selon les termes de Gian Francesco : « Les paysans reprirent conscience et furent surpris de se retrouver là. Perplexes, et se grattant la tête, ils regagnèrent leurs maisons, leurs champs, leurs moulins, leurs bois et leurs fours. »

Andrea Alciato, pour qui les sorcières et leurs suppôts devaient être traités par les simples, attribua les mystérieux « événements de Percussina » aux mauvaises habitudes alimentaires des habitants de l'endroit qui les rendaient vulnérables aux fantasmes et aux hallucinations, tandis que Bartolomeo Spina, auteur du *De Strigibus*, rédigé dix ans après les faits, alla jusqu'à suggérer que Qara Köz aurait entraîné les villageois dans une frénésie satanique et dans une Messe Noire Orgiaque à grande échelle, supposition diffamatoire qui n'est étayée par aucune preuve dans les documents historiques de l'époque.

*

L'entrée dans Florence du nouveau *condottiere* de la cité et commandant de la milice florentine, Antonino Argalia, dit « le Turc », fut célébrée par des débordements festifs dont la ville avait le secret. Un castelet de bois fut construit sur la Piazza della Signoria qui servit de décor à un simulacre de siège ; cent hommes défendaient l'édifice et trois cents autres l'attaquaient. Personne n'avait revêtu d'armure, et ils se battirent avec une telle férocité, se flanquant des coups de lance et se jetant à la tête des briques crues, que de nombreux acteurs durent être envoyés à l'hôpital Santa Maria Nuova où certains, malheureusement, décédèrent. Il y eut aussi une course de taureaux sur la Piazza et les bêtes, elles aussi, expédièrent nombre de fêtards à l'hôpital. On lâcha deux lions sur la piste d'un étalon noir, mais le cheval répliqua si noblement à l'assaut du premier lion, le chassant avec force ruades de la Mercatantia, le siège du Tribunal de la Guilde des Marchands, jusqu'au centre de la Piazza, que le roi des animaux courut se cacher dans un coin obscur de la place, après quoi l'autre lion ne fut pas très disposé à reprendre la bagarre. Tout le monde y vit un bon présage, le cheval représentant manifestement Florence et les lions ses ennemis de France, de Milan ou d'autres lieux abominables.

Après ces préliminaires, le cortège pénétra dans la ville. Huit *'dfici*, sortes d'estrades montées sur roues, venaient en tête, des acteurs y représentaient des scènes de victoires du grand guerrier de l'Antiquité, Marcus Furius Camillus, censeur et dictateur, qui se faisait appeler le Second Fondateur de Rome, montrant les nombreux prisonniers qu'il avait faits au siège de Veii près de deux mille ans auparavant, laissant deviner la richesse de son butin fait d'armes, de vêtements et d'argent. Puis venaient des hommes qui chantaient et dansaient dans les rues, et quatre escadrons d'hommes d'armes montés sur des chevaux caparaçonnés et brandissant leurs lances. (Les géants suisses, Otho, Botho, Clotho et D'Artagnan, avaient été chargés de l'entraînement au maniement des piques, car tout le monde redoutait l'habileté de l'infanterie suisse dans ce domaine, et les progrès de la milice dans la maîtrise des lances, après seulement quelques séances préliminaires d'entraînement, étaient déjà évidents aux yeux de tous.) Enfin Argalia franchit la grande porte, flanqué par les quatre Suisses bavards, suivi de près par Konstantin le Serbe et encadré par les deux dames étrangères, puis venaient les cent Janissaires dont l'aspect frappa de terreur tous ceux qui les virent. *À présent, notre ville est en sécurité*, clama la foule, *car nos protecteurs invincibles sont arrivés. Les Invincibles*, tel fut le nom que l'on décerna aux nouveaux gardiens de la ville. Le duc Giuliano, qui agitait la main du haut du balcon du

Palazzo Vecchio, semblait heureux du succès populaire de cette arrivée ; en revanche, Lorenzo, son neveu, paraissait amer et renfrogné. Levant les yeux vers les deux chefs Médicis, Argalia comprit qu'il faudrait sérieusement garder à l'œil le plus jeune.

Le duc Giuliano reconnut immédiatement en Qara Köz la femme du miroir magique, l'objet de son obsession naissante, et son cœur bondit de joie. Lorenzo de' Medici la vit lui aussi et sa nature concupiscente lui dicta à l'instant l'envie de la posséder. Quant à Argalia, il n'ignorait pas le danger de faire entrer sa bien-aimée dans la cité de manière aussi flamboyante sous le nez même de ce duc dont l'homonyme avait de manière éhontée enlevé la précédente reine de beauté de la cité à son époux, Marco Vespucci le Cornu, lequel avait été si mortifié par cette perte qu'avant de mourir il avait fait envoyer au Palazzo Medici tous ses vêtements et les portraits d'elle qu'il possédait pour que le duc dispose de ce qui subsistait de la belle, après quoi il s'était rendu au pont des Grâces pour s'y pendre. Argalia, lui, n'avait aucun penchant suicidaire et il se dit que le duc ne souhaitait pas affronter l'homme fort qu'il venait tout juste d'engager et dont il célébrait en ce moment même l'entrée dans la cité. « Et s'il se risque à me l'enlever, pensa Argalia, il me trouvera en face de lui avec tous mes soldats ; pour venir à bout d'une telle résistance, il faudrait qu'il soit un Hercule ou un Mars, ce que, à l'évidence, cette pauvre âme sensible n'est pas. »

Pour l'instant, il était heureux de la faire admirer.

Dès que la foule aperçut Qara Köz, un soupir gagna la ville entière et se transforma en un murmure qui étouffa tous les bruits guerriers de cette journée ; quand Argalia et les dames parvinrent au Palazzo Cocchi del Nero, un silence extraordinaire s'était établi, et le peuple de Florence contemplait l'irruption en son sein de la perfection absolue, une sombre beauté qui venait remplir le vide qu'avait laissé dans son cœur la mort de Simonetta Vespucci. Dès l'instant de son arrivée, elle avait été adoptée par le cœur même de la ville comme son emblème distinctif, son nouveau symbole, l'incarnation sous une forme humaine de cette beauté insurpassable qui la caractérisait. La Sombre Dame de Florence : les poètes s'emparèrent de leur plume, les peintres de leurs pinceaux, les sculpteurs de leur ciseau. La populace, les quarante mille âmes les plus bruyantes et les plus turbulentes de toute l'Italie, l'honora à sa manière, en respectant un calme et un silence absolus sur son passage. Ainsi chacun put entendre les propos échangés lorsque le duc Giuliano et Lorenzo de' Medici accueillirent la troupe d'Argalia au seuil de leur nouvelle demeure, une maison de quatre étages pourvue de trois grandes portes voûtées sur une façade de *pietra forte*. Au-dessus de la porte centrale, figurait le blason de la famille Cocchi del Nero qui, ayant connu des temps difficiles, avait dû vendre le palais aux Médicis. C'était le plus beau chef-d'œuvre d'architecture de cette rue qui en comptait beaucoup et qui pouvait s'enorgueillir de rassembler les superbes résidences des plus anciennes familles de la ville, les Soldanieri, les Monaldi, les Bostichi, les Cosi, les Bensi, les Bartolini, les Cambi, les Arnoldi et les Davizzi. Le duc Giuliano voulut souligner pour Argalia et pour les autres toute l'étendue de sa générosité en adressant avec cérémonie et même une légère révérence cette remarque, non pas à Argalia, mais à Qara Köz :

« Je suis heureux d'offrir à un bijou aussi exquis un écrin digne de son charme. »

Qara Köz répliqua d'une voix vibrante : « Monsieur, je ne suis pas un colifichet mais une princesse de sang royal de la lignée de Tamerlan et de Temüjin – à savoir Chinggis Qan que vous appelez Gengis – et je compte bien être traitée conformément à mon rang. »

Mongol ! Mogor ! Les mots étrangers élégants firent rapidement le tour de l'assemblée suscitant un mélange presque érotique de désir et de terreur. Ce fut Lorenzo de' Medici, imbu de sa propre importance au point d'avoir le visage écarlate, qui exprima la crainte qu'éprouvaient certains, confirmant par là même la première impression qu'Argalia avait eue de lui, celle d'un minable prétentieux.

« Argalia, stupide que tu es, cria Lorenzo. En enlevant cette fille insolente du Mogor tu vas attirer sur nous la colère de la Horde d'Or. » Argalia répondit gravement : « Ce serait là vraiment un curieux exploit, d'autant plus que la Horde a été vaincue et son pouvoir anéanti par le propre ancêtre de la princesse, Tamerlan, il y a plus de cent ans. De plus, mes seigneurs, je n'ai enlevé personne. La princesse était à l'origine la captive du Shah Ismaïl de Perse et je l'ai libérée après notre victoire contre lui à la bataille de Chaldiran. Elle est venue ici de son plein gré dans l'espoir de forger une union entre les grandes cultures d'Europe et d'Orient, sachant qu'elle a beaucoup à apprendre de nous et convaincue qu'elle peut aussi nous apprendre beaucoup de choses. »

Cette déclaration fit son effet sur la foule attentive – qui fut aussi très impressionnée en apprenant que son nouveau protecteur s'était trouvé du côté des vainqueurs dans cette bataille déjà légendaire – et de grandes acclamations s'élevèrent en l'honneur de la princesse, coupant court à toute nouvelle objection à sa présence. Le duc Giuliano, se remettant très habilement de sa surprise et de sa déconfiture, leva une main pour réclamer le silence. « Quand un visiteur d'une telle importance arrive à Florence, s'écria-t-il, Florence se doit d'être à la hauteur, et Florence le sera. »

*

Le Palazzo Cocchi del Nero possédait un des plus magnifiques grands salons de la ville, une salle de trente-trois pieds de large sur cinquante-trois de long, le plafond à vingt pieds de hauteur, éclairée par cinq immenses fenêtres à vitraux, une pièce pouvant accueillir les fêtes les plus extravagantes. La chambre à coucher principale, appelée Chambre Nuptiale, s'enorgueillissait d'une fresque qui courait en frise sur les quatre murs et représentait un poème élégiaque d'Antonio Pucci, inspiré d'une vieille histoire d'amour provençale, et dans cette pièce deux (ou même trois) amants pouvaient passer des jours et des nuits entiers sans jamais éprouver le besoin de se lever ou de sortir de la maison. En d'autres termes, c'était là une demeure où Qara Köz aurait très bien pu vivre à la manière des autres grandes dames de Florence, se tenant à l'écart du petit peuple, fuyant tout le monde pour ne fréquenter que la société la plus distinguée de la ville. Et pourtant ce ne fut pas ainsi que la princesse décida de passer son temps.

À l'évidence, le Miroir et elle appréciaient leur nouvelle existence, libérées du voile. Dans la journée, la princesse allait se promener dans les rues grouillantes de monde, elle se rendait au marché ou se contentait d'admirer la ville : accompagnée du Miroir et sous la seule protection de Konstantin le Serbe, elle se montrait délibérément comme aucune grande dame de Florence ne s'était jamais permis de le faire. Les Florentins l'aimaient pour cela. Ils commencèrent à l'appeler « Simonetta Due », la Seconde Simonetta, puis, après avoir entendu le nom qu'elle et le Miroir utilisaient l'une pour l'autre de manière interchangeable « Angelica, la Première ». On lançait des fleurs à ses pieds où qu'elle se rendît. Et peu à peu sa bravoure commença à faire honte aux jeunes femmes de la bonne société de la ville qui se mirent à suivre son exemple et à sortir de chez elles. Rompant avec la tradition, elles allèrent se promener le soir, à deux ou trois, pour la plus grande joie des jeunes gens de la cité qui finalement avaient de bonnes raisons de ne plus fréquenter les bordels. Les maisons de passe de la ville furent désertées, et commença alors la fameuse « éclipse des courtisanes ». À Rome, le pape, très heureux de ce sursaut de moralité publique dans sa ville natale, se demanda ouvertement, en présence du duc Giuliano, venu rendre visite à la Ville Éternelle, si cette sombre princesse qui affirmait ne pas être chrétienne n'était pas en réalité une toute nouvelle sainte de l'Église. Giuliano, qui était un homme dévot, répéta le propos à un courtisan et les pamphlétaires de Florence répandirent l'anecdote dans toute la ville. Peu après que Léon X se fut interrogé sur l'éventuel caractère divin de Qara Köz, on commença à lui attribuer des miracles.

Beaucoup de ceux qui l'avaient vue marcher dans les rues prétendirent avoir entendu tout autour d'elle la musique cristalline des sphères ; d'autres jurèrent qu'ils avaient aperçu un halo de lumière lui nimber la tête, assez lumineux pour être visible malgré le chaud éclat du soleil en plein jour. Des femmes stériles étaient venues à elle pour lui demander de toucher leur ventre, et avaient ensuite affirmé qu'elles avaient conçu le soir même. L'aveugle recouvrait la vue, le paralytique marchait ; ne manquait plus qu'une véritable résurrection d'entre les morts au compte de ses exploits magiques. Ago Vespucci lui-même rejoignit les rangs des tenants du miracle en affirmant que sa bénédiction sur ses vignobles, qu'elle avait gracieusement visités, avait donné lieu au meilleur cru jamais produit par sa famille et il entreprit de livrer gratuitement son vin une fois par mois au Palazzo Cocchi del Nero.

En bref, Qara Köz dévoilée – sous les traits d'« Angelica » – était parvenue à la pleine possession de ses pouvoirs féminins et en appliquait toute la puissance sur la cité, diffusant dans l'air une brume de bienveillance qui emplissait l'esprit des Florentins d'images d'amour parental, filial, charnel et divin. Des pamphlétaires anonymes déclarèrent qu'elle était la réincarnation de la déesse Vénus. De subtils parfums de réconciliation et d'harmonie flottaient dans l'air, les gens travaillaient plus et produisaient davantage, la vie familiale s'améliorait, le nombre des naissances augmenta et les églises ne désemplissaient plus. Le dimanche, dans la basilique San Lorenzo, le clan Médicis pouvait entendre des sermons exaltant les qualités non seulement des chefs de sa puissante famille, mais aussi la nouvelle venue, *une princesse originaire des contrées lointaines des Indes ou de Cathay, mais qui appartient aussi à notre bonne ville de Florence.* C'était le temps le plus brillant de l'enchanteresse. Mais les jours sombres n'allaient guère tarder.

En ce temps-là, les gens avaient l'esprit empli d'enchanteresses imaginaires, comme cette Alcina, la méchante sœur de Morgana le Fay, avec laquelle elle persécuta son autre sœur, la bonne sorcière Logistilla, la fille de l'Amour ; ou Melissa l'enchanteresse de Mantoue ou encore Dragontina qui avait capturé le chevalier Orlando ; et Circé, la magicienne d'autrefois, sans parler des sorcières de Syrie, anonymes mais redoutables. La sorcière, laide comme un monstre, la vieille carabosse, avait cédé la place dans l'imagination des Florentins à ces superbes créatures aux cheveux défaits qui étaient le signe de leur absence de sens moral, à la force de séduction pratiquement irrésistible, aux pouvoirs magiques employés tantôt au service du Bien, tantôt à celui du Mal. Après l'arrivée d'Angelica en ville, l'idée de la bonne enchanteresse, de l'être surnaturel et bienveillant qui était à la fois la déesse de l'amour et la gardienne du peuple, s'établit fermement. On pouvait après tout la voir au Mercato Vecchio, bien vivante – « Goûtez ces poires, Angelica ! » – « Angelica, ces prunes sont succulentes ! » –, ce n'était pas un être imaginaire mais une femme de chair et de sang. Aussi tout le monde l'adorait et on la croyait capable de grandes choses. Mais la marge entre *enchanteresse* et *sorcière* demeurait mince. Il s'élevait encore des voix pour suggérer que cette nouvelle incarnation de la Femme-magicienne, en qui les pouvoirs secrets de toutes les femmes se donnaient libre cours, n'était qu'un masque, et que la véritable nature de ces créatures féminines demeurait toujours celle de la vieille sorcière redoutable.

Les sceptiques qui, en raison de leur tempérament aigri, n'admettent pas la version surnaturelle de tous ces événements préfèrent sans doute des explications plus conventionnelles à ces temps de satisfaction dorée et d'aisance matérielle que connaissait Florence à l'époque. Sous l'égide doucement tyrannique du pape Léon X, le véritable maître de Florence que l'on pouvait considérer selon les points de vue soit comme un génie, soit comme un imbécile vaniteux, la prospérité de la ville s'accrut, ses ennemis disparurent, etc.

tout cela est vrai. Mais si vous étiez l'un de ces sceptiques atrabilaires, la rencontre entre le pape et le roi de France après la bataille de Marignan, ses alliances et ses traités, les nouveaux territoires qu'il obtint ou qu'il acheta et qu'il confia aux soins de Florence, ce qui bénéficia grandement à la ville ; le fait qu'il nomma Lorenzo de' Medici duc d'Urbino ; ou encore le mariage qu'il arrangea entre Giuliano de' Medici et la princesse Philiberte de Savoie, à la suite de quoi le roi de France, François Ier, lui offrit le duché de Nemours et lui chuchota peut-être à l'oreille que Naples pourrait bien prochainement lui appartenir… tout cela occupait le centre de vos pensées.

Accordons cela à ces ergoteurs secs comme un coup de trique : certes, le pouvoir de la papauté était immense. Tout comme celui du roi de France, et du roi d'Espagne, et de l'armée suisse, et du sultan ottoman, et ils étaient tous impliqués en permanence dans des conflits, des mariages, des réconciliations, des renoncements, des victoires, des défaites, des machinations, des intrigues diplomatiques, des achats et des ventes de faveurs, des levées d'impôts, des complots, des compromis, des hésitations et le diable sait quoi d'autre. Mais tous ces agissements sont, heureusement, tout à fait hors de propos.

Au bout d'un certain temps, Qara Köz se mit à donner des signes d'épuisement physique et spirituel. Le Miroir fut peut-être la première à s'en apercevoir car elle observait sa maîtresse à chaque minute du jour : aussi avait-elle peut-être remarqué une légère crispation au coin de cette bouche sensuelle, une tension des muscles dans les bras de sa partenaire quand elle dansait, et elle avait soigné les migraines et supporté sans se plaindre les moments d'irritation. Ou peut-être fut-ce Argalia le Turc qui s'inquiéta le premier car chose nouvelle dans leur histoire d'amour, elle se mit à repousser ses avances, priant le Miroir de le satisfaire à sa place. *Je n'ai pas envie. Je suis trop fatiguée. Mon désir sexuel s'est émoussé. Ne le prends pas contre toi. Pourquoi ne peux-tu le comprendre ? Tu es arrivé à tes fins, tu es le plus puissant des seigneurs de guerre, tu n'as plus rien à prouver. Alors que moi j'en suis encore à essayer de révéler ma véritable personnalité. Comment peux-tu m'aimer et ne pas comprendre cela ? Ce n'est pas de l'amour, c'est de l'égoïsme.* Le banal déclin de la passion qui va vers sa fin au milieu des disputes. Il ne voulait pas croire que leur amour puisse s'achever. Il ne le croyait pas. Il refusait d'admettre cette idée. Leur histoire était la plus belle histoire d'amour de l'époque. Elle ne pouvait finir dans la mesquinerie.

Le duc Giuliano avait lui aussi remarqué quelque chose d'anormal dans son miroir magique qu'il contemplait tous les jours, au grand déplaisir de sa femme, Philiberte de Savoie. Son mariage avec Philiberte reposait uniquement sur une alliance politique. La dame savoyarde n'était ni jeune ni belle. Après l'avoir épousée, Giuliano continua à adorer Qara Köz à distance mais l'honnêteté oblige à dire que cet homme frêle et religieux ne tenta jamais de l'enlever à son grand général, se contentant d'organiser en son honneur une *festa,* digne des célébrations organisées lors de la visite du pape à Florence. Philiberte, à son arrivée en ville, avait entendu parler de ces festivités légendaires en l'honneur de la princesse du Mogor et elle avait demandé à son époux d'en faire au moins autant pour sa femme, ce à quoi Giuliano avait répliqué qu'un tel carnaval serait plus approprié quand elle lui aurait donné un héritier. De toute façon, il lui rendait rarement visite dans sa chambre et son unique fils serait un bâtard, Ippolito, qui devint cardinal comme cela arrive parfois aux bâtards. Après cette rebuffade, Philiberte se mit à haïr profondément Qara Köz et, quand elle apprit l'existence du miroir magique, elle le détesta lui aussi. Le jour où elle entendit Giuliano déplorer la mauvaise santé de la sombre princesse, elle en eut assez. « Elle ne va pas bien, lui dit-il d'un air lugubre quand elle le trouva plongé comme d'habitude dans la contemplation du miroir magique. Regarde la pauvre enfant. Elle souffre. » Philiberte s'écria : « Je vais la faire souffrir ! » et elle lança une brosse à cheveux sertie d'argent sur le miroir qui se brisa en mille morceaux. « C'est *moi* qui ne vais pas bien. Pour te dire toute la vérité, je ne me suis jamais sentie aussi mal. Aie autant de sollicitude pour ma santé que tu en as pour la sienne. »

La vérité, c'est que Qara Köz se surmenait, aucune femme ne pouvait fournir longtemps un effort aussi immense. L'enchantement de quarante mille individus, mois après mois, année après année, c'en était trop, même pour elle. On rapporta de moins en moins de cas de miracles, puis ils cessèrent complètement. Le pape ne parlait plus de sainteté.

Contrairement à Alanquwa, la déesse du Soleil, elle n'avait aucun pouvoir sur la vie et la mort. Trois ans après l'arrivée de Qara Köz à Florence, ce fut Giuliano de' Medici qui tomba malade et mourut. Philiberte empaqueta tout ce qu'elle possédait, y compris son trousseau d'une valeur inestimable, et retourna en Savoie sans plus de cérémonies. « Florence est tombée sous la coupe d'une putain sarrasine, dit-elle en rentrant chez elle, ce n'est pas un endroit convenable pour une bonne chrétienne. »

18

L'incident des lions et de l'ours

L'incident des lions et de l'ours s'était produit au cours de la *festa* en l'honneur de Qara Köz. Le premier jour avaient eu lieu le *palio* et les feux d'artifice. Le deuxième, on avait lâché des bêtes sauvages sur la Piazza della Signoria, des taureaux, des buffles, des cerfs, des léopards et des lions ; des cavaliers, des lanciers à pied, quelques hommes cachés à l'intérieur d'une tortue géante en bois, et d'autres dans un porc-épic, étaient chargés de les combattre. Un homme fut tué par un buffle.

À un moment donné, le plus gros des lions saisit un ours à la gorge et s'apprêtait à le tuer quand, à la stupéfaction générale, une lionne se porta au secours de l'ours et mordit le lion mâle si cruellement qu'il dut relâcher sa prise. L'ours fut sauvé mais les autres lions et les lionnes tinrent désormais à l'écart celle qui avait sauvé l'ours, et elle se mit à errer tristement sur la place encombrée, n'attaquant personne, ignorant les sarcasmes et les cris des chasseurs, comme si elle avait le cœur brisé. Les jours et les mois suivants, on discuta longuement de la signification de cet étrange événement. On s'accorda à considérer que la lionne représentait Qara Köz, mais qui était l'ours et qui était le lion ? L'explication qui finit par rallier tous les suffrages et qui devint la vérité établie fut colportée par un libelle anonyme dont l'auteur, inconnu de tous, sauf de quelques Florentins, était Niccolò Machiavelli, célèbre dramaturge et homme de pouvoir tombé en disgrâce. La lionne avait accepté de s'interposer entre des membres de sa propre espèce et celui d'une autre pour défendre la paix. De la même façon, Qara Köz était venue parmi eux réconcilier des forces apparemment inconciliables, même si elle avait dû pour cela s'opposer à son propre peuple. « Mais à la différence de la lionne sur la Piazza, cette lionne humaine n'est pas seule. Elle a et aura toujours en grand nombre de véritables amis parmi les ours. »

Elle devint ainsi un symbole de paix, de sacrifice en faveur de la paix, pour le bien du plus grand nombre. On parla beaucoup de sa « sagesse orientale », mais quand cela parvint à ses oreilles, elle en rejeta l'idée. « Il n'y a aucune sagesse particulière en Orient, dit-elle à Argalia. Les êtres humains sont tous aussi fous les uns que les autres. »

*

Après que Qara Köz et son Miroir eurent quitté sa maison, il Machia sentit naître en lui une tristesse amère qui ne devait plus le quitter pendant les treize années qui lui restaient à vivre. Ses amis s'étaient éloignés quand le pouvoir l'avait chassé de ses palais et la gloire n'était plus qu'un lointain souvenir, mais quand cette grande beauté sortit de sa vie, il en fut définitivement brisé. À présent que la magie de l'enchanteresse n'exerçait plus son charme sur Percussina, il voyait à nouveau sa femme comme un canard se dandinant et ses enfants comme un fardeau financier. Il allait bien de temps en temps rendre visite à d'autres femmes, pas seulement à la cantatrice Barbera mais aussi à une autre dame du voisinage dont le mari, un beau jour, s'était enfui, sans un mot d'adieu. Ces visites, pourtant, n'amélioraient guère son humeur. Il lui arriva plus d'une fois d'envier ce mari fuyard et envisagea même sérieusement de disparaître un soir en faisant croire à sa famille qu'il était mort. S'il avait eu la moindre idée quant à l'usage qu'il ferait de sa vie après une telle désertion, il serait même peut-être passé à l'acte. Au lieu de quoi, de manière abjecte, il déversa toute une vie de réflexions et de savoir dans le petit livre qu'il était en train d'écrire, dans l'espoir de regagner les faveurs de la cour, son opuscule en forme de miroir des princes, un miroir si sombre qu'il redoutait lui-même qu'il ne fût guère apprécié. Et pourtant la sagesse devrait à coup sûr être préférée à la légèreté, et la lucidité ne devrait-elle pas sembler plus utile que la flatterie ? Il dédia son livre au duc Giuliano de' Medici, après l'avoir composé entièrement de sa propre main, et lorsque Giuliano mourut, il le réécrivit de nouveau pour l'adresser, cette fois, à Lorenzo. Mais au fond de son cœur, il savait bien que la beauté l'avait abandonné à jamais, qu'un papillon ne se pose pas sur une fleur fanée, et c'était là ce qui le préoccupait le plus. Il l'avait regardée dans les yeux, elle avait lu son flétrissement dans les siens et elle s'était détournée de lui. Et il s'était senti condamné à mort.

Il avait passé vingt minutes dans sa bibliothèque en tête à tête avec Argalia quand le nouveau général de Florence était venu chercher sa bien-aimée. « Toute ma vie, lui avait dit Argalia, depuis que je suis gamin, ma devise a toujours été : fais ce que tu dois faire pour aller là où tu veux aller. J'ai survécu en apprenant à découvrir ce qui servait au mieux mes intérêts et à suivre ce principe par-delà la loyauté, par-delà le patriotisme, par-delà les frontières du monde connu. Moi, moi, toujours moi et rien que moi. C'est ainsi que l'on survit. Mais elle m'a imposé sa loi, Machia. Je sais parfaitement comment elle est puisqu'elle est toujours ce que j'étais autrefois. Elle m'aimera jusqu'à ce que cet amour ne lui soit plus d'aucune utilité. Elle m'adore et cela durera jusqu'à ce que vienne le temps de ne plus m'adorer. Je m'emploie donc à retarder ce temps le plus possible. Car ce n'est pas de cette façon que je l'aime. L'amour que je lui porte sait parfaitement que le bonheur de l'aimée est plus important que celui de l'amant car la passion n'est pas égoïste. Mais je crois qu'elle l'ignore. Je donnerais ma vie pour elle mais elle n'en ferait pas autant pour moi.

— Alors j'espère bien que tu n'auras pas à mourir pour elle, lui dit Niccolò, ce serait gâcher un bien brave cœur. »

Il avait aussi passé un moment seul avec elle, ou plutôt seul avec elle et son Miroir dont elle ne se séparait jamais et qui était peut-être, supposa il Machia, son seul véritable amour. Il ne parla pas d'affaires de cœur. Cela aurait été déplacé et discourtois. Au lieu de cela, il lui dit : « Voici Florence, madame, et vous allez bien y vivre car les Florentins sont passés maîtres dans l'art de bien vivre. Mais si vous êtes avisée, vous devrez veiller à toujours garder une issue de secours, à tracer l'itinéraire d'une fuite éventuelle et à vous assurer qu'il soit toujours accessible. Car lorsque l'Arno déborde, tous ceux qui n'ont pas d'embarcation se noient. »

Il regarda par la fenêtre et vit le dôme rouge de la cathédrale par-delà les champs où travaillait son fermier. Un lézard prenait le soleil sur un petit mur de clôture. Il entendit chanter un loriot *oui-la-oui-lo*. Des chênes et des châtaigniers, des cyprès et des pins parasols ponctuaient le paysage. Au loin, très haut dans le ciel, une buse volait en décrivant des cercles. La beauté de la nature était toujours là, c'était incontestable, mais à ses yeux cette scène bucolique avait l'air d'une cour de prison. « Pour moi, dit-il à Qara Köz, il n'existe, hélas, aucune échappatoire. »

*

Il lui écrivit souvent après ce jour, mais sans jamais lui envoyer ses lettres, et il ne la revit qu'une seule fois avant de mourir. Ago, quant à lui – lui qui jouissait toujours de la liberté de circuler en ville –, se rendait une fois par mois au Palazzo Cocchi del Nero et elle acceptait de le recevoir dans le salon dit des loriots, à côté du grand salon, ainsi nommé à cause des oiseaux peints sur tous ses murs entièrement décorés de scènes forestières. Il faisait conduire le chariot de vin jusqu'à l'entrée de service dans l'étroite ruelle à l'arrière de la maison mais il n'entrait pas dans la demeure en tant que commerçant. Il revêtait ses plus beaux habits, ses habits de cour, dont il n'avait guère l'usage à présent, et il descendait la Via Porta Rossa, comme un vieux beau rendant visite à sa chère et tendre, ses cheveux blonds, devenus blancs et clairsemés, plaqués sur son front, un bouquet de fleurs à la main. Il avait l'air un peu ridicule, il le voyait bien dans son regard à elle qui ne savait pas mentir, mais il faisait de son mieux. Il n'attendait rien d'elle et pourtant elle lui demanda un service, en secret. « Ferez-vous cela pour moi ? – Quand vous voulez », répondit-il. Seuls le Miroir et les loriots surent ce qu'ils s'étaient dit.

Giuliano de' Medici mourut, Lorenzo de' Medici prit le pouvoir à Florence sous le nom de Lorenzo II et les choses commencèrent à changer. Mais pendant trois ans on ne s'en aperçut pas. Lorenzo avait cruellement besoin d'Argalia autant que son oncle avant lui. Ce fut Argalia qui mena les troupes de Florence au combat contre Francesco Maria, le duc d'Urbino que Léon X s'apprêtait à trahir. Quand les Médicis étaient en exil, c'est Francesco Maria qui les avait accueillis mais maintenant ils se retournaient contre lui pour s'emparer de son duché. C'était un homme puissant, à la tête de soldats bien entraînés et il fallut à Argalia et à tous ses Janissaires trois semaines pour le battre. À la fin des combats, neuf des guerriers ottomans les plus endurcis avaient été tués. D'Artagnan, un des quatre géants suisses, en faisait partie, et les lamentations d'Otho, Botho et Clotho étaient terribles à entendre. Après quoi Argalia écrasa la révolte de quelques barons restés fidèles à Francesco Maria dans les Marches d'Ancône ; en fait, Argalia le Turc était tout simplement trop puissant pour que Lorenzo s'en prenne ouvertement à lui.

Ce fut à cette époque qu'il Machia soumit son petit ouvrage à la cour de Lorenzo. Il ne reçut jamais le moindre mot de remerciement, d'approbation ou de critique, ni même un billet pour accuser réception de son envoi et on ne trouva pas la moindre trace du livre parmi les affaires de Lorenzo après sa mort. Une anecdote circula pendant quelque temps, racontant que Lorenzo avait ri avec mépris quand on lui avait remis le livre et l'avait jeté dans un coin. « Le raté veut faire la leçon au prince pour lui expliquer la voie du succès, dit-il d'un ton grossièrement sarcastique. Voilà manifestement un livre que je dois immédiatement apprendre par cœur. » Puis, quand les courtisans eurent fini de rire, il ajouta, provoquant une deuxième vague de gloussements déférents : « Il y a une chose dont je suis certain, c'est que si le nom de ce Niccolò Mandragola doit passer à la postérité, ce sera en tant que comédien, pas comme penseur. » L'histoire parvint aux oreilles d'Ago Vespucci, qui eut la délicatesse de ne pas la répéter à son ami. Ce qui fait que Niccolò espéra une réponse pendant de nombreux mois. Quand il devint évident qu'il n'en recevrait pas, le déclin d'il Machia s'accéléra. Quant à son petit livre, il le mit de côté sans jamais chercher à le publier de son vivant.

Au printemps 1519, Lorenzo entama ses manœuvres. Il envoya Argalia combattre les Français en Lombardie où le Turc de Florence livra bataille aux troupes de François Ier en différents lieux de la province de Bergame. En l'absence d'Argalia, Lorenzo organisa une grande joute sur la Piazza di Santa Croce, imitant fidèlement celle qui avait eu lieu en l'honneur de Simonetta Vespucci au cours de laquelle Giuliano de' Medici, l'aîné, avait porté une bannière vantant la beauté de *la sans pareille*. Qara Köz fut invitée à siéger à la place d'honneur de la tribune royale, sous un dais bleu orné de lis dorés. Lorenzo s'avança vers elle sur son cheval et déploya la nouvelle bannière sur laquelle il avait fait peindre son portrait par del Sarto, mais la légende était la même : *la sans pareille*. « Je dédie ces fêtes à la reine de beauté de la ville, Angelica de Florence et de Cathay », déclara Lorenzo. Qara Köz n'eut aucune réaction, elle ne lui jeta même pas, en guise de faveur, une écharpe ou un mouchoir qu'il puisse porter, et la rougeur qui empourpra les joues du duc trahit son humiliation et sa colère. Seize cavaliers participaient au tournoi, des soldats qui étaient restés garder la cité, et il y avait deux prix à gagner, un *palio* fait de brocart d'or et un autre d'argent. Le duc n'entra pas en lice mais vint s'asseoir auprès de Qara Köz et ne dit pas un mot jusqu'à ce que les prix aient été remis.

Après les joutes, il y eut un banquet au Palazzo Medici, on y servit de la *zuppa pavese* à boire et des paons à manger, et des faisans de Chiavenna, des perdrix de Toscane et des huîtres de Venise. On proposa des friandises à la mode arabe, à base de sucre et de cannelle, et tous les plats contenant du porc comme les *fagioli* à la couenne furent soigneusement évités par égard pour les goûts de l'invitée d'honneur. Il y eut de la confiture de coings de Reggio, de la pâte d'amandes de Sienne et de bons *caci marzolini* florentins, c'est-à-dire du fromage de Mars. De grands monticules de tomates formaient le clou de la décoration des tables. Après les agapes, poètes et beaux esprits déclamèrent sur le thème de l'amour, comme cela s'était fait au festin d'Agathon, évoqué dans le *Banquet* de Platon. Lorenzo conclut cette séance d'éloquence en récitant certains passages choisis dans le *Banquet*. « Oui et mourir pour autrui, c'est en tout cas ce à quoi seuls consentent ceux qui sont amoureux, déclama-t-il, et pas seulement les hommes mais aussi les femmes. C'est ce dont la fille de Pélias, Alceste, fournit aux Grecs une preuve évidente qui appuie ce que j'avance, elle qui fut la seule à consentir à mourir à la place de son époux, alors que celui-ci avait encore son père et sa mère. » Quand il se rassit lourdement, Qara Köz lui demanda pourquoi il avait choisi ce passage. « Pourquoi parler de la mort, dit-elle, quand nous sommes au milieu des plaisirs de la vie[1] ? »

Elle fut choquée d'entendre Lorenzo lui adresser des mots extrêmement rudes. Il avait beaucoup bu et était bien connu pour ne pas bien supporter le vin. « La mort, madame, n'est jamais si éloignée qu'on le pense, dit-il. Qui sait ce qui sera peut-être bientôt exigé de vous ? » Elle se figea et garda le silence, comprenant que son destin allait parler par la bouche de ce jeune lourdaud qui lui tenait lieu d'hôte. « Avant qu'une fleur ne meure, poursuivit-il, son parfum s'évanouit. Et votre arôme, madame, s'est considérablement affaibli, n'est-ce pas. » Ce n'était pas une question. « On ne parle plus beaucoup de musique céleste

1. Traduction de Luc Brisson, Flammarion. (*NdT*).

résonnant autour de vous, ni de guérisons miraculeuses, ou de merveilleuses grossesses dans des ventres stériles. Même les plus crédules de nos citoyens, même ceux qui meurent de faim et qui mangent du pain aromatisé aux herbes hallucinatoires simplement pour ne plus penser à leur ventre vide, même les mendiants qui avalent si souvent des nourritures avariées et des plantes vénéneuses qu'ils voient des démons chaque nuit, plus personne à présent ne parle de vos pouvoirs magiques. Où sont passés vos sortilèges, madame, où sont vos parfums envoûtants qui emplissaient l'esprit des hommes de pensées amoureuses ? On dirait que même les enchantements de la plus belle des femmes finissent par s'évanouir, comment pourrait-on dire – avec l'âge. »

Qara Köz avait vingt-huit ans mais il y avait en elle une sorte d'épuisement qui avait affaibli son éclat, et une tension provoquée par des raisons personnelles que Lorenzo comprit parfaitement et exposa avec brutalité. « Même dans votre foyer, murmura-t-il d'un air théâtral, la situation pourrait bien s'être détériorée. Ah, six années passées ensemble à Florence et quelques autres auparavant et vous n'avez toujours pas d'enfant. Les gens s'interrogent sur votre stérilité. Médecin, soigne-toi toi-même ! » Qara Köz s'apprêta à se lever. Mais la main de Lorenzo II s'abattit sur son avant-bras et le cloua fermement à l'accoudoir de son fauteuil. « Combien de temps votre protecteur va-t-il continuer à vous protéger si vous ne lui donnez pas un fils ? demanda-t-il. Je veux dire, si jamais il revient de guerre. »

Elle comprit dans l'instant qu'un complot avait été fomenté, qu'un individu ou un groupe placé sous les ordres d'Argalia avait accepté de le trahir contre la promesse d'un certain avancement qui pourrait bien n'être en fin de compte qu'un coup de poignard entre les côtes ou une exécution publique. Une trahison était souvent récompensée par une autre.

« Vous ne pourrez jamais le tuer tant qu'il sera entouré de ses propres hommes », dit-elle faiblement, et, à cet instant, apparut devant ses yeux, comme une vision prémonitoire, le visage de Konstantin le Serbe. « Que lui avez-vous promis, demanda-t-elle, pour qu'après toutes ces années d'amitié il consente à un acte aussi vil ? » Lorenzo se pencha vers elle pour lui chuchoter à l'oreille : « Tout ce dont il rêvait », répondit-il cruellement. C'est donc elle qui avait servi d'appât, et Konstantin, qui avait été son garde le plus proche pendant si longtemps, avait fini par être contaminé par cette proximité au point de désirer une intimité encore plus étroite, voilà l'explication. C'est elle qui portait malheur à Argalia. « Il ne le fera pas », dit-elle. La poigne de Lorenzo se referma plus fortement sur son bras. « Mais, princesse, même s'il le fait, il n'est pas nécessaire de lui accorder sa récompense. » Oui, c'était bien là son destin. « Supposons que les hommes reviennent des combats portant le corps de leur général étendu sur un bouclier, murmurait l'homme à ses côtés. Ce serait une épouvantable tragédie, bien sûr, il serait enseveli parmi les héros de la cité, on décréterait au moins un mois de deuil. Mais imaginons qu'au moment de son retour nous vous ayons fait déménager, vous, votre suivante et tous vos biens de la Via Porta Rossa à la Via Larga. Supposez que vous y soyez mon invitée, en quête de consolation dans votre immense chagrin. Imaginez alors ce que je ferais au lâche qui a assassiné le champion de Florence, votre bien-aimé et mon ami. Vous pourriez me suggérer n'importe quelle torture et je vous garantis qu'on le maintiendrait en vie assez longtemps pour qu'il puisse les subir toutes jusqu'au bout. »

Les musiciens commencèrent à jouer. C'était l'heure du bal à présent. Elle devait danser une pavane avec celui qui assassinait tous ses espoirs. « Je dois réfléchir », dit-elle, et il s'inclina. « Bien sûr, mais faites vite et, avant de vous livrer à votre réflexion, vous serez conduite cette nuit dans mes appartements privés pour comprendre ce à quoi vous devez réfléchir. » Elle s'arrêta de danser et se tint immobile face à lui. « Madame, je vous en prie », la gronda-t-il, tendant les mains jusqu'à ce qu'elle recommence à se mouvoir en cadence. « Vous êtes une princesse de sang royal de la lignée de Tamerlan et de Gengis Khan. Vous savez comment marche le monde. »

Elle retourna chez elle, ce soir-là, accompagnée du Miroir, après avoir démontré qu'elle avait bien compris comment marchait le monde. « Angelica, ce qui devait être fait l'a été », dit-elle. « À présent, Angelica, préparons-nous à mourir », répondit le Miroir. C'était la phrase codée que la princesse et elle avaient choisie depuis longtemps ; elle signifiait qu'il était temps de partir, de quitter une vie pour en adopter une autre, de recourir au plan d'urgence et de disparaître. Pour mettre en œuvre ce plan, le Miroir, enveloppée dans un long manteau à capuche, devait se glisser dehors par l'issue de service quand la cité serait endormie et prendre l'étroite ruelle derrière le Palazzo Cocchi del Nero, puis se faufiler à travers la ville pour rejoindre le quartier d'Ognissanti et la porte d'Ago Vespucci. Mais, à sa grande surprise, elle vit Qara Köz secouer la tête. « Nous ne partirons pas, dit-elle, avant que mon mari ne soit rentré vivant à la maison. » Elle n'avait aucune maîtrise sur la vie et la mort mais se reposait sur un pouvoir auquel elle n'avait jamais cru : celui de l'amour.

*

Le lendemain, le fleuve était à sec. La cité bruissait de la nouvelle selon laquelle Lorenzo de' Medici était atteint d'une maladie mortelle et même si personne ne l'affirmait tout haut, chacun savait que cette affection n'était autre que l'horrible *morbo gallico*, à savoir la syphilis. La disparition des eaux de l'Arno était interprétée comme un mauvais présage. Les médecins de Lorenzo le veillaient jour et nuit mais tant de Florentins avaient péri de cette maladie depuis sa première apparition en Italie, vingt-trois ans auparavant, que personne ne se faisait d'illusions sur la survie du duc. Comme d'habitude, la moitié de la ville rejetait la responsabilité de la maladie sur les soldats français, l'autre moitié affirma que les marins de Christophe Colomb l'avaient rapportée de leurs voyages, mais Qara Köz ne s'intéressait pas à tous ces bavardages. « Cela s'est produit plus vite que je ne l'avais prévu, dit-elle au Miroir, ce qui veut dire qu'avant peu les soupçons retomberont sur moi. » La remarque aurait pu paraître étrange, car Qara Köz n'avait pas la syphilis, comme un examen médical aurait pu le prouver, et ne la contracta d'ailleurs jamais par la suite. Mais personne ne soupçonnait non plus Lorenzo II d'en avoir jamais été atteint, ce qui rendait d'autant plus surprenante cette brusque attaque de la maladie sous sa forme la plus virulente. L'affaire était donc étrange et, en pareil cas, il fallait trouver un suspect ou à tout le moins un bouc émissaire. Qui sait quelle tournure les choses auraient prise si Argalia n'était pas revenu chez lui vivant.

La nuit qui précéda son retour, Qara Köz eut du mal à s'endormir mais quand elle y parvint elle rêva de sa sœur. Sur un tapis bleu bordé de rouge et d'or, orné d'un diamant rouge et or au centre, sous une grande tente d'étoffes rouge et or, Khanzada Begum regardait un homme qu'elle ne reconnaissait pas ; il était vêtu de soie crème et portait un châle rose et vert jeté sur les épaules et un turban bleu pâle et blanc avec une pointe d'or. Je suis ton frère Babur, dit l'étranger. Elle avait beau le dévisager, elle ne reconnaissait pas son frère. Je ne pense pas, dit-elle. L'homme se tourna vers un autre homme assis auprès de lui. Kukultash, dit-il, qui suis-je ? Sire, répondit l'autre, vous êtes Zahiruddin Muhammad Babur, aussi sûr que nous sommes assis à Qunduz. Khanzada Begum répondit : Pourquoi devrais-je le croire plutôt que vous ? Je ne connais aucun Kukultash. Le frère et la sœur restaient assis sous la tente ; elle était entourée de ses suivantes et lui gardé par des soldats portant des lances et des arcs. Personne ne manifestait la moindre émotion. La dame ne reconnaissait pas son frère. Elle ne l'avait pas vu depuis dix ans. Qara Köz eut l'intuition, tout en rêvant, qu'elle représentait toutes les personnes animant son rêve. Elle était sa sœur qui avait été arrachée à sa famille et ne retrouvait plus les voies du souvenir et de l'amour qui lui auraient permis de revenir. Elle était son frère, Babur, à la fois guerrier féroce et poète, capable dans le même après-midi de trancher des têtes et d'exalter la beauté d'une clairière, mais qui n'avait pas de pays, pas de terre qu'il pût considérer comme sienne, qui errait toujours de par le monde, se battant pour se faire une place, prenant des villes, les perdant, entrant un jour triomphalement dans Samarcande, puis dans Kandahar, pour en être chassé à nouveau ; Babur courant, courant sans cesse en quête d'un sol stable sur lequel enfin se tenir en paix. Et elle était aussi Kukultash, l'ami de Babur, et les suivantes, et les soldats, elle flottait hors d'elle-même et contemplait sa propre histoire comme si elle arrivait à quelqu'un d'autre, sans éprouver le moindre sentiment, sans se permettre d'en éprouver. Elle était à la fois elle-même et son propre miroir.

Puis un changement intervint dans le rêve. Les dais et les coupoles de la tente se durcirent et se transformèrent en pierre rouge. Ce qui était éphémère, transportable, transformable devint tout à coup fixe et permanent. Un palais de pierre au sommet d'une colline où son frère Babur prenait ses aises, assis sur un trône de pierre au centre d'une pièce d'eau rectiligne, un magnifique bassin, un bassin sans égal. Il était si riche que, dans ses élans de générosité, il pouvait vider le bassin, le remplir de pièces et laisser son peuple venir puiser dans ses largesses. Il était riche et à son aise, il ne possédait pas seulement un bassin mais un royaume. Mais ce n'était pas Babur. Ce n'était pas son frère. Elle ne le reconnut pas. C'était un homme qu'elle ne connaissait pas.

« J'ai vu l'avenir, Angelica, dit-elle au Miroir quand elle s'éveilla. L'avenir est bâti sur le roc et le descendant de mon frère est un empereur incomparable. Nous ne sommes que de l'eau qui peut se transformer en air et se dissiper comme la fumée, mais l'avenir est fait de pierre et de richesses. » Elle attendrait que cet avenir se réalise et retournerait alors à son ancienne vie, elle s'y rattacherait et retrouverait son intégrité. Elle serait plus habile que Khanzada. Elle saurait reconnaître le roi.

Il y avait eu aussi une autre femme dans son rêve, elle l'avait vue de dos, une femme aux longs cheveux blonds tombant librement sur ses épaules, assise face au roi, elle lui parlait, elle portait un long vêtement fait de losanges multicolores. Et puis il y avait cette autre femme à l'intérieur, qui ne voyait jamais la lumière du soleil, qui errait dans les couloirs du palais comme une ombre qui, par moments, s'effaçait presque, avant de reprendre de la consistance, puis de s'effacer à nouveau. Cette partie du rêve lui restait incompréhensible.

*

Qara Köz connaissait l'art de masquer ses émotions. Dès qu'elle fut conduite dans les appartements privés de Lorenzo II, elle ne s'autorisa à éprouver aucun sentiment. Il avait fait ce qu'il avait l'intention de faire et elle aussi avait suivi son plan, de sang-froid. Après être rentrée au Palazzo Cocchi del Nero, elle demeura parfaitement calme et sereine. Le Miroir s'agitait autour de quelques *cassoni* qu'elle avait entrepris de remplir, ces grandes malles dans lesquelles les femmes normalement serraient leur trousseau, de façon à être prête pour un départ précipité, même si sa maîtresse était décidée à rester. Qara Köz attendait, près d'une fenêtre ouverte du grand salon, laissant monter vers elle les bribes de conversation que lui apportait la brise. Avant peu elle entendit les mots dont elle savait bien qu'ils seraient prononcés, ces mots qui la mettaient en danger si elle restait sur place. Et pourtant elle ne fit pas la moindre tentative de fuite.

Sorcière. Elle l'a ensorcelé. Il a couché avec la sorcière, est tombé malade et en est mort. Avant cela il n'était pas malade. C'est de la sorcellerie. Elle lui a donné la maladie du Diable. Sorcière, sorcière, sorcière.

Lorenzo II était mort lorsque la milice rentra après sa victoire à Cisano Bergamasco, marchant en bon ordre malgré la consternation qu'avait provoquée dans ses rangs la tentative d'assassinat de Konstantin le Serbe, contre le *gran condottiere*, le général Argalia, en plein cœur de la bataille. Entouré de six Janissaires complices, armés de mousquets à mèche, de piques et d'épées, Konstantin avait lâchement attaqué la position du général sur ses arrières. La première balle toucha Argalia à l'épaule et le désarçonna, lui sauvant accidentellement la vie, parce que, ensuite, les chevaux entouraient le capitaine tombé à terre, de sorte que les mutins ne pouvaient plus l'atteindre. Les trois géants suisses survivants quittèrent le front pour en découdre à l'arrière avec les traîtres et après un combat acharné au corps à corps, la mutinerie fut matée. Konstantin le Serbe fut tué, une pique suisse plongée en plein cœur, mais Botho aussi était mort. À la tombée de la nuit, la bataille contre les Français était gagnée, mais Argalia ne s'en réjouit aucunement. De son armée initiale, il ne restait que soixante-dix survivants.

Quand ils arrivèrent à proximité de la cité, ils virent des flammes s'élever de toutes parts, comme le jour de l'élection du pape, et Argalia dépêcha en toute hâte une estafette pour voir ce qui se passait. Le messager revint et annonça que le duc était mort, et que les citoyens, privés de leur souverain, accusaient Qara Köz de lui avoir jeté un sort si puissant qu'il lui avait dévoré le corps à la manière d'un fauve affamé, en commençant par les parties génitales pour le détruire entièrement. Argalia ordonna à Otho, l'un des deux survivants désespérés du quatuor de frères suisses, de ramener la milice à marche forcée jusqu'à sa caserne. Rassemblant autour de lui Clotho et les Janissaires qui restaient, et sans se préoccuper de son bras droit blessé en bandoulière, il rentra chez lui en galopant contre la tempête. Car le vent soufflait très fort cette nuit-là, ils virent des oliviers déracinés, des chênes s'écroulaient autour d'eux comme de vulgaires arbustes, des châtaigniers, des cerisiers et des aulnes, de sorte que leur chevauchée semblait encadrée par une forêt entière qui volait autour d'eux ; et quand ils parvinrent à proximité de la ville, ils entendirent un grand tumulte comme seuls les Florentins savaient en faire. Mais ce n'était pas un tumulte joyeux. On aurait dit que tous les habitants de la ville s'étaient transformés en loups-garous hurlant à la lune.

*

Comme le pas était vite franchi entre *enchanteresse* et *sorcière*. Hier encore, elle était officieusement la sainte patronne de la cité. À présent, une foule s'assemblait devant chez elle. « La porte de service est toujours libre, Angelica », dit le Miroir. « Angelica, nous attendrons », répliqua-t-elle. Elle se tenait assise sur un siège droit auprès d'une fenêtre du grand salon, elle voyait tout depuis un angle sans être elle-même visible. C'était son destin d'être invisible. Elle était parfaitement calme. Puis elle entendit les sabots des chevaux et se leva. « Il arrive. » Et il fut là.

Devant le palais Cocchi del Nero, la Via Porta Rossa s'élargissait en une petite place autour de laquelle se dressaient le palais Davizzi et la tour des Foresti. Argalia et ses Janissaires, chevauchant en direction de cette place, furent ralentis par l'afflux des chasseurs de sorcières. Mais ils étaient fermement déterminés et lourdement armés, et les gens les laissèrent passer. Quand ils atteignirent le palais, les Janissaires dégagèrent un espace devant la façade et quand ils furent certains de contrôler parfaitement l'édifice, on fit ouvrir les portes. Une voix dans la foule cria : « Pourquoi protèges-tu la sorcière ? » Argalia n'y prêta pas attention. La même voix s'éleva à nouveau : « Au service de qui es-tu, *condottiere*, du peuple ou de tes désirs ? Sers-tu la cité et son duc ensorcelé, ou es-tu sous la coupe de cette harpie qui lui a jeté un sort ? » Argalia fit exécuter un demi-tour à son cheval pour se mettre face à la foule. « C'est elle que je sers, dit-il. J'ai toujours été à son service et le resterai à jamais. » Puis, entouré d'une trentaine d'hommes, il pénétra dans la cour intérieure, chargeant Clotho d'assurer la sécurité devant le palais. Les cavaliers firent halte près du puits au centre de la cour, et le palais silencieux s'emplit de bruits : hennissements des chevaux, fracas des armes et clameur des hommes criant des ordres ou y répondant. Les servantes de la maison accoururent pour donner à boire et à manger aux cavaliers et à leurs montures. Et Qara Köz, comme une femme émergeant du sommeil, comprit tout à coup toute l'étendue du danger. Elle se tenait en haut de l'escalier qui montait de la cour et Argalia était en bas et la regardait. Sa peau était d'une pâleur mortelle.

« Je savais que tu étais vivant. » Elle ne fit pas allusion à son bras blessé.

« Et toi aussi, tu dois vivre, dit-il. La foule grossit. » Il ne parla pas de la douleur de sa blessure à l'épaule droite, ni de la brûlure qui irradiait de là, à travers tout son corps. Il ne dit rien des lourds battements de son cœur tandis qu'il la contemplait. Il était à bout de souffle après cette longue chevauchée. Sa peau livide était brûlante au toucher. Il n'employa pas le mot « amour ». Pour la dernière fois, il se demanda s'il n'avait pas accordé à tort son amour à une femme qui ne lui avait donné le sien que le temps de le reprendre. Mais il écarta cette idée. Il n'avait offert son cœur qu'une seule fois dans sa vie et il s'estimait béni d'avoir eu cette chance. La question de savoir si elle était digne de son amour n'avait aucun sens. Son cœur y avait déjà répondu depuis longtemps.

« Tu me protégeras, dit-elle.

— Au péril de ma vie », répondit-il. Il s'était mis à frissonner. Quand il était tombé sur le champ de bataille de Cisano Bergamasco, le chagrin causé par la trahison de Konstantin le Serbe avait rapidement cédé la place à la prise de conscience de sa propre folie. Il s'était laissé surprendre exactement comme il avait surpris autrefois le Shah Ismaïl de Perse à la bataille de Chaldiran. L'homme armé d'une épée serait toujours vaincu face à l'homme armé d'un fusil. Au temps du mousquet à mèche et du canon léger facile à déplacer, il n'y avait plus de place pour les chevaliers en armure. Il était un personnage du passé. Il avait mérité cette balle comme l'ancien mérite d'être détruit par le nouveau. Sa tête tournait un peu.

« Je n'ai pas pu partir », dit-elle, et il y avait dans sa voix une pointe de surprise, comme si elle venait de découvrir quelque chose d'extraordinaire sur elle-même.

« Tu dois partir, à présent », répondit-il, légèrement haletant. Ils ne s'approchèrent pas l'un de l'autre. Ils ne s'embrassèrent pas. Elle sortit rejoindre le Miroir.

« Maintenant, Angelica, soyons prêtes à mourir », dit-elle.

*

La nuit était embrasée. Des flammes s'élevaient de toutes parts vers le ciel illuminé. La lune était pleine, basse sur l'horizon, teintée de rouge, énorme. On aurait dit l'œil froid et farouche de Dieu. Le duc était mort et c'était la rumeur qui gouvernait à sa place. Selon elle, le pape avait maudit Angelica, la traitant de putain meurtrière, et il envoyait un cardinal prendre en main les affaires de la cité et s'occuper de cette sorcière déchaînée. Le souvenir du bûcher sur lequel avaient brûlé les trois chefs des Pleureurs, Jérôme Savonarole, Domenico Buonvicini et Silvestro Maruffi, sur la Piazza della Signoria, était toujours présent dans les mémoires et certains avaient très envie de sentir la puanteur d'une chair féminine en flammes. Mais la populace est impatiente par nature. Vers minuit, la foule avait à peu près triplé de volume et son humeur avait empiré. Des pierres furent lancées contre le palais Cocchi del Nero. La phalange de Janissaires commandée par Clotho le Suisse parvenait encore à défendre les portes mais même les Janissaires finissent par se fatiguer et certains soignaient leurs blessures. Aux petites heures du jour, tandis que la foule hurlait, parvint une nouvelle fatale. La milice de Florence, aiguillonnée par ces récits douteux selon lesquels le pape aurait officiellement condamné Angelica comme sorcière, s'était soulevée, avait rallié les masses enragées et se dirigeait vers la Via Porta Rossa, lourdement armée. En entendant la nouvelle, Clotho comprit que ses frères étaient désormais morts tous les trois et il décida qu'il était prêt à en finir.

« Pour la Suisse ! », s'écria-t-il, et il se précipita dans la foule, brandissant d'une main une épée dont il faisait des moulinets et de l'autre une masse d'armes au bout d'une longue chaîne. Les autres Janissaires le regardèrent avec stupéfaction car, dans la multitude, les hommes n'avaient que des armes plutôt inoffensives comme des bâtons et des pierres, mais on ne pouvait plus arrêter Clotho. Il était saisi d'une fureur meurtrière. Les gens tombaient sous les sabots de son cheval et étaient piétinés à mort. La foule était tétanisée par la colère et la terreur et, dans un premier temps, elle commença à battre en retraite pour échapper à la folie du géant albinos sur son cheval. Et puis il se produisit quelque chose d'étrange ; le genre d'instant qui décide du sort des nations, car lorsqu'une foule parvient à se débarrasser de la peur de l'armée, le monde change. Tout à coup, cette foule cessa de reculer et aussitôt, Clotho, dressé sur son cheval, l'épée brandie prête à frapper, comprit que c'en était fait de lui. « Janissaires, à moi », cria-t-il, et la foule déferla vers eux comme une vague, des milliers et des milliers de voix hurlantes, des mains qui s'agrippaient et des poings qui frappaient, une pluie de pierres s'abattit sur les soldats et des hommes bondirent sur eux comme des chats, bousculèrent les chevaux, périrent sous les coups des armes des guerriers mais continuant à avancer quand même, empoignant, traînant, serrant, tirant jusqu'à ce que tous les soldats soient désarçonnés, et le piétinement de la foule continuait à avancer, la force écrasante de la foule qui ne cessait d'enfler, et le monde tout entier ne fut plus qu'un océan de sang.

Avant même que la milice n'arrive et que la foule ne s'écarte comme la mer pour livrer passage aux soldats, les Janissaires postés devant le palais Cocchi del Nero avaient été anéantis ; à l'aide de haches, prises aux guerriers tués, la foule attaquait les trois grandes portes de bois. Dans la cour, derrière ces portes, Argalia le Turc et les guerriers survivants, montés sur leurs chevaux et revêtus de leur armure de combat, s'étaient regroupés pour leur dernier assaut. « Le plus honteux est de mourir tué par des hommes que j'ai menés au combat, pensa Argalia, mais au moins mes plus anciens compagnons vont périr avec moi, et il y a de l'honneur là-dedans. » Cependant, les questions d'honneur et de honte quittèrent son esprit parce que Qara Köz s'en allait, et le temps était venu d'échanger leurs dernières paroles.

« Il est heureux que la populace soit aussi stupide, dit-elle, sinon Ago et le Miroir n'auraient pu gagner la ruelle par la porte de service. Et il est heureux que j'aie suivi le conseil de ton ami Niccolò, sinon nous n'aurions aucune possibilité de fuite, et personne ne nous attendrait avec des tonneaux vides pour nous cacher, une charrette et des chevaux frais pour nous emmener loin d'ici.

— Au commencement étaient trois amis, dit Argalia le Turc, Antonino Argalia, Niccolò “il Machia” et Ago Vespucci. Et à la fin ils étaient toujours trois. Il Machia mettra des chevaux rapides à ta disposition. Pars. » La fièvre s'était emparée de lui et sa blessure le faisait cruellement souffrir. Il s'était mis à trembler. La fin n'allait plus tarder. Il allait avoir du mal à rester à cheval très longtemps.

Elle se tut. « Je t'aime », dit-elle. *Meurs pour moi.*

« Moi aussi, je t'aime », répondit-il. *Je meurs déjà, mais je vais mourir pour toi.*

« Je t'ai aimé comme aucun homme auparavant », dit-elle. *Meurs pour moi.*

« Tu as été l'amour de ma vie », répondit-il. *Ma vie est presque finie, mais ce qu'il en reste, je te l'offre.*

« Laisse-moi rester, dit-elle. Abandonne-moi. Cela résoudrait tout. » Une fois de plus, dans sa voix, cette surprise devant ce qu'elle se permettait de dire, de proposer, d'éprouver.

« Il est trop tard pour cela », dit-il.

Les derniers combats des Invincibles de Florence, leur défaite finale et leur anéantissement au cours des Émeutes de la Via Porta Rossa eurent lieu dans la cour de l'édifice qu'on allait dorénavant appeler le Palais sanglant. À la fin de la bataille, la sorcière et sa suivante étaient parties depuis longtemps et quand le peuple de Florence découvrit qu'elles avaient fui, sa colère sembla s'évanouir, et comme des gens qui s'éveilleraient d'un horrible cauchemar, ils perdirent l'envie de tuer. Ils *revinrent à eux*, et ne constituèrent plus une populace mais une foule composée d'individus souverains, et chacun rentra chez lui en marmonnant, l'air honteux, regrettant d'avoir du sang sur les mains. « Puisqu'elle est partie, dit quelqu'un, eh bien, adieu et bon débarras ! » On n'essaya pas de la poursuivre. Tout le monde avait honte. Quand le régent du pape arriva à Florence, les portes et les volets du Palazzo Cocchi del Nero étaient fermés et le sceau de la ville y était apposé, et personne ne vécut dans ces murs pendant cent ans. Et après qu'Argalia le Turc fut tombé, assommé par la septicémie qui lui brûlait le corps, après que, déjà mourant des suites de son infection, il eut eu la gorge transpercée par l'ignoble pique d'un milicien, le temps des grands *condottieri* toucha à sa fin.

Et l'Arno, comme s'il avait été maudit par une sorcière, demeura à sec pendant un an et un jour.

« Elle n'a pas eu d'enfant, fit remarquer l'empereur. Que dis-tu de cela ?

— Ce n'est pas tout », répondit l'autre.

Niccolò aperçut Ago au loin au moment où l'aube pointait. Ago tenait les rênes d'un attelage chargé de deux tonneaux de vin, et Niccolò renonça à son intention d'aller piéger des grives ; il posa ses cages et alla lui-même harnacher les chevaux. Offrir deux chevaux était pour lui un gros sacrifice, mais il allait pourtant le faire, et sans regret. Peut-être est-ce cela qu'on retiendrait de lui, l'homme qui avait aidé la Dame du *Mogor* à échapper à ses poursuivants, la princesse de sang royal de la lignée de Tamerlan et de Gengis Khan, celle qui avait été l'enchanteresse de Florence. Il cria à sa femme restée dans sa chambre de préparer immédiatement de la nourriture et du vin, et d'emballer des provisions pour un long voyage ; et en entendant la note d'urgence dans sa voix, elle sauta du lit et fit ce qu'il demandait sans discuter, même s'il n'était pas agréable d'être tirée d'un sommeil bien plus profond que d'habitude par des ordres. Ago arrêta son attelage dans un grand bruit de sabots devant la maison des Machiavelli, hors d'haleine, effrayé. Argalia ne se tenait pas à ses côtés. Sans rien dire, d'un froncement de sourcils, il Machia interrogea Ago Vespucci qui se passa un doigt sur la gorge avant d'éclater en sanglots, pleurant de peur, d'émotion et de chagrin. « Ouvrez donc les tonneaux, dit Marietta Corsini en jaillissant de la maison. Elles doivent être à moitié mortes là-dedans. »

Ago avait disposé des coussins et des traversins à l'intérieur des tonneaux, il avait installé des portes à charnières sur leurs flancs et les avait percées de trous pour leur permettre de respirer mais malgré ses précautions les deux femmes émergèrent de leur cachette toutes contusionnées, le visage rouge, le souffle court et courbatues. Elles acceptèrent bien volontiers de l'eau mais refusèrent de manger parce que le voyage avait dérangé leur estomac. Puis, sans plus de cérémonie, elles demandèrent une chambre où elles pourraient se changer. Marietta les conduisit dans la plus grande des chambres à coucher. Le Miroir emboîta le pas à Qara Köz en portant un petit sac et quand les deux femmes reparurent une demi-heure plus tard, elles étaient transformées en hommes, vêtues de tuniques courtes, rouge et or pour Qara Köz, vert et blanc pour le Miroir, la taille serrée dans une ceinture, et portant des bas de laine pour monter à cheval et des bottes en cuir de chamois. Elles avaient taillé leurs cheveux et les avaient dissimulés sous des calottes étroitement ajustées. Marietta en eut la respiration coupée quand elle vit leurs jambes dans les chausses moulantes mais ne dit rien. « Ne mangerez-vous pas un peu avant de partir ? » demanda-t-elle, mais elles refusèrent. Elles la remercièrent pour le sac de pain, de fromage et de viande froide qu'elle avait préparé à leur intention. Puis elles sortirent retrouver il Machia et Ago qui les attendaient. Ago n'était pas descendu de la charrette. Les deux tonneaux n'y étaient plus et à leur place il y avait les deux coffres qui renfermaient les affaires des dames et un sac contenant les vêtements d'Ago et tout l'argent dont il avait pu disposer, y compris des lettres de change pour des montants importants. « Je pourrai en avoir davantage quand nous serons à Gênes, dit-il. J'ai mes chèques. » Il regarda Qara Köz droit dans les yeux. « Vous ne pouvez pas voyager seules, mesdames », dit-il. Elle ouvrit grands les yeux. « Ainsi, dit-elle, sur-le-champ, si on vous appelle à l'aide, et considérant notre triste situation, vous êtes prêt à quitter votre foyer, votre travail, votre vie pour fuir avec nous vers un avenir incertain et échapper à un danger au risque d'en rencontrer bien d'autres ? » Ago Vespucci acquiesça. Elle vint vers lui et prit ses mains dans les siennes. « Dans ces conditions, monsieur, nous sommes à vous désormais. »

Il Machia fit ses adieux à son vieux compagnon. « Au commencement étaient trois amis, dit-il, Antonino Argalia, Niccolò "il Machia" et Ago Vespucci. Deux d'entre eux aimaient voyager, le troisième aimait rester chez lui. Des deux voyageurs, à présent, l'un a disparu à jamais, l'autre est reclus. Mon horizon a rétréci et je n'ai plus que des conclusions à écrire. Et c'est toi, mon Ago bien-aimé, toi, le casanier, qui pars à la découverte d'un monde nouveau. » Puis il tendit la main et posa trois *soldi* dans celle d'Ago. « Je te les devais », dit-il. Quelques minutes plus tard, alors que les deux cavaliers et l'homme sur la charrette disparaissaient au tournant de la route, le premier soleil du matin posa un baiser sur les cheveux d'Ago Vespucci, des cheveux si clairsemés et si blancs à présent. Mais dans cette lumière dorée on aurait dit qu'il possédait de nouveau les cheveux blonds de son enfance, quand avec il Machia ils étaient allés pour la première fois fouiller la chênaie de Caffagio, et le bois de *vallatta* près de Santa Maria dell'Impruneta, et la forêt qui s'étendait autour du château de Bibbione, en espérant y trouver la racine de mandragore.

19

Il était l'héritier d'Adam, pas de Mahomet

Il était l'héritier d'Adam, pas de Mahomet ni du Calife, lui avait dit Abul Fazl ; il tirait sa légitimité et son autorité du fait qu'il descendait du Premier Homme, le père de tous les hommes. Il ne pouvait être enfermé dans les limites d'une seule religion, ni dans un territoire géographique. Plus grand que le roi des rois qui régna sur la Perse avant l'arrivée des musulmans, supérieur même à cette antique notion hindoue du Chakravartin – le roi monté sur un char dont les roues pouvaient passer partout, et qui réduisait tous les obstacles –, il était le Souverain Universel, le roi d'un monde sans frontières et sans barrières idéologiques. Il en découlait que la nature humaine, et non la volonté divine, était la grande force qui faisait avancer l'histoire. Lui, Akbar, l'homme parfait, était le moteur du temps.

Le soleil n'était pas encore levé, mais l'empereur était déjà debout. Sikri, plongée dans l'ombre, semblait incarner les grands mystères de la vie. La cité lui donnait l'impression d'un monde insaisissable, empli de questions auxquelles il devait répondre. C'était le moment du jour consacré à la méditation. Il ne priait pas. De temps en temps, il se rendait à la grande mosquée qu'il avait fait construire autour du tombeau de Chishti, pour sauver les apparences, pour faire taire les mauvaises langues. La langue de Badauni. La langue du prince héritier qui était encore moins dévot que son père mais qui s'était allié avec les culs-bénits dans le seul but de le contrarier. L'empereur aimait surtout consacrer ces heures matinales, avant que le soleil n'ait eu le temps d'échauffer les pierres de Sikri et l'humeur de ses habitants, à examiner en profondeur certaines questions, les sujets les plus élevés, pas les problèmes irritants de la vie quotidienne comme le prince Salim. Il méditait à nouveau à midi, puis le soir et enfin à minuit, mais la méditation matinale était sa préférée. Des musiciens venaient jouer doucement des hymnes religieux auprès de lui. Souvent il les renvoyait et se livrait à la caresse du silence. Un silence rompu seulement par le chant des oiseaux à l'aube.

Parfois, car il était plein de désirs divers, ses considérations élevées étaient interrompues par des images de femmes, des danseuses, des concubines, même les épouses royales. Jadis il lui arrivait souvent d'être distrait par la pensée de Jodha, sa reine imaginaire, sa langue acérée, sa beauté, ses talents amoureux. Il n'était pas un homme parfait, il le savait bien au fond de son cœur, et pourtant il l'avait longtemps considérée, elle, comme une femme parfaite. À la fois compagne, partenaire précieuse, tigresse érotique, aucun homme ne pouvait espérer davantage. Elle était son chef-d'œuvre, c'est du moins ce qu'il avait longtemps cru, un rêve incarné, une voyageuse venue du monde du *khayal,* de l'imagination, à qui il avait fait franchir la frontière du réel. Récemment, pourtant, les choses avaient changé. Jodha n'avait plus le pouvoir d'interrompre ses rêveries. C'était une autre femme qui venait visiter ses pensées. Qara Köz, Dame Yeux Noirs, la princesse cachée : il refusa longtemps de la reconnaître, il refusa de comprendre dans quelle direction son cœur était attiré, car cela menait à une impasse, à une passion qui ne pourrait jamais être consommée, qui était, dans tous les sens du mot, impropre. Il était tourné vers la musique de l'avenir alors qu'elle n'était que l'écho d'un passé lointain. C'est peut-être cela qui le séduisait, sa gravité nostalgique ; dans ce cas, il s'agissait bien d'une dangereuse sorcière ; elle le ramènerait en arrière dans le temps et par conséquent le ferait régresser dans tous les domaines, dans ses idées, dans ses croyances, dans ses espoirs.

Elle aurait sur lui une mauvaise influence. Elle le séduirait et l'entraînerait dans le délire d'un amour impossible et il se noierait en elle et oublierait le monde des lois, de l'action, de la majesté et de son destin. Mais peut-être était-ce justement dans ce but qu'elle lui avait été envoyée. Peut-être Niccolò Vespucci était-il un ennemi – la reine Hamida Bano était une des adeptes de cette théorie –, un agent du monde chrétien d'où il avait émergé, un assassin venu le détruire en plantant dans son esprit cette femme écarlate, cette renégate déracinée. Personne ne pouvait prendre Sikri par la force des armes mais cette princesse cachée pouvait peut-être le vaincre, lui, en l'attaquant de l'intérieur. Elle lui était néfaste. Et pourtant, c'était elle qui se présentait à ses pensées de plus en plus souvent, et elle comprenait certaines choses que Jodha n'avait jamais saisies. Elle comprenait, par exemple, le silence. Quand la princesse cachée venait à lui, elle ne parlait pas. Ce n'était pas son genre de gronder ou d'agacer. Elle ne parlait pas, ne riait pas, ne chantait pas. Elle apportait avec elle un parfum de jasmin et s'asseyait simplement près de lui, elle ne le touchait pas et regardait le jour se lever jusqu'à ce que l'horizon, à l'est, soit frangé de rouge, et que s'élève une douce brise et, à cet instant, ils ne formaient plus qu'une seule personne, il se sentait lié à elle comme il ne l'avait jamais été à aucune femme, puis, avec une extrême délicatesse, elle le quittait et il restait seul à attendre les premières tendres caresses amoureuses de l'aube.

Non, elle ne lui était pas néfaste, il défierait quiconque oserait l'affirmer. Il ne parvenait pas à déceler en elle le moindre mal, pas plus que chez l'homme qui l'avait amenée ici. Comment pourrait-on condamner un esprit aussi aventureux ? Qara Köz était une femme telle qu'il n'en avait jamais rencontré, une femme qui avait bâti sa vie sans tenir compte des convenances, par la seule force de sa volonté, une femme comparable à un roi. C'était un rêve nouveau pour lui, une vision inédite de la femme idéale. Cela l'inquiétait, l'excitait, l'empoisonnait, l'obsédait. Oui, Qara Köz était extraordinaire ; et Vespucci l'était aussi, pensait l'empereur, ce Mogor dell'Amore. L'empereur l'avait mis à l'épreuve et lui avait trouvé de grands mérites. Ce n'était pas un ennemi. Il était son favori. Il méritait des éloges, pas des blâmes.

Akbar s'efforça d'imposer à ses réflexions un cours raisonnable. Il n'était pas un homme parfait, ce n'étaient là que des flatteries, et les propos flagorneurs d'Abul Fazl ne pouvaient que l'égarer dans ce que Mogor dell'Amore avait appelé les labyrinthes du paradoxe. Élever un homme jusqu'à un statut quasi divin, et lui confier un pouvoir absolu, tout en affirmant que les êtres humains et non les dieux étaient les maîtres de la destinée humaine, impliquaient une contradiction qui ne résistait pas à l'analyse. De plus, les exemples de l'influence de la religion dans les affaires humaines ne manquaient pas. Il n'avait pu oublier le suicide des sœurs à la voix angélique, Tana et Riri, qui avaient préféré mourir plutôt que de compromettre leur foi. Il n'aspirait pas à la divinité. Si Dieu n'avait pas existé, pensa l'empereur, il aurait été plus facile de définir la bonté. Toute cette affaire de culte, d'abnégation de soi face au Tout-Puissant était un détour, une fausse piste. La bonté, où qu'elle soit, n'avait rien à voir avec les rituels, l'obéissance aveugle à une divinité, mais résidait plutôt, probablement, dans un parcours individuel ou collectif, lent, maladroit, semé d'erreurs.

Il se trouvait à nouveau empêtré dans ses contradictions. Il ne voulait pas passer pour un dieu mais il croyait à la justice de son pouvoir, son pouvoir absolu et, de ce fait, cette étrange idée du bien-fondé de la désobéissance, qui s'était glissée on ne sait comment dans son esprit, n'était rien de moins que séditieuse. Il détenait le pouvoir sur la vie des hommes par le droit de la conquête. Voilà la conclusion inévitable à laquelle tout prince réaliste devait aboutir : la puissance était juste ; quant au reste, aux méditations sans fin sur la vertu, par exemple, ce n'était que pure décoration. Le vainqueur était cet homme de vertu, c'est tout ce qu'il y avait à dire. Il pouvait exister des différences, il y aurait des exécutions et des suicides, mais la discorde devait être étouffée et il y parviendrait à la force de son poing. Mais alors, que penser de cette voix intérieure qui tous les matins lui parlait d'harmonie, pas de l'espèce de panacée ridicule des mystiques pour qui tous-les-hommes-ne-sont-qu'un, mais cette idée encore plus étrange : l'idée que la discorde, les différences, la désobéissance, les désaccords, l'irrévérence, l'iconoclasme, l'impudence, et même l'insolence, puissent être la source du bien. C'étaient là des pensées qui ne convenaient pas à un roi.

Il songea aux ducs lointains de l'histoire de Niccolò. Ils ne revendiquaient pas un droit divin sur leurs terres mais seulement le droit du vainqueur. Et leurs philosophes, également, plaçaient l'être humain au centre de son temps, de sa cité, de sa vie, de son Église. Et pourtant, de manière irréfléchie, ils attribuaient à Dieu l'humanité de l'homme et requéraient la sanction divine à l'appui de leur position sur ce sujet, la haute question de l'Homme, alors qu'ils se passaient volontiers de cette sanction quand il était seulement question de pouvoir. Quelle inconséquence, et comme ils étaient petits aussi ; ils ne dirigeaient après tout qu'une simple ville de Toscane et l'évêché romain qui allait avec, et pourtant quelle haute opinion ils avaient d'eux-mêmes. Lui régnait sur un univers sans frontières et il avait une vision plus lucide des choses. Et pourtant non, rectifia-t-il de lui-même, il cédait là au même genre de bigoterie, il fallait bien le reconnaître. Mogor avait raison. *Le drame des hommes n'est pas que nous soyons tellement différents les uns des autres, mais que nous soyons tellement semblables.*

La lumière du jour se déversait sur le sol couvert de tapis et Akbar se leva. C'était l'heure d'apparaître à la fenêtre *jharokha* pour s'offrir à l'adoration de la foule. Le peuple était d'humeur festive aujourd'hui – encore un trait qu'il avait en commun avec le peuple de cette autre cité dont il arpentait les rues dans ses rêves : cette prédisposition à faire la fête – parce que c'était le jour de l'anniversaire solaire de l'empereur, le quinze octobre, et Sa Majesté serait pesée douze fois de suite et on déterminerait son poids entre autres choses en or, en soie, en parfums, en cuivre, en beurre clarifié, en fer, en céréales et en sel, puis les dames du harem feraient parvenir à chaque foyer la part qui lui revenait de ces largesses. Les éleveurs de bétail recevraient autant de moutons, de chèvres et de poulets que le roi comptait d'années. De nombreux autres animaux, destinés à l'abattoir, seraient relâchés pour tenter leur chance en liberté. Plus tard, au harem, il participerait à la cérémonie du nœud qui consistait à faire un nouveau nœud dans la ficelle de sa vie, celle qui enregistrait la mémoire de son âge. Et, de plus, aujourd'hui il devait prendre une décision à propos de l'étranger qui prétendait être un « Moghol de l'amour ».

L'empereur était passé par bien des sentiments à l'égard de cet individu : l'amusement, l'intérêt, la déception, la désillusion, la surprise, la stupéfaction, la fascination, l'agacement, le plaisir, la perplexité, le soupçon, l'affection, l'ennui, et de plus en plus, il fallait bien le reconnaître, l'amitié et l'admiration. Il comprit un beau jour que c'était exactement la gamme de sentiments qu'éprouvaient les parents pour leurs enfants, si ce n'est que, dans le cas de ses propres enfants, les moments d'affection étaient rares, tandis que la déception, la désillusion et le soupçon étaient plutôt de mise. Le prince héritier avait commencé à comploter contre lui pratiquement dès le berceau et les trois garçons étaient dégénérés, alors que l'homme qui était venu raconter l'histoire de Qara Köz était toujours respectueux, indéniablement intelligent et manifestement intrépide, et son histoire était extraordinaire. Depuis peu Akbar avait commencé à nourrir un sentiment presque scandaleux à l'égard de ce Vespucci de plus en plus aimable, qui avait si bien trouvé sa place à la cour de Sikri que presque tout le monde le traitait comme s'il en faisait partie de plein droit. Le prince Salim le détestait, tout comme le fanatique religieux Badauni dont le livre secret composé d'attaques virulentes contre l'empereur grossissait tous les jours à mesure que son auteur devenait de plus en plus maigre ; mais ses ennemis redoutaient grandement son crédit. La mère de l'empereur et la reine Mariam-uz-Zamani, la plus âgée de ses épouses encore en vie, le détestaient également, mais elles manquaient d'imagination et s'opposaient à toute intrusion du rêve dans la réalité.

L'idée pratiquement scandaleuse à l'égard de Vespucci avait germé chez Akbar depuis quelque temps, et pour la mettre à l'épreuve il avait commencé à impliquer l'étranger dans les affaires d'État. Le « Moghol » aux cheveux blonds avait maîtrisé, presque immédiatement, tous les détails du système *mansabdari* qui présidait au gouvernement de l'empire et assurait sa survie : l'organisation pyramidale de responsables qui devaient entretenir troupes et chevaux en fonction de leur ancienneté et qui recevaient en échange des titres de propriété qui assuraient leur prospérité. En quelques jours il avait retenu le nom de tous les *mansabdars* de l'empire – et l'on comptait trente-trois rangs parmi ces responsables, depuis les princes royaux qui commandaient dix mille hommes jusqu'aux commandants qui n'en avaient qu'une dizaine sous leurs ordres –, de plus, il s'était renseigné sur l'efficacité de ces responsables et était en mesure d'indiquer à l'empereur quels *mansabdars* méritaient une promotion et lesquels avaient failli à leur tâche. Ce fut l'étranger qui suggéra à Akbar la réforme fondamentale dans la structure du système qui devait assurer la stabilité de l'empire pour cent cinquante ans. À l'origine, la plupart des *mansabdars* étaient soit des Turanis, soit des hommes d'Asie Centrale, de race moghole, dont les familles venaient de la région de Ferghana ou d'Andizhan, ou alors des Perses. Mais, sur les conseils de Mogor, Akbar se mit à y inclure en grande quantité d'autres peuples, des Rajputs, des Afghans, des Indiens musulmans, jusqu'à ce qu'aucun groupe ne se trouve majoritaire. Les Turanis étaient toujours les plus nombreux, mais, après la réforme, ils ne détenaient plus qu'un quart des postes. Le résultat fut qu'aucun groupe n'était en mesure de dicter sa loi aux autres, et tous étaient obligés de s'entendre et de coopérer. *Sulh-i-kul*. La paix complète. Tout était question d'organisation.

C'était donc un homme talentueux qui avait d'autres dons que d'exécuter des tours de magie et de raconter des histoires. L'empereur, très favorablement impressionné, commença à tester les capacités athlétiques du jeune homme et ses dispositions au combats, et il s'aperçut qu'il savait monter à cru, planter une flèche dans une cible, et manier l'épée avec un aplomb plus que convenable. En dehors des terrains de jeux et de combats, ses talents linguistiques étaient déjà célèbres et il devint rapidement champion de certains jeux particulièrement en vogue à la cour, comme le jeu d'échiquier *chandal mandal* et le jeu de cartes de *ganjifa* dont il égayait les parties en s'amusant à trouver un lien entre les figures du jeu et les grands personnages de Sikri. *Ashwapati,* le Seigneur des Chevaux, la plus forte carte, ne pouvait être, bien sûr, que l'empereur lui-même. *Dhanpati*, le Seigneur du Trésor, était manifestement le ministre des Finances Raja Todar Mal, et *Tiyapati*, la Reine des Dames, Jodhabai, naturellement. Raja Man Singh était *Dalpati*, le Seigneur de la Guerre, et Birbal, apprécié de tous, premier parmi ses pairs, était probablement *Garhpati*, le Seigneur du Fort. Ce genre d'inventions divertissait énormément Akbar. « Et toi, mon Moghol d'amour, disait-il, tu dois être *Asrpati,* je pense. » C'était le Seigneur des Génies, le roi des magiciens et des sorciers. Et l'étranger se permit d'ajouter : « Et *Ahipati*, le Seigneur des Serpents, *Jahanpanah*… serait-ce le prince héritier, Salim ? »

En bref, c'était un homme plein de qualités, ce qui était la première condition requise pour devenir un homme de qualité. « Les histoires peuvent bien attendre, lui dit l'empereur, tu dois d'abord améliorer ta connaissance de certaines affaires. » Ainsi Mogor dell'Amore fut-il formé auprès de Raja Todar Mal puis de Raja Man Singh qui l'initièrent aux mystères de la finance et du gouvernement. Et quand Birbal se rendait à l'ouest dans les forteresses de Chittorgarh et Mehrangarh, Amer et Jaisalmer, en tournée d'inspection auprès des sujets et des alliés de l'empire dans ces contrées, l'étranger l'accompagnait, jouant le rôle de premier assistant, et revenait les yeux émerveillés des pouvoirs de l'empereur, ayant vu tous ces palais imprenables dont les princes pliaient tous le genou devant le roi des rois. Les mois passèrent, puis les années et il devint évident pour tout le monde que le grand homme aux cheveux blonds ne pouvait plus être considéré comme un étranger. Le « Moghol de l'Amour » était devenu le conseiller et le confident du Grand Moghol.

« Au fait, méfie-toi de ce seigneur-serpent, lui dit l'empereur en guise d'avertissement. Le couteau qu'il rêve de me planter dans le dos pourrait bien aussi se retrouver dans le tien. »

Puis Birbal mourut.

L'empereur se reprocha d'avoir cédé au désir de son ami de lui confier un commandement militaire. Mais curieusement Birbal avait pris la révolte des adeptes du culte de Raushanai, les Illuminati afghans, comme une attaque personnelle, se mettant, si l'on peut dire, à la place de l'empereur. Leur chef, Bayazid le Prophète, avait mélangé l'hindouisme et l'islam pour obtenir une sorte de ragoût panthéiste amoral. Birbal en était écœuré. « Du moment que Dieu est en chacun et en toutes choses, il s'ensuit que tous les actes sont divins ; dès lors, puisqu'ils sont tous inspirés par Dieu, il n'existe plus aucune différence entre le bien et le mal, entre les bonnes actions et les mauvaises, et chacun pourrait donc faire exactement ce qui lui plaît ? dit-il d'un air moqueur. *Jahanpanah*, pardonnez-moi, mais ce seigneur de guerre minable se rit de vous. Il s'est emparé de votre magnifique dessein pour trouver une religion parmi toutes les autres et en faire une chose horrible pour vous narguer. Cette audace, à elle seule, devrait lui valoir d'être renversé même s'il ne se livrait pas au saccage et au pillage comme un barbare. Le pillage, bien entendu, est tout à fait admis, selon son point de vue – ha ! – parce que les Raushanai sont le peuple élu, désigné par Dieu pour avoir la terre en héritage, et s'ils veulent jouir de leur héritage avec un peu d'avance, qui peut leur contester ce droit ? »

La conception du pillage comme un devoir religieux par lequel l'élu obtient ce qui lui appartient de droit divin rencontra un grand succès auprès des tribus des montagnes afghanes et cette religion prit rapidement de l'ampleur. Puis Bayazid mourut subitement et fut remplacé à la tête des Raushanai par son plus jeune fils, Jalaluddin, âgé de seize ans. La colère de Birbal devant ce nouvel épisode prenait des proportions incontrôlables, car Jalaluddin était aussi le prénom de l'empereur Akbar et cette coïncidence aggravait considérablement l'insolence des Raushanai. « *Jahanpanah*, il est temps d'apporter à ces insultes la réponse qu'elles méritent. » Akbar, amusé par une telle rage qui n'était pas d'ordre militaire, accorda à Birbal l'autorisation d'entreprendre son expédition. Mais l'étranger, Mogor dell'Amore, ne l'accompagna pas. « Il n'est pas encore prêt pour une guerre afghane, déclara l'empereur, provoquant l'hilarité générale dans la Salle des Audiences Privées. Il restera ici, à la cour, pour nous tenir compagnie. »

Quoi qu'il en soit, la révolte n'avait rien d'une plaisanterie. Les routes des montagnes étaient devenues à peu près impraticables. Et peu après que Birbal fut arrivé dans la région pour infliger une correction aux Illuminati, il tomba dans une embuscade au col de Malandrai. Certaines rumeurs malveillantes prétendirent après coup que l'illustre ministre avait tenté de sauver sa peau en abandonnant ses troupes, mais les récits auxquels l'empereur accorda foi parlaient plutôt de trahison. Il soupçonna que le prince héritier avait dû y jouer un certain rôle mais ne put jamais le prouver. On ne retrouva jamais le corps de Birbal. Huit mille de ses hommes furent massacrés.

Après le désastre du col de Malandrai, l'empereur resta longtemps plongé dans une affliction profonde, il refusait de boire et de manger, totalement désespéré. Il écrivit un poème à la mémoire de son ami disparu. *Tu donnais tout ce que tu pouvais aux plus misérables, Birbal, c'est moi qui suis misérable à présent et tu ne peux plus rien me donner.* Pour la première et la dernière fois, il écrivit à la première personne du singulier, non pas comme un roi, mais comme un homme regrettant son bien-aimé. Et tandis qu'il pleurait Birbal, il envoya d'abord Todar Mal puis Man Singh écraser l'insurrection des Raushanai. Dans le palais de Sikri, il voyait des vides partout : les espaces qu'avaient occupés trois des Neuf Joyaux que personne n'avait assez d'envergure pour remplacer. Il se rapprocha encore d'Abul Fazl et se reposa de plus en plus sur lui. Et puis il eut cette idée, cette idée presque scandaleuse qu'il soupesait encore soigneusement, huit mois après la mort de Birbal, le jour de son quarante-quatrième anniversaire solaire, tandis qu'il se dirigeait vers la balance royale pour être pesé.

Voici quelle était la question à laquelle il s'efforçait de répondre : devait-il faire de l'étranger, ce Mogor dell'Amore, également connu sous le nom de Niccolò Vespucci, le raconteur de longues histoires qui avait l'audace de prétendre être son oncle, qui avait montré de réels talents d'administrateur et de conseiller et pour lequel il s'était pris d'une affection inattendue, devait-il en faire son fils honoraire ? Le titre de *farzand* était l'un des honneurs les plus rarement accordés et les plus convoités de l'empire, et celui à qui on l'octroyait était immédiatement admis dans le cercle des proches de l'empereur. Est-ce que ce jeune vaurien qui ressemblait plus à son frère cadet qu'à son fils (et encore moins à son oncle) méritait une distinction si remarquable ? Mais aussi – ce qui n'était pas moins important – comment cette nomination serait-elle accueillie ?

Il se montra à la *jharokha* et la foule l'acclama très chaleureusement. Ce Moghol de l'Amour, se dit Akbar, était lui aussi très populaire auprès des masses. L'empereur soupçonnait que cette popularité était aussi liée au succès de sa maison de plaisirs, au bord du lac, la Maison de Skanda où régnaient le Squelette et le Matelas, qu'à l'histoire de Qara Köz, mais il était incontestable que cette geste de la princesse cachée faisait désormais partie de la culture de la capitale et que son succès ne se démentait toujours pas auprès du peuple. Les gens savaient aussi, par ailleurs, que les fils du roi n'étaient pas à la hauteur. L'avenir de la dynastie posait donc un problème. Une légende racontait que Timour, l'ancêtre du Moghol, à l'époque où il n'était encore qu'un bandit sans envergure, voyageait un jour déguisé en gardien de chameaux, quand il fut abordé par un *faqir* mendiant qui lui demanda de l'eau et de la nourriture. « Si tu me donnes à manger, je te donnerai un royaume », promit le *faqir*, un type qui avait renoncé à l'islam pour embrasser l'hindouisme. Timour lui donna ce qu'il demandait, aussitôt le *faqir* lui souleva son habit et se mit à lui administrer une violente fessée du plat de la main. Au bout de onze coups, Timour, en colère, se réajusta. « Si tu avais supporté plus longtemps cette fessée, dit le *faqir*, ta dynastie aurait régné plus longtemps. Elle s'éteindra donc avec ton onzième descendant. » L'empereur Akbar était le huitième descendant de Timour le Boiteux, et s'il fallait en croire la légende, les Moghols garderaient le trône d'Hindoustan pendant encore trois générations. Mais les représentants de la neuvième génération posaient un problème. À dix-huit, quinze et quatorze ans, c'étaient déjà des ivrognes, l'un d'entre eux souffrait d'épilepsie et le prince héritier, eh bien, que pouvait-on dire du prince héritier, sinon qu'il était une véritable horreur !

L'empereur, en ce jour de son anniversaire, assis sur la balance de la vie, tandis qu'on mesurait douze fois son poids en lait de riz, méditait sur l'avenir. Ensuite il visita les ateliers d'art, mais il avait l'esprit ailleurs. Même au harem, quand les femmes se rapprochèrent de lui, l'engloutissant dans leur douceur, il demeurait distrait. Il sentit qu'il était arrivé à un tournant décisif et que la question fondamentale était cette décision concernant l'étranger. L'admettre dans la famille reviendrait à dire qu'il poursuivait, selon l'idée de Birbal, le dessein de devenir le Roi du Monde, capable d'intégrer dans sa lignée – et en lui-même – des personnes, des endroits, des histoires, des possibilités venus de terres jusque-là inconnues, de terres qui pourraient à leur tour être annexées. Si un étranger pouvait devenir un Moghol, alors, le moment venu, tous les étrangers le pourraient. En outre, ce serait un pas de plus vers la création d'une culture de l'inclusion, cette culture précisément que la religion des Rashaunai avait tournée en ridicule par sa simple existence : sa grande vision enfin réalisée, dans laquelle toutes les races, toutes les tribus, les clans, les religions et les nations deviendraient partie intégrante d'une grande synthèse moghole, la plus grande syncrétisation de la terre, de ses sciences, de ses arts, de ses différences, de ses problèmes, de ses vanités, de ses philosophies, de ses sports, de ses caprices. Tout cela le poussait à conclure qu'accorder à Mogor dell'Amore l'honneur de porter le titre de *farzand* serait un signe de puissance.

Et pourtant, ne pourrait-on y voir aussi une marque de faiblesse ? Une preuve de sentimentalisme, d'aveuglement, de crédulité ? Céder à un étranger, beau parleur, dont on ne savait rien à part le récit incomplet et chronologiquement incohérent qu'il avait fait lui-même de sa propre vie ? Lui donner une position officielle reviendrait à dire que la vérité n'était plus une valeur décisive, qu'il importait peu que son histoire ne fût qu'un mensonge habile. N'était-ce pas le devoir d'un prince de masquer son mépris de la vérité ? Ne devait-il pas au contraire faire l'éloge de cette valeur, quitte à mentir quand cela l'arrangeait, sous couvert de cet éloge ? En bref, un prince ne devait-il pas être plus raisonnable, et se méfier des fantaisies et des visions ? La seule vision qu'il devait s'autoriser était peut-être celle du pouvoir. Accorder cet honneur à l'étranger servirait-il le pouvoir de l'empereur ? Peut-être. Peut-être pas.

Et au-delà de ces interrogations, il y avait d'autres questions encore plus subtiles, des questions suscitées par le monde de la magie dans lequel chacun était aussi profondément ancré que dans l'univers des réalités matérielles. Chaque jour, lorsque Akbar se montrait à la fenêtre *jharokha*, il éprouvait ce sentiment : il y avait dans la foule devant lui des dévots, des adeptes du Culte du Regard, alors en plein essor, et qui, par la suite, se mirent à répandre des histoires de miracles. Tous les jours, on amenait là des malades, des moribonds, des blessés et si l'œil d'Akbar tombait brièvement sur eux, s'il les Regardait au moment même où eux le Regardaient, leur guérison s'ensuivait inévitablement. Le Regard transmettait le pouvoir de l'empereur aux Regardés. La magie s'écoulait invariablement de la personne la plus puissante (l'empereur, le nécromant, la sorcière) vers celle qui l'était le moins : c'était là une de ses lois.

Il était important de ne pas contrarier les lois de la magie. Si une femme vous abandonnait, c'était parce que vous ne lui aviez pas jeté le sort qui convenait, ou bien parce que quelqu'un d'autre avait usé d'un enchantement plus puissant que le vôtre, ou encore parce que votre mariage était maudit, de sorte que les liens d'amour entre mari et femme en étaient rompus. Pourquoi Un Tel plutôt que Tel Autre réussissait-il en affaires ? Parce qu'il s'était adressé au bon enchanteur. Il y avait chez l'empereur quelque chose qui s'insurgeait contre ces superstitions, car n'était-ce pas là une forme d'infantilisation de la personne qui l'amenait à renoncer à sa liberté d'action en lui faisant croire qu'un tel pouvoir prenait sa source en dehors et non pas en elle-même ? C'était la même objection qu'il adressait à Dieu : son existence privait les êtres humains de la possibilité de bâtir par eux-mêmes leur propre éthique. Pourtant la magie était omniprésente et ne pouvait être niée et il aurait été bien téméraire de s'en moquer. On pouvait repenser la religion, la réexaminer, la reconstruire, peut-être même l'abandonner, mais la magie était insensible à de telles remises en cause. C'était pour cela, finalement, que l'histoire de Qara Köz s'était si facilement emparée de l'imagination des gens de Sikri. Elle avait exercé ses pouvoirs magiques, « leur » magie, dans d'autres mondes qui avaient leurs propres secrets, et ses pouvoirs s'étaient révélés plus puissants que les leurs. Ses pouvoirs, auxquels même l'empereur était incapable de résister.

Les questions magiques concernant l'étranger Niccolò Vespucci, le prétendu Moghol de l'Amour, pouvaient se formuler de la façon suivante : sa présence était-elle une bénédiction ou une malédiction ? S'il était élevé à un haut rang, l'empire allait-il s'en trouver protégé ou, au contraire, cela risquait-il d'offenser quelque obscure loi du Destin et attirer un désastre sur le royaume ? La différence devait-elle être adoptée comme une force régénératrice qui dispenserait bienfaits et succès à tous ses adeptes ou comme un élément qui allait dénaturer profondément l'individu et l'ensemble de la société, et enclencher un processus de déclin qui s'achèverait par une mort inauthentique et aliénée ? L'empereur avait demandé conseil aux gardiens des royaumes invisibles, chiromanciens, astrologues, devins, mystiques et théologiens divers dont la ville regorgeait, particulièrement aux alentours du tombeau de Salim Chishti, mais ils avaient tous des avis contradictoires. Il n'avait pas consulté les compatriotes de l'étranger, les pères Acquaviva et Monserrate, car leur hostilité à l'égard du raconteur d'histoires était bien connue. Quant à Birbal, hélas, son bien-aimé, Birbal n'était plus.

Il se retrouvait, au bout du compte, livré à lui-même. Lui seul pouvait trancher.

Le jour touchait à sa fin. Il n'avait encore rien décidé. Il méditait, à minuit, sous une lune croissante. Elle vint à lui, tout argentée, silencieuse, et elle brilla.

*

Les choses en étaient arrivées au point où Jodha était invisible pour bien des gens. Les domestiques du palais affectés à son service la voyaient toujours, naturellement, puisque leur gagne-pain dépendait d'elle, mais les autres reines qui avaient toujours détesté sa présence ne la distinguaient plus. Elle savait qu'il lui arrivait quelque chose de grave et elle était pleine d'appréhension. Elle se sentait de plus en plus évanescente, et même, par moments, intermittente, elle semblait aller et venir comme si sa vie était une chandelle dont on soufflait la flamme pour la rallumer, la souffler encore et la rallumer de nouveau. Birbal était mort et elle était en train de disparaître, pensa-t-elle. Le monde se détériorait. L'empereur venait la voir beaucoup moins souvent, ces temps-ci, et quand il était là, il paraissait distrait. Quand il faisait l'amour avec elle, elle avait l'impression qu'il pensait à une autre.

L'eunuque espion, Umar le Ayyar, qui voyait tout, y compris des choses qui ne s'étaient pas encore produites, la trouva se reposant dans la chaleur de l'après-midi dans la Chambre des Vents, cette pièce très aérée du deuxième étage qui était pourvue de *jalis,* des claustras de pierre en filigrane recouvrant trois des quatre murs. C'était le lendemain de l'anniversaire de l'empereur et les gestes de l'eunuque semblaient étrangement nerveux. D'habitude, il n'était que grâce languide et mouvements fluides. Mais aujourd'hui il semblait presque pris de panique, comme si la nouvelle qu'il devait annoncer rebondissait en lui au point de compromettre son équilibre. « Très bien, dit-il, c'est un grand moment pour vous. Marie de l'Éternité et Marie de la Demeure – l'épouse et la mère du Divin Caliphe, de l'Unique Joyau, du Khédive de ce Temps – viennent en personne vous rendre visite. »

Marie de l'Éternité était Mariam-uz-Zamani, la véritable mère du prince Salim, Rajkumari Hira Kunwari, princesse Rajput Kachhwaha d'Amer. Marie de la Demeure, Mariam Makani, était Hamida Bano, la mère de l'empereur. (Le Caliphe, le Joyau et le Khédive n'étaient autres que l'empereur lui-même.) Si les deux grandes dames, qui ne s'étaient jamais souciées de la reine non existante auparavant, venaient la voir dans ses appartements privés, c'est qu'il se tramait quelque chose d'une importance capitale. Jodha se prépara et adopta une position des plus humbles, les mains croisées, les yeux baissés, pour les attendre.

Au bout de quelques minutes, elles entrèrent ; leur visage exprimait à la fois la surprise et le mépris. Bibi Fatima, la suivante qui servait d'écho à la reine mère, n'était pas présente pour l'occasion puisqu'elle venait récemment de mourir, et de toute façon les deux dames avaient bien pris soin de venir seules, en l'absence de tout courtisan, sauf Umar le Ayyar dont la capacité à garder les secrets ne faisait aucun doute. Elles regardèrent autour d'elles d'un air confus avant de se tourner vers le Ayyar pour lui demander son aide. « Où est-elle ? demanda d'un ton méprisant Hamida Bano. A-t-elle quitté la pièce ? » Umar pencha la tête dans la direction de Jodha. La reine mère eut l'air perplexe tandis que la jeune reine reniflait d'un air fâché et se tourna dans la vague direction qu'indiquait l'espion.

« Je suis ici, à ma grande stupéfaction, déclara la reine Mariam-uz-Zamani, d'une voix forte et lentement comme si elle s'adressait à un enfant stupide, en train de parler à une femme qui n'existe pas, dont l'image ne peut être réfléchie par aucun miroir et qui ressemble à mes yeux à un espace vide sur un tapis. Je suis accompagnée par la mère de l'empereur, Veuve de la Coupole de l'Absolution, Ancienne Épouse Bien-Aimée de l'empereur Humâyûn, Gardien du Monde et dont le Siège est au Paradis, parce que nous craignons que quelque chose de pire que vous soit sur le point de s'abattre sur l'empereur, mon auguste époux, son illustre fils. Nous pensons qu'un sort lui a été jeté par cet étranger, ce Vespucci, venu jusqu'ici comme auxiliaire malfaisant des Infidèles et du Diable pour briser notre tranquillité et nous abaisser, et nous pensons que ce sortilège a envoûté la virilité de l'empereur, compromettant sa santé, ce qui met en péril le royaume tout entier, et par conséquent chacune d'entre nous. C'est un sortilège dont vous avez certainement entendu parler – il semble que tout le monde à Sikri soit déjà au courant ! Il prend la forme d'une apparition, celle de la prétendue princesse cachée, Qara Köz.

« Nous, nous reconnaissons (et à ce moment, Marie de l'Éternité se mit à bégayer car ce qu'elle avait à dire offensait sa fierté) que, pour des raisons qui lui sont personnelles, l'empereur vous préfère à toute autre compagnie féminine (elle refusa de prononcer le mot *reine*) et nous espérons que, consciente du danger dans lequel il se trouve, vous saurez où est votre devoir. En clair, nous aimerions que vous exerciez tous les pouvoirs que vous avez sur lui pour le délivrer de cet ensorcellement – de son désir pour ce démon de l'enfer déguisé en femme – et c'est pourquoi nous sommes venues vous apprendre tous les procédés par lesquels une femme peut exercer son emprise sur un homme, des choses que l'empereur, en tant qu'homme, ne peut pas connaître et n'a donc pas pu vous enseigner à vous, créature quelque peu absurde, et même, à présent, semble-t-il, pratiquement imperceptible. Nous savons que vous avez lu de nombreux livres et certainement retenu ce qu'ils enseignaient. Mais il y a des secrets qui n'ont jamais été écrits dans les livres et sont conservés uniquement dans la tradition orale des femmes, murmurés de mère à fille depuis le commencement des temps. Appliquez ces conseils et il redeviendra votre esclave pour toujours et la victoire du démon sur le maître de Fatehpur Sikri pourra être évitée. Car nous sommes certaines qu'elle est un fantôme malfaisant surgi du passé, un fantôme vindicatif qui n'a pas apprécié son long exil et qui cherche à aspirer l'empereur dans le passé pour le posséder et le détruire, pour le malheur de tous. Et de toute façon, il serait préférable de s'épargner, si c'est possible, le spectacle de l'Empereur d'Hindoustan, Roi de la Réalité et de sa Manifestation, Résident du Corps Immaculé, Maître de la Foi et du Firmament, tombé sous la coupe du fantôme de cette renégate de grand-tante, au demeurant décédée.

— Rappelez-vous ce qui est arrivé à Dashwanth, dit la reine mère.

— Tout à fait, renchérit Mariam-uz-Zamani, on peut se permettre de perdre un artiste de cette façon, mais sûrement pas le Protecteur du Monde. »

Elles ne voyaient absolument pas la femme à qui elles s'adressaient, pourtant elles s'installèrent volontiers sur les tapis, s'appuyèrent aux traversins, burent le vin qu'apportaient les servantes et confièrent au vide les secrets sexuels des femmes à travers l'histoire. Au bout d'un moment, elles perdirent l'impression d'être folles et se comportèrent comme si elles étaient seules, discutant toutes les deux entre elles, parlant ouvertement de ce qui avait toujours été caché, riant sans retenue de cette comédie choquante du désir, de ces choses absurdes que veulent les hommes et de ces choses tout aussi absurdes que les femmes sont prêtes à commettre pour leur faire plaisir, au point que leurs années parurent s'envoler et elles se rappelèrent leur propre jeunesse et la manière dont tous ces secrets leur avaient été confiés par des femmes farouches et sévères qui avaient fini, elles aussi, par céder aux rires en repensant à leur tour à la manière dont elles avaient appris tout cela, et pour finir le rire dans cette pièce était le rire des générations, de toutes les femmes, et celui de l'histoire.

Elles parlèrent de la sorte pendant cinq heures et demie et quand elles s'arrêtèrent, elles se dirent que ce jour avait été un des plus heureux de leur vie. Elles se mirent à avoir pour Jodha une sympathie qu'elles n'avaient encore jamais éprouvée. Elle était une des leurs à présent, un maillon de la chaîne des femmes. Elle n'était plus seulement la création de l'empereur, elle leur appartenait aussi en partie.

Le soir tombait. Les servantes du palais chargées de l'éclairage entrèrent, portant des chandelles de camphre dans des chandeliers d'argent. Des flambeaux de fer, accrochés au mur du fond, furent allumés, l'huile et les mèches de coton à l'intérieur se mirent à brûler joyeusement et les ombres des deux dames dansaient sur les *jali*s de pierre rouge. Pendant ce temps, dans un autre endroit de Sikri, l'imagination de l'empereur, son *khayal*, finit par prendre un tour nouveau et définitif. La conséquence fut que, dans la Chambre des Vents, Umar le Ayyar retint son souffle, et au bout d'un moment Marie de l'Éternité et Marie de la Demeure perçurent ce qu'il avait vu : non seulement l'ombre d'une troisième femme se découpant sur les *jalis*, mais les contours précis d'un corps qui se matérialisait dans le vide, devenaient plus nets, plus visibles, s'étoffa jusqu'à ce que la femme se tienne devant elles, un curieux sourire aux lèvres. « Vous n'êtes pas Jodha », dit faiblement la reine mère. « Non, répondit l'apparition dont les yeux noirs étincelaient. Jodhabai est partie parce que l'empereur n'avait plus besoin d'elle. C'est moi qui serai sa compagne dorénavant. » Tels furent les premiers mots prononcés par le fantôme.

*

Malgré les précautions prises par les deux reines, la nouvelle du remplacement de la reine imaginaire Jodhabai par le fantôme de Qara Köz se répandit à toute vitesse à travers la ville. Pour certains, c'était la preuve définitive que la princesse cachée avait réellement existé, qu'elle appartenait au royaume des faits, pas des fables, car une femme qui n'aurait jamais connu la vie et la mort n'aurait pu devenir un fantôme. Pour d'autres, cela accréditait davantage la thèse d'Abul Fazl selon qui l'empereur avait un statut divin, car à présent il avait à son actif, non seulement la création d'une femme entièrement imaginaire capable de marcher, de parler et de faire l'amour sans pour autant exister, mais encore le retour d'une femme réelle d'entre les morts. Les nombreuses familles qui avaient été ravies par les histoires de la princesse cachée, lesquelles étaient rapidement devenues des contes que les parents racontent à leurs enfants au moment de les coucher, étaient grisées à l'idée qu'on puisse véritablement la voir en public. Quelques voix conservatrices scandalisées se firent entendre ; elles insistaient sur le fait qu'en toutes occasions, lorsqu'elle quitterait le quartier des femmes dans les appartements royaux, elle devrait porter le voile ; l'habitude éhontée de se promener à visage découvert à laquelle elle s'était laissée aller dans les rues occidentales ne saurait être tolérée par la population vertueuse de la capitale moghole.

La facilité avec laquelle cette histoire surnaturelle fut acceptée venait du fait que de tels événements semblaient normaux à l'époque, avant que le réel et le surnaturel n'aient été séparés pour toujours et condamnés à vivre à part sous le règne de souverains différents et de logiques contradictoires. Plus surprenante fut l'absence de compassion pour l'infortunée Jodhabai, si cavalièrement répudiée par l'empereur, supplantée de manière si humiliante dans la Chambre des Vents, sous le regard de la reine mère et de l'aînée des épouses. Bien des gens avaient une mauvaise opinion de Jodha parce qu'elle avait toujours refusé de quitter le palais. À leurs yeux, son anéantissement était le châtiment bien mérité de son excès d'arrogance et de son manque de convivialité. Qara Köz était rapidement devenue la princesse du peuple, alors que Jodha avait toujours été une reine hautaine et distante.

Umar le Ayyar rapporta toutes ces réactions à l'empereur en y ajoutant une mise en garde. La nouvelle n'était pas partout accueillie favorablement. Dans la communauté des Turanis, dans le secteur perse et dans les quartiers où vivaient les musulmans indiens, régnait une certaine nervosité. Chez les polythéistes non musulmans dont les dieux étaient trop nombreux pour pouvoir être dénombrés, l'arrivée d'un être surnaturel de plus était de peu d'importance ; la population divine était déjà trop vaste pour être recensée, il y avait des dieux partout, dans les arbres, dans les fleuves, et bien sûr dans les cieux, il devait même exister probablement un dieu des ordures et un dieu des latrines, alors si un nouvel esprit se présentait, ce n'était même pas la peine d'en parler. Mais dans les quartiers monothéistes, ce fut un choc. Un léger murmure avait commencé à circuler, un murmure que seules les oreilles les plus fines pouvaient percevoir, qui concernait la santé mentale de l'empereur. Dans le journal secret de Badauni, dont Umar continuait la nuit à apprendre par cœur des pages entières pendant que le chef du parti *manqul* dormait, la question du blasphème avait été posée. On pouvait en effet soutenir que si les hommes avaient la faculté de transformer leurs rêves en réalité, aucune loi divine ne s'y opposait, et la création de Jodha ne méritait aucun opprobre. En revanche, le Tout-Puissant était seul à détenir le pouvoir sur la vie et la mort ; par conséquent, faire revenir une femme d'entre les morts pour son seul plaisir personnel, c'était aller beaucoup trop loin, et c'était impardonnable.

Ce que Badauni écrivait en privé, ses adeptes commençaient à le marmonner entre eux. Mais ce marmonnement se faisait à voix très basse car, comme disait le vieux dicton, à la cour moghole seuls les humbles ne trébuchent pas. Néanmoins, selon Ayyar, il y avait de quoi se faire du souci, car sous ce marmonnement étouffé, à un niveau encore plus faible, il avait perçu un grondement plus inquiétant, une condamnation plus grave de la nouvelle liaison entre

Akbar et Qara Köz. Dans ces profondeurs Umar avait repéré quelques sons très bas, des sons que l'on pouvait à peine qualifier de sons, émis par des lèvres qui bougeaient à peine et qui étaient terrifiées à l'idée d'être entendues. Ces vibrations presque insonores contenaient un mot assez puissant pour nuire gravement à la réputation de l'empereur et peut-être même pour le renverser.

Ce mot était *inceste*. Et l'avertissement d'Umar arrivait à point nommé car, peu de temps après l'apparition de Qara Köz à Fatehpur Sikri, le prince héritier Salim quitta la capitale et hissa l'étendard de la rébellion à Allahabad, et les mots de *blasphème* et *inceste* étaient les accusations qui justifiaient sa révolte. L'affaire n'était pas très grave, bien que Salim eût réussi à lever une armée de trente mille hommes. Pendant des années il parcourut le nord de l'Hindoustan, affirmant qu'il voulait renverser son père mais sans jamais oser engager véritablement le combat contre le grand roi. Il obtint pourtant un terrible triomphe quand il réussit à organiser le meurtre du dernier des proches confidents de l'empereur, à qui il reprochait de *pervertir l'esprit de son père*, de le pousser à accomplir des actes blasphématoires, de l'encourager à détourner son amour de Dieu et de son Saint Prophète, et aussi de *faire en permanence des remarques méprisantes*, visant à dresser l'empereur contre le prince héritier, son successeur, son fils. Abul Fazl périt dans une embuscade, comme Birbal. Le prince Salim avait adressé un message à un de ses alliés, Raja Bir Singh Deo Bundela, de Orchha, dont le Joyau de Sikri était en train de traverser le territoire, de *l'expédier vers la non-existence*, ce que le Raja s'empressa de faire, décapitant le ministre désarmé et expédiant sa tête à Salim à Allahabad, où celui-ci, avec son bon goût et son tact habituels, la jeta dans les latrines.

Akbar était étendu, calé contre un traversin dans la Chambre des Vents, il avait peut-être abusé du vin ; il écoutait le fantôme du soir, Qara Köz, chanter de tristes chansons d'amour en s'accompagnant à la *dilruba* quand Umar le Ayyar vint annoncer la mort d'Abul Fazl. Cette horrible nouvelle ramena l'empereur à la réalité. Il se leva et quitta immédiatement les appartements de Qara Köz. « À partir de maintenant, Umar, promit-il, nous allons recommencer à agir comme le roi de l'univers et cesser de nous comporter comme un gamin boutonneux amoureux. »

Les lois qui régissaient la conduite d'un prince n'étaient pas dictées par l'amitié ou la vengeance. Un prince devait agir pour le bien de son royaume. Akbar n'ignorait pas que deux de ses trois fils n'étaient pas en mesure de lui succéder sur le trône, tellement rongés par l'ivrognerie ou la maladie qu'ils risquaient d'en mourir. Ne restait que Salim ; quoi qu'il eût fait, il fallait assurer la continuité de la lignée. Akbar lui envoya donc un message lui promettant qu'il ne chercherait pas à se venger de lui à cause de la mort d'Abul Fazl, et déclarant son amour inébranlable à l'égard de son fils aîné. Salim en déduisit qu'il avait bien fait de tuer Abul Fazl. Maintenant que ce gros sournois avait été éliminé, son père l'accueillait à nouveau à bras ouverts. Salim envoya en cadeau à son père trois cent cinquante éléphants pour faire la paix avec le Roi Éléphant. Puis il accepta de venir à Sikri, et chez sa grand-mère, Hamida Bano, il se jeta aux pieds de l'empereur. Celui-ci le releva, ôta son propre turban et le plaça sur la tête du prince héritier pour bien montrer qu'il n'éprouvait aucune rancœur. Salim pleura. C'était vraiment un jeune homme pathétique.

Quant au mentor de Salim, Badauni, il fut jeté dans la cellule la plus répugnante du plus profond de tous les cachots de Fatehpur Sikri, et personne, ni homme ni femme, à l'exception de ses geôliers, ne le revit plus jamais vivant.

*

Après la mort d'Abul Fazl, l'empereur devint plus sévère. Il lui incombait de régenter le mode de vie de son peuple et pendant trop longtemps il avait été défaillant dans ce domaine, remplissant fort mal son devoir. Il interdit la vente d'alcool aux gens du peuple sauf sur prescription médicale. Il prit des mesures contre les vastes essaims de prostituées qui bourdonnaient comme des mouches dans tous les coins de la capitale et les fit installer dans un campement baptisé la Ville du Diable, à quelque distance du centre, et il ordonna que tous les hommes qui s'y rendaient dussent indiquer par écrit leur nom et leur adresse avant d'être autorisés à pénétrer dans ce camp. Il déconseilla la consommation de viande bovine, d'oignons et d'ail et exhorta son peuple à manger du tigre pour puiser de la force dans sa chair. Il déclara que la pratique religieuse ne pouvait donner lieu à aucune persécution, quelle que soit la religion, on pouvait bâtir des temples et laver les *lingams*, mais il était moins tolérant envers les barbus car la barbe tire sa nourriture des testicules, ce qui est la raison pour laquelle les eunuques n'en portent pas. Il interdit les mariages d'enfants et désapprouva la crémation des veuves et l'esclavage. Il conseilla à son peuple de ne pas prendre de bain après des relations sexuelles. Et il convoqua l'étranger à l'Anup Talao dont les eaux agitées malgré l'absence de brise prouvaient que la situation, qui aurait dû être calme, était complètement perturbée.

« Trop de mystères t'entourent encore, dit l'empereur, irrité, Nous ne pouvons faire confiance à un homme dont l'histoire ne rime à rien. Alors tu dois tout nous dire, raconte-nous tout immédiatement et alors nous déciderons ce que l'on doit faire de toi et où te mènera ton destin, jusqu'aux étoiles ou dans la poussière. Parle clairement à présent. Ne cache rien. Aujourd'hui tu vas être jugé.

— Il se pourrait que ce que j'ai à dire vous déplaise, Sire, répondit Mogor dell'Amore, car il est question du *Mundus Novus*, du Nouveau Monde, et de l'étrange nature du temps dans ce territoire presque inconnu des cartographes. »

*

De l'autre côté de la Mer Océane, dans le *Mundus Novus,* les lois ordinaires de l'espace et du temps n'avaient pas cours. L'espace, par exemple, pouvait brusquement s'étendre un jour et diminuer le lendemain, de sorte que la taille du territoire passait parfois du double à la moitié. Divers explorateurs ont rapporté des récits radicalement différents à propos de l'étendue du Nouveau Monde, de la nature de ses habitants et la manière dont ce nouveau secteur du cosmos était enclin à se comporter. On a raconté qu'on y trouvait des singes volants et des serpents aussi longs que des fleuves. Pour ce qui est du temps, il échappait à tout contrôle. Non seulement il était susceptible d'accélérer ou de ralentir, de manière totalement aléatoire, mais il y avait des périodes – encore que le mot « périodes » ne soit guère approprié pour décrire de tels phénomènes – où il se figeait complètement. Les indigènes, ceux d'entre eux, et ils étaient rares, qui parlaient les langues européennes, confirmaient que leur monde était un univers qui ne changeait pas, un lieu immobile, *hors du temps*, disaient-ils, et ils aimaient qu'il en soit ainsi. Il était possible, et certains philosophes ont discuté ce point avec force vociférations, que le temps ait été importé dans le *Mundus Novus* par les voyageurs européens et les colons, en même temps que diverses maladies. C'est pour cette raison qu'il ne fonctionnait pas très bien. Il ne s'était pas encore adapté à son nouveau cadre. « Le moment venu, disaient les gens du *Mundus Novus*, nous aurons le temps. » Pour le présent, il fallait tout simplement accepter le comportement fluctuant des horloges du Nouveau Monde. La conséquence la plus inquiétante de cette incertitude chronologique était que le temps pouvait passer à des vitesses différentes selon les individus, même au sein d'une famille ou d'une maisonnée. Des enfants pouvaient vieillir plus vite que leurs parents au point d'avoir l'air plus âgés que leurs géniteurs. Pour certains conquérants, navigateurs ou colons, les jours ne semblaient jamais assez longs. D'autres au contraire avaient tout leur temps.

En écoutant le récit de Mogor dell'Amore, l'empereur comprit que ces terres occidentales étaient si exotiques et irréelles qu'elles dépassaient l'entendement des populations ordinaires de l'Orient. En Orient, hommes et femmes travaillaient dur, vivaient bien ou mal, connaissaient une mort noble ou ignoble, accordaient leur foi à des religions qui produisaient de grands arts, une grande poésie, une grande musique, un peu de consolation et beaucoup de désordres. Des vies humaines normales, en somme. Mais dans ces fabuleuses contrées occidentales, les gens semblaient portés aux plus folles extrémités – comme cette hystérie des Pleureurs à Florence – qui balayaient leur pays comme des épidémies et transformaient brusquement les choses de fond en comble. Récemment, le culte de l'or avait engendré une forme particulière de cette hystérie extrême, qui était devenue le moteur de leur histoire. Akbar imaginait des temples construits en or, habités par des prêtres dorés et fréquentés par des fidèles dorés qui venaient y prier et apporter de l'or en offrande pour honorer leur dieu en or. Ils mangeaient de la nourriture dorée, buvaient des boissons dorées et, quand ils pleuraient, de l'or liquide coulait sur leurs joues brillantes. C'était l'or qui avait attiré les navigateurs toujours plus loin vers l'ouest, sur la Mer Océane, au risque de tomber du rebord du monde. L'or, mais aussi les *Indes* dont ils pensaient qu'elles contenaient de fabuleuses réserves d'or.

Ils n'avaient pas trouvé les Indes, mais avaient découvert… un Ouest plus lointain. Et dans cet Ouest lointain, ils avaient trouvé de l'or, et avaient voulu en avoir toujours davantage, cherchant des cités d'or et des fleuves d'or ; et ils avaient rencontré des êtres plus improbables et plus impressionnants qu'eux-mêmes, des hommes et des femmes étranges, incompréhensibles, vêtus de plumes, de peaux et d'os qu'ils avaient appelés des *Indiens*. Akbar trouvait cela insultant. Des hommes et des femmes qui offraient des sacrifices humains à leurs dieux étaient désignés par le terme d'*Indiens* ! Certains de ces « Indiens » de l'autre monde ne valaient guère mieux que des aborigènes ;

et puis ceux qui avaient bâti des villes et des empires avaient disparu, c'est du moins ce qu'il semblait à l'empereur, à cause de leurs philosophies sanguinaires. Leur dieu était moitié oiseau, moitié serpent. Leur dieu était fait de fumée. Leur dieu était un légume, un dieu de navet et de maïs. Ils souffraient de la syphilis et croyaient que les pierres, la pluie, les étoiles étaient des êtres vivants. Dans leurs champs ils travaillaient avec lenteur, presque paresseusement. Ils ne croyaient pas au changement. Appeler ces gens-là des *Indiens* était, selon l'avis emphatique de l'empereur, un véritable affront aux nobles hommes et femmes d'Hindoustan.

L'empereur savait qu'il avait atteint une sorte de frontière mentale que ses facultés d'empathie et sa curiosité ne sauraient franchir. Il y avait des îles qui s'étaient métamorphosées après coup en des continents, et des continents qui s'étaient révélés simplement des îles. Il y avait des fleuves, des jungles, des promontoires et des isthmes – qu'ils aillent tous au diable. Il y avait peut-être des hydres sous ces climats, des griffons ou des dragons pour garder les monceaux de trésors supposés enfouis dans les profondeurs de la jungle. Que les Portugais et les Espagnols s'en occupent. Ces imbéciles exotiques avaient commencé à entrevoir qu'ils n'avaient pas découvert la route des Indes mais quelque chose d'entièrement différent, qui n'était ni l'est ni l'ouest, un endroit situé entre l'ouest, la grande mer du Gange et la fabuleuse île au trésor, Trabopane, avec au-delà les royaumes d'Hindoustan, de Cipangu et de Cathay. Ils avaient découvert que le monde était plus vaste qu'ils n'avaient cru. Eh bien, bon vent à eux tandis qu'ils naviguaient entre les îles et la Terra Firma de la Mer Océane et mouraient du scorbut, d'ankylostome, de malaria, de consomption ou dans des naufrages. L'empereur était fatigué de tous ces gens.

Et pourtant c'était là qu'elle s'était rendue, la princesse rebelle de la maison de Timour et de Temüjin, la sœur de Babur et de Khanzada, le sang de son sang. Aucune femme dans l'histoire du monde n'avait accompli un tel voyage. Il l'aimait pour cela, et l'admirait également, mais il savait bien qu'un tel voyage à travers la Mer Océane était une sorte de mort, une mort avant la fin véritable, car la mort aussi était un voyage depuis des terres connues jusqu'à des terres inconnues. Elle avait accompli un voyage vers l'irréel, vers un monde imaginaire que les hommes rêvaient encore de voir naître. Le fantôme qui hantait son palais avait plus de réalité que cette femme de chair et de sang de jadis, qui avait renoncé au monde réel pour poursuivre un impossible espoir, comme elle avait, une première fois, renoncé au milieu naturel de sa famille et à ses obligations pour suivre le choix égoïste de l'amour. Rêvant toujours de retrouver la route vers son lieu d'origine, d'être réunie à son moi d'autrefois, elle s'était perdue à jamais.

*

La route vers l'est lui était coupée. Dans ces eaux, les corsaires rendaient le passage trop périlleux. Dans le monde ottoman, et au royaume de Shah Ismaïl, elle avait brûlé tous ses vaisseaux. À Khorasan, elle craignait d'être capturée par celui, quel qu'il soit, qui avait pris la place de Shaibani Khan. Elle ne savait pas où se trouvait précisément Babur, mais elle n'avait aucun moyen de le rejoindre. À Gênes, chez Andrea Doria, au bord de la mer, là où elle avait demandé à Ago Vespucci de l'emmener, elle décida qu'elle ne pourrait pas effectuer le voyage de retour en sens inverse. La colère de Florence l'empêchait par ailleurs de rester sur place. Doria, le vieux loup de mer grisonnant, qui était profondément choqué par la nouvelle apparence masculine de Qara Köz et de son Miroir, mais s'abstint de le faire remarquer, les accueillit galamment – car Qara Köz avait encore le pouvoir d'inspirer la galanterie aux hommes, même à ceux qui étaient réputés pour leur dureté et leur brutalité – et il les assura que tant qu'elles seraient sous sa protection, les Florentins ne pourraient leur faire aucun mal. Doria fut le premier à évoquer la possibilité de commencer une nouvelle vie de l'autre côté de la Mer Océane.

« Si je n'avais pas tant de barbares à tuer, dit-il, j'envisagerais de prendre part au voyage moi-même, et de suivre les traces du fameux cousin du Signor Vespucci. » À l'époque, il avait déjà tué beaucoup de ces pirates et sa flotte personnelle, constituée pour la plus grande part de bateaux pris aux corsaires, se montait à douze navires dont l'équipage n'était fidèle à personne d'autre que lui. Et pourtant, il ne se considérait plus comme un véritable *condottiere* parce qu'il n'avait jamais aimé les combats terrestres. « Argalia était le dernier des nôtres, déclara-t-il. Je ne suis qu'un intoxiqué de l'eau de mer. » Quand il n'était pas en campagne, il se livrait aux combats politiques à Gênes contre ses rivaux des familles Adorni et Fregosi qui ne cessaient de batailler pour l'écarter du pouvoir. « Mais c'est moi qui ai les bateaux », dit-il, et il ajouta, incapable de se modérer même en présence de dames, peut-être parce que ces dames étaient habillées en hommes : « Et ils n'ont pas de couilles, n'est-ce pas, Ceva ? » Ceva le Scorpion, la brute tatouée qui lui servait de lieutenant, ne put s'empêcher de rougir avant de répondre, d'un air embarrassé : « Non, amiral, ils n'en ont pas, pour autant que j'aie pu le vérifier. »

Doria emmena ses invités dans sa bibliothèque pour leur montrer une chose qu'aucun d'entre eux n'avait jamais vue, pas même Ago dont le cousin était pourtant impliqué dans l'affaire : la *Cosmographiae Introductio* de Waldseemüller, moine bénédictin du monastère de Saint-Dié-des-Vosges, qui se révéla être une grande carte recouvrant tout le sol quand il la déplia, une carte dont le nom était presque aussi grand que la chose elle-même, *Universalis Cosmographia Secundum Ptoloemaei Traditionem et Americi Vespuccii Aliorumque Lustrationes* : La Carte du monde selon la tradition de Ptolémée enrichie des contributions d'Amerigo Vespucci et de quelques autres. Ptolémée et Vespucci étaient représentés sur la carte sous les traits de colosses, tels des dieux contemplant de haut leur création, et sur un large segment du *Mundus Novus* apparaissait le mot *America.* «Je ne vois aucune raison, écrivait Waldseemüller dans son *Introductio,* pour que quiconque puisse désapprouver un nom dérivé de celui d'Amerigo, le découvreur, homme de grand génie.»

En lisant cela, Ago Vespucci fut bouleversé, et comprit que le destin, sous les traits de son cousin, avait dû le pousser toute sa vie vers le Nouveau Monde, même s'il avait toujours été un bouseux casanier qui considérait le farouche Amerigo comme un marchand de vent dont les récits devaient être pris avec des pincettes. Il n'avait jamais très bien connu Amerigo et n'avait jamais cherché à se rapprocher de lui car ils avaient peu de choses en commun. Mais à présent, Vespucci le voyageur se révélait un génie avisé qui avait donné son nom à un nouveau monde, et cela forçait le respect.

Doucement, timidement, avec bien des hésitations, et répétant à plusieurs reprises qu'il n'était pas porté sur les voyages, Ago commença à évoquer avec l'amiral Doria les voyages d'exploration de son cousin. Les mots *Venezuela* et *Vera Cruz* furent prononcés. Entre-temps, Qara Köz avait étudié la carte du monde. Elle réagissait aux noms des nouveaux lieux comme si elle entendait une incantation, une formule magique qui exaucerait ses désirs. Elle voulait toujours en entendre davantage. *Valparaiso, Nombre de Dios, Cacafuego, Rio Escondido*, disait Ago. Il était à quatre pattes et lisait. *Tenochtitlán, Quetzalcoatl, Tezcatlipoca, Montezuma, Yucatán*, ajouta Andrea Doria, puis encore, *Española, Puerto Rico, Jamaïque, Cuba, Panama.* «Ces mots que je n'ai jamais entendus, dit Qara Köz, m'enseignent le chemin du retour.»

Argalia était mort – «Au moins est-il mort dans sa ville natale, en défendant ce qu'il aimait», dit Doria en guise d'épitaphe bourrue, et il leva son verre de vin pour lui rendre hommage. Ago n'était pas vraiment à la hauteur d'un tel homme, mais Qara Köz savait bien qu'il était son seul recours. C'est avec Ago qu'elle ferait son dernier voyage, avec lui et le Miroir. Ils seraient ses derniers gardes du corps. Ils apprirent de Doria que la plupart des navigateurs qui partaient vers l'ouest, aussi bien que les souverains d'Espagne et du Portugal, étaient convaincus qu'on découvrirait bientôt un passage vers les *Indes*, une ouverture propre à la navigation qui permettrait d'accéder à la Mer du Gange à travers les étendues terrestres du *Mundus Novus*. Bien des gens s'employaient activement à chercher ce passage du milieu. Entre-temps, les colonies d'Española et de Cuba étaient devenues des endroits où l'on pouvait vivre en sécurité, et Panama semblait devenir de plus en plus sûr. Là-bas les *Indiens* étaient pour la plupart soumis. Il y en avait un million à Española et plus de deux à Cuba. Beaucoup d'entre eux avaient été convertis au christianisme même s'ils ne parlaient aucune langue chrétienne. Au moins les côtes étaient sûres et même l'intérieur commençait à s'ouvrir. On pouvait, si on en avait les moyens, louer une cabine sur une caravelle en partance de Cadix ou Palos de Moguer.

« Alors je vais partir, annonça gravement la princesse, et j'attendrai. Et ce passage à travers le Nouveau Monde que tant d'hommes compétents recherchent avec tant d'ardeur finira bien par être découvert. » Elle se tenait debout, les bras écartés, les paumes vers le haut, le visage illuminé d'une lumière céleste, si bien que Doria crut voir le Christ lui-même, le Nazaréen accomplissant Ses miracles, multipliant les pains et les poissons ou ramenant Lazare d'entre les morts. Sur le visage de Qara Köz on pouvait lire la même expression tendue qu'au temps de ses enchantements à Florence, assombrie depuis par le chagrin et le deuil. Ses pouvoirs faiblissaient mais elle avait l'intention de les mettre en œuvre une dernière fois, comme elle ne l'avait encore jamais fait, pour forcer l'histoire du monde à suivre le cours qu'elle souhaitait. Elle allait faire exister le passage du milieu par la seule force de ses pouvoirs d'enchanteresse et par sa volonté.

Andrea Doria regarda la jeune femme vêtue de sa tunique et de chausses vert olive, ses cheveux noirs taillés court, dressés sur sa tête comme un sombre halo, et fut subjugué. Il tomba à genoux devant elle, se pencha et tendit la main pour toucher sa botte en cuir de chamois, et il resta ainsi, la tête courbée, une minute ou peut-être davantage. Au cours des années qui suivirent, Doria, qui vécut très vieux, repensa tous les jours à ce qu'il avait fait sans jamais parvenir à savoir s'il s'était incliné pour recevoir une bénédiction ou pour en donner une, s'il avait voulu l'adorer ou la protéger, l'admirer dans le dernier éclat de sa gloire ou l'empêcher d'aller vers son destin. Il pensa au Christ à Gethsemani et à l'image qu'Il avait dû donner de Lui à Ses disciples au moment de Se préparer à la mort.

« Mon navire vous mènera en Espagne », dit-il.

*

Par une matinée de brouillard épais, le *Cadolin*, le légendaire bateau-pirate, quitta le quai de son nouveau maître, Andrea Doria, à Fassolo, avec à son bord trois passagers, et Ceva le Scorpion à la barre ; le navire battait pavillon de Gênes, la croix de Saint-Georges. Au moment de faire ses adieux, Andrea Doria avait réussi à refouler l'émotion qui l'avait fait, un peu plus tôt, tomber à genoux. « La bibliothèque d'un homme d'action ne sert pas souvent, dit-il à Qara Köz, mais vous avez donné un sens à mes livres. » Il avait l'impression qu'après avoir lu la *Cosmographiae Introductio* et étudié la grande carte de Waldseemüller, la princesse pénétrait dans le livre, quittait le monde fait de terre, d'air et d'eau pour entrer dans un univers d'encre et de papier, qu'elle allait naviguer à travers la Mer Océane pour aboutir, non pas à Española dans le *Mundus Novus*, mais entre les pages d'une histoire. Il était sûr de ne jamais la revoir en ce monde, ni même dans le Nouveau Monde, car la mort était perchée sur son épaule comme un faucon, la mort qui allait voyager avec elle pendant un certain temps jusqu'à ce qu'elle s'impatiente et se lasse du voyage.

« Adieu », dit-elle, et elle disparut dans la blancheur. Ceva ramena le *Cadolin* à Fassolo en temps voulu ; on aurait dit que les derniers vestiges de joie l'avaient définitivement quitté.

Près de deux ans plus tard, Doria apprit la découverte par Magellan d'un détroit agité par les tempêtes qui permettait aux marins chanceux de doubler la pointe sud du Nouveau Monde. Il fit des cauchemars dans lesquels il voyait la belle princesse périr dans le détroit de Magellan avec ses compagnons. Aucune nouvelle précise concernant sa situation ou son sort ne parvint à Gênes de son vivant. Mais cinquante-quatre ans après le départ d'Italie de la princesse cachée, un jeune vaurien aux cheveux blonds, d'une vingtaine d'années tout au plus, se présenta à la porte de la villa Doria, prétendant être son fils. À l'époque, Andrea Doria était mort depuis treize ans et la maison appartenait à son petit-neveu Giovanni, prince de Melfi, fondateur de la grande maison des Doria-Pamphili-Landi. Si Giovanni avait jamais entendu parler de l'histoire de la princesse perdue de la maison de Timour et de Temüjin, en tout cas il l'avait oubliée depuis longtemps et il fit chasser le voyou. Après quoi, le jeune « Niccolò Antonino Vespucci », ainsi nommé en souvenir des deux meilleurs amis de son père, se mit en route à la découverte du monde, prenant un bateau ici et là, tantôt comme membre d'équipage, tantôt comme un clandestin sans vergogne. Il apprit de nombreuses langues, acquit mille talents qui n'étaient pas tous très légaux, et engrangea des anecdotes à raconter, comment il avait échappé aux cannibales à Sumatra, l'anecdote des perles de Brunei grosses comme des œufs, son évasion des geôles du Grand Turc en remontant la Volga jusqu'à Moscou en plein hiver, sa traversée de la mer Rouge à bord d'un esquif rafistolé à l'aide de ficelles, la polyandrie en usage dans cette partie du *Mundus Novus* où les femmes ont sept ou huit maris et où aucun homme n'est autorisé à épouser une vierge, et son pèlerinage à La Mecque où il s'était fait passer pour un musulman, son naufrage avec le grand poète Camoens près de l'embouchure du Mékong et comment il sauva les *Lusiades* en nageant jusqu'au rivage tout nu tenant d'une main les pages du poème au-dessus de sa tête.

Quant à lui, il se contentait de dire aux hommes et aux femmes qu'il rencontrait au cours de ses voyages que sa propre histoire était encore bien plus étrange mais qu'elle ne pouvait être révélée qu'à un seul homme sur terre, qu'il rencontrerait un jour dans l'espoir de recevoir son dû et qu'il était protégé par un charme puissant, favorable à tous ceux qui l'aidaient et néfaste pour tous ceux qui lui voulaient du mal.

« Protecteur du Monde, la vérité c'est qu'en raison des fluctuations chronologiques qui avaient cours dans le *Mundus Novus*, dit-il à l'empereur Akbar au bord de l'Anup Talao, c'est-à-dire à cause des caprices du temps dans ces contrées, ma mère l'enchanteresse prolongea sa jeunesse et aurait pu vivre trois cents ans si elle n'avait pas eu le cœur brisé, parce qu'elle avait perdu l'espoir de revoir les membres de sa famille, aussi laissa-t-elle une maladie mortelle s'emparer d'elle pour rejoindre dans l'au-delà ceux qui s'y trouvaient déjà. Un faucon entra par la fenêtre et se posa sur son lit de mort comme elle rendait son dernier soupir. Ce fut son dernier sortilège, l'apparition dans le Nouveau Monde de cet oiseau majestueux venu d'au-delà de la Mer Océane. Quand le faucon s'envola par la fenêtre, nous comprîmes tous que c'était son âme. J'avais dix-neuf ans et demi lorsqu'elle mourut et, quand elle s'éteignit, elle ressemblait plus à une sœur aînée qu'à une mère. Mon père et le Miroir avaient continué à vieillir normalement. Les pouvoirs magiques de ma mère n'étaient plus assez forts pour leur permettre de résister aux forces du temps, ni pour modifier la géographie. On ne découvrit pas le passage du milieu et elle resta prisonnière du Nouveau Monde jusqu'à ce qu'elle décide de mourir. »

L'empereur garda le silence. Son humeur était impénétrable. Les eaux de l'Anup Talao étaient toujours agitées.

« Voilà donc finalement ce que tu nous demandes de croire, finit par dire l'empereur, posément, après tout ce chemin et en tout et pour tout. Qu'elle était capable d'arrêter le temps.

— Dans son propre corps, répondit l'autre, et pour elle seule.

— Ce serait un exploit vraiment extraordinaire, si seulement c'était possible », dit Akbar qui se leva et rentra au palais.

*

Cette nuit-là, Akbar était assis au dernier étage du Panch Mahal et il prêtait l'oreille à l'obscurité. Il ne croyait pas l'histoire de l'étranger. À sa place, il allait en raconter une meilleure. Il était l'empereur des rêves. Il pouvait cueillir la vérité dans les ténèbres et la porter à la lumière. Il s'était lassé de l'étranger et se retrouvait finalement, comme toujours, seul avec lui-même. Il expédia son imagination à l'autre bout du monde comme l'oiseau d'un messager et la réponse finit par lui revenir. Cette histoire lui appartenait désormais.

Vingt-quatre heures plus tard, il convoqua Vespucci à nouveau au Plus Beau de tous les Bassins Imaginables dont les eaux étaient toujours agitées par le doute. Akbar avait l'air sombre.

« Monsieur Vespucci, demanda-t-il, connaissez-vous bien les chameaux ? Avez-vous déjà eu l'occasion d'observer leurs mœurs ? » Sa voix ressemblait à un roulement de tonnerre grondant sourdement sur les eaux troublées du bassin. L'étranger ne savait quoi répondre.

« Pourquoi une telle question, *Jahanpanah* ? »

L'empereur lui darda un regard de colère.

« N'ayez pas la prétention de me questionner, monsieur. Nous vous demandons encore une fois, y a-t-il des chameaux dans le Nouveau Monde, des chameaux comme nous en avons ici en Hindoustan, est-ce qu'on trouve des chameaux parmi tous ces griffons et ces dragons ? » dit Akbar, et, voyant l'autre secouer la tête, il leva une main pour réclamer le silence et reprit, sa voix s'affermissant à mesure qu'il parlait : « La liberté physique des chameaux offre, nous l'avons toujours pensé, un exemple d'amoralité aux simples êtres humains. Car entre chameaux, rien n'est interdit. Un jeune mâle, peu après sa naissance, va vouloir forniquer avec sa mère. Un adulte ne se gênera pas pour engrosser sa propre fille. Petits-enfants, grands-parents, sœurs, frères, n'importe quel partenaire convient quand le chameau est en rut. Le terme *inceste* ne signifie rien pour cet animal. Mais nous ne sommes pas des chameaux, n'est-ce pas ? Et contre l'inceste il existe d'anciens tabous et des châtiments très sévères sont infligés aux couples qui s'en rendent coupables – à juste titre, vous nous l'accorderez. »

Un homme et une femme naviguent dans le brouillard et se perdent dans un nouveau monde informe où personne ne les connaît. Ils n'ont qu'eux sur terre et une servante. L'homme aussi est un serviteur, le serviteur de la beauté et le nom de son voyage, c'est l'amour. Ils parviennent à un endroit dont le nom n'a pas d'importance, pas plus que n'en a le leur. Les années passent, leurs espoirs meurent. Autour d'eux il y a des hommes pleins d'énergie. Un monde sauvage au sud, un autre au nord, sont très lentement domestiqués. Un cadre, des lois, une forme sont donnés à ce qui était immuable, mais le processus sera long. Très lentement, la conquête progresse. Il y a des avancées, des reculs, de nouvelles avancées, des petites victoires, des petites défaites et à nouveau de grands progrès. Personne ne se demande si ce processus est bon ou mauvais. Ce n'est pas une question légitime. C'est l'œuvre de Dieu qu'on réalise, et en même temps on extrait l'or des mines. Plus il y a de vacarme autour d'eux, plus les victoires sont spectaculaires, les défaites retentissantes, plus la revanche du vieux monde sur le nouveau est sanglante, et plus elles se figent dans leur calme, ces trois personnes sans importance, l'homme, la femme, la servante. Les jours passent, les mois, les années, ils s'effacent peu à peu, deviennent de plus en plus insignifiants. Puis la maladie frappe et la femme meurt, mais elle laisse derrière elle un enfant, une petite fille.

L'homme n'a rien sur terre, excepté l'enfant et la servante, le véritable miroir de sa mère décédée. Ils élèvent ensemble l'enfant, Angelica, l'enfant magique. Le nom de la servante est devenu également Angelica. L'homme regarde la petite fille grandir et devenir un second miroir, l'image même de sa mère, sa mère pour la vie. La servante, au fil du temps, remarque l'incroyable ressemblance entre la mère et la fille, la renaissance du passé, et remarque aussi le désir croissant du père. Comme ils sont seuls tous les trois dans ce monde qui n'a pas encore complètement trouvé sa forme, où les mots peuvent prendre le sens que vous souhaitez leur donner, et les actes aussi, où l'on doit inventer de son mieux une nouvelle vie. Il existe une complicité entre l'homme et la servante car, à la fin, ils s'allongent tous les trois ensemble et regrettent la disparue. La vie nouvelle, la vie réincarnée, grandit pour remplir le vide laissé par la vie ancienne.

Angelica, Angelica. À partir d'un certain point, le langage qu'ils emploient se transforme, un point au-delà duquel les mots perdent leur sens. Le mot père, par exemple, est oublié, de même que les mots mon enfant. Ils vivent dans un état de nature, un état de grâce, un Éden où le fruit de l'arbre n'a pas encore été consommé, de sorte que le bien et le mal n'existent pas. La jeune fille grandit entre l'homme et la servante et ce qui se passe entre eux devait naturellement arriver et semble pur, et elle est heureuse. Elle est une princesse de sang royal de la lignée de Timour et de Temüjin et son nom est Angelica, Angelica. Un jour on trouvera un passage, et avec son mari bien-aimé, elle regagnera son royaume. En attendant, ils ont leur maison invisible, leur vie anonyme et ce lit dans lequel ils se meuvent, si doucement, si souvent, si longtemps, tous les trois, l'homme, la servante et la fille. Et puis un enfant naît, leur enfant, le fruit de trois parents, un garçon aux cheveux blonds comme son père. L'homme donne à son fils le prénom de ses meilleurs amis. Ils étaient autrefois trois amis. En apportant leur nom de l'autre côté de la Mer Océane, il avait l'impression de les avoir amenés eux aussi. Son fils ressuscitait ses amis. Les années passèrent. La fille tomba malade pour des raisons inconnues. Quelque chose n'allait pas dans sa vie. Quelque chose n'allait pas dans son âme. Elle commença à délirer. Qui est-elle ? demanda-t-elle. Lors de sa dernière conversation avec son fils, elle le presse de retrouver sa famille, de se regrouper, de toujours rester lié à ce qu'il était, de ne jamais s'en séparer, de ne jamais après cela repartir dans le monde en quête d'amour, d'aventure et de soi. Il est un prince de sang royal de la maison moghole. Il doit aller raconter son histoire. Un faucon entre par la fenêtre et repart en emportant son âme. Le jeune homme aux cheveux blonds descend au port chercher un bateau. Le vieil homme et la servante ne partent pas. Ils n'ont plus aucune importance. Leur rôle est terminé.

« Ce n'est pas ce qui s'est passé, dit Mogor dell'Amore. Ma mère était Qara Köz, la sœur de votre grand-père, la grande enchanteresse, et elle apprit à suspendre le temps.

— Non, dit l'empereur, non, ce n'est pas vrai. »

*

Dame Man Bay, nièce de Mariam-uz-Zamani, sœur de Raja Man Singh, épousa son fiancé de longue date, le prince héritier Salim, le jour fixé par les astrologues de la cour, le quinze d'Isfandarmudh de cette année, selon le nouveau calendrier solaire, mis en vigueur par l'empereur, à savoir le treize février, dans le palais fortifié de sa famille à Amer, en la gracieuse présence de Sa Majesté, le *padishah* Akbar, Protecteur du Monde. Quand elle se retrouva seule avec son époux, après les applications rituelles d'onguents et les massages du membre princier, elle stipula deux choses avant de l'autoriser à la posséder. « En premier lieu, dit-elle, si tu t'avises de retourner rendre visite à cette putain, le Squelette, tu ferais bien de protéger ton pénis par une armure le soir avant d'aller te coucher car tu ne sais pas quand s'abattra ma vengeance, en second lieu, tu ferais bien de t'occuper de l'étranger aux cheveux blonds, ce sale type, l'amant du Squelette, parce que tant qu'il sera à Sikri, ton père pourrait bien être assez fou pour lui donner ce qui te revient de droit. »

Après les discussions au bord de l'Anup Talao, l'empereur abandonna l'idée d'élever Niccolò Vespucci au rang de *farzand* ou fils honoraire. Il était intimement convaincu que sa propre version de l'histoire de l'étranger était la bonne et il en était quelque peu dégoûté ; il décida qu'un tel enfant, fruit d'une liaison amorale, ne pouvait pas être reconnu comme un membre de la famille royale. Même si Vespucci, pour sa part, était manifestement innocent dans cette affaire, et ignorait de fait ses véritables origines, et malgré tout son charme et ses talents, ce seul mot d'*inceste* le disqualifiait. On pourrait certainement trouver un emploi à Sikri pour quelqu'un d'aussi doué et l'empereur donna des instructions en ce sens, mais leurs relations personnelles devaient cesser. Comme pour confirmer la justesse de ces décisions, les eaux de l'Anup Talao retrouvèrent leur sérénité habituelle. Niccolò Vespucci fut informé par Umar le Ayyar qu'il pouvait demeurer dans la capitale mais qu'il devait immédiatement abandonner, pour se désigner, ce surnom de « Mogor dell'Amore ». Quant au privilège qu'il avait eu de fréquenter personnellement l'empereur, il devait comprendre que c'était désormais du passé. « À partir d'aujourd'hui, l'informa le Ayyar, vous serez considéré comme un homme ordinaire. »

La soif de vengeance des princes est inépuisable. La disgrâce pourtant spectaculaire de Vespucci ne suffit pas à Dame Man Bay. « Si l'empereur peut changer d'humeur si facilement et passer de la sympathie au rejet, raisonna-t-elle, il peut tout aussi rapidement changer en sens contraire. » Tant que l'étranger demeurerait dans la capitale, le prince Salim ne serait pas certain de succéder à son père. Mais à son grand dépit, le prince héritier ne voulut rien tenter contre son rival tombé en disgrâce, qui avait refusé l'emploi que lui proposaient les fonctionnaires d'Akbar, et avait préféré rester dans la Maison de Skanda, en compagnie du Squelette et du Matelas, pour veiller au bien-être de ses hôtes. Man Bay exhala son mépris. « Tu es capable de tuer sans hésitation un grand homme comme Abul Fazl. Qu'est-ce qui te retient donc de t'occuper de ce maquereau ? » Mais Salim craignait de déplaire à son père et s'abstint. Puis Man Bay lui donna un fils, le prince Khusraw, et la situation s'en trouva changée. « À présent, c'est l'avenir de ton héritier que tu dois défendre autant que le tien », dit Dame Man Bay et cette fois Salim ne trouva rien à répondre.

Et puis Tansen mourut. La musique de la vie s'arrêta.

L'empereur accompagna le corps de son ami dans sa ville natale de Gwalior et l'enterra près du tombeau de son maître, le *faqir* Sheikh Mohammed Ghaus, et rentra accablé de chagrin. L'un après l'autre ses plus brillants esprits s'éteignaient. Peut-être s'était-il mal conduit envers son Moghol de l'Amour, songea-t-il lors du voyage de retour, et la mort de Tansen en était le châtiment. Un homme n'était pas responsable des mauvaises actions de ses parents. De plus, Vespucci avait fait preuve de loyauté envers l'empereur en refusant de partir. Ce n'était pas un simple vagabond opportuniste. Il avait décidé de rester. Plus de deux longues années avaient passé. Peut-être était-il temps de le réhabiliter. Tandis que le cortège de l'empereur passait auprès du Hiran Minar et gravissait la colline en direction du palais, il prit sa décision et envoya un messager à la Maison de Skanda pour demander à l'étranger de se présenter le lendemain dans la cour du pachisi.

Dame Man Bay avait mis en place un réseau d'informateurs dans chaque quartier de la ville pour se prémunir contre une telle éventualité et, moins d'une heure après l'arrivée du messager à la Maison de Skanda, l'épouse du prince héritier avait été informée de ce revirement. Elle alla immédiatement trouver son mari et le gronda comme une mère gronde un enfant indiscipliné. « Ce soir, dit-elle. Le moment est venu de te conduire en homme. »

La soif de vengeance des princes est inépuisable.

*

À minuit, l'empereur était tranquillement assis au sommet du Panch Mahal et repensait à la fameuse nuit où Tansen avait chanté le *raga deepakg* à la Maison de Skanda et non seulement avait enflammé toutes les lampes mais s'était brûlé lui-même. Au moment précis où ce souvenir lui revenait en mémoire, une fleur de feu rougeoyante jaillit au bord de l'eau, au loin, en contrebas, et après un long moment de doute, il comprit que c'était un bâtiment qui brûlait dans les ténèbres. Quand il découvrit peu après que la Maison de Skanda avait été brûlée de fond en comble, il éprouva un instant de panique, se demandant si le feu de son imagination avait pu provoquer cet autre brasier, plus dévastateur. Il fut accablé de chagrin à l'idée que Niccolò Vespucci devait être mort. Mais quand on fouilla les ruines fumantes, on n'y trouva aucune trace du corps de l'étranger. Les restes du Squelette et du Matelas n'étaient pas non plus dans les décombres carbonisés et toutes les femmes de la maison, apparemment, avaient pu s'échapper, de même que les clients. Dame Man Bay n'était pas la seule à Fatehpur Sikri à être constamment sur le qui-vive. Le Squelette redoutait sa précédente maîtresse depuis trop longtemps.

En apprenant que l'étranger avait disparu, qu'il s'était mystérieusement volatilisé au milieu de la maison en flammes, ce qui fit dire à de nombreux habitants de la ville que c'était bien un sorcier, l'empereur craignit le pire. « À présent, nous allons savoir, songea-t-il, s'il y a quelque chose de vrai dans cette histoire de sorcellerie. »

Le lendemain de l'incendie, le *Gunjayish*, le bateau à pont plat qui servait au transport de la glace, fut retrouvé, sabordé sur la rive la plus éloignée du lac ; une grande brèche avait été faite dans sa coque, furieusement à coups de hache. Niccolò Vespucci, le Moghol de l'Amour, s'était échappé en bateau et non grâce à un sortilège quelconque, et il avait emmené les deux dames dans sa fuite. La livraison de glace arriva du Cachemire et il n'y avait plus de bateau pour la transporter d'une rive à l'autre du lac de Sikri. L'*Asayish* et l'*Arayish*, les bateaux de plaisance royaux, beaucoup plus luxueux, durent être réquisitionnés et même le petit brick, le *Farmayish*, fut chargé à ras bord de blocs de glace. « C'est par l'eau qu'il nous punit, pensa l'empereur. Maintenant qu'il est parti, il va nous laisser assoiffés de sa présence. » Quand le prince Salim vint le voir, sur les instances de Dame Man Bay, pour accuser le trio disparu d'avoir incendié leur propre maison, l'empereur put lire la culpabilité de son fils inscrite sur son front, aussi visible qu'un phare dans la nuit, mais il ne dit rien. Ce qui était fait était fait. Il donna des ordres pour que l'étranger et ses femmes puissent fuir en paix. Il ne les ferait pas poursuivre ni ramener à la cour pour répondre du sabordage du bateau. Qu'ils s'en aillent. Il leur souhaitait bon vent. Un homme vêtu d'un manteau fait de losanges de cuir multicolores, une femme maigre comme une lame de couteau, une autre rebondie comme un ballon. Si le monde était bien fait, il devrait offrir un petit coin tranquille même à des êtres aussi difficiles à caser que ces trois-là. L'histoire de Vespucci était terminée. Il avait sauté dans la page blanche qui fait suite à la dernière page, franchi le cadre enluminé du monde réel pour pénétrer dans l'univers des fantômes, ces pauvres âmes dont la vie s'achève avant qu'ils n'aient poussé leur dernier soupir. L'empereur, au bord du lac, souhaita au Moghol de l'Amour une paisible outre-vie et une douce fin ; et il se détourna.

Man Bay était furieuse de cette fin inaboutie et hurla en vain pour réclamer du sang. « Envoie des hommes à leurs trousses pour qu'ils les tuent », cria-t-elle à son mari. Mais il la fit taire, et laissa deviner pour la première fois de sa petite vie misérable l'excellent monarque qu'il devait devenir plus tard. Les événements récents l'avaient profondément troublé, de nouvelles idées s'agitaient en lui, des idées qui allaient lui donner la force de laisser derrière lui sa jeunesse brouillonne et de devenir un homme sage et cultivé. « Je ne suis plus disposé à tuer, fit-il. À présent j'estime qu'il est plus important de préserver une vie que de la détruire. Ne me demande plus jamais de commettre un tel forfait. »

La métamorphose du prince héritier était venue trop tard. La chute de Fatehpur Sikri était en marche. Le lendemain, des clameurs affolées montèrent très tôt jusqu'à la chambre de l'empereur ; il se fit conduire au bas de la colline jusqu'aux installations de pompage et au caravansérail où régnait un effroyable vacarme, et il vit alors qu'il était arrivé quelque chose au lac. Lentement, petit à petit, à l'allure d'un homme au pas, le niveau de l'eau baissait. Il fit quérir les meilleurs ingénieurs de la ville, mais ils furent incapables d'expliquer le phénomène. « Le lac nous quitte », criaient les gens, le lac doré pourvoyeur de vie, qu'autrefois un voyageur, arrivant au coucher du soleil, avait pris pour un bassin d'or liquide. Sans le lac, les blocs de glace du Cachemire ne pouvaient plus fournir l'eau fraîche des montagnes au palais. Sans le lac, les habitants qui n'avaient pas les moyens de s'offrir de la glace du Cachemire n'auraient plus rien à boire, rien pour se laver, pour faire la cuisine, et leurs enfants allaient bientôt mourir. La chaleur du jour montait. Sans le lac, la ville n'était plus qu'une coquille sèche et ratatinée. L'eau continuait à baisser. La mort du lac signifiait la mort de Sikri.

Sans eau, nous ne sommes rien. Même un empereur privé d'eau retournerait vite à la poussière. L'eau est le vrai monarque et nous sommes ses esclaves.

« Évacuez la ville », ordonna l'empereur Akbar.

*

Pendant le restant de ses jours, l'empereur serait convaincu que le phénomène inexplicable de la disparition du lac de Fatehpur Sikri était l'œuvre de l'étranger qu'il avait injustement rejeté avec mépris, avec qui il n'avait voulu se réconcilier que lorsqu'il était trop tard. Le Moghol de l'Amour avait combattu le feu à l'aide de l'eau et il avait gagné. C'était la défaite la plus cuisante d'Akbar ; mais ce n'était pas un coup fatal. Les Moghols avaient été nomades et pouvaient le redevenir. Les responsables de l'armée des tentes se rassemblaient déjà, ces artistes de la demeure démontable, deux mille et cinq cents en tout, avec leurs chameaux et leurs éléphants, et ils s'apprêtaient à marcher vers la destination qu'il leur indiquerait et ils y dresseraient leurs pavillons provisoires à l'endroit qu'il choisirait. Son empire était trop vaste, ses poches trop profondes, son armée trop puissante pour qu'ils soient abattus par un simple coup, fût-il aussi puissant que celui-ci. Pas très loin, à Agra, il y avait des palais et un fort. À Lahore, il y en avait un autre. La richesse des Moghols était incalculable. Il devait abandonner Sikri, il devait quitter sa ville rouge bien-aimée, sa ville d'ombre et de fumée, la laisser seule dans ce lieu devenu désertique, pour qu'elle se dresse à jamais comme un symbole de l'impermanence des choses, de la soudaineté avec laquelle le destin peut ruiner les peuples les plus puissants et les hommes les plus forts. Et pourtant il survivrait. C'était cela, être un prince, être capable de surmonter les catastrophes. Et un prince n'était que l'image majuscule de ses sujets, un homme élevé à un rang presque divin. Et c'était aussi cela, être un homme. Surmonter les catastrophes et poursuivre sa route. La cour s'en irait et la plupart de ses serviteurs et les nobles partiraient aussi, mais les paysans n'avaient pas leur place ici, dans cette dernière caravane à quitter le caravansérail. Pour les paysans ne restait que ce qu'ils avaient toujours eu : rien. Ils se disperseraient à travers l'immense Hindoustan et c'était à eux de se débrouiller pour survivre. *Et cependant ils ne se révoltent pas pour nous massacrer*, songea l'empereur *Ils acceptent leur sort misérable. Comment est-ce possible ? Comment cela se peut-il ? Ils voient que nous les abandonnons et continuent pourtant à nous servir. Cela aussi est un mystère.*

Il fallut deux jours pour préparer la grande migration. Il restait de l'eau pour deux jours. Passé ce délai, le lac s'était vidé et il ne restait qu'un trou boueux là où l'eau douce avait scintillé. Encore deux jours et même la boue serait recuite et desséchée. Le troisième jour, la famille royale et les courtisans partirent en direction d'Agra, l'empereur se tenait droit sur son destrier, les reines resplendissaient sur leurs palanquins. Derrière la famille royale venaient les nobles, et à leur suite l'immense cortège de leurs serviteurs et de leurs familles. Fermant la marche, avançaient des chars à bœufs sur lesquels les artisans avaient entassé leurs biens. Bouchers, boulangers, maçons, prostituées. Pour eux il y avait toujours de la place. Les compétences pouvaient se déplacer. Pas la terre. Les paysans, attachés comme par des cordes à ce sol qui mourait de sécheresse, regardaient la grande procession s'en aller. Puis, apparemment décidées à connaître une nuit de plaisir avant la misère qui les attendait pour le restant de leurs jours, les masses abandonnées gravirent la colline et pénétrèrent dans le palais. Cette nuit, et cette nuit seulement, les gens du peuple allaient pouvoir jouer au pachisi humain dans la cour royale, trôner comme le roi au sommet du grand arbre de pierre dans la Salle des Audiences Privées. Cette nuit, un paysan pouvait s'asseoir au sommet du Panch Mahal et régner sur tout ce qu'il voyait. Cette nuit, s'ils le souhaitaient, ils pouvaient dormir dans la chambre du roi.

Mais demain ils devraient trouver le moyen de survivre.

*

Un seul membre de la maisonnée royale ne quitta pas Fatehpur Sikri. Après l'incendie de la Maison de Skanda, Dame Man Bay entra dans une phase de confusion mentale ; elle commença par hurler, par réclamer du sang à cor et à cri mais, après le refus du prince Salim, elle sombra dans une profonde mélancolie, passant brusquement d'un chagrin bruyant au silence. Pendant que Sikri se mourait, sa propre vie approchait de son terme. Dans le désordre de ses derniers jours, peut-être accablée de culpabilité, se sentant responsable de la mort de la capitale de l'empire Moghol, elle s'isola un moment et, dans un coin de son palais, pendant qu'aucune de ses suivantes ne pouvait la voir, elle avala de l'opium et mourut. Le dernier geste du prince Salim, avant de rejoindre son père attristé à la tête du grand exode, fut d'enterrer sa femme bien-aimée. C'est ainsi que l'histoire de la longue inimitié entre Man Bay et le Squelette connut son dénouement tragique.

Et en passant à côté du cratère où s'étendait autrefois le lac de Sikri, source de vie, Akbar comprit la nature du sort qui lui avait été jeté. C'est son avenir qui était maudit, pas le présent. Dans le présent, il était invincible. Il pouvait bâtir dix nouveaux Sikri s'il le souhaitait. Mais quand il aurait disparu, tout ce qu'il avait pensé, tout ce qu'il avait essayé d'accomplir, sa philosophie, son art de vivre, tout cela s'évaporerait comme de l'eau. L'avenir ne serait pas tel qu'il l'avait espéré, ce serait un lieu hostile, agité de conflits permanents, où les gens essaieraient de survivre le mieux possible en haïssant leurs voisins, en détruisant leurs lieux de culte, en recommençant à s'entretuer dans le feu de cette grande querelle qu'il avait voulu apaiser pour toujours, la querelle autour de la question de Dieu. Dans l'avenir, c'est la violence qui mènerait le monde, pas la civilisation.

« Si c'est la leçon que tu m'as donnée, Moghol de l'Amour, pensa-t-il à l'intention de l'étranger disparu, alors le titre que tu t'es attribué n'a pas de sens, car dans ce monde on ne trouvera plus d'amour nulle part. »

Cette nuit-là, sous la tente de brocart, la princesse cachée vint à lui, Qara Köz, belle comme une flamme. Ce n'était pas la créature masculine aux cheveux taillés dont elle avait pris l'apparence pour fuir Florence, mais la princesse cachée dans toute la splendeur de sa jeunesse, la créature irrésistible qui avait envoûté Shah Ismaïl de Perse, et Argalia le Turc, le Janissaire florentin, Détenteur de la Lance Enchantée. Cette nuit-là, tandis qu'Akbar prenait la route de l'exode, elle lui parla pour la première fois. *Il y a un point*, dit-elle, *sur lequel vous aviez tort.*

Elle était stérile. Elle avait été l'amante d'un roi et d'un grand guerrier et n'avait pas eu d'enfant. Et donc dans le Nouveau Monde elle n'avait pas donné naissance à une petite fille. Elle n'avait pas eu d'enfant du tout.

Qui donc était la mère de l'étranger, demanda l'empereur, perplexe. Sur les parois de la tente de brocart, les miroirs renvoyaient la lueur des chandelles et leurs reflets dansaient dans ses yeux. J'avais un Miroir, dit la princesse cachée. Elle me ressemblait autant que mon propre reflet dans l'eau, que l'écho de ma voix. Nous partagions tout, y compris nos amants. Mais elle détenait un pouvoir que je n'avais pas. J'étais une princesse, elle devint une mère.

La suite ressemble beaucoup à ce que vous avez imaginé, dit Qara Köz. La fille du Miroir était le portrait de sa mère et de cette femme dont le Miroir avait été le miroir. Et il y eut des morts, en effet. La femme qui se tient devant vous en cet instant, que vous avez ramenée à la vie, fut la première. Ensuite, le Miroir éleva sa fille en lui mentant sur son identité, en se faisant passer pour la femme dont elle avait été le miroir et l'amante. L'effacement des générations, l'oubli des mots comme père et fille, remplacés par d'autres mots incestueux. Et cette chose dont vous avez rêvé que son père se rendit coupable, oui, tout cela a bien eu lieu. Son père qui devint son mari. Le crime contre nature fut commis, mais pas par moi et ce n'est pas une enfant née de moi qui fut ainsi souillée. Née du péché, elle mourut jeune, sans savoir qui elle était. Angelica, Angelica, oui, c'était son nom. Avant de mourir, elle envoya son fils à votre recherche pour vous faire cette demande illégitime. Devant son lit de mort, les criminels gardèrent le silence, mais quand le Miroir et son maître se présentèrent devant leur Dieu, leurs actes furent révélés.

Telle est la vérité. Niccolò Vespucci, qui a été élevé dans la conviction qu'il était le fils d'une princesse, était le fils de la fille du Miroir. Sa mère et lui n'étaient coupables d'aucune tromperie. Ils en étaient les victimes.

L'empereur garda le silence et pensa à l'injustice qu'il avait commise et dont le châtiment avait été la ruine de sa capitale. La malédiction de l'innocent était retombée sur le coupable. Humblement, il baissa la tête. La princesse cachée, Qara Köz, Dame Yeux Noirs, vint s'asseoir à ses pieds et lui toucha doucement la main. La nuit s'achevait. Un jour nouveau commençait. Le passé ne voulait plus rien dire. Seuls importaient le présent, et ses yeux. Sous la force irrésistible de l'enchantement, les générations se confondaient, s'effaçaient, se dissolvaient. Pourtant elle lui était interdite. Mais non, non, elle ne pouvait pas lui être interdite. Comment ce qu'il éprouvait pouvait-il constituer un crime contre la nature ? Qui oserait interdire à l'empereur ce que l'empereur s'autorisait lui-même ? Il était l'arbitre de la loi, son incarnation, et il n'avait rien de criminel dans le cœur.

Il l'avait fait revenir d'entre les morts et lui avait offert la liberté de vivre, l'avait laissée libre de ses choix et c'est lui qu'elle avait choisi. Comme si la vie était un fleuve, et les hommes les pierres du gué, elle avait franchi le flot des années et était revenue gouverner ses rêves, usurpant la place d'une autre femme dans son *khayal*, son imagination toute-puissante. Comme celle d'un dieu. Peut-être n'était-il plus son propre maître. Qu'arriverait-il s'il se lassait d'elle ? – Mais non il ne se lasserait jamais d'elle. – Mais pourrait-elle un jour être bannie à son tour ? Ou elle seule décidait-elle de rester ou de partir ?

« Je suis enfin revenue chez moi, lui dit-elle. Vous m'avez permis de revenir et me voici, au terme de mon voyage. Et maintenant, Protecteur du Monde, je vous appartiens. »

Jusqu'à ce que tu changes d'avis, pensa le Maître du Monde. *Mon amour, jusqu'à ce que tu changes d'avis.*

Bibliographie

OUVRAGES

Cecilia M. ADY, *Lorenzo de' Medici and Renaissance Italy*, The English University Press Ltd., Londres, 1960.

Leon Battista ALBERTI, *The Family in Renaissance Florence*, University of South Carolina Press, Columbia, South Carolina, 1969.

Sydney ANGLO, *The Damned Art : Essays in the Literature of Witchcraft*, Routledge & Kegan Paul, Boston, Massachusetts, 1977.

L'ARIOSTE, *Roland furieux*. Traduit de l'italien par Francisque Reynard. Gallimard, « Folio classique » n°s 3872 et 3873, Paris, 2003. (Édition de référence : *Orlando Furioso*, Oxford University Press, New York, 1966.)

Elizabeth BIRBARI, *Dress in Italian Painting 1460-1500*, John Murray, Londres, 1975.

Matteo BOIARDO, *Roland l'Amoureux*. Reprise de la traduction d'Alain-René Lesage parue en 1717. Publications de l'Université de Saint-Etienne, Saint-Etienne, 2002. (Édition de référence : *Orlando Innamorato,* Parlor Press, West Lafayette, Indiana, 2004.)

Peter BONDANELLA, *The Portable Machiavelli.* Traduction : Mark Musa. Penguin, New York, 1979.

Michael BRAND et Glenn LOWRY *Fatehpur-Sikri*, Marg Publications, Bombay, 1987

John Bartlet BREBNER, *The Explorers of North America : 1492-1806*, A. & C. Black, Londres, 1933.

Judith BROWN et Robert DAVIS, *Gender and Society in Renaissance Italy*, Longman, Londres, New York, 1998.

Gene BRUCKER, *The Society of Renaissance Florence : A Documentary Study*, University of Toronto Press, Toronto, 2001.

Gene BRUCKER, « Sorcery in Early Renaissance Florence », *Studies in the Renaissance*, vol. 10 (1963), p. 7-24.

Gene BRUCKER, *Renaissance Florence*, University of California Press, Berkeley, California, 1969.

Gene BRUCKER, *Giovanni et Lusanna : amour et mariage à Florence pendant la Renaissance.* Traduit de l'anglais par Rémy Lambrechts. Éditions Alinéa, collection « De la pensée », 1991. (Édition de référence : *Giovanni and Lusanna : Love and Marriage in Renaissance Florence*, University of California Press, Berkeley, California, 1986.)

Jacob BURCKHARDT, *Civilisation de la Renaissance en Italie*, vol. 1. Traduit de l'allemand par H. Schmitt et R. Klein, LGF, Le Livre de Poche, « Biblio essais » n° 4055, Paris, 1986. (Édition de référence : *The Civilization of the Renaissance in Italy*, vol. 1, Harper & Row, New York, 1958.)

Peter BURKE, *La Renaissance en Italie : art, culture, société* Traduit de l'anglais par Patrick Wotling, Éditions Hazan, Paris, 1991. (Édition de référence : *The Italian Renaissance : Culture and Society in Italy*, Princeton University Press, Princeton, New Jersey, 1986. Seconde édition.)

Peter BURKE, *The Renaissance*, Barnes & Noble, New York, 1967.

Italo CALVINO, *Contes populaires italiens.* Traduit de l'italien par Nino Frank, Denoël, 4 vol., Paris, 1980-1984. (Édition de référence : *Italian Folktales.* Traduit de l'italien par Georges Martin, Harcourt Brace Jovanovitch, New York, 1980.)

Piero CAMPORESI, *La Terre et la lune : alimentation, folklore, société.* Traduit de l'italien par Monique Aymard, Aubier, Paris, 1993. (Édition de référence : *The Magic Harvest : Food, Folklore and Society*, Polity Press, Cambridge, UK, 1993.)

Ernst CASSIRER, *The Renaissance Philosophy of Man*, The University of Chicago Press, Chicago, 1948.

Baldesar CASTIGLIONE, *Le Livre du courtisan.* Traduit de l'italien par Alain Pons, Flammarion, Paris, 1991. (Édition de référence : *The Book of the Courtier.* Traduit de l'italien par George Bull, Penguin, New York, 1967.)

Elizabeth S. et Thomas V. COHEN, *Daily Life in Renaissance Italy*, The Greenwood Press, Westport, Connecticut, 2001.

Carole COLLIER-FRICK, *Dressing Renaissance Florence*, Johns Hopkins University Press, Baltimore, Maryland, 2002.

Sir Edward S. CREASY, *History of the Ottoman Turks from the Beginning of Their Empire to the Present Time*, UMI, Ann Arbor, Michigan, 1991. Épuisé – livres sur demande.

Philip D. CURTON, *Cross-Cultural Trade in World History*, Cambridge University Press, New York, 1984.

Stephen Frederic DALE, *Indian Merchants and Eurasian Trade, 1600-1750,* Cambridge University Press, New York, 1994.

Jones DALU, *A Mirror of Princes : The Mughals and the Medici*, Marg Publications, Bombay, 1987.

Mike DASH, *La Tulipomania : l'histoire d'une fleur qui valait plus cher qu'un Rembrandt*. Traduit de l'anglais par Arthur G. H. Ynchboat, Lattès, Paris, 2000. (Édition de référence : *Tulipomania*, Random House, New York, 2001.)

Sebastian DE GRAZIA, *Machiavelli in Hell*, Harvester Wheatsheaf, Hertfordshire, UK, 1989.

Charles DEMPSEY, *The Portrayal of Love : Botticelli's Primavera and Humanist Culture at the Time of Lorenzo the Magnificent*, Princeton University Press, Princeton, New Jersey, 1992.

Jean DUBRETON-LUCAS, *Daily Life in Florence in the Time of the Medici*, The Macmillan Company, New York, 1961.

Abraham ERALY, *Emperors of the Peacock Throne : The Age of the Great Mughals*, Penguin Books India, New Delhi, 2000.

Felipe FERNANDEZ-ARMESTO, *Amerigo : The Man Who Gave His Name to America*, Random House, New York, 2007.

Ellison B. FINDLY, « The Capture of Maryam-uz-Zamani's ship : Mughal Women and European Traders », *Journal of the American Oriental Society*, vol. 108, n° 2 (avril 1988).

Caroline FINKEL, *Osman's Dream : The Story of the Ottoman Empire, 1300-1923*, John Murray, Londres, 2005.

Mary M. GALLUCCI, « "Occult" Power : The Politics of Witchcraft and Superstition in Renaissance Florence », *Italica*, vol. 80 (printemps 2003), p. 1-21.

Bamber GASCOIGNE, *The Great Mughals : India's Most Flamboyant Rulers*, Constable & Robinson, Londres, 2002.

Godfrey GOODWIN, *The Janissaries*, Saqi Books, Londres, 1997.

B. N. GOSWAMY et Caron SMITH, *Domains of Wonder. Selected Masterworks of Indian Painting*, San Diego Museum of Art, San Diego, California, 2005.

Raven GRIMASSI, *Italian Witchcraft : The Old Religion of Southern Europe*, Llewellyn Publications, Woodbury, Minnesota, 2006.

Ashin Das GUPTA et M. N. PEARSON, *India and the Indian Ocean, 1500-1800*, Oxford University Press, Calcutta, 1987.

John R. HALE, *Florence and the Medici : The Pattern of Control*, Thames & Hudson, Londres, 1977.

Arthur Leon HORNIKER, « The Corps of the Janizaries », *Military Affairs*, vol. 8, n° 3 (automne 1944), p. 177-204.

Colin IMBER, *The Ottoman Empire, 1300-1650 : Structure of Power*, Palgrave Macmillan, New York, 2002.

Margaret KING, *Women of the Renaissance*, University of Chicago Press, Chicago, 1991.

Christine KLAPISCH-ZUBER, *Women, Family and Ritual in Renaissance Italy*, University of Chicago Press, Chicago, 1985.

Paul Oskar KRISTELLER, *Renaissance Concepts of Man and Other Essays*, Harper & Row Publishers, New York, 1973.

Ruby LAL, *Domesticity and Power in the Early Mughal World*, Cambridge University Press, New York, 2005.

Luca LANDUCCI, *Florentine Diary from 1450 to 1516*, Arno Press, New York, 1969.

Lynne LAWNER, *Lives of the Courtesans : Portraits of the Renaissance*, Rizzoli, New York, 1987.

Lorenzo LORENZI, *Witches : Exploring the Iconography of the Sorceress and Enchantress*. Traduit de l'italien par Ursula Creagh, Centro Di, Florence, 2005.

MACHIAVEL, *Œuvres complètes*. Édition établie par Edmond Barincou. Gallimard, Bibliothèque de la Pléiade, n° 92, Paris, 1978. (Édition de référence : *The Discourses*, Penguin Putnam, New York, 1998.)

Niccolao MANUCCI, *Mogul India 1653-1708 or Storia do Mogor*, vol. I et II. Traduit de l'italien par William Irvine, Low Price Publications, New Delhi, 1996.

Niccolao MANUCCI, *Mogul India 1653-1708 or Storia do Mogor*, vol. III et IV. Traduit de l'italien par William Irvine. Low Price Publications, New Delhi, 1996.

Georgina MASSON, *Courtesans of the Italian Renaissance*, St Martin's Press, New York, 1976.

Lyle N. MCALISTER, *Spain and Portugal in the New World : 1492 1700*, University of Minnesota, Minneapolis, Minnesota, 1984.

Charles L. MEE, *Daily Life in Renaissance Italy*, American Heritage Publishing Co. Inc., New York, 1975.

David MORGAN, *Medieval Persia, 1040-1797*, Pearson Education Ltd, Essex, UK, 1988.

Harbans MUKHIA, *The Mughals of India*, Blackwell Publishing, Malden, Massachusetts, 2004.

R. NATH, *Private Life of the Mughals of India : 1526-1803*. Rupa & Co., New Delhi, 2005.

Iris ORIGO, « The Domestic Enemy : Eastern Slaves in Tuscany in the 14th and 15th Centuries », *Speculum 30* (1955), p. 321-366.

Alexander PALLIS, *In the Days of the Janissaries*, Hutchinson & Co., Londres, 1951.

Boies PENROSE, *Travel and Discovery in the Renaissance, 1420-1620*, Harvard University Press, Cambridge, Massachusetts, 1952.

George POTTINGER, *The Court of the Medici*, Croom Helm Ltd, Londres, 1978.

Rajee RAMAN, *Ashoka the Great and Other Stories*, Vadapalanı Press, Vadapalani, Chennai, date inconnue.

Saiyid Athar Abbas RIZVI et Vincent John Adams FLYNN, *Fathpur-Sikri*, Taraporevala Sons & Co., Mumbai, India, 1975.

Mary ROGERS et Paolo TINAGLI, *Women in Italy, 1350-1650 : Ideals and Reality*, Manchester University Press, Manchester, UK, 2005.

Louis Conrad ROSENBERG, *The Davanzati Palace, Florence, Italy. A Restored Palace of the Fourteenth Century*, The Architectural Book Publishing Company, New York, 1922.

Guido RUGGIERO, *Binding Passions : Tales of Magic, Marriage, and Power at the End of the Renaissance*, Oxford University Press, New York, 1993.

Hannelore SACHS, *The Renaissance Woman* – cf. chapitre : « Women Slaves, Beggars, Witches, Courtesans, Concubines », p. 49-53, McGraw-Hill, New York, 1971.

Roger SAVORY, *Iran Under the Safavids*, Cambridge University Press, New York, 1980.

Patricia SEED, *Ceremonies of Possession in Europe's Conquest of the New World : 1492-1640*, Cambridge University Press, New York, 1995.

Amartya SEN, *L'Inde : histoire, culture et identité*. Traduit de l'anglais par Christian Cler, Odile Jacob, Paris, 2007. (Édition de référence : *The Argumentative Indian : Writings on Indian History, Culture and Identity*, Farrar, Straus & Giroux, New York, 2005.)

John SEYLLER, *The Adventures of Hamza : Painting and Storytelling in Mughal India*, Freer Gallery of Art et Arthur M. Sackler Gallery, Smithsonian Institute, Washington, District of Columbia, 2002.

Shashi S. SHARMA, *Caliphs and Sultans : Religious Ideology and Political Praxis*, Rupa & Co., New Delhi, 2004.

Geoffrey SYMCOX, *Italian Reports on America : 1493-1522*, Brepols, Turnhout (Belgique), 2001.

Wheeler M. THACKSTON, *The Baburnama : Memoirs of Babur, Prince and Emperor*, Oxford University Press, New York, 1996.

Wheeler M. THACKSTON, *The Jahangirnama : Memoirs of Jahangir, Emperor of India*, Oxford University Press, New York, 1999.

R. F. TREHARNE et H. FULLARD, *Muir's Historical Atlas : Medieval and Modern*, 10e édition, Barnes & Noble Inc., New York, 1964.

Richard TREXLER, *Public Life in Renaissance Florence*, Academic Press, New York, 1980.

Richard TREXLER, *Dependence in Context in Renaissance Florence* – cf. chapitre : « Florentine Prostitution in the Fifteenth Century : Patrons and Clients », Medieval and Renaissance Texts and Studies, Binghamton, N.Y., 1994.

Stephen TURNBALL, *Essential Histories : The Ottoman Empire, 1326-1699*, Routledge, Oxford, UK, 2003.

Maurizio VIROLI, *Niccolò's Smile : A Biography of Machiavelli.* Traduction : Antony Shugaar, I.B. Tauris, Londres, 1998.

D. WEINSTEIN, *Savonarola and Florence : Prophecy and Patriotism in the Renaissance*, Princeton University Press, Princeton, New Jersey, 1970.

Evelyn WELCH, *Shopping in the Renaisssance : Consumer Cultures in Italy, 1400-1600*, Yale University Press, New Haven, Connecticut, 2005.

SITES INTERNET

Abu AL-FAZL IBN MUBARAK, *Akbar-namah (The Book of Akbar).* Traduit du persan par H. Beveridge, *Persian Literature in Translation*, Packard Humanities Institute.
http://persian.packhum.org/persian

Abu AL-FAZL IBN MUBARAK, *Ain-i-Akbari (Akbar's Regulations).* Traduit du persan par H. Blockhmann et Colonel H. S.

Jarrett, *Persian Literature in Translation*, Packard Humanities Institute.
http://persian.packhum.org/persian

Abd al-Qadir BADA'UNI, *Muntakhab ut-tawarikh*. Traduit du persan par W. Haig, G. Ranking et W. Lowe, *Persian Literature in Translation*, Packard Humanities Institute.
http://persian.packhum.org/persian

Louis BREHIER, *The Catholic Encyclopedia*, vol. V – cf. entrée : « Andrea Doria », Robert Appleton Company, New York, 1909.
http://www.newadvent.org/cathen/05134b.htm

Suzanne CROSS, *Feminae Romanea : The Women of Ancient Rome*, 2001-2006. http://web.mac.com/heraklia/Dominae/imperial_women/index.html

Encyclopaedia Britannica, 2007 – cf. entrée : « Doria, Andrea ». http://www.britannica.com/eb/article-9030969 Encyclopaedia Britannica Online, 31 oct. 2007.

Gardens of the Mughal Empire – cf. page : Brian Q. Silver, « Introduction to the Music of the Mughal Court », Smithsonian Productions.
http://www.mughalgardens.org/html/music01.html

Richard VON GARBE, *Akbar, Emperor of India*. Traduit de l'allemand par Lydia G. Robinson. Project Gutenberg eBook, 23 nov. 2004.
http://www.gutenberg.org

NOTE

Cela n'est pas une liste exhaustive des ouvrages que j'ai consultés. Si, par inadvertance, j'ai omis de répertorier une source, je m'en excuse. De telles omissions seront corrigées dans les prochaines éditions, à condition bien sûr que j'en sois informé.

Remerciements

Je tiens à remercier Vanessa Manko pour son aide dans l'établissement de la bibliographie et pour son travail inestimable de recherche pour ce roman, un travail rendu possible en partie par une bourse Hertog du Hunter College de New York. Toute ma gratitude, également, à mes éditeurs, Will Murphy, Dan Franklin et Ivan Nabokov ; à l'Université Emory ; et à Stefano Carboni, Frances Coady, Navina Haidar, Rebecca Kumar, Suketu Mehta, Harbans Mukhia et Elizabeth West. Et aussi à Ian McEwan avec qui, il y a bien des années, j'ai improvisé une chanson intitulée *Ma douce Polenta*.

Dans la même collection

Svetlana Alexievitch, *Ensorcelés par la mort.* Traduit du russe par Sophie Benech.

Vladimir Arsenijević, *A fond de cale.* Traduit du serbo-croate par Mireille Robin.

Trezza Azzopardi, *La Cachette.* Traduit de l'anglais par Edith Soonckindt.

Trezza Azzopardi, *Ne m'oubliez pas.* Traduit de l'anglais par Edith Soonckindt.

Kirsten Bakis, *Les Chiens-Monstres.* Traduit de l'anglais (Etats-Unis) par Marc Cholodenko.

Sebastian Barry, *Les Tribulations d'Eneas McNulty.* Traduit de l'anglais (Irlande) par Robert Davreu.

Saul Bellow, *En souvenir de moi* Traduit de l'anglais (Etats Unis) par Pierre Grandjouan.

Saul Bellow, *Tout compte fait. Du passé indistinct à l'avenir incertain.* Traduit de l'anglais (Etats-Unis) par Philippe Delamare.

Alessandro Boffa, *Tu es une bête, Viskovitz.* Traduit de l'italien par Nathalie Bauer.

Joan Brady, *L'Enfant loué.* Traduit de l'anglais par Pierre Alien. Prix du Meilleur Livre Etranger 1995.

Joan Brady, *Peter Pan est mort* Traduit de l'anglais par Marc Cholodenko.

Joan Brady, *L'Emigré.* Traduit de l'anglais par André Zavriew.

Peter Carey, *Jack Maggs.* Traduit de l'anglais (Australie) par André Zavriew.

Peter Carey, *Oscar et Lucinda*. Traduit de l'anglais (Australie) par Michel Courtois-Fourcy.
Peter Carey, *L'Inspectrice*. Traduit de l'anglais (Australie) par Marc Cholodenko.
Peter Carey, *Un écornifleur* (Illywhacker). Traduit de l'anglais (Australie) par Jean Guiloineau.
Peter Carey, *La Vie singulière de Tristan Smith*. Traduit de l'anglais (Australie) par André Zavriew.
Peter Carey, *Ma vie d'imposteur*. Traduit de l'anglais (Australie) par Élisabeth Peellaert.
Peter Carey, *Véritable histoire du Gang Kelly*. Traduit de l'anglais (Australie) par Elisabeth Peellaert. Prix du Meilleur Livre Etranger 2003.
Sandra Cisneros, *Caramelo*. Traduit de l'anglais (Etats-Unis) par Rémy Lambrechts.
Martha Cooley, *L'Archiviste*. Traduit de l'anglais (Etats-Unis) par André Zavriew.
Fred D'Aguiar, *La Mémoire la plus longue*. Traduit de l'anglais (Etats-Unis) par Gilles Lergen.
Junot Diaz, *Comment sortir une Latina, une Black, une blonde ou une métisse*. Traduit de l'anglais (Etats-Unis) par Rémy Lambrechts.
Edward Docx, *Le Calligraphe*. Traduit de l'anglais par Marie-Claire Pasquier.
Albert Drach, *Voyage non sentimental*. Traduit de l'allemand par Colette Kowalski.
Stanley Elkin, *Le Royaume enchanté*. Traduit de l'anglais (Etats-Unis) par Claire Maniez et Marc Chénetier.
Nathan Englander, *Pour soulager d'irrésistibles appétits*. Traduit de l'anglais (Etats-Unis) par Elisabeth Peellaert.
Nathan Englander, *Le Ministère des Affaires spéciales*. Traduit de l'anglais (Etats-Unis) par Elisabeth Peellaert.
Jeffrey Eugenides, *Les Vierges suicidées*. Traduit de l'anglais (Etats-Unis) par Marc Cholodenko.
Kitty Fitzgerald, *Le Palais des cochons*. Traduit de l'anglais par Bernard Hœpffner.
Susan Fletcher, *La Fille de l'Irlandais*. Traduit de l'anglais par Marie-Claire Pasquier.
Susan Fletcher, *Avis de tempête* Traduit de l'anglais par Marie-Claire Pasquier.

Dario Fo, *Le Pays des Mezaràt.* Traduit de l'italien par Nathalie Bauer.
Erik Fosnes Hansen, *Cantique pour la fin du voyage.* Traduit du norvégien par Alain Gnaedig.
Erik Fosnes Hansen, *La Tour des faucons.* Traduit du norvégien par Johannes Kreisler.
Erik Fosnes Hansen, *Les Anges protecteurs.* Traduit du norvégien par Lena Grumbach et Hélène Hervieu.
William Gaddis, *JR.* Traduit de l'anglais (Etats-Unis) par Marc Cholodenko.
William Gaddis, *Le Dernier Acte* Traduit de l'anglais (Etats-Unis) par Marc Cholodenko.
William Gaddis, *Agonie d'agapè.* Traduit de l'anglais par Claro.
Eduardo Galeano, *Mémoire du feu,* tome I, *Les Naissances.* Traduit de l'espagnol par Claude Couffon.
Eduardo Galeano, *Mémoire du feu,* tome II, *Les Visages et les Masques.* Traduit de l'espagnol par Véra Binard.
Eduardo Galeano, *Mémoire du feu,* tome III, *Le Siècle du vent.* Traduit de l'espagnol par Véra Binard.
Natalia Ginzburg, *Nos années d'hier.* Traduit de l'italien par Adrienne Verdière Le Peletier. Nouvelle édition établie par Nathalie Bauer.
Paul Golding, *L'Abomination.* Traduit de l'anglais par Robert Davreu.
Nadine Gordimer, *Le Safari de votre vie.* Nouvelles traduites de l'anglais par Pierre Boyer, Julie Damour, Gabrielle Rolin, Antoinette Roubichou-Stretz et Claude Wauthier.
Nadine Gordimer, *Feu le monde bourgeois.* Traduit de l'anglais par Pierre Boyer.
Nadine Gordimer, *Personne pour m'accompagner.* Traduit de l'anglais par Pierre Boyer.
Nadine Gordimer, *L'Ecriture et l'existence.* Traduit de l'anglais par Claude Wauthier.
Nadine Gordimer, *L'Arme domestique.* Traduit de l'anglais par Claude Wauthier et Fabienne Teisseire.
Nadine Gordimer, *Vivre dans l'espoir et dans l'Histoire.* Traduit de l'anglais par Claude Wauthier et Fabienne Teisseire.
Nadine Gordimer, *La Voix douce du serpent.* Traduit de l'anglais par Pierre Boyer, Julie Damour, Dominique Dussidour, Claude Wauthier.

Nadine Gordimer, *Le Magicien africain.* Traduit de l'anglais par Pierre Boyer, Julie Damour, Fabienne Teisseire et Claude Wauthier.

Lauren Groff, *Les Monstres de Templeton.* Traduit de l'anglais (Etats-Unis) par Carine Chichereau.

Arnon Grunberg, *Douleur fantôme.* Traduit du néerlandais par Olivier Van Wersch-Cot.

Arnon Grunberg, *Lundis bleus.* Traduit du néerlandais par Tina Hegeman.

Allan Gurganus, *Bénie soit l'assurance.* Traduit de l'anglais (Etats-Unis) par Simone Manceau.

Allan Gurganus, *Et nous sommes à Lui.* Traduit de l'anglais (Etats-Unis) par Elisabeth Peellaert.

Allan Gurganus, *Lucy Marsden raconte tout.* Traduit de l'anglais (Etats-Unis) par Elisabeth Peellaert.

Allan Gurganus, *Les Blancs.* Traduit de l'anglais (Etats-Unis) par Simone Manceau et Elisabeth Peellaert.

Oscar Hijuelos, *Les Mambo Kings.* Traduit de l'anglais (Etats Unis) par Pierre Alien et Jean Clem.

Nick Hornby, *Slam.* Traduit de l'anglais par Francis Kerline.

Nick Hornby, *A propos d'un gamin.* Traduit de l'anglais par Christophe Mercier.

Nick Hornby, *Carton jaune.* Traduit de l'anglais par Gabrielle Rolin.

Nick Hornby, *Conversations avec l'ange.* Traduit de l'anglais par Marie-Claire Pasquier.

Nick Hornby, *Haute Fidélité.* Traduit de l'anglais par Gilles Lergen.

Nick Hornby, *La Bonté : mode d'emploi.* Traduit de l'anglais par Isabelle Chapman.

Nick Hornby, *Vous descendez ?* Traduit de l'anglais par Nicolas Richard.

Neil Jordan, *Lignes de fond.* Traduit de l'anglais (Irlande) par Gabrielle Rolin.

Nicholas Jose, *Pour l'amour d'une rose noire.* Traduit de l'anglais par Anne Rabinovitch.

Ken Kalfus, *Un désordre américain*, Traduit de l'anglais (Etats-Unis) par Marie-Hélène Dumas.

Ryszard Kapúsciński, *Autoportrait d'un reporter.* Traduit du polonais par Véronique Patte.

Ryszard Kapúsciński, *Ebène.* Traduit du polonais par Véronique Patte.
Ryszard Kapúsciński, *Imperium.* Traduit du polonais par Véronique Patte.
Ryszard Kapúsciński, *La Guerre du foot.* Traduit du polonais par Véronique Patte.
Ryszard Kapúsciński, *Mes voyages avec Hérodote.* Traduit du polonais par Véronique Patte.
Wolfgang Koeppen, *Pages du journal de Jacob Littner écrites dans un souterrain.* Traduit de l'allemand par André Maugé.
Jerzy Kosinski, *L'Ermite de la 69ᵉ Rue.* Traduit de l'anglais (Etats-Unis) par Fortunato Israël.
Hari Kunzru, *Mes révolutions.* Traduit de l'anglais par Marie-Hélène Dumas.
Barry Lopez, *Les Dunes de Sonora.* Traduit de l'anglais (Etats-Unis) par Suzanne V. Mayoux.
James Lord, *Cinq Femmes exceptionnelles.* Traduit de l'anglais (Etats-Unis) par Pierre Leyris et Edmonde Blanc.
Patrick McCabe, *Le Garçon boucher.* Traduit de l'anglais (Irlande) par Edith Soonckindt.
Norman Mailer, *L'Amérique.* Traduit de l'anglais (Etats-Unis) par Anne Rabinovitch.
Norman Mailer, *L'Evangile selon le fils.* Traduit de l'anglais (Etats-Unis) par Rémy Lambrechts.
Norman Mailer, *Oswald. Un mystère américain.* Traduit de l'anglais (Etats-Unis) par Pierre Grandjouan.
Norman Mailer, *Un château en forêt.* Traduit de l'anglais (Etats-Unis) par Gérard Meudal.
Salvatore Mannuzzu, *La Procédure.* Traduit de l'italien par André Maugé.
Salvatore Mannuzzu, *La Fille perdue.* Traduit de l'italien par Nathalie Bauer.
Valerie Martin, *Mary Reilly.* Traduit de l'anglais (Etats-Unis) par Annie Saumont.
Daniel Mason, *Un lointain pays.* Traduit de l'anglais (Etats-Unis) par Isabelle Chapman.
Paolo Maurensig, *Le Violoniste.* Traduit de l'italien par Nathalie Bauer.
Piero Meldini, *L'Antidote de la mélancolie.* Traduit de l'italien par François Maspero.

Jess Mowry, *Hypercool.* Traduit de l'anglais (Etats-Unis) par Pierre Alien.

Péter Nádas, *Amour.* Traduit du hongrois par Georges Kassai et Gilles Bellamy.

Péter Nádas, *La Fin d'un roman de famille.* Traduit du hongrois par Georges Kassai.

Péter Nádas, *Le Livre des mémoires.* Traduit du hongrois par Georges Kassai. Prix du Meilleur Livre Etranger 1999.

Péter Nádas, *Minotaure.* Traduit du hongrois par Georges Kassai et Gilles Bellamy.

V. S. Naipaul, *L'Inde. Un million de révoltes.* Traduit de l'anglais par Béatrice Vierne.

V. S. Naipaul, *La Traversée du milieu.* Traduit de l'anglais par Marc Cholodenko.

V. S. Naipaul, *Un chemin dans le monde.* Traduit de l'anglais par Suzanne V. Mayoux

V. S. Naipaul, *La Perte de l'Eldorado.* Traduit de l'anglais par Philippe Delamare.

V. S. Naipaul, *Jusqu'au bout de la foi. Excursions islamiques chez les peuples convertis.* Traduit de l'anglais par Philippe Delamare.

V. S. Naipaul, *La Moitié d'une vie* Traduit de l'anglais par Suzanne V. Mayoux.

V. S. Naipaul, *Semences magiques.* Traduit de l'anglais par Suzanne V. Mayoux.

Tim O'Brien, *A la poursuite de Cacciato.* Traduit de l'anglais (Etats-Unis) par Yvon Bouin.

Tim O'Brien, *A propos de courage.* Traduit de l'anglais (Etats-Unis) par Jean-Yves Prate. Prix du Meilleur Livre Etranger 1993.

Tim O'Brien, *Au lac des Bois.* Traduit de l'anglais (Etats-Unis) par Rémy Lambrechts.

Tim O'Brien, *Matou amoureux.* Traduit de l'anglais (Etats-Unis) par Rémy Lambrechts.

Jayne Anne Phillips, *Camp d'été.* Traduit de l'anglais (Etats-Unis) par André Zavriew.

Salman Rushdie, *Est, Ouest.* Traduit de l'anglais par François et Danielle Marais.

Salman Rushdie, *Franchissez la ligne...* Traduit de l'anglais par Philippe Delamare.

Salman Rushdie, *Furie.* Traduit de l'anglais par Claro.

Salman Rushdie, *Haroun et la mer des histoires.* Traduit de l'anglais par Jean-Michel Desbuis.

Salman Rushdie, *La Honte.* Traduit de l'anglais par Jean Guiloineau.

Salman Rushdie, *La Terre sous ses pieds.* Traduit de l'anglais par Danielle Marais.

Salman Rushdie, *Le Dernier Soupir du Maure.* Traduit de l'anglais par Danielle Marais.

Salman Rushdie, *Le Sourire du jaguar.* Traduit de l'anglais par Anne Rabinovitch.

Salman Rushdie, *Les Enfants de minuit.* Traduit de l'anglais par Jean Guiloineau.

Salman Rushdie, *Les Versets sataniques.* Traduit de l'anglais par A. Nasier.

Salman Rushdie, *Shalimar le clown.* Traduit de l'anglais par Claro.

Paul Sayer, *Le Confort de la folie.* Traduit de l'anglais par Bernard Hoepffner.

Diane Setterfield, *Le Treizième Conte.* Traduit de l'anglais par Claude et Jean Demanuelli.

Donna Tartt, *Le Maître des illusions.* Traduit de l'anglais (Etats-Unis) par Pierre Alien.

Donna Tartt, *Le Petit Copain.* Traduit de l'anglais (Etats-Unis) par Anne Rabinovitch.

Pramoedya Ananta Toer, *Le Fugitif.* Traduit de l'indonésien par François-René Daillie.

Rose Tremain, *Les Ténèbres de Wallis Simpson.* Traduit de l'anglais par Claude et Jean Demanuelli.

Rose Tremain, *Retour au pays.* Traduit de l'anglais par Claude et Jean Demanuelli.

Joanna Trollope, *Les Vendredis d'Eleanor.* Traduit de l'anglais par Isabelle Chapman.

Joanna Trollope, *La Deuxième Lune de miel.* Traduit de l'anglais par Isabelle Chapman.

Dubravka Ugre ić, *L'Offensive du roman-fleuve.* Traduit du serbo-croate par Mireille Robin.

Dubravka Ugre ić, *Dans la gueule de la vie.* Traduit du serbo-croate par Mireille Robin.

Sandro Veronesi, *La Force du passé.* Traduit de l'italien par Nathalie Bauer.

Serena Vitale, *Le Bouton de Pouchkine.* Traduit de l'italien par Jacques Michaut-Paternò. Prix du Meilleur Livre Etranger 1998.

Edith Wharton, *Les Boucanières.* Traduit de l'anglais (Etats-Unis) par Gabrielle Rolin.

Edmund White, *Ecorché vif.* Traduit de l'anglais (Etats-Unis) par Elisabeth Peellaert et Marc Cholodenko.

Edmund White, *Fanny.* Traduit de l'anglais (Etats-Unis) par Anne Rabinovitch.

Edmund White, *La bibliothèque qui brûle.* Traduit de l'anglais (Etats-Unis) par Philippe Delamare.

Edmund White, *La Symphonie des adieux.* Traduit de l'anglais (Etats-Unis) par Marc Cholodenko.

Edmund White, *L'Homme marié.* Traduit de l'anglais (Etats-Unis) par Anne Rabinovitch.

Edmund White, *Mes vies.* Traduit de l'anglais (Etats-Unis) par Philippe Delamare.

Edmund White, *Hotel de Dream.* Traduit de l'anglais (Etats-Unis) par André Zavriew.

Jeanette Winterson, *Ecrit sur le corps.* Traduit de l'anglais par Suzanne Mayoux.

Jeanette Winterson, *Le Sexe des cerises.* Traduit de l'anglais par Isabelle Delors-Philippe.

Jeanette Winterson, *Art et mensonges.* Traduit de l'anglais par Isabelle Delors-Philippe.

Tobias Wolff, *Un mauvais sujet.* Traduit de l'anglais (Etats-Unis) par Anouk Neuhoff.

Tobias Wolff, *Dans l'armée de Pharaon.* Traduit de l'anglais (Etats-Unis) par Rémy Lambrechts.

Tobias Wolff, *Portrait de classe.* Traduit de l'anglais (Etats-Unis) par Elisabeth Peellaert.

Tobias Wolff, *Retour au monde.* Traduit de l'anglais (Etats-Unis) par Rémy Lambrechts.

Pedro Zarraluki, *Un été à Cabrera.* Traduit de l'espagnol par Laurence Villaume.

Cet ouvrage a été imprimé en France par
CPI Bussière
à Saint-Amand-Montrond (Cher)
en janvier 2009

Composition et mise en page

NORD COMPO
multimédia

N° d'édition : 14363. — N° d'impression : 090014/1
Dépôt légal : septembre 2008